Małżeństwo po grecku

Małżeństwo po grecku

Lucy Monroe
Rebecca Winters
Julia James

Tłumaczyły:
Stella Różycka
Małgorzata Borkowska
Julia Zawadzka

Tytuły oryginałów: The Greek Tycoon's Ultimatum
Husband by Request
The Greek's Virgin Bride

Pierwsze wydanie: Harlequin Mills & Boon Limited, 2003
Harlequin Mills & Boon Limited, 2006
Harlequin Presents, 2004

Redaktor serii: Grażyna Ordęga

Korekta: Jolanta Spodar, Ewa Popławska, Zofia Firek

Arlekin – Wydawnictwo Harlequin Enterprises sp. z o.o.
00–975 Warszawa, ul. Starościńska 1B lokal 24–25

Druk: NØRHAVEN

ISBN 978-83-238-9292-2

Spis treści:

Lucy Monroe

Grecki magnat

Tłumaczyła:
Stella Różycka

ROZDZIAŁ PIERWSZY

– Wredna suka.

Savannah Marie Kiriakis drgnęła na dźwięk jadowitej uwagi szwagierki i wbiła wzrok w szmaragdową trawę przed sobą.

Tradycyjne greckie nabożeństwo żałobne na cmentarzu dobiegło końca i wszyscy składali kondolencje – wszyscy oprócz niej. Stała nad grobem z jedną jedyną białą różą w dłoni, starając się uporać psychicznie z faktem, że jej małżeństwo dobiegło końca. Ulga walczyła w jej duszy z wyrzutami sumienia, spychając w niepamięć zjadliwy komentarz Iony.

Ulga, że cierpienia się skończyły. Nikt nie będzie już groził, że odbierze jej dzieci. I wyrzuty sumienia, że takie uczucia wzbudza w niej śmierć drugiego człowieka – Diona, którego przed sześcioma laty poślubiła pełna dobrej wiary i młodzieńczej głupoty.

– Jakie ona ma prawo tu być? – ciągnęła dalej Iona, kiedy jej pierwszy atak został zignorowany nie tylko przez Savannah, lecz i resztę rodziny.

Savannah zerknęła, jak na wybuch kuzynki zareagował Leiandros Kiriakis. Spojrzenie jego ciemnych oczu było utkwione nie w Ionie, lecz w Savannah; patrzył z tak bezbrzeżną pogardą, że gdyby miała słabszy charakter, z pewnością chciałaby wskoczyć do grobu męża.

Nie mogła odejść, choć to zrobiłaby najchętniej. Pogarda Leiandrosa być może miała podstawy, lecz raniła ją znacznie boleśniej niż niewierność i gwałtowne wybuchy Diona.

– Przepraszam – szepnęła bezgłośnie, rzucając różę do grobu.

– Wzruszający gest, choć tylko gest. – Kolejne słowa mające ją zranić, tym razem z ust Leiandrosa, wymierzone z precyzją sztyletu wycelowanego w serce.

Savannah musiała zebrać wszystkie siły, by na niego spojrzeć.

– Czy to pusty gest, kiedy żona żegna się na zawsze z mężem? – spytała, podnosząc na niego wzrok.

Natychmiast tego pożałowała. Jego ciemne, niemal czarne oczy płonęły niechęcią, na którą zasłużyła, lecz nad którą zawsze ubolewała. Z całego klanu Kiriakisów ten jeden mężczyzna miał powody czuć do niej odrazę. Wiedział doskonale, że nie kochała Diona, nie namiętnie i całym sercem, jak kobieta powinna kochać swojego męża.

– Tak. Pożegnałaś Diona trzy lata temu.

Pokręciła głową. Leiandros mylił się. Nigdy nie zaryzykowałaby pożegnania z mężem przed swoją ucieczką z Grecji z dwiema małymi córeczkami. Jedyną jej nadzieją było to, że zdąży wsiąść na pokład samolotu, nim Dion się zorientuje.

Zanim zdążył ją wytropić, uzyskała nakaz separacji, tak aby nie mógł wykraść dzieci i wywieźć ich z kraju. Powołując się na swoje sińce i złamane żebra, zdobyła także sądowy wyrok zabraniający Dionowi kontaktów z żoną i córkami.

Klan Kiriakisów nic o tym nie wiedział. Nawet Leiandros, głowa rodzinnej firmy, a zatem rodziny, nie miał pojęcia o rzeczywistych przyczynach rozpadu jej małżeństwa.

Jego rzeźbione rysy stwardniały.

– Masz rację. Nigdy się nie pożegnałaś. Nie zwolniłabyś Diona z przysięgi małżeńskiej, a nie chciałaś z nim żyć. Jesteś żoną, jaka mogłaby się przyśnić w koszmarnym śnie.

Każde słowo raniło jej serce i poczucie godności jako kobiety, jednak nie ustąpiła.

– Dałabym mu rozwód na każde życzenie.

To Dion groził, że odbierze jej córki, gdyby próbowała się od niego uwolnić.

Twarz Leiandrosa ściągnęła się z odrazy; Savannah poczuła znajome ukłucie. Od dnia, kiedy się poznali, powziął o niej niewzruszoną opinię.

Denerwowała się, idąc na przyjęcie wydawane przez nieznanego jej człowieka – i to człowieka, którego Dion wynosił pod niebiosa. Wciąż słyszała, że musi zrobić na nim wrażenie, jeśli chce zostać zaakceptowana przez rodzinę. Na dodatek wkrótce po przybyciu mąż zostawił ją samą w tłumie nieznanych jej ludzi rozmawiających w nieznanym języku.

Starając się nie rzucać w oczy, stanęła pod

ścianą przy wyjściu na taras, z dala od pozostałych gości.

– *Kalispera. Pos se lene? Me lene Leiandros.* – Głęboki głos przerwał jej osamotnienie.

Podniosła głowę i jej wzrok padł na najprzystojniejszego mężczyznę, jakiego widziała w życiu. Leniwy uśmieszek na jego twarzy niemal zaparł jej oddech. Wpatrywała się w niego pełna uczuć, których nie potrafiłaby nazwać, nie bacząc na konwencje towarzyskie ani nawet fakt, że go nie znała.

Poczuła wyrzuty sumienia, że reaguje w ten sposób, zarumieniła się i spuściła wzrok. Używając jedynego znanego sobie greckiego zwrotu, odpowiedziała:

– *Then katalaveno.*

Uniósł jej podbródek, tak że znowu musiała na niego spojrzeć. Jego uśmiech stał się dziwnie zaborczy.

– Zatańcz ze mną – oznajmił najczystszą angielszczyzną.

Pokręciła głową i próbowała wydobyć słowo „nie" ze ściśniętego gardła, nawet kiedy objął ją śmiało w talii i poprowadził na taras. Przyciągnął ją do siebie w sposób niemający w sobie nic z konwenansu i razem zaczęli krążyć po tarasie przy uwodzicielskich dźwiękach greckiej muzyki.

Przysunął się bliżej.

– Nie bój się, nie zamierzam cię zjeść.

– Nie powinnam z tobą tańczyć – odparła.

Jego uścisk stał się mocniejszy.

– Dlaczego? Jesteś tu z narzeczonym?

– Nie, z...

Dotyk jego ust przerwał jej wyjaśnienia, że jest nie z narzeczonym, lecz z mężem. Zaczęła się opierać jeszcze bardziej zdecydowanie, lecz żar bijący od niego i dotyk dłoni pieszczących jej plecy i szyję szybko odniosły skutek.

Poczuła głęboki wstyd, gdy jej ciało zareagowało rozkosznym rozmarzeniem. Pocałunek obudził w niej uczucia, jakich nigdy nie doświadczyła z Dionem. Chciała, by trwało to zawsze, lecz nawet ogarnięta nieznaną dotąd namiętnością wiedziała, że musi to przerwać.

Przesunął dłoń, ujął jej pierś, jakby miał wszelkie do tego prawo. To, co zrobił, nie przeraziło jej nawet w połowie tak bardzo, jak jej własna reakcja. Nigdy nie czuła nic podobnego z Dionem.

Już ta myśl wystarczyła, by upokorzona wyrwała się gwałtownie z jego objęć, podczas gdy każdy jej nerw wibrował pragnieniem, by z powrotem poddać się pieszczocie.

– Mam męża – szepnęła.

Jego oczy błysnęły; długą chwilę stała jak sparaliżowana, wpatrując się w niego.

– Leiandros. Widzę, że już poznałeś moją żonę.

Stał zwrócony plecami do wejścia, więc Dion nie dostrzegł spojrzenia pełnego nienawiści zmieszanej z potępieniem, jakie Leiandros posłał Savannah. Uczucia te nie osłabły przez sześć lat.

– Nie łudź się, że uda ci się wykręcić kłamstwami tylko dlatego, że Dion nie może się bronić.

Głos Leiandrosa przywrócił ją do teraźniejszości. Przez chwilę myślała z żalem o poruszających uczuciach, których od tamtej pory nie doświadczyła i nie miała doświadczyć już nigdy. Dion o to zadbał.

Wysoka postać Leiandrosa górowała nad nią, sprawiając, że poczuła się drobna i bezbronna wobec jego męskości i bijącego od niego gniewu. Mimo woli cofnęła się o krok, bez słowa skinęła mu głową i odwróciła się, żeby odejść.

– Zostań, Savannah. Nie będziesz mną dyrygować jak moim kuzynem.

Zatrzymała się na ton groźby w jego głosie, ale nie popatrzyła na niego.

– Nie zamierzam tobą dyrygować. Od dzisiaj wszelkie kontakty między mną i twoją rodziną dobiegły końca. – Chciała, by zabrzmiało to stanowczo, lecz głos jej zadrżał.

– Tu się mylisz, Savannah. – Poczuła dreszcz. Obróciła się i spojrzała mu w twarz – na jego fascynujące rysy, słońce połyskujące na czarnych włosach – starając się odczytać enigmatyczny wyraz jego oczu.

– Co chcesz przez to powiedzieć? – Czyżby Dion zdradził ją na koniec?

Leiandros uśmiechnął się nieznacznie.

– Jest pewna sprawa, którą będziemy musieli przedyskutować później. Pogrzeb mojej żony zaczyna się za parę minut. Niech ci wystarczy informacja, że jako jedyny opiekun spadku twoich córek będę się z tobą kontaktował.

Poczuła ból na myśl, jak bardzo ten silny i apodyktyczny mężczyzna musi cierpieć po śmierci żony, która zginęła w tym samym wypadku samochodowym, co Dion.

– Bardzo ci współczuję. Nie będę cię zatrzymywać.

Zmrużył oczy.

– Ty nie idziesz?

– Nie ma tam dla mnie miejsca.

– Zdaniem Iony tu też nie było dla ciebie miejsca, lecz się zjawiłaś.

Z powodu tamtego telefonu. Nigdy by nie przyszła, gdyby Dion nie zadzwonił w wieczór przed wypadkiem.

– Bez względu na to, co o tym sądzi klan Kiriakisów, byłam żoną Diona. Byłam mu to winna.

Zarówno temu Dionowi, który o nią zabiegał, jak i temu, który dzwonił do niej przed śmiercią.

– Więc jesteś mi winna swoją obecność na pogrzebie Petry jako członek rodziny.

– Dlaczego chcesz, bym tam poszła? – zapytała, nie umiejąc ukryć zaskoczenia.

– Powinnaś zająć należne ci miejsce w rodzinie. Pora spłacić związany z tym dług.

Omal się nie roześmiała mimo ściśniętego gardła. *Spłacić dług?* A cóż innego robiła przez ostatnich sześć lat?

Czy nie zapłaciła drogo za przywilej noszenia nazwiska Kiriakis?

*

Leiandros obserwował emocje przemykające po zwykle pozbawionej wyrazu twarzy Savannah. Nie była taka, kiedy ją zobaczył po raz pierwszy. Wtedy zdawała się rozczulająco bezbronna i niewinna. Tak niewinna, że pozwoliła innemu mężczyźnie całować się i dotykać.

Chociaż unikała jego wzroku tych parę razy, kiedy widzieli się później, nadal zachowała wrażliwość i piękno. Rozumiał, że to dlatego Dion trwał przy niej, nawet kiedy okazała się niegodna szacunku i miłości męża. Przynajmniej w pierwszym roku, bo gdy Leiandros jeden jedyny raz widział ją w czasie drugiego roku małżeństwa w Atenach, zmieniła się nie do poznania.

Jej zielone oczy stały się matowe i bez życia. Czyżby z powodu wyrzutów sumienia wywołanych licznymi romansami? Jej zachowanie było zupełnie pozbawione emocji – z wyjątkiem chwil, gdy patrzyła na córeczkę. Wtedy miłość, której Leiandros jej zazdrościł – za co siebie nienawidził – ożywiała jej rysy i napełniała blaskiem oczy. Nic dziwnego, że Dion uciekał z domu i szalał ze swoimi przyjaciółmi. Żona wszystkie uczucia zachowywała dla córki poczętej ze związku z jednym ze swych licznych kochanków.

Po narodzinach Evy Leiandros docinał Dionowi, że okazuje tak mało uczuć ojcowskich. Wtedy kuzyn ze łzami w oczach opowiedział mu o tym, jak Savannah wyznała, że dziecko nie jest jego.

I jeśli Leiandros miał dawniej wątpliwości, czy była współwinna pocałunku, jaki wymienili w wieczór, gdy się poznali, teraz się ich wyzbył.

Na wspomnienie tamtego spotkania jego ciało napięło się z gniewu.

– Może to prawda. Nie ma dla ciebie miejsca na pogrzebie mojej żony. Jedna scena fałszywego żalu wystarczy.

Przysiągłby, że na jej twarzy odmalował się strach, cofnęła się o krok.

– Przykro mi, że Petra nie żyje.

Pozorna szczerość w jej cichym głosie niemal go wzruszyła, ale nie dał się drugi raz nabrać na jej sztuczki. W nie większym stopniu była bezbronnym niewiniątkiem niż on naiwnym głupcem.

– Dopiero będzie ci przykro, Savannah.

– Co chcesz przez to powiedzieć? – spytała drżącym głosem, odgarniając z twarzy pasmo płowych włosów.

Czego się bała? Że Leiandros ją uderzy? Sama myśl o tym była tak śmieszna, że natychmiast ją odrzucił. Powinna czuć obawę, jeśli nie lęk. Miał wobec niej plany, lecz na razie musiały poczekać.

– Nieważne. Muszę już iść.

Skinęła głową.

– Do widzenia, Leiandrosie.

Skłonił się bez słowa. Gdy zakończy roczną żałobę po Petrze, Savannah usłyszy o nim znowu.

Wtedy będzie musiała zapłacić za wszystko, co wyrządziła jego rodzinie... wszystko, co wyrządziła *jemu*.

ROZDZIAŁ DRUGI

Savannah słyszała radosną paplaninę córeczek bawiących się w sypialni, kiedy siadała na skrzypiącym krześle w swoim ciasnym, zatłoczonym gabinecie w domu w Atlancie, w Georgii.

Wpatrywała się w list od Leiandrosa Kiriakisa z wrażeniem, jakby patrzyła na jadowitą żmiję gotową się na nią rzucić. Prosił, by przyjechała do Grecji w celu przedyskutowania jej finansowej przyszłości. Co gorsza, zażądał, by Eva i Nyssa również były przy tym obecne.

W przeciwnym razie groził, że zamrozi comiesięczne wypłaty na jej konto.

Ogarnęła ją panika. Po udręce udziału w pogrzebie Diona przed rokiem obiecała sobie, że nigdy więcej nie będzie oglądać żadnego członka rodziny Kiriakisów. A w każdym razie przez bardzo długi czas.

Pewnego dnia dziewczynkom trzeba będzie przedstawić ich grecką rodzinę, lecz wcześniej muszą podrosnąć, tak aby umiały sobie poradzić z bólem, jeśli zostaną odrzucone. Innymi słowy, dopiero kiedy staną się pewnymi siebie, dojrzałymi kobietami.

Marzyła o tym, choć wiedziała, jak mało realistyczne są te plany. Nie po rewelacjach, jakie usłyszała od Diona podczas ostatniej rozmowy telefonicznej. Zamierzała jednak odłożyć podróż na później. Przynajmniej do czasu, kiedy znajdzie pracę i kiedy ciocia Beatrice nie będzie już jej potrzebować.

Zacisnęła wargi i zdecydowała, że Leiandros będzie musiał odbyć dyskusję z nią przez telefon. Nie było najmniejszych powodów wyprawiać się do Grecji tylko po to, żeby porozmawiać o pieniądzach.

Dziesięć minut później jej wiara w rozsądek Leiandrosa została wystawiona na ciężką próbę, kiedy dowiedziała się od jego sekretarki, że mężczyzna nie podejdzie do telefonu.

– Na kiedy planuje pani wylot, pani Kiriakis? – zapytał rzeczowy głos na drugim końcu linii.

– Nie zamierzam wylatywać w ogóle – odparła z wyraźniejszym niż zwykle południowym akcentem. – Proszę powiadomić swojego szefa, że wolałabym odbyć tę rozmowę telefonicznie i będę czekać na kontakt z jego strony.

Odłożyła słuchawkę drżącymi rękami; na samą myśl o tym, żeby zobaczyć Leiandrosa Kiriakisa osobiście, miała ochotę uciekać, gdzie pieprz rośnie.

Telefon odezwał się parę minut później. Odebrała, spodziewając się usłyszeć głos sekretarki.

– Jutro powinnaś otrzymać swoją miesięczną wypłatę. – Choć nie zadał sobie trudu, by się przedstawić, trudno byłoby nie poznać tego głębokiego, rozkazującego głosu.

Był to głos, który nawiedzał ją w snach, po których budziła się w środku nocy drżąca i rozgorączkowana. Mogła kontrolować swój świadomy umysł, wymazując wszelkie myśli o aroganckim biznesmenie, ale jej podświadomość rządziła się własnymi prawami. Marzenia jedynie zwiększały jej udrękę, wiedziała bowiem, że nigdy więcej nie doświadczy tych uczuć na jawie.

– Witaj, Leiandrosie.

Nie odpowiedział na powitanie.

– Nie pozwolę dokonać tej wpłaty ani żadnej innej, póki nie przyjedziesz do Grecji. – Żadnych wyjaśnień, jedynie ultimatum.

Astronomiczne opłaty za dom opieki w Brenthaven, gdzie przebywała ciocia, i wydatki związane ze studiami uniwersyteckimi sprawiały, że oszczędności Savannah wystarczały jedynie na parę tygodni życia. Potrzebowała pieniędzy, by zapłacić za opiekę nad ciocią, nie wspominając o tak przyziemnych kwestiach jak jedzenie i benzyna.

– Z pewnością wszystko możemy omówić przez telefon.

– Nie. – I znowu żadnych wyjaśnień, żadnych kompromisów.

Potarła oczy, ciesząc się, że on nie może zobaczyć tego gestu zdradzającego zarazem zmęczenie i słabość emocjonalną.

– Leiandrosie...

– Skontaktuj się z moją sekretarką w kwestii przelotu.

Usłyszała trzask odkładanej słuchawki. Skomentowała to słowem, które nigdy nie powinno paść z ust damy, i cisnęła słuchawkę na widełki. Wstrząśnięta własną reakcją, stała nieruchomo niemal minutę, po czym wyszła z pokoju.

Otwierała drzwi, kiedy telefon zadzwonił znowu. Tym razem nie był to Leiandros ani jego sekretarka, lecz lekarz opiekujący się ciocią Beatrice. Starsza pani dostała kolejnego wylewu.

Savannah położyła córeczki do łóżek, opowiedziała im na dobranoc bajkę o Kopciuszku, po czym zamknęła się w gabinecie, by odbyć rozmowę z Leiandrosem.

Włączyła komputer, przejrzała arkusz kalkulacyjny z budżetem domowym i raz jeszcze wszystko podliczyła. Nic się nie zmieniło w cudowny sposób. Bardzo potrzebowała comiesięcznego zastrzyku gotówki. Nawet gdyby następnego dnia otrzymała pełnoetatową pracę, mimo magisterium z ekonomii zarobki nie wystarczyłyby na utrzymanie domu i opiekę nad ciocią.

Sięgnęła po słuchawkę i wystukała numer Leiandrosa.

Sekretarka odebrała po pierwszym sygnale. Rozmowa trwała krótko. Savannah zgodziła się polecieć do Grecji w następnym tygodniu, lecz odmówiła zabrania dzieci. Sekretarka obiecała oddzwonić w ciągu godziny z informacją na temat lotu.

Savannah była w kuchni i robiła sobie herbatę,

kiedy telefon zadzwonił zaledwie po pięciu minutach. Poczucie nadciągającej katastrofy sprawiło, że dostała gęsiej skórki. Skądś wiedziała, że nie chodzi teraz o plan lotu. Wzięła głęboki oddech, by się uspokoić, i sięgnęła po słuchawkę.

– Tak, Leiandros?

Jeśli miała nadzieję, że zbije go to z tropu, to się pomyliła.

– Eva i Nyssa mają przyjechać z tobą.

– Nie.

– Czemu nie? – spytał gwałtownie, z wyraźnym greckim akcentem.

Ponieważ przerażała ją sama myśl o zawiezieniu ich z powrotem do Grecji.

– Eva dopiero za dwa tygodnie kończy rok szkolny.

– Więc przyjedźcie za dwa tygodnie.

– Wolę teraz. – Potrzebowała pieniędzy teraz, nie za dwa tygodnie. – Poza tym nie widzę powodu męczyć dziewczynek wyczerpującą podróżą na tak krótko.

– Nawet po to, by je przedstawić dziadkom?

Poczuła w ustach metaliczny smak.

– Ich dziadkowie nie chcą mieć z nimi nic wspólnego. Helena dała to jasno do zrozumienia po narodzinach Evy.

Rzuciła jedno spojrzenie na blondwłosą i niebieskooką córeczkę Savannah i oznajmiła, że dziecko z pewnością nie jest z Kiriakisów. Zanim Eva skończyła rok, jej oczy stały się zielone, również włoski wkrótce ściemniały. Szkoda, że Helena nawet nie zgodziła się zobaczyć Nyssy. Młodsza urodziła się z czarnymi włosami i aksamitnymi piwnymi oczyma ojca.

– Ludzie się zmieniają. Ich syn nie żyje. Czy to takie dziwne, że Helena i Sandros chcieliby zobaczyć jego potomstwo?

Savannah nabrała powietrza i wzięła się w garść.

– Więc teraz uznają je obie za dzieci Diona?

– Zrobią tak, kiedy je zobaczą.

Bez wątpienia. Obie córeczki odziedziczyły dostatecznie dużo rodowych cech, lecz to nie znaczyło, że była gotowa przedstawić je rodzinie.

– Skąd możesz być taki pewny? – spytała, zastanawiając się, w jaki sposób dowiedział się, jak wyglądają dziewczynki.

– Oglądałem zdjęcia. Nie może być wątpliwości. – Słowa brzmiały jak oskarżenie.

– Zdjęcia Diona?

Często wysyłała mężowi informacje o postępach dziewczynek wraz z ich fotografiami, licząc, że pewnego dnia wykaże zainteresowanie ich losem. Ubolewała głęboko nad tym, że sama nie miała rodziny i nie znała własnego ojca, więc nie chciała, by jej dzieci cierpiały z tego samego powodu.

– Tak. Nadzorowałem likwidację jego mieszkania w Atenach. – I znowu mówił z wyrzutem, jak gdyby to ona powinna to zrobić.

Po trzech latach mieszkania osobno i na różnych kontynentach nawet nie brała tego pod uwagę.

– Rozumiem.

– Czyżby? – W jego tonie kryła się niewypowiedziana groźba, która sprawiła, że Savannah znowu ogarnął lęk.

– Czy Helena i Sandros wyrazili życzenie, by je zobaczyć?

– Ja uznałem, że przyszedł na to czas.

Jako głowa klanu spodziewał się, że reszta rodziny podporządkuje się jego decyzji.

– Nie.

– Jak możesz być tak samolubna?

– Samolubna? – powtórzyła, czując, jak wzbiera w niej gniew. – Chcę tylko chronić moje dzieci przed odrzuceniem ze strony ludzi, którzy powinni je kochać, lecz z jakichś dziwacznych przyczyn postanowili je ignorować.

Wiedziała, że to nie do końca uczciwe. Przez sześć lat żyła w przekonaniu, że krewni Diona jej nienawidzą, ponieważ nie była grecką żoną, jakiej dla niego chcieli – i dlatego odrzucają jej dzieci. Telefon w noc jego śmierci skutecznie obalił ten domysł.

Wśród innych rewelacji jej ukochany mąż przyznał, że zatruwał ich umysły swoją chorą zazdrością, oskarżając ją o niewierność niemal od samego początku małżeństwa. Helena i Sandros sądzili, że mają wszelkie podstawy kwestionować pochodzenie dziewczynek.

– Sandros i Helena powitają je z otwartymi ramionami.

– Kim ci się wydaje, że jesteś? Bogiem?

Zabawne, mogła niemal wyczuć jego wściekłość. Nie przywykł, by kwestionowano jego poczynania. Kierował imperium Kiriakisów, odkąd skończył dwadzieścia lat – od nagłej śmierci ojca. W wieku trzydziestu dwóch lat arogancja i poczucie władzy przychodziły mu równie naturalnie jak zarobienie kolejnego miliona.

– Nie bluźnij. To nie uchodzi u kobiety.

Omal nie roześmiała się na głos.

– Nie staram się ciebie obrazić – wyjaśniła. – Po prostu działam w interesie córek.

– Jeśli uważasz, że w ich interesie jest otrzymywanie finansowego wsparcia, przywieziesz je do Grecji.

Savannah pociemniało w oczach. Zastanawiała się, czy zemdleje. Leiandros nie wiedział o tym, lecz zmuszał ją do dokonania wyboru między ciocią, która ją wychowała, a uczuciami córeczek i własnym zdrowiem psychicznym.

To był drugi punkt na jej prywatnej liście najbardziej przerażających rzeczy. Pierwsze miejsce zajmowało małżeństwo z Dionem.

– Savannah!

Ktoś krzyczał jej prosto do ucha. Odruchowo zacisnęła dłoń na słuchawce i przypomniała sobie, gdzie się znajduje.

– Leiandros? – Ten drżący głos naprawdę należał do niej?

– Wszystko w porządku?

– Nie – przyznała.

Zdawało się, że gdy usłyszała jego groźbę, wyczerpały się jej ostatnie rezerwy emocjonalne.

– Savannah, nie pozwolę nikomu skrzywdzić Evy ani Nyssy.

– Jak temu zapobiegniesz?

– Musisz mi zaufać.

– Nie ufam nikomu, kto się nazywa Kiriakis.

– Nie masz wyboru.

Leiandros z satysfakcją odłożył słuchawkę. Wygrał pierwszą rundę. To tylko kwestia czasu, zanim ją zdobędzie.

Savannah obiecała przylecieć z córeczkami do Grecji w dniu, kiedy Eva skończy rok szkolny. Zgodziła się na to w zamian za obietnicę, że przed spotkaniem dziewczynek z dziadkami sama będzie mogła porozmawiać z Heleną i Sandrosem. Jak mogła udawać teraz taką troskę o uczucia córek, skoro przez swoje kłamstwa na temat tego, kto jest ich ojcem, na tyle lat pozbawiła je miłości krewnych?

Jej sprzeciw bez wątpienia miał na celu manipulację. Może chciała wykorzystać dzieci jako argument przetargowy, dla uzyskania większego wsparcia? Choć otrzymywała niemało, z trudem wystarczałoby to na luksusowe życie, jakiego zaznała u boku Diona.

Polecił sekretarce, by zajęła się podstawieniem jego prywatnego samolotu do Atlanty za dwa tygodnie. Savannah nie chciała się zgodzić na prywatny lot, uległa jednak, kiedy jej powiedział o sypialni, w której dziewczynki będą mogły wygodnie przespać podróż. Pierwszy krok jego planu był najważniejszy: zwabić ją z córkami do Grecji.

Musiała się znaleźć na szachownicy, by mógł rozpocząć partię. Zamierzał ją zmusić, by wynagrodziła rodzinie – i *jemu* – wszystkie przestępstwa, których się wobec nich dopuściła. Popełniła najcięższy grzech przeciw Kiriakisom: odmówiła im kontaktów ze swoimi córkami, za pomocą kłamstw przekonała Diona, że nie są jego dziećmi, a Helenę i Sandrosa pozbawiła świętego prawa do zostania kochającymi dziadkami.

Za dwa tygodnie wszystko się zmieni.

Kiedy ją poznał, pociągała go w niej jej rzekoma niewinność oraz wrażenie świeżej zmysłowości. Pociągała tak bardzo, że pocałował ją, nie znając nawet jej imienia.

Z początku się opierała, lecz po paru sekundach uległa pełna namiętności. Jej reakcja podnieciła go bardziej niż wszelkie inne doświadczenia seksualne. Chwilę potem wyrwała się z jego ramion i oznajmiła, że jest mężatką. W pierwszym odruchu chciał jej powiedzieć, że wyszła za niewłaściwego mężczyznę. I wtedy zjawił się jej mąż.

Jego kuzyn.

Jego ciało wciąż pamiętało dotyk jej ciała. Jego wargi wciąż pragnęły jej smaku. Nieważne, jak bardzo pragnął wykorzenić zakazane pożądanie wobec żony kuzyna, wciąż była obecna w jego marzeniach, w jego myślach.

Wiedział, że jest wyrachowana i bez serca, lecz mimo to jej pragnął. A teraz ją dostanie. Savannah zastąpi mu to, co stracił.

ROZDZIAŁ TRZECI

Savannah niosła śpiącą Nyssę w kierunku punktu odprawy celnej w ślad za stewardesą prowadzącą za rączkę senną Evę. Czuła się wyczerpana i z tęsknotą czekała na chwilę, kiedy znajdzie się w hotelu i będzie mogła wejść pod prysznic.

W punkcie odprawy potraktowano ją jak niezwykle ważną osobistość – dowód daleko sięgających wpływów Leiandrosa. Wrażenie, że wchodzi w zastawioną pułapkę, które ogarnęło ją na pokładzie jego samolotu, jeszcze się nasiliło.

Znalazły się w głównej hali lotniska, niewiarygodnie zatłoczonego nowoczesnego przeszklonego gmachu. Westchnęła i mocniej przytuliła Nyssę z wrażeniem, że zamiast rąk ma dwa pasma spaghetti.

Naraz poczuła, jak włoski na jej karku stają na baczność. Nieznacznie obróciła głowę i napotkała nieprzeniknione spojrzenie mrocznych oczu Leiandrosa Kiriakisa. Zatrzymała się mimo woli. Spodziewała się go zobaczyć dopiero następnego dnia. Stewardesa przystanęła obok niej.

– Pani Kiriakis? Czy coś się stało?

Savannah nie mogła zmusić warg do posłuszeństwa. Chłonęła obraz tego mężczyzny. Ciemne włosy miał ścięte krótko, tak by podkreślały surowe rysy jego twarzy. Zmysłowe usta zacisnął w cienką linię, oczy nie zdradzały żadnych uczuć. Nie zrobił najmniejszego ruchu, by do nich podejść, lecz czekał wśród mijających go podróżnych.

Ujęła mocniej śpiącą córeczkę i ruszyła przed siebie – tylko po to, by natychmiast potrącić jakąś kobietę. Z tyłu wpadł na nią mężczyzna o wyglądzie zawodnika sumo. Potknęła się, pełna obaw, by nie upuścić Nyssy, i w tym momencie poczuła, jak podtrzymują ją czyjeś silne ramiona. Jak zdążył do niej podejść tak szybko?

– Padasz ze zmęczenia, Savannah. Pozwól mi wziąć dziecko.

Odruchowo cofnęła się poza zasięg jego rąk.

– Nie. Poniosę ją sama. Ale dziękuję.

Przymrużył oczy.

– Mamo... – Niepewny głosik Evy uratował ją przed komentarzem Leiandrosa. Z wdzięcznością zwróciła się do dziecka:

– Tak, skarbie?

– Chcę spać. Mogę już iść do łóżka?

– Będziesz mogła się przespać w samochodzie. Siedzenia są duże, więc taka mała dziewczynka doskonale się na nich wyśpi – wtrącił się Leiandros.

– Mam już pięć latek – oznajmiła Eva.

Jego wargi wygięły się w uśmiechu.

– W takim razie musisz być Evą. Nazywam się Leiandros Kiriakis.

Dziewczynka odchyliła głowę i popatrzyła na niego śmiało.

– Ja też się nazywam Kiriakis.

Przykucnął, a jego twarz znalazła się niemal na poziomie jej poważnej buzi. Spojrzał na nią z równą powagą, a potem uśmiechnął się rozbrajająco.

– To dlatego, że jesteśmy rodziną.

Eva puściła rękę stewardesy i przysunęła się do matki.

– Czy on jest moją rodziną, mamo?

Leiandros podniósł się i spojrzał na Savannah groźnie, jakby rzucał jej wyzwanie, by spróbowała zaprzeczyć łączącej ich więzi. Nie miała zamiaru tego robić.

To nie ona chciała pozbawić dziewczynki związków z rodziną.

– Tak, skarbie, to kuzyn twojego taty.

– A wygląda jak tato? – spytała dziewczynka.

Leiandros posłał Savannah kolejne wyzywające spojrzenie.

– Widziałaś zdjęcia, jak myślisz? – odpowiedziała, pozwalając córeczce samodzielnie wyciągnąć wnioski.

Dziewczynka z powagą skinęła główką.

– Ale może jest większy.

Eva dotknęła nogi Nyssy.

– To jest Nyssa. Ma cztery lata.

– Teraz, skoro się już znamy, pora się zbierać. Feliks zajmie się bagażem – odparł, wskazując niskiego, przysadzistego mężczyznę stojącego parę kroków dalej.

Poprowadził je na zewnątrz; Savannah błogosławiła swój cienki jedwabny kostium, kiedy poczuła pierwszą falę gorącego greckiego powietrza. Podeszli do czarnej limuzyny z przyciemnianymi szybami; szofer otworzył tylne drzwi, Feliks i jeszcze jeden, wysoki i muskularny mężczyzna, stanęli obok.

Savannah dała znak Evie, by weszła do środka. Dziewczynka usłuchała rady Leiandrosa i ułożyła się wygodnie na szerokim siedzeniu. Savannah ułożyła obok Nyssę i usiadła wygodnie. Ogarnęła ją kolejna fala znużenia; chętnie zasnęłaby wraz z dziewczynkami.

– Prześpij się, jeśli chcesz. Nie poczuję się urażony – zaproponował Leiandros. – Czeka nas długa droga.

Stłumiła ziewnięcie.

– Nie wydawało mi się, by lotnisko leżało daleko od miasta.

– Przeprowadzają remont drogi. – Wzruszył ramionami. – Potrwa ze dwie godziny, zanim dotrzemy do willi.

Siedziała odprężona, gotowa usłuchać jego propozycji i uciąć sobie drzemkę, nagle jednak poderwała się nerwowo i spojrzała mu w twarz.

– Jakiej willi? Sądziłam, że zatrzymamy się w hotelu.

– Należysz do rodziny i zamieszkasz z rodziną.

Znowu to słowo; lecz po pierwszym pobycie w Grecji nauczyła się, że rodzinnym więzom Kiriakisów nie należy zbytnio ufać.

– Obiecywałeś, że dziewczynki nie będą musiały oglądać dziadków, póki ja z nimi nie porozmawiam – zwróciła się do niego z wyrzutem ściszonym głosem, nie chcąc, by córeczki zbudziły się i usłyszały kłótnię. – Nalegam, żebyś nas zawiózł do hotelu.

– Nie.

– Nie? Obiecałeś. – Opadła na oparcie ze skrzyżowanymi rękami. – Wiedziałam, że nie należy ufać Kiriakisom.

Strzał był celny, Leiandros zacisnął pięści i spojrzał gniewnie.

– Nie zamieszkacie z Heleną i Sandrosem.

– Mówiłeś, że będziemy z rodziną. – Ledwie to powiedziała, przyszła jej do głowy przerażająca myśl. – Chcesz, żebyśmy zostały w *twojej* willi na wyspie Evia? Z tobą?

Uniósł brwi ironicznie.

– Mieszka tam też moja matka. Wystarczy za przyzwoitkę.

– Nie potrzebuję przyzwoitki. Potrzebuję prywatności. Chcę jechać do hotelu.

– Spokojnie, Savannah. Nie ma potrzeby krzyczeć. Przekonasz się, że ze względu na dzieci willa jest znacznie wygodniejsza od hotelu.

Nie miała wątpliwości, że to prawda, lecz w tej chwili nie obawiała się o córeczki, tylko o siebie. Wzdrygnęła się na myśl, że będzie dzielić tę samą przestrzeń z Leiandrosem.

– Rozumiem, że nadal masz w Atenach mieszkanie i tam spędzasz większość czasu? – spytała z nadzieją.

– Tak.

Nie zdołała stłumić westchnienia ulgi.

– Zadbałem oczywiście o to, bym mógł przez najbliższych parę dni zostać w willi i spędzać czas z krewnymi.

Jej gardło ścisnęło się na dźwięk groźby w jego głosie, choć słowa brzmiały całkowicie niewinnie.

– Jak długo ma potrwać nasza wizyta? – spytała, bo wcześniej nie godził się rozmawiać na ten temat.

Leiandros spojrzał, jakby próbował odczytać jej myśli.

– Porozmawiamy o tym jutro.

– Wolałabym teraz.

Postarała się, by jej twarz zachowała obojętny wyraz.

– Doskonale. – Wzruszył ramionami, choć wydawał się dziwnie czujny. – Na stałe.

– Na stałe?

Posępnie zaciśnięte usta przybrały jeszcze bardziej ponury wyraz.

– Tak. Dość czasu uciekałaś od swojej rodziny. Pora wrócić do domu.

Do domu? Miała ochotę rzucić się na niego z pięściami, lecz opanowała gniew. Dostatecznie dobrze przerobiła tę lekcję, więc mimo prowokacji zachowała spokój.

Jeden jedyny raz straciła kontrolę w obecności członka rodu Kiriakisów – własnego męża – i zapłaciła za to pobiciem. Nadal prześladowały ją koszmary związane z ostatnim spotkaniem z Dionem, wspomnienie twardych pięści spadających na jej ciało.

– Mój dom jest w Ameryce – odparła spokojnie, nie podnosząc głosu.

– Był tam, zanim wyszłaś za Diona. Teraz jednak twoim domem jest Grecja, a konkretnie moja willa.

– Twoja willa? Spodziewasz się, że zamieszkam u ciebie na stałe? – Miała wrażenie, że to jakiś straszny sen.

Leiandros sięgnął do lodówki, podał jej butelkę wody, potem wyjął drugą dla siebie.

– Tak.

Wbiła wzrok w zimny plastik, zastanawiając się, skąd się wziął w jej dłoni.

– Nie mogę.

Nie zadał sobie trudu, by odpowiedzieć. Zamiast tego wyjął z kieszeni komórkę.

Savannah przebudziła się na zaimprowizowanym posłaniu, zastanawiając się, co przerwało jej sen. Wtuliła twarz w poduszkę, która zdawała się dziwnie twarda pod jej policzkiem. Potem jednak władzę nad nią odzyskało wyczerpanie i znowu odpłynęła w sen.

Łóżko się poruszyło, poczuła na plecach dotyk koca podobny do pieszczoty.

– Obudź się, *pethi mou,* prawie dojechaliśmy.

Otworzyła gwałtownie oczy. Przez kilka sekund nie ośmieliła się nawet odetchnąć. Koc na jej plecach okazał się dużą męską dłonią, a poduszka

– muskularną piersią. Zesztywniała z szoku, w następnej chwili przekonała się, że ramionami mocno obejmuje tors Leiandrosa.

Subtelny zapach drogiego płynu po goleniu drażnił jej zmysły. Zamrugała, próbując skupić wzrok, nie całkiem pojmując, co pierwszy raz od czterech lat skłoniło ją do takiej poufałości z mężczyzną.

I to z nie byle jakim mężczyzną.

Niczym świąteczny prezent leżała w ramionach Leiandrosa Kiriakisa.

Rzeczywistość była tak bliska marzeniom, które dręczyły ją od wielu lat, że przez parę chwil zastanawiała się intensywnie, czy to nie sen.

– Eva, czemu mama przytula się do tego pana? – Głos Nyssy sprawił, że natychmiast oprzytomniała.

Niewątpliwie nie spała. Córeczki nigdy nie występowały w jej snach o Leiandrosie. Cofnęła się tak gwałtownie, że oparła się o drzwi po przeciwnej stronie i omal nie spadła z kanapy.

Wyciągnął rękę, by ją uchronić przed upadkiem, lecz wywinęła się przerażona.

– Wszystko w porządku – warknęła niemal, zapominając o zwykłej uprzejmości.

– On jest naszą rodziną – wyjaśniła Eva, jak gdyby to tłumaczyło wszystko. To jedno miała wspólnego ze swoim wujkiem.

Savannah mimo woli zastanowiła się, czy więzy rodzinne usprawiedliwiają także ich poufałą bliskość sprzed paru chwil.

– Mamo? – Brązowe oczy Nyssy płonęły z ciekawości.

Savannah usiadła wygodniej na kanapie. Nie dbając, co pomyśli Leiandros, przysunęła się do drzwi najbliżej, jak mogła.

– Tak, skarbie?

– Czemu się przytulałaś do tego pana?

– Nie przytulałam się. – Spojrzała wściekła na Leiandrosa. To wszystko jego wina. – Spałam.

– Aha. – Nyssa zwróciła wzrok na mężczyznę i parę długich chwil wpatrywała się w niego. – Trzymał cię na kolanach, żeby cię utulić do snu?

Savannah poczuła, jak rumieni się ze wstydu. Nieośmieliła się spojrzeć na Leiandrosa. Nie miała pojęcia, jakim cudem wylądowała przytulona do niego, i obawiała się odkrycia, że był to jej pomysł.

Ostatnie, co pamiętała, to jak jej głowa opadła na oparcie kanapy. Zamknęła oczy znużona, gdy tymczasem Leiandros prowadził przez komórkę kolejną rozmowę o interesach.

Najwyraźniej zasnęła – i to mogła zrozumieć. Przez ostatnie dwa tygodnie przeleżała bezsennie niejedną noc, udręczona wizytami u cioci.

Mimo to nie mieściło jej się w głowie, że – przytomna czy nie – ośmieliła się przytulić do mężczyzny. Podświadomie mogła pożądać Leiandrosa Kiriakisa, lecz jej świadomy umysł wzdragał się na samą myśl o kontakcie fizycznym z jakimkolwiek mężczyzną. Dowody były jednak niepodważalne: wciąż czuła na skórze jego dotyk.

Zanim zdążyła odpowiedzieć córeczce, mała uśmiechnęła się do Leiandrosa.

– Czasami mama trzyma mnie na kolanach, jak nie mogę zasnąć, ale mówi, że robię się za ciężka. Tobie nie było ciężko?

Savannah miała ochotę jęknąć na głos. Nyssa najwyraźniej wyspała się doskonale i odzyskała wigor oraz chęć do życia.

– Powiedziałbym, że było mi w sam raz.

Jego niski, zmysłowy głos działał na Savannah niczym pieszczota. Jego męska obecność narzucała się jej myślom, a wraz z nią coś jeszcze, coś bardziej pierwotnego. To niemożliwe. Od czterech lat żyła w przekonaniu, że nigdy więcej nie poczuje pożądania wobec mężczyzny.

– Gdzie jesteśmy? – spytała, desperacko próbując zmienić bieg swoich myśli.

– Bardzo blisko Villa Kalosorisma. Dopiero co przejechaliśmy most prowadzący na wyspę.

Jego spojrzenie zdradzało, że wie doskonale, czemu o to zapytała, i bardzo go to bawi.

Parę sekund później limuzyna zatrzymała się i drzwi od strony Savannah zostały otwarte. Szofer pomógł wysiąść najpierw Evie, potem Nyssie. Zanim przyszła kolej Savannah, Leiandros wysiadł z drugiej strony, obszedł auto i ujął jej rękę.

Przyciągnął ją do siebie, pomagając jej wysiąść; dotyk jego ręki palił ją niemal jak pocałunek. Spróbowała zignorować wrażenie i szybko przeszła obok niego.

Dziewczynki stały parę metrów dalej, przyglądając się willi z identycznym wyrazem głębokiego zachwytu. Rozumiała je doskonale.

Nie była tu nigdy wcześniej. Dion robił wszystko, by utrzymać ją z dala od krewnych, nawet od swoich rodziców i siostry. Wmawiał jej, że chce ją chronić przed ich niechęcią, póki nie zaakceptują jego małżeństwa. Teraz wiedziała, że kłamał. Obawiał się, że wyjdą na jaw jego podłe kłamstwa o jej rozwiązłości. Nadal wzdrygała się na myśl o tym, jaką była łatwowierną idiotką.

Niepokalana biel fasady niemal raziła oczy, pięknie kontrastując z czerwonymi dachówkami. Fronton budynku zdobiły trzy rzędy tarasów ozdobionych łukami. W otoczeniu wymuskanych ogrodów i licznych drzew, zza których widać było głęboki błękit roziskrzonego morza, Villa Kalosorisma po prostu zapierała dech w piersi.

– Bardzo ładny ten hotel – oznajmiła Nyssa.

– To nie hotel – wyjaśniła matka.

– To mój dom. – Dopiero w tym momencie uświadomiła sobie, że Leiandros stoi za jej plecami.

Znowu odsunęła się o krok, chcąc się odgrodzić od jego niepokojącej obecności. Niemal się przyzwyczaiła do lęku, jaki budziła w niej bliskość mężczyzn, lecz w jego wypadku obawa miała niewątpliwie seksualny podtekst, co zupełnie wytrącało ją z równowagi.

– Myślałam, że będziemy mieszkać w hotelu – zdziwiła się Eva.

– W Grecji rodzina jest najważniejsza. Wszyscy pomyśleliby, że to bardzo brzydko, gdybym was nie zaprosił do swojego domu, i byłoby równie niegrzecznie, gdyby wasza mama nie przyjęła zaproszenia.

W słowach Leiandrosa pobrzmiewało ostrzeżenie i Savannah spojrzała na niego uważnie.

Czyżby próbował ją przestraszyć, a jeśli tak, to czemu? Zgodziła się przecież zamieszkać u niego, a nawet czuła pewną wdzięczność, że dotrzymał słowa i nie kazał jej od razu oglądać Heleny i Sandrosa. Gdyby musiała im stawić czoło, odmówiłaby bez względu na możliwą obrazę.

Na samą myśl o zamieszkaniu pod jednym dachem z teściami zrobiło jej się niedobrze.

– Nasz dom jest dużo mniejszy, bo jest tylko mama, ja i Eva. Musisz mieć strasznie dużo dzieci. Ten dom wygląda jak zamek Kopciuszka.

Nyssa jak zwykle odezwała się znowu, kiedy Eva w milczeniu przyglądała się dorosłym, przenosząc spojrzenie zielonych oczu z ich obojga na willę.

W ciemnych, czekoladowych oczach mężczyzny przemknął wyraz rozgoryczenia i bólu.

– Nie mam dzieci.

– Bo ich nie lubisz? – spytała Nyssa, zanim Savannah zdążyła ją powstrzymać.

Tym razem ból zabrzmiał także w jego głosie.

– Bardzo lubię.

Czyżby planowali je z Petrą zaraz po ślubie? To musiał być straszny wstrząs, stracić ją tak szybko. Byli małżeństwem zaledwie od roku, kiedy Dion, jadąc z Petrą, doprowadził do wypadku, w którym zginęli oboje. Savannah mimo woli poczuła wyrzuty sumienia, choć wiedziała, że to niepoważne. To jej mąż spowodował wypadek.

Eva podeszła i położyła mu rączkę na przedramieniu.

– Nie martw się. Kiedyś będziesz miał. Mama mówi, że trzeba wierzyć w swoje marzenia, to wtedy się spełnią.

Przyklęknął przed nią i pogładził ją po policzku.

– Dziękuję, *pethi mou*. Z tobą i twoją siostrą w domu będę się czuł, jakbym miał własne dzieci.

Dziewczynka dotknęła jego twarzy; w jej zielonych oczach błysnęło współczucie, które zaskoczyło Savannah.

– Jeśli chcesz, zagram z tobą w szachy. Tatusiowie robią tak czasem ze swoimi córeczkami.

– I możesz nas układać do snu wieczorem razem z mamą – wtrąciła Nyssa, nie chcąc dać się wyprzedzić siostrze.

Savannah przyglądała się całej scenie z poczuciem nierealności. Dziewczynki spędzały bardzo niewiele czasu z mężczyznami i zwykle nawet śmielsza Nyssa odnosiła się do nich z rezerwą. Leiandrosa tymczasem traktowały jak przyjaciela.

Jeszcze bardziej zaskakująco brzmiały jego słowa. Czyżby naprawdę chciał, by wraz z córeczkami przeprowadziła się do Grecji i wypełniła pustkę, jaką pozostawiła po sobie śmierć żony?

Nigdy nie sądziła, że Leiandrosa Kiriakisa można zranić. Całe życie kierował potężną korporacją.

Niemożliwe, by potrzebował do szczęścia towarzystwa dwóch małych dziewczynek.

Objęła ramionami torbę z rzeczami. Miała wrażenie, jakby była to kotwica wiążąca ją z rzeczywistością, wspomnienie życia, jakie stworzyła w Ameryce sobie i córeczkom. Życia bardzo odległego od bogactwa Villi Kalosorisma.

Życia, do którego zamierzała powrócić.

ROZDZIAŁ CZWARTY

Leiandros drobnymi łyczkami popijał whiskey w dużym salonie, czekając, by Savannah przyłączyła się do niego przed kolacją.

Willa zbudowana przez jego dziadka mogła się poszczycić dwoma dużymi salonami, jak również dwiema salami jadalnymi, z których jedną dziadek przemianował na swój gabinet, oddawszy swoje dawne królestwo na pokój telewizyjny. Była tu także weranda, gdzie jadano śniadania, osiem sypialni z łazienkami oraz pokoje dla służby na parterze.

Innymi słowy, w domu nie brakowało przestrzeni i Savannah mogła w nim znaleźć prywatność, której rzekomo bardzo potrzebowała. Leiandros nie przewidział tylko, że ona wykorzysta ten fakt, by unikać jego towarzystwa. Dziś wieczorem planował jasno dać jej do zrozumienia, że od tej pory ma się stać częścią jego życia.

Był jej tak spragniony, że nie zdołał się oprzeć pokusie, by ją wziąć w ramiona po tym, gdy zapadła w sen. Przyglądał jej się długo, zanim uległ pragnieniu.

Od tamtego pierwszego pocałunku nie trzymał jej w objęciach, nawet przy powitaniu. Bał się własnej reakcji. Poza tym należała przecież do innego mężczyzny. Teraz jednak Dion nie żył, a Savannah należała do Leiandrosa, nawet jeśli jeszcze się tego nie domyślała.

Jej ciało już to wiedziało. Przytuliła się do niego niczym długoletnia kochanka, a jego reakcja okazała się łatwa do przewidzenia, choć zdumiewająco szybka. Chciał jej dotykać, rozpiąć jej cienką jedwabną bluzkę i zobaczyć piersi, których dotyk tak go podniecał.

Kiedy jej będzie dotykał, powinna być przytomna i pragnąć tego tak samo jak on. Tak jak pragnęła jego pocałunku siedem lat temu.

Widząc ją w łukowatym wejściu, upił kolejny łyk alkoholu. Przebrała się w szmaragdowozieloną prostą suknię z surowego jedwabiu, długą do kolan; złotobrązowe pasma włosów zebrała w elegancki węzeł. Jedyną ozdobę stanowiły naszyjnik z kutego srebra i kolczyki do kompletu.

Wyglądała pięknie, lecz nie tego się spodziewał, wiedząc, jak wiele pieniędzy dostaje co miesiąc. Nyssa wspomniała też, że mieszkają skromnie. Czy była to jedynie dziecięca naiwność, czy też odpowiadało to prawdzie? A jeśli tak, na co Savannah wydawała dziesięć tysięcy dolarów miesięcznie?

Savannah zawahała się w wejściu, pragnąc uciec. Dziewczynki, nakarmione, poszły spać przed godziną. Zaproponowały Leiandrosowi, by je ułożył do snu, ale właśnie zadzwonił jeden z międzynarodowych kontrahentów, więc obiecał, że zrobi to następnego wieczoru. Savannah nie żałowała tego w najmniejszym stopniu. Jego obecność ogromnie jej ciążyła.

– Wejdź, Savannah. Nie zamierzam cię pożreć.

Zmusiła się, by się uśmiechnąć i przybrać lekki ton głosu.

– Oczywiście, że nie. Greccy multimilionerzy mają zbyt wyrobiony smak, żeby pożerać swoich gości.

Uniósł brew z ironią.

– Czego się napijesz?

– Czegoś bezalkoholowego. Mam słabą głowę, a po locie na drugi kontynent pewnie wystarczyłby jeden łyk, żebym wpadła pod stół. – No i potrzebowała wszystkich władz umysłowych.

Odwrócił się do wózka z napojami i nalał jej wody, dodając odrobinę limetki.

Przyjęła szklankę, pilnując, by ich dłonie się nie zetknęły, i cofnęła się o krok.

– Twoja matka nie zje z nami kolacji?

Przysunął się bliżej.

– Pojechała odwiedzić przyjaciółkę. Wróci za parę dni.

– To tyle, jeśli chodzi o jej usługi jako przyzwoitki – mruknęła półgłosem Savannah.

Zaśmiał się cicho.

– Twierdziłaś, że jej nie potrzebujesz. Zmieniłaś zdanie?

Jego głęboki głos i znaczenie słów sprawiły, że oblała ją fala gorąca. Napiła się wody.

– Panie Kiriakis, musimy porozmawiać.

– Leiandros. Nie pan Kiriakis. Jesteśmy rodziną. Nie nazywaj mnie tak oficjalnie.

Zamierzała stworzyć między nimi dystans – jeśli nie fizyczny, to przynajmniej psychiczny, lecz najwyraźniej udało się jej też go rozzłościć. Zacisnęła zęby. Nie ma się o co kłócić.

– Więc Leiandrosie... Pomysł, żebym zamieszkała w Grecji z dziewczynkami na stałe, jest niedorzeczny, mówiąc najoględniej.

Jego oczy zwęziły się, kiedy gestem polecił jej usiąść na jednej ze skórzanych sof stojących przed kominkiem.

– Czemu?

– Mam w kraju zobowiązania, które muszę wypełnić.

Usiadła jak najdalej od niego.

Z drapieżnym uśmiechem zbliżył się i zajął miejsce na tej samej sofie.

– Jakiego rodzaju zobowiązania? – Ton podejrzliwości w jego głosie był wyraźny.

– Zwyczajne. – Skrzyżowała nogi w kostkach i napiła się jeszcze wody. – Krewni, praca, opieka nad Evą i Nyssą.

– Nie masz pracy.

Skinęła na znak zgody.

– Ale muszę jakąś znaleźć, jeśli mam się uwolnić od zależności i pieniędzy od ciebie. – Z pewnością to zrozumie.

– Skoro niezależność jest dla ciebie tak ważna, czemu przez ostatnie cztery lata nie znalazłaś sobie zajęcia?

Jej dłoń mimo woli zacisnęła się w pięść, po twarzy przemknął gniew. Zaraz jednak opanowała się i przybrała na powrót obojętny wyraz.

– Ostatnie cztery lata spędziłam na studiach. Teraz mam magisterium z ekonomii i zamierzam je wykorzystać dla dobra swojego i dziewczynek.

Wyglądał na kompletnie zaskoczonego i bardzo ją to ucieszyło.

– Przywiozłaś ze sobą dyplom? – spytał.

– Po co miałabym to robić?

– Żebym mógł sprawdzić, czy mówisz prawdę.

Znowu poczuła gniew.

– Twoja arogancja jest porażająca. Czemu miałabym ci coś udowadniać? Zresztą kwestia mojego dyplomu nie ma związku z naszą rozmową.

Przełknęła ślinę.

– Rozmawiamy o moim powrocie do kraju. Zostanę na tyle długo, by dziewczynki mogły poznać dziadków, jeśli moje spotkanie z nimi okaże się satysfakcjonujące, potem jednak wracam i nie masz nic do powiedzenia.

– Zdziwisz się.

Zacisnęła zęby.

– Mów sobie, co chcesz, i tak wyjadę.

– Skoro naprawdę chcesz być niezależna, po co przyjeżdżałaś do Grecji? Nie chciałaś tego zrobić, ale zgodziłaś się, kiedy odmówiłem wpłaty.

Nie zamierzała odpowiadać na to pytanie.

– To nie ty dokonujesz wpłat. Pochodzą z funduszu powierniczego dziewczynek. – Odstawiła pustą szklankę na stół.

– Nawet nie tknąłem tamtych pieniędzy przez ostatni rok.

– Ale... – Urwała zaskoczona.

Więc to *on* łożył na nie przez ostatni rok? Poczuła się dziwnie, jakby wkroczył w jej życie bez jej woli.

– Żadne ale. Utrzymywałem cię przez ostatni rok i jeśli chcesz, bym nadal to robił, musisz spełnić pewne warunki.

Miała dość spełniania warunków stawianych jej przez Diona. Nie zamierzała przerabiać tego samego z Leiandrosem.

– Nie chcę, żebyś mnie utrzymywał. Chcę sobie poszukać pracy.

– Więc czemu przyleciałaś go Grecji? – powtórzył z widocznym zdumieniem.

– Potrzebuję pieniędzy jeszcze przez kilka miesięcy, zanim stanę na nogi finansowo.

– Naprawdę sądzisz, że znajdziesz pracę za dziesięć tysięcy dolarów miesięcznie? – Brzmiało to, jakby uważał ją za idiotkę.

– Nie, oczywiście, że nie, ale za parę miesięcy nie będę potrzebowała tak wiele. – Na myśl o tym, dlaczego nie będzie już potrzebowała, jej serce ścisnęło się z żalu.

Lekarze nie spodziewali się, by ciocia dożyła końca roku. Bez comiesięcznych opłat za opiekę w Brenthaven Savannah i dziewczynki bez trudu dadzą sobie radę.

– Dlaczego?

Popatrzyła mu w oczy tak spokojnie i obojętnie, jak tylko mogła.

– Odpowiedź brzmi: nie twoja sprawa.

Nie spodobało mu się to. Jego oczy błysnęły urażoną dumą.

– Skoro płacę, to myślę, że moja.

– Ale ja o tym nie wiedziałam.

– Teraz wiesz.

W jej głosie zabrzmiała desperacja.

– Nie mogę nic na to poradzić. Na razie ciągle jeszcze potrzebuję pieniędzy. Mogę ci je zacząć zwracać, kiedy dostanę pracę.

Od ostatniego wylewu cioci musiała wykorzystać wszystkie oszczędności na opłacenie całodobowej opieki nad nią, lecz za parę tygodni czekała ją kolejna wpłata. Gdyby jej nie dokonała, ciocię przeniesiono by do najbliższego domu opieki.

Zanim Leiandros zdążył odpowiedzieć, Feliks oznajmił, że kolacja gotowa.

Savannah starała się pochwalić wyśmienity posiłek przygotowany przez żonę Feliksa, lecz zmęczenie podróżą w połączeniu ze stresem sprawiło, że straciła apetyt. Nie wspominając już o dziwnych dreszczach, które przebiegały jej ciało za każdym razem, gdy napotykała wzrok Leiandrosa. Nawet ulubiona mussaka smakowała jak trociny.

Leiandros odsunął pusty talerz, wpatrując się w nią uważnie.

– Powinnaś była poprosić, by podano ci kolację do pokoju. Jesteś wyczerpana.

– Potrzebowaliśmy porozmawiać swobodnie.

Nie chciała, by córeczki wiedziały, że Leiandros chce je mieć w Grecji na stałe.

– Rozmawiajmy więc. Zacznij od wyjaśnienia, czemu to za parę miesięcy nie będziesz potrzebowała mojego wsparcia.

Nie podobał jej się czujny wyraz jego oczu. I nie zamierzała odpowiadać na pytanie. Gdyby się dowiedział o istnieniu cioci Beatrice, zyskałby nad nią taką samą władzę, jaką miał Dion.

– Moje potrzeby finansowe to mój kłopot. Jeśli nie pożyczysz mi pieniędzy, wezmę hipotekę na dom.

Liczyła, że duma nie pozwoli mu się na to zgodzić. Milczał, kiedy gospodyni zbierała talerze i ustawiała przed nimi kryształowe pucharki z owocami i bitą śmietaną.

Uśmiechnęła się do Savannah.

– Mam nadzieję, że to pani przełknie?

Savannah odwzajemniła uśmiech.

– Wygląda wspaniale.

Zjedli deser w milczeniu, po czym wyszli na taras. Widok był równie efektowny, jak z okien sypialni. Morze połyskiwało złotem i czerwienią. Mimo woli westchnęła z zachwytu.

– Nie ma nic piękniejszego. – Leiandros przysunął jej krzesło.

Usiadła i przeniosła spojrzenie z płomiennego zachodu słońca na stojącego obok mężczyznę.

– Zachód słońca wśród krzewów magnolii też nie wygląda najgorzej.

Jego zęby błysnęły w uśmiechu, kiedy usiadł

obok, odwrócony plecami do zapierającego dech w piersiach widoku, i całą uwagę skupił na niej.

– Pewnego dnia chętnie go zobaczę.

Myśl o Leiandrosie odwiedzającym Georgię sprawiła, że Savannah przebiegł dreszcz.

– Nie sądzę, żebyś znalazł okazję do interesów, która usprawiedliwiałaby taką wyprawę – powiedziała tylko.

Żona Feliksa przyniosła kawę i zapaliła lampy otaczające basen oraz ogród. Kilka świetlnych ścieżek przecięło sady i oliwkowy zagajnik przy domu. Savannah zapragnęła je zbadać, musiała jednak pozostać z Leiandrosem i przekonać go, że marzy tylko o powrocie.

– Firma Kiriakis International nie rządzi całym moim życiem. – Brzmienie jego głosu i czekoladowa głębia oczu przesyłały ten sam zmysłowy sygnał, który zarazem niepokoił ją i podniecał.

– Trudno mi w to uwierzyć, biorąc pod uwagę, ile pracujesz.

– Przecież znalazłem czas, by się ożenić.

Na myśl o Leiandrosie w ramionach innej kobiety poczuła gniew.

– Z grecką dziewczyną, która bez wątpienia nigdy nie domagała się ważnej roli w twoim życiu – rzuciła ironicznie.

Zmarszczył brwi z niezadowoleniem.

– To dlatego porzuciłaś mojego kuzyna? Bo nie zgodził się, by cały świat kręcił się wokół twoich potrzeb?

Savannah poczuła, że ogarnia ją lodowaty chłód

– jak zawsze na wzmiankę o jej zakończonym katastrofą małżeństwie.

– Nie miałam ochoty być dla Diona pępkiem świata.

Prawdę mówiąc, marzyła, by poświęcał jej mniej uwagi, szczególnie że przybierała ona postać chorobliwej zazdrości.

– Wierzę bez trudu. Jego szaleńcza miłość musiała ci przeszkadzać w pogoni za przyjaźniami pozamałżeńskimi.

Savannah nauczyła się w kontaktach z Dionem, że zaprzeczenia nie mają sensu, a próby obrony jedynie narażają ją na dalsze obelgi. Więc nawet nie próbowała protestować. Powiedziała tylko:

– „Szaleńcza" to bardzo dobre określenie na to, co do mnie czuł.

– Biedny głupiec cię kochał. – Zabrzmiało to, jakby tylko idiota mógł kochać kogoś takiego jak ona.

– Nie wątpię, że ty bardziej kontrolujesz swoje emocje i nie popełniłeś tego błędu z Petrą.

Zacisnął szczęki.

– Opiekowałem się żoną. Niczego jej nie brakowało. Ale masz rację, nigdy nie dałem się jej tak zdominować jak Dion tobie.

Zdominować? Dion? Poglądy Leiandrosa wydawałyby się śmieszne – gdyby prawda nie była tak bolesna.

– Wolałabym nie rozmawiać o moim małżeństwie.

– Cóż za wrażliwość. Chcesz mi wmówić, że

temat jest dla ciebie bolesny czy jedynie niesmaczny?

Musiała odczekać chwilę, zanim się odezwała. Była dumna ze swojego opanowania.

– Dion i ja żyliśmy w separacji dobrych parę lat przed jego śmiercią. Moje małżeństwo to zamknięta przeszłość.

– Zapominasz o swoich córkach – stwierdził, jak gdyby chciał, by zaprzeczyła, że były dziećmi Diona.

– Odkąd je zobaczyłeś, nie wątpisz chyba, kto jest ich ojcem.

– Ja nie. Ale ty nigdy nie pozwoliłaś im zobaczyć dziadków.

Nie zdołała opanować gniewu.

– To nie ja sugerowałam, że nie są dziećmi Diona. Przypomnij sobie, jaki był zazdrosny. To z jego winy jego matka nie chciała oglądać Evy. Oboje z Sandrosem nie próbowali nawet poznać Nyssy. Ani w ciągu pół roku po jej narodzinach, kiedy byłam w Grecji, ani później.

– Jakie to wygodne. Dion nie żyje, więc możesz go oskarżać o wszystko.

Oczywiście jej nie uwierzył. Dion przecież nie mógł kłamać. Wszystkie jego pokrętne zarzuty rodzina przyjmowała jako świętą prawdę. Taka lojalność imponowałaby Savannah, gdyby nie była zwrócona przeciwko niej. Zbyt wiele ją kosztowało odzyskanie wiary we własne siły, by pozwoliła teraz Leiandrosowi ją zniszczyć. Dyskusja o pieniądzach będzie musiała poczekać.

Wstała.

– Jestem zmęczona. Chyba się położę.

– Uciekasz? Prawda jest zbyt bolesna?

Zacisnęła pięści.

– Odkryłam, że Kiriakisów interesuje nie prawda, lecz ich własne złudzenia. Nie wierzę, że uda mi się rozwiać twoje, ale nie będę też wysłuchiwać opartych na nich zarzutów. Dobranoc.

Obróciła się, by odejść. Nagle znalazł się tuż obok niej, złapał ją mocno za ramię.

– O, nie. Nie uciekniesz tak łatwo. Być może Dion pozwalał ci się traktować jak piesek pokojowy, ale ja jestem wilkiem.

Serce zaczęło jej bić szybko na dźwięk groźby w jego głosie.

– Proszę, pozwól mi odejść. – Nie brzmiało to dumnie, lecz cicho i słabo.

– Jeszcze nie. Mam jeszcze coś do zrobienia.

Chciał ją uderzyć? Umiała się bronić, ale nie chciała go skrzywdzić, a jej serce protestowało na myśl, że on mógłby skrzywdzić ją. Ciekawe dlaczego. Odpowiedź przeraziła ją bardziej niż wspomnienie gniewu Diona. Z jakiegoś powodu ufała Leiandrosowi w sposób, w jaki nie ufała żadnemu innemu mężczyźnie.

Stała chwilę nieruchomo w jego ramionach.

– Co takiego?

– Nie pocałowałem cię przy powitaniu na lotnisku. Pora nadrobić to zaniedbanie, nie sądzisz?

Obrócił ją i uniósł jej podbródek. Potem nachylił się i lekko dotknął jej policzka wargami.

– Witaj w domu, Savannah.

Czekała na falę paniki, która zawsze ją ogarniała, gdy znalazła się w pobliżu mężczyzny, lecz tak jak w limuzynie jej ciało nie chciało zareagować w zwykły sposób. Za to jej umysł ogarnęło przerażenie, bo kiedy pocałował ją w drugi policzek, poczuła niewytłumaczalne pragnienie, by obrócić głowę – tak aby ich usta się spotkały. Opanowała ten impuls.

Nie cofnął się, lecz jeszcze kilka sekund pozostał blisko niej.

– Nie odwzajemnisz powitania?

Odwzajemniła. Pożądanie było tak nowym doświadczeniem po wielu latach, gdy czuła jedynie lęk i nieufność w obecności mężczyzn, że zrobiła to odruchowo. Ucałowała go najpierw w lewy, potem w prawy policzek.

Poczuła smak jego skóry i zapach drogiej wody kolońskiej. Chciała pocałować go jeszcze raz, lecz tego nie zrobiła. Zaczekała, by się przekonać, jak zareaguje Leiandros.

Nie pozostawił jej długo w niepewności. Mruknął coś niezrozumiale i przywarł ustami do jej ust.

Zamknęła oczy; wokół eksplodowały fajerwerki. W jednej sekundzie znajdowała się w bezpiecznej odległości od niego, w następnej przylgnęła do niego, obejmując go mocno za szyję.

Miała wrażenie, jakby jej ciało nie mogło się oprzeć temu dotykowi po latach wymuszonego postu. Tak dobrze było mieć go przy sobie. Nie panowała nad swoimi odruchami. Działała wiedziona instynktem i pragnieniem, które nakazywały jej poddać się bez reszty.

Przesunął dłońmi po jej plecach i pośladkach, a następnie podniósł ją i przycisnął mocno do siebie; zdławiła mimowolny jęk rozkoszy. Wydawało się, że to nie może być prawda; czuła się jeszcze niezwyklej niż tamtej nocy, kiedy wymienili pierwszy pocałunek – bo teraz głos sumienia milczał. Dion zniknął i jej ciało o tym wiedziało.

Pragnęła Leiandrosa z siłą, która przeważyła nad jej zdrowym rozsądkiem, obawą przed bliskością, nawet instynktem przetrwania, który rozwinęła w sobie w ciągu minionych lat.

Leiandros pieścił ją nadal; przycisnęła się do niego mocniej, zalewana falami rozkoszy. Jęknęła cicho, przestraszona potęgą nowych doznań. Nie przestając jej całować, mruknął z satysfakcją, uniósł dłoń i zaczął pieścić także jej pierś. Poczuła, jakby coś w niej eksplodowało. Drżała w jego objęciach. Gdyby jej nie trzymał, upadłaby mu u stóp.

Więc tak to jest, pomyślała. Nigdy wcześniej nie doświadczyła tak wielkiej rozkoszy, tak intensywnych uczuć. Nie mogła powstrzymać myśli, jak by to było, gdyby ich ciała się połączyły. Czy możliwe, by rozkosz była jeszcze większa?

Zaczęła płakać – ciche, zduszone szlochy, które wydawały się jej równie zaskakujące i niepokojące jak rozkosz.

Scałowywał łzy z jej policzków, jak gdyby mu się należały.

– Nie ma wątpliwości, że nasze małżeństwo będzie udane.

ROZDZIAŁ PIĄTY

Savannah patrzyła na niego z niedowierzaniem. Czy naprawdę powiedział, że wezmą ślub? Pokręciła głową, lecz myśli pozostały równie chaotyczne jak dotąd.

Bez ostrzeżenia Leiandros wziął ją na ręce i poniósł do domu, a potem na górę po schodach do jej pokoju, gdzie położył ją na łóżku. Zauważyła, że nawet się nie zadyszał.

Objął ją za kark, a potem lekko przycisnął usta do jej warg, które poddały się mimowolnie.

– Dobranoc. Jutro porozmawiamy o planach na przyszłość.

Była tak oszołomiona, że zamiast zrobić mu awanturę, że śmie snuć jakieś plany na temat ich wspólnej przyszłości, skinęła tylko głową i patrzyła za nim, gdy wychodził z pokoju i zamykał drzwi. Pełnych dziesięć minut studiowała zamknięte drzwi, nim dotarła do niej potworność tego, co zrobiła.

Pozwoliła Leiandrosowi całować się i pieścić na oświetlonym tarasie, gdzie każdy mógł ich zobaczyć. Co gorsza, zdradziło ją własne ciało. Nawet nie przyszło jej do głowy odepchnąć go lub powstrzymać. Gdyby ją rozebrał i położył się obok w łóżku, pozwoliłaby mu na to.

Nie wiedziała, jak spojrzy mu w oczy. Jak miała z nim rozmawiać o pieniądzach i – teraz jeszcze bardziej koniecznym – powrocie do kraju?

Jej wargi skrzywiły się w mimowolnym uśmiechu, bo szok i zaskoczenie mieszały się w niej z radością, której nie mogła zaprzeczyć. Jej kobiecość – część jej natury, która zdawała się zniszczona przez przemoc zaznaną ze strony męża – miewała się doskonale. Odzyskała poczucie, że jest kobietą – dzięki Leiandrosowi Kiriakisowi.

Zdjęła ubranie, zamierzając wziąć prysznic, szybko jednak doszła do wniosku, że gorąca woda to ostatnie, czego potrzebuje jej rozbudzone ciało. Przebrała się więc w koszulę nocną i wsunęła między pachnące jaśminem prześcieradła. Czy jaśmin nie jest przypadkiem afrodyzjakiem? Wtuliła twarz w poduszkę, pewna, że nie zaśnie do rana po wstrząsających przeżyciach tego wieczoru, lecz powieki miała ciężkie. Jej ostatnia senna myśl o Leiandrosie podziałała lepiej niż pigułka nasenna.

Pozostawienie Savannah samej w jej sypialni było jednym z trudniejszych zadań, jakie Leiandros sobie nakazał – a może najtrudniejszym. Nie zamierzał się z nią kochać, gdy była zmęczona po długim locie z Ameryki. Poza tym miał coś do zrobienia.

Podniósł słuchawkę i wystukał dobrze znany numer.

– Raven, słucham.

– Leiandros Kiriakis. Potrzebuję pewnych informacji.

– O osobie czy o firmie?

– Osobie. Savannah Kiriakis z Atlanty w Georgii.

– Czy to nie wdowa po pańskim kuzynie?

Oparł się o biurko.

– Tak.

– Rozumiem.

– Wątpię.

– Czego chce się pan dowiedzieć?

– Wszystkiego. Z kim się spotyka, czy ma mężczyznę. Twierdzi, że niedawno skończyła studia. Chcę to potwierdzić. Ale przede wszystkim chcę znać jej sytuację finansową. Otrzymuje dziesięć tysięcy dolarów miesięcznie, ale nie widać tego po jej strojach. Według jej córki mieszkają skromnie. Chcę wiedzieć, gdzie znikają te pieniądze i czemu mają jej nie być potrzebne za kilka miesięcy.

– To wszystko? – spytał Raven z lekką ironią. – I pewnie chce pan te informacje na wczoraj.

– Owszem. – Leiandros nie wyjaśnił czemu. Nie musiał: płacił Ravenowi wystarczająco dobrze.

– Na pańskie szczęście w Stanach jest teraz popołudnie.

– Doskonale.

– Zadzwonić czy przesłać wszystko faksem?

– Faksem. Mogą być jakieś zdjęcia.

Chodziło mu o jej kontakty z mężczyznami.

Uważał je za rzecz oczywistą, biorąc pod uwagę jej zachowanie w czasach, kiedy była żoną Diona, choć po tym, jak zareagowała na jego dotyk tego wieczoru, zaczynał wątpić, czy jej życie uczuciowe jest tak urozmaicone, jak sądził.

– W porządku. – Raven rozłączył się.

Następnie Leiandros poszedł wziąć zimny prysznic i obmyślić szczegóły planu. Musiał być dopięty na ostatni guzik. Po tym, co przeżyli razem na tarasie, był jeszcze bardziej niż dotąd zdeterminowany się z nią ożenić. Nigdy więcej nie pozwoli jej odejść.

– Popatrz, mamo! Patrz!

Wołanie Nyssy sprawiło, że Savannah oderwała wzrok od błękitnego morza i spojrzała w stronę basenu.

Dziewczynka stała na skraju, obok pływała Cassia – niania wynajęta przez Leiandrosa. Kiedy gospodyni przedstawiała jej młodą kobietę przy śniadaniu, Savannah chciała w pierwszej chwili oświadczyć, że nie potrzebuje pomocy, lecz na widok sympatycznego i życzliwego uśmiechu na twarzy Cassii zmieniła zdanie.

Nyssa wskoczyła z wielkim pluskiem do wody, zanurkowała do dna basenu, po czym wynurzyła się i podpłynęła do brzegu, zamierzając powtórzyć wyczyn. Savannah zaklaskała z podziwem. Potem przeniosła wzrok na starszą Evę i uśmiechnęła się zachęcająco. Eva stanęła w wodzie na rękach, z nogami uniesionymi do góry.

– Ale fajnie – powiedziała z podziwem Nyssa. – Ja też tak chcę.

– Doskonale – pochwaliła Savannah, kiedy Eva wynurzyła się, by nabrać powietrza.

– Zgadzam się.

Głęboki męski głos podziałał na Savannah niczym zastrzyk adrenaliny; drgnęła zaskoczona. Nie mogła się zmusić do podniesienia oczu na Leiandrosa – pewna, że dostrzeże na jego twarzy drwiącą pogardę. Podszedł i stanął tuż za nią; robiła wszystko, by to zignorować, równocześnie napawając się nowym odczuciem – że wcale nie pragnie odsunąć się od tego mężczyzny najdalej jak to możliwe. Wręcz przeciwnie: czuła, jak po jej skórze przebiega lekki dreszcz pożądania.

– Wyglądają jak dwie małe syreny – oznajmił z satysfakcją.

– Obie zawsze uwielbiały wodę. – Miała nadzieję, że lekkie drgnienie jej głosu nie zdradziło targających nią emocji.

Podniósł książkę, którą czytała, mimowolnie muskając ręką jej udo.

– Savannah?

Czego chciał od książki? Nawet nie spojrzał na tytuł – o ile Savannah mogła stwierdzić, bo wzrok wciąż miała spuszczony.

– Nie lubię rozmawiać z czubkiem twojej głowy.

Cóż, ona nie lubiła z nim rozmawiać, i tyle.

– Czy tak trudno ci na mnie spojrzeć?

Rozbawienie w jego głosie zraniło jej dumę.

Wzięła się w garść i podniosła wzrok. W białej koszulce polo i płóciennych spodniach khaki wydawał się jeszcze przystojniejszy niż w garniturze. Miała nadzieję, że jej ciemne okulary nie pozwalają odgadnąć, w którym kierunku patrzy.

– Czego chcesz?

– Porozmawiać.

O ubiegłym wieczorze? O pieniądzach? O jej dalszym pobycie w Grecji, a może, co najgorsze, o jego szokującej wzmiance na temat małżeństwa?

– To niewłaściwy czas i miejsce – odparła, wskazując Cassię bawiącą się z dziewczynkami w basenie.

– Zgadzam się, że miejsce jest nieodpowiednie. Za to pora idealna. Cassia zajmie się twoimi córeczkami.

– Wynająłeś ją bez mojej zgody.

– Nie odpowiada ci? Możemy poszukać kogoś innego.

– Nie życzę sobie, żebyś układał mi życie.

Roześmiał się cicho.

– Idziesz czy nie?

Savannah poczuła się pokonana. Leiandros pamiętał o rozkoszy, jakiej udzielili sobie nawzajem ubiegłego wieczoru. Odkładanie rozmowy niczego nie rozwiązywało – tylko przedłużało nieuniknione.

– W porządku. Porozmawiam tylko chwilę z Cassią i jestem twoja.

Kiedy tylko to powiedziała, uświadomiła sobie, jak dwuznacznie zabrzmiały te słowa; miała ochotę odgryźć sobie język.

Leiandros tylko się uśmiechnął.

– Już jesteś.

Miała ogromną ochotę odpowiedzieć na tę arogancję, ale tylko spojrzała gniewnie.

– Wcale nie – burknęła tonem wściekłej sześciolatki, lecz ze znacznie mniejszym przekonaniem.

Nie przestał się uśmiechać i nie zadał sobie trudu, by się z nią spierać – co było znacznie bardziej obraźliwe niż głośny sprzeciw. Obróciła się na pięcie, mimo woli trafiając na kałużę pozostałą po ostatnim skoku Nyssy. I znowu, jak na lotnisku, Leiandros złapał ją i ochronił przed upadkiem.

Objął ją mocno i powiedział półgłosem:

– Ostrożnie, *yineka mou*.

Czułe określenie poruszyło ją równie silnie, jak dotyk jego długich palców. Jedno i drugie było jednak dowodem zaborczości, której nie zamierzała ulec. Wciągnęła gwałtownie powietrze i spojrzała czujnie w stronę basenu. Cassia i dziewczynki bawiły się w płytkiej wodzie, zwrócone do nich plecami.

– Nie rób tak – odezwała się zduszonym szeptem.

Jak się wydawało, Leiandros nie tylko miał przerażającą władzę nad jej ciałem, lecz także potrafił jak nikt zniszczyć jej opanowanie.

– Twoje ciało tak szybko reaguje na mój dotyk. Żaden mężczyzna nie umiałby się temu oprzeć. Ja też nie potrafię.

Chciała go uderzyć, najlepiej czymś ciężkim. Reaguje? Oprzeć się? Mógłby przynajmniej mieć tyle przyzwoitości, by ją uznać za atrakcyjną, a nie wpadać w samouwielbienie, że wywiera na niej tak wielkie wrażenie. W myślach obrzuciła go najgorszymi wyzwiskami, zanim opanowała się na tyle, by się odezwać.

– Puść mnie.

Zadziwiające, lecz usłuchał.

Podeszła do brzegu basenu i udzieliła niani instrukcji, co robić z dziewczynkami w ciągu najbliższej godziny, mając nadzieję, że rozmowa z Leiandrosem nie potrwa dłużej.

Leiandros poprowadził ją do gabinetu i zamknął za sobą drzwi.

– Powiedziałem Feliksowi, żeby nikt nam nie przeszkadzał.

Savannah nerwowo oblizała wargi.

– Rozumiem.

Świetnie. Nie tylko zniszczył całą jej wypracowaną z trudem samokontrolę, lecz także zmusił do wygłaszania banałów.

– Usiądź, proszę.

Wskazał fotel obity skórą w kolorze burgunda, stojący przed wielkim mahoniowym biurkiem.

– Napijesz się czegoś? – Otworzył lodówkę sprytnie ukrytą w jednej z błyszczących mahoniowych szaf.

– Chętnie, poproszę wino z wodą sodową.

– Zwykle nie pijesz; czyżbyś potrzebowała wzmocnienia przed rozmową? – Uniósł ironicznie brew.

Wiedział, że Savannah się denerwuje.

– Może być sama woda mineralna.

Zignorował ją, nalał odrobinę wina do kieliszka, potem dopełnił wodą gazowaną i podał jej gotowy napój. Natychmiast pociągnęła łyk.

Sobie nalał soku owocowego – i Savannah poczuła naraz, że popełniła błąd. Jego umysł nie będzie zamroczony alkoholem. Dobrze, że przynajmniej niedawno jadła lunch.

Czekała, by zaczął rozmowę. Skoro dyskusja miała dotyczyć małżeństwa, z pewnością nie zamierzała jej zaczynać sama.

Leiandros oparł się o biurko tuż obok niej. Napił się soku, przypatrując się jej uważnie. Próbowała wytrzymać spojrzenie, pokazać mu, że nie da się zastraszyć milczeniem. Wszystko byłoby znacznie prostsze, gdyby nie wydarzenia ubiegłego wieczoru. W końcu się odezwał:

– Ślub może się odbyć w przyszłą niedzielę. Załatwiłem już wszystkie formalności i umówiłem się z popem. Naturalnie małżeństwo zostanie zawarte w kaplicy na terenach należących do willi.

Jej kieliszek potoczył się po tureckim dywanie, lecz patrzyła tylko w oszołomieniu. Leiandros Kiriakis powiedział właśnie, że chce ją poślubić – i tym razem na pewno sobie tego nie wyobraziła.

Myśl wydawała się zarazem fascynująca i przerażająca. Strach rozumiała; czego kobieta, która ma za sobą jedno nieudane małżeństwo, może się spodziewać po następnym związku? Natomiast nie mieściło się jej w głowie, skąd się wzięła fascynacja.

Chyba nie chce poślubić kolejnego Kiriakisa? A może tak? Czy to znaczy, że kocha Leiandrosa? Zrobiło jej się niedobrze na samą myśl. Nie szanował jej. Podejrzewał ją o romanse w trakcie poprzedniego małżeństwa. Z pewnością jej nie kochał, więc nie rozumiała, co go popycha do tego kroku.

Powiedziała jedyne, co mogła powiedzieć:

– Nie.

Nie był zły – wręcz przeciwnie, roześmiał się. Jego śmiech wydawał się jednak trochę ponury.

– Nie zadawałem ci pytania. Poinformowałem cię o nadchodzącym wydarzeniu. – Jego głos brzmiał dziwnie łagodnie.

Zadrżała teraz z prawdziwego przerażenia. Wydawał się tak pewny jej zgody. Odetchnęła kilka razy głęboko, by się uspokoić.

– Nie żyjemy w średniowieczu. Nie ożenisz się ze mną bez mojej zgody.

Uniósł brew.

– Tak sądzisz?

– Wiem o tym.

– Jestem przekonany, że zmienisz zdanie, kiedy się zapoznasz z sytuacją. Dion mianował mnie jedynym wykonawcą testamentu i administratorem jego majątku.

– Wiem o tym.

Chciał ją szantażować pieniędzmi?

– Zapewne jesteś także świadoma, że mianował mnie opiekunem Evy i Nyssy na wypadek swojej śmierci.

– Co to ma znaczyć? Ja jestem ich matką i jedyną opiekunką.

Uśmiechnął się groźnie.

– W Stanach. W Grecji ja jestem ich drugim opiekunem. Nie możesz wywieźć dziewczynek bez mojej zgody. A zapewniam, że będę cię pilnował znacznie lepiej niż mój kuzyn. Nie uda ci się stąd wymknąć bez mojej wiedzy.

Poczuła mdłości; krew odpłynęła jej z twarzy.

– Chyba nie chcesz odebrać mi córeczek.

Pokręcił głową.

– Nie. Chcę cię poślubić i zatrzymać was wszystkie w Grecji.

– Nie mogę tu zostać. – Pomyślała o cioci, którą czekało być może tylko kilka miesięcy życia. – Mam zobowiązania.

– Nie wypełnisz ich, jeśli nie otrzymasz pieniędzy.

– Nie – szepnęła. Nie mógł wiedzieć o cioci Beatrice. – Dlaczego mi to robisz? Z pewnością nie chcesz mnie za żonę.

– Mylisz się. Uważam, że to kwestia sprawiedliwości.

– Sprawiedliwości? – Wobec Diona?

– Przez ciebie straciłem kuzyna i żonę.

– Skąd ci to przyszło do głowy? Nawet nie było mnie wtedy w Grecji.

Całe jego ciało stężało; oczy stały się niemal czarne z gniewu.

– Właśnie. Nie żyłaś z nim jak prawdziwa żona. Wykradłaś jego córki. Ośmieszyłaś go jako mężczyznę. Zaczął szukać ukojenia w szaleństwach. Zabrał Petrę ze sobą.

Pokręciła głową.

– Skoro był taki szalony, czemu się z nim zadawała?

– Przyjaźnili się. Był moim kuzynem. Wypadek spowodował po pijanemu, bo próbował utopić w alkoholu rozpacz, ponieważ odmówiłaś mu przywiezienia córek do Grecji.

Jak mógł wierzyć w takie bzdury?

– Uważasz go za świętego, prawda? – spytała bezradnie.

– Nie świętego, ale mężczyznę głęboko skrzywdzonego przez własną żonę.

Zacisnęła dłonie na kolanach, by ukryć ich drżenie.

– Powiedziałam mu, że może odwiedzać dziewczynki. Nie potrzebował topić swojej rozpaczy.

– Mam w to uwierzyć?

– Skoro uważasz mnie za tak nieuczciwą i odrażającą, po co chcesz się ze mną ożenić?

– Masz wobec mnie dług.

– Jaki?

– Jesteś winna rodzinie Kiriakisów swoje dzieci w zamian za śmierć męża. Jesteś mi winna stratę żony. Jesteś mi winna utratę dziecka. Petra była w czwartym miesiącu ciąży, kiedy zginęła.

– Nie. – Chwiejnie podniosła się na nogi, wstrząśnięta wiadomością.

– Tak – syknął. – Wyjdziesz za mnie i dasz mi dziecko, które zastąpi mojego nieżyjącego synka.

Czerwone plamy zatańczyły jej przed oczami. Poczuła, jak pada, i ogarnął ją mrok.

ROZDZIAŁ SZÓSTY

– Zbudź się, *moro mou*. No, Savannah, obudź się – zmysłowy głos i dotyk czegoś przyjemnie chłodnego na twarzy i szyi przywróciły ją do przytomności.

Zamrugała i otwarła oczy. Leżała na skórzanej sofie na przeciwnym krańcu gabinetu. Leiandros ostrożnie zwilżał jej twarz wilgotną chusteczką.

Patrzyła na niego oszołomiona. Kręciło jej się w głowie. Potem napłynęły wspomnienia i żołądek skurczył jej się ze strachu. Zesztywniała i odepchnęła jego rękę.

– Winisz mnie za śmierć swojej żony i dziecka.

Podniosła się z trudem przy jego pomocy – wciąż odnosił się do niej z tą zaskakującą delikatnością. Próbowała się odsunąć, ale nie miała gdzie.

– Nie wyjdę za ciebie, Leiandrosie. Nie pozwolę się wykorzystać w taki sposób.

Zaznała tego z Dionem.

Odgarnął jej z twarzy pasmo włosów. Odwróciła głowę, lecz mimo to gest zaparł jej oddech. Uśmiechnął się.

– Nie zamierzam cię wykorzystać. Ale i tak pragnę z tobą dziecka.

Znowu zakręciło się jej w głowie.

– Nie.

– Nie masz wyboru – odparł, co jej przypomniało o wcześniejszych groźbach.

– Mylisz się – powiedziała, nie chcąc ulec strachowi. – Możesz mnie zmusić do zostania w Grecji ze względu na dzieci, ale tylko póki nie wygram w sądzie. Nie możesz mnie zmusić do małżeństwa.

Liczyła jedynie na to, że gdy Leiandros zrozumie, że nie zdoła jej poślubić, pozwoli Savannah wrócić z córeczkami do kraju. Znajdzie sobie kolejną miłą dziewczynę, ożeni się z nią i będzie miał gromadkę dzieci. Wyobraziła sobie brunetkę bez twarzy w ciąży z Leiandrosem i mimo woli poczuła do niej niechęć.

– Nie sądzę. – Położył jej rękę na udzie gestem zarazem czułym i groźnym. – Zastanów się, Savannah. Nie masz pieniędzy, nie zdołasz wynająć dobrego prawnika. A ja będę walczył, z pewnością o tym wiesz.

Zmysłowy ton jego głosu sprawił, że znaczenie słów z trudem do niej docierało. W zamyśleniu zaczął ją gładzić po udzie.

– Niewiele w ten sposób zyskasz. – Uśmiechnął się ironicznie.

– Tak sądzisz?

Jego pieszczota sprawiała, że nie mogła myśleć jasno. Powinna go powstrzymać, lecz nie potrafiła. Co się z nią dzieje?

Przez cztery długie lata jej ciało było jak martwe. Jak mogło się obudzić do życia pod dotykiem człowieka, który groził, że zburzy jej spokój i bezpieczeństwo?

– Eva i Nyssa muszą mieszkać w Grecji – mruknął.

Zafascynowana przyglądała się jego ustom wypowiadającym te słowa. Przypomniała sobie ich dotyk.

– Nie masz szans przed greckim sądem. W Grecji rodzina jest najważniejsza, a ja nie próbuję cię rozdzielić z córeczkami, a jedynie zadbać, by rosły w otoczeniu krewnych.

Nareszcie znaczenie słów dotarło do niej w pełni. Drgnęła i spróbowała odsunąć jego rękę – bez skutku. Chciała przybrać obojętny wyraz twarzy, lecz miała wrażenie, że mięśnie nie chcą jej słuchać.

– Sprzedam dom – rzuciła z nutką desperacji.

– A co będzie z ciocią? – spytał jedwabiście. – Trafi do domu opieki.

Zamarła z przerażenia. Leiandros odkrył jej sekret i teraz będzie go używał niczym bata. Poczuła się pokonana.

– Jesteś gorszy niż Dion – jęknęła.

Wydawał się zaskoczony. Zmrużył oczy.

– Co chcesz przez to powiedzieć?

Pokręciła głową, nie zamierzając mu mówić niczego, co mógłby potem wykorzystać przeciw niej.

– Jak się dowiedziałeś o cioci Beatrice?

– Nająłem prywatnego detektywa. Dzisiaj rano dostałem raport.

– Czego jeszcze się dowiedziałeś?

– Wielu interesujących rzeczy. – Ścisnął znowu jej udo.

Złapała go obiema dłońmi za rękę i tym razem zdołała odsunąć parę centymetrów.

– Nie chcę, żebyś mnie dotykał.

– Naprawdę? – Uśmiechnął się bezlitośnie. – Lubisz to. Mam ci to udowodnić?

Pokręciła głową.

– Nie. Proszę. – Gdyby ją pocałował, byłaby zgubiona.

Jego usta znajdowały się zaledwie parę milimetrów od jej ust, jego ciepły oddech pieścił jej wargi.

– Przyznaj, że tak.

Odchyliła się najbardziej, jak mogła.

– Nie.

W jej głosie nie było wyzwania, jedynie rozpaczliwa prośba. Uśmiechnął się i odsunął trochę.

– Chcesz wiedzieć, co powiedział detektyw?

Z pewnością nie odkrył przyczyny jej ucieczki do Stanów, w przeciwnym razie Leiandros nie winiłby jej za śmierć Diona. A może winiłby ją nadal? Zadrżała.

– Chcę.

Przesunął dłoń i oparł ją na jej biodrze. Drugą ręką ujął ją za szyję, skutecznie odbierając jej swobodę ruchu.

– Nie umawiasz się z mężczyznami. Nigdy. Tak twierdzi sąsiadka, która mieszka w twojej okolicy od trzech lat.

Poczuła się zraniona, że wie tak wiele o jej życiu towarzyskim.

– To, z kim i kiedy się spotykam, to nie twoja sprawa.

Z początku nie widywała się z nikim, bo była mężatką, a po śmierci Diona ze strachu przed mężczyznami. Gdzie podział się teraz jej lęk? Czemu nie chronił jej od fascynacji, jaką w niej budził Leiandros?

Uścisk na jej karku stał się mocniejszy.

– Interesuje mnie wszystko, co cię dotyczy. Masz zostać moją żoną i matką moich dzieci.

– Nie. – Jeśli będzie to powtarzać wystarczająco często, może w końcu jej uwierzy.

Nie spierał się z nią.

– Powiedziała też, że jesteś bliska załamania nerwowego.

– Niedorzeczność!

Pokręcił głową.

– Bardzo mało śpisz, wciąż jeździsz do Brenthaven i potrzebujesz opiekunki do dzieci, a nie studentki-babysitterki.

Savannah poczuła, jakby każdy jej sekret został wystawiony na widok publiczny.

– Dam sobie radę.

Okej, może wyglądała na trochę zmęczoną, kiedy wyjeżdżały do Grecji, ale twierdzenie, że znajduje się na granicy załamania nerwowego, to przesada.

– Nie widzisz, ile zyskasz na tym małżeństwie? Zbyt długo za wiele od siebie wymagałaś. Zaopiekuję się tobą. Tu będziesz miała Cassię do opieki nad dziewczynkami, a one – matkę i ojca, tak jak należy.

Leiandros nie mógł wiedzieć, jak bardzo odpowiada to jej najgłębszym pragnieniom. Chciała mieć pełną rodzinę, zawsze tego pragnęła i nawet wyszła za mąż – zbyt młodo i nierozważnie – żeby spełnić to marzenie. Tylko że związek z Dionem zmienił je w koszmar. Czy Leiandros proponował coś innego?

Dotyk jego ręki na karku był niezwykle uspokajający.

– Mogę też sfinansować pobyt twojej cioci w Brenthaven.

– Ona potrzebuje mojej obecności.

– Lekarz twierdzi, że ciocia nawet cię nie pamięta. Potrzebuje opieki, ale niekoniecznie twojej.

Słowa zraniły Savannah, ale nie mogła odmówić im racji. Stłumiła szloch, zamrugała, by odegnać łzy. Nigdy nie płakała i nie zamierzała rozpłakać się teraz, w obecności swojego wroga.

O swoim dziwacznym zachowaniu ostatniej nocy postanowiła zapomnieć.

– Musisz odpocząć. Jesteś wyczerpana emocjonalnie. Nawet ja to widzę, choć jesteś w Grecji od niespełna doby.

Roześmiała się gorzko.

– Jasne. Czyli teraz kieruje tobą troska o mnie. Nie chodzi o zemstę, a jedynie o moje nerwy stargane chorobą cioci Beatrice. Nie chodzi o ciebie i wcale nie próbujesz mnie szantażować.

Myśl, że Leiandros widzi w niej jedynie coś na kształt inkubatora, przesłoniła wszystkie inne. Nie zamierzała przechodzić przez tę mękę raz jeszcze. Jeśli nie pocznie dziecka, będzie oskarżana o to, że jest niczym jako kobieta, że celowo zapobiegła ciąży, że próbuje ośmieszyć męża.

I nawet jeśli zajdzie w ciążę, sprawa się nie skończy. Będzie musiała urodzić *chłopca*. Dziedzica rodu Kiriakisów. Leiandros stracił syna i będzie chciał następnego.

Pogładził ją ostatni raz i odsunął się od niej.

– Chcę sprawiedliwości, Savannah. Nie szukam zemsty. Sprawiedliwość oznacza, że ty również odniesiesz korzyści z naszego małżeństwa.

– Korzyści... – powtórzyła cicho.

Więc on tak to widzi?

– *Yineka mou*. – Znowu to czułe określenie. Ale ona nie jest jego kobietą, jego żoną. – Cała płoniesz pod moim dotykiem.

Zawstydzona, oblała się rumieńcem i spojrzała na niego gniewnie.

– A jeśli nie będę mogła...?

– Urodziłaś już dwie urocze dziewczynki. Nie ma się czym martwić.

– Nie chcę za ciebie wychodzić.

Pokręcił głową i podniósł się z miejsca.

– Jesteś bardzo uparta.

– Owszem. I nie wyjdę za ciebie – powtórzyła z większą stanowczością.

– Wyjdziesz. Jesteś mi to winna. Jesteś to winna Helenie i Sandrosowi. Jesteś to winna Evie i Nyssie.

Zerwała się z miejsca. Ostatnie stwierdzenie było kroplą, która przepełniła czarę. Była winna córeczkom opiekę i miłość. Nie zamierzała ich wprowadzać do rodziny, która już raz je odrzuciła.

– Nikomu nic nie jestem winna.

Spojrzała na niego z wściekłością, kiedy otworzył usta, i uciszyła go gestem.

– Powiedziałeś swoje. Teraz wysłuchaj mnie. – Czuła furię narastającą w jej ciele. – To nie moja wina, że Dion prowadził po alkoholu. To była jego decyzja. Ty pozwoliłeś swojej żonie przyjaźnić się z kimś tak nieodpowiedzialnym jak on. Jeśli łączyła ich tylko przyjaźń.

Zbyt dobrze pamiętała, w jaki sposób Dion dowodził swojej męskości. Leiandros zawrzał z oburzenia.

– Sugerujesz, że mój kuzyn romansował z moją żoną?

– Może. Sam przyznałeś, że jej nie kochałeś. Obietnica uczucia potrafi zawrócić w głowie każdej kobiecie.

Kto lepiej od niej wiedział, jak skutecznie Dion udawał oczarowanie? Ona się nabrała, prawda?

– Pewnie spędzałeś z nią niewiele czasu. Nic dziwnego, że zainteresowała się Dionem.

Na policzkach Leiandrosa pojawiły się dwie czerwone plamy, jego pełne gniewu oczy zdawały się niemal czarne. Zbliżył się do niej o krok – Savannah drgnęła, ale się nie cofnęła.

Nadal była zbyt rozgniewana.

Uniósł ramię – uchyliła się szybko, lecz nie zamierzał jej uderzyć. Wskazał drzwi.

– Wyjdź.

– Czemu? Tak trudno przyjąć ci prawdę? Chcesz mnie winić za swoje nieszczęście? Okej, doskonale. Ale nie zmusisz mnie, bym się z tym pogodziła. Chcesz dziecka? Znajdź sobie drugą Petrę!

– Wyjdź. Zanim powiem coś, czego oboje będziemy żałować – wycedził przez zaciśnięte zęby.

Cóż bardziej raniącego mógł jeszcze powiedzieć?

– Jesteś pewien, że chodziło ci o słowo „mówić"? A może powinnam wyjść, zanim *zrobisz* coś, czego *ja* będę żałować?

Chciała go wyprowadzić z równowagi. Co zrobi w gniewie? Użyje pięści?

– Co *zrobisz*, Leiandrosie, jeśli nie wyjdę? Jeśli nadal będę się upierać, że mojego męża łączyło z twoją żoną coś więcej niż przyjaźń?

Wydawało się, jakby jej słowa rozwścieczyły go jeszcze bardziej.

– Sugerujesz, że mógłbym cię uderzyć? Mało, że plamisz wspomnienie zmarłych swoimi jadowitymi pomówieniami, to jeszcze przedstawiasz mnie jako potwora, który byłby zdolny uderzyć kobietę?

– A nie uderzyłbyś mnie?

– Nie. Mógłbym cię pocałować, by zamknąć ci usta, ale nigdy nie skrzywdziłbym cię fizycznie.

Gniew niemal z niego promieniował. Znieważyła jego greckie poczucie honoru, obraziła rodzinę i nie zgodziła się cofnąć tych słów. Mimo to nie zamierzał jej uderzyć.

Savannah odprężyła się lekko; pierwszy raz od czterech lat.

– Wierzę ci – powiedziała.

Nie mógł wiedzieć, jak trudno było jej to wyznać.

– Więc uwierz mi też, kiedy proszę, byś wyszła.

Usłuchała. Nie z lęku przed nim, lecz ponieważ musiała się spokojnie zastanowić.

Zaraz po wyjściu z gabinetu przekonała się jednak, że nic z tego. Eva i Nyssa chciały obejrzeć okolice willi, wkrótce więc spacerowała z córeczkami po ścieżkach, które wydały jej się tak pociągające ubiegłego wieczoru.

Znajdowały się w figowym zagajniku, kiedy przyłączył się do nich Leiandros.

– Widzę, że trafiłyście do mojego ulubionego zakątka.

Ostentacyjnie uśmiechnął się tylko do dziewczynek.

– *Theios!* – Nyssa rzuciła mu się w ramiona; uniósł ją wysoko w powietrze.

Pogładził po główce Evę.

– Witaj, milczku. Lubicie z siostrą figi?

– Tak. Możemy spróbować? – spytała z błyszczącymi oczyma.

– Możemy, *theios?* – włączyła się Nyssa.

– Oczywiście. – Zerwał dziewczynkom po owocu, po czym zwrócił się do Savannah. – Ty też chcesz?

– Nie, dziękuję. – Spojrzała obojętnie. – Powiedziałeś im, by nazywały cię wujkiem?

– Tak. – Nie zamierzał się nad tym rozwodzić ani pytać jej o pozwolenie. Wierzył, że sam wie najlepiej, co jest dla kogo dobre.

Eva pierwsza skończyła jeść owoc i pociągnęła Leiandrosa za rękaw.

– *Theios?* Nogi mnie bolą.

– W takim razie chyba powinienem cię ponieść.

Dziewczynka uśmiechnęła się promiennie, słysząc właściwą odpowiedź.

Nyssa patrzyła na nich z namysłem, kiedy mężczyzna sadzał sobie jej siostrę na ramieniu.

– Myślę, że Eva szybko odpocznie i wtedy będziesz mógł ponieść mnie.

– Mogę to zrobić teraz.

– Zmęczę się dopiero wtedy, kiedy Eva będzie chciała zejść – oznajmiła i na dowód pobiegła ścieżką między figowcami. Leiandros ruszył w ślad za nią, cicho gawędząc z Evą.

Savannah, zaskoczona ufną reakcją dziewczynek, została nieco z tyłu. Czy tak samo polubią Helenę i Sandrosa? A może nie miała racji, chcąc je zabrać do Georgii, z dala od kochającej rodziny?

W Stanach dziewczynki nie miały poza nią

innych krewnych, ich nauczyciele zmieniali się co rok. Ciocia Beatrice, która opiekowała się Savannah w dzieciństwie, zapadła na chorobę Alzheimera jeszcze przed ich urodzeniem. A Savannah była zbyt zapracowana, by nawiązać inne bliskie przyjaźnie. Poczuła wyrzuty sumienia, że nie zrobiła nic, by to naprawić.

Uświadomiła sobie, że została daleko w tyle, gdy nagle Leiandros odwrócił się i zapytał:

– Idziesz, *moro mou?*

Zmarszczyła brwi na to czułe określenie i ruszyła szybko w ich stronę.

– Czemu nazywasz naszą mamę „dzieckiem"? – spytała Eva.

Leiandros spojrzał na dziewczynkę z uwagą.

– Skąd wiesz, co to znaczy?

Mała popatrzyła na niego wzrokiem świadczącym, że nie uważa go za szczególnie bystrego, po czym odparła uprzejmie:

– Po prostu wiem.

– Znasz język grecki? – W jego głosie brzmiało niedowierzanie.

Wzruszyła ramionami.

– No oczywiście.

– Ja też – wtrąciła się Nyssa.

Mężczyzna obrócił się do Savannah.

– Nauczyłaś je greckiego?

Przystanęła parę kroków od niego.

– Tak.

– I sama też znasz ten język?

– Inaczej trudno byłoby je uczyć.

Ściągnął brwi, słysząc ironię w jej głosie. Nie zamierzała dać się zastraszyć. Rodzina Kiriakisów zawsze wierzyła w najgorsze rzeczy na jej temat. Ona tymczasem w ciągu trzech lat przeżytych w Atenach pracowała ciężko, by sobie przyswoić język nowej ojczyzny. Nigdy nie przyznała się do tego Dionowi. Kiedy mogła zrozumieć jego złośliwości i przytyki, nie zależało jej już na tym, by mu na nie odpowiadać.

– Mówimy po grecku w czasie śniadania i kiedy idziemy spać, a w ciągu dnia po angielsku – wyjaśniła Eva.

Leiandros spojrzał na Savannah nieprzeniknionym wzrokiem.

– Uczysz dziewczynki mojego języka.

– Tak.

– Po co? – spytał.

Zrobiła to, chcąc, by zyskały akceptację greckich krewnych. Wierzyła też, że nie powinna ich pozbawiać wiedzy o kulturze, w jakiej wychował się ich ojciec – sama została pozbawiona wiedzy o swoim ojcu.

– Nie chciałam zapomnieć tego, czego się nauczyłam, a dwujęzyczność przyda się dziewczynkom w przyszłości – odparła lekko, nie chcąc się przyznawać do głębszych motywów.

– *Theios?*

– Tak, Nysso?

– Lubisz dzieci?

Spojrzał nad jej główką na Savannah.

– Bardzo.

– I chciałbyś mieć własne, tak?

Jego spojrzenie znowu pobiegło do Savannah, przekazując jej wiadomość, której nie chciała odczytać.

– Tak.

– A co byś powiedział na dwie małe dziewczynki, które już się urodziły? – spytała Nyssa.

Zaskoczona Savannah słuchała ze ściśniętym gardłem.

– Myślę, że bardzo bym chciał mieć takie dwie dziewczynki. – W jego głosie brzmiała szczerość.

– Ja i Nyssa też lubimy dzieci – oznajmiła Eva. – Chciałbyś mieć ich więcej?

Tym razem nie tylko spojrzał na Savannah, lecz także delikatnie musnął jej rękę. Pragnął jej – i poczuła, że ona też chce się poddać temu pragnieniu.

– Gdybyś się ożenił z naszą mamą, byłbyś naszym tatusiem, prawda? – zapytała Nyssa; Eva przysłuchiwała się z nadzieją.

– Mogłybyście mnie nazywać *bampas* zamiast *theios*.

Obie dziewczynki spojrzały na Savannah z zachwytem.

– Pomyślałyśmy, że skoro nasz tato nie żyje, możesz wyjść za mąż za kogoś innego. Kogoś, kto będzie się z nami bawił i będzie nas nosił, jak się zmęczymy.

Savannah zamknęła oczy, nie chcąc widzieć wyrazu twarzy całej trójki. Czuła się złapana w potrzask przez swoją miłość do córek, siłę Leiandrosa i własną słabość.

– To świetny pomysł, żebym się ożenił z waszą mamą. Chcecie zobaczyć kaplicę, gdzie wzięlibyśmy ślub?

ROZDZIAŁ SIÓDMY

Następną godzinę spędzili, także spacerując po terenie posiadłości; Eva i Nyssa entuzjastycznie przyjęły propozycję Leiandrosa. Kaplica okazała się budynkiem podobnym do willi – z białego stiuku i czerwonych dachówek – o rozmiarach kościoła parafialnego w kraju. Dzwonnica i mozaikowy krzyż nad wejściem zdradzały jej przeznaczenie.

Dziewczynki niedwuznacznie dały do zrozumienia, że to doskonałe miejsce na ślub jak z bajki. Savannah poinformowała całą trójkę konspiratorów, że nie zamierza nic więcej słyszeć na ten temat. Mimo to, gdy odchodzili od kaplicy, czuła się zaszczuta.

Na widok willi ogarnęło ją niezwykłe wrażenie zadomowienia. Prawdziwa Villa Kalosorisma – przyjazny dom. W domu należącym do któregoś z Kiriakisów nigdy nie czuła się bezpieczna, nawet w mieszkaniu Diona w Atenach. Jak zatwardziały kawaler sprzeciwiał się wprowadzeniu każdej zmiany, która uczyniłaby je przytulniejszym. A jednak ta biała śródziemnomorska willa wydawała się *jej miejscem*. Ostoją.

Weszli do środka; zjawiła się Cassia z nieśmiałym uśmiechem.

– Dobrze się bawiłyście na dworze? – zwróciła się do dziewczynek.

– Tu jest wspaniale! – zawołała Eva. – Tyle miejsc, żeby się bawić i wszystko takie ładne. Chciałabym tu mieszkać już zawsze. I miałabym własny pokój.

Przemowa dziewczynki najwyraźniej zaskoczyła opiekunkę – być może dlatego, że została wygłoszona po grecku. Savannah była równie zdumiona – tym, że mała tak doskonale potrafi wyrazić własne pragnienia.

– Nie lubisz mieszkać w jednym pokoju z Nyssą? – spytała.

– Lubię, ale jakbyśmy miały osobne pokoje, mogłybyśmy się bawić, że jesteśmy sąsiadkami.

– A kiedy Eva chce czytać, ja mogłabym sobie opowiadać bajki i ona by się nie złościła – przyłączyła się Nyssa.

Eva zwróciła się do Leiandrosa:

– Nyssa dopiero się uczy czytać, ale ja radzę sobie już dobrze. Nawet po grecku, chociaż jeszcze mi trudno.

Mężczyzna popatrzył na Savannah.

– Widzę, że obie wiedzą, czego chcą. Czy to nie miły zbieg okoliczności, że chcą tego samego co ja?

– Tyle że to moje zdanie liczy się najbardziej.

Śmiałe słowa, tylko nie do końca prawdziwe. Jak miała zignorować pragnienie córeczek, by pozostać w Grecji, tym bardziej że dotąd nie zdawała sobie sprawy, jak bardzo brakuje im ojca.

Spojrzała na Cassię.

– Czy mogłabyś zabrać dziewczynki na górę i wykąpać je przed kolacją?

– Oczywiście, *kyria*.

Ruszyły we trzy na piętro. Savannah zamierzała udać się w tym samym kierunku; marzyła o długiej gorącej kąpieli, zanim je położy do łóżeczek.

Leiandros położył jej rękę na ramieniu.

– Chciałbym z tobą chwilę porozmawiać.

Nie spojrzała na niego, lecz dotyk jego dłoni promieniował ciepłem.

– Jeśli chodzi o małżeństwo mające być rodową zemstą, to nasłuchałam się dzisiaj dość na ten temat.

– To nie zemsta. – Delikatnie zaczął masować jej ramię. Gdyby była naiwna, uznałaby, że chce ją w ten sposób uspokoić. – Dziś wieczorem umówiłem nas na kolację w Halkidzie, z Heleną i Sandrosem.

– W Halkidzie?

Opuścił rękę i skinął głową. Wciąż jej dotykał, niszcząc jej opanowanie.

– W stolicy wyspy. Niedaleko ich domu, pół godziny jazdy stąd.

Pewnie kiedyś o tym wiedziała, lecz musiała zapomnieć. Biorąc pod uwagę to, jak ją traktował i jaki był pewien, że Savannah za niego wyjdzie, nic dziwnego, że nie uznał za stosowne dotrzymać obietnicy i pozwolić jej zdecydować, kiedy dziewczynki spotkają się z dziadkami.

– Po co? – spytała z rezygnacją.

Jako prawny opiekun mógł jej to narzucić – i niewątpliwie wykorzysta okazję.

Leiandros zacisnął wargi.

– Co chcesz przez to powiedzieć?

– Zrobisz, co zechcesz, nie zważając na moje uczucia. – Wygładziła żółte szorty dobrane kolorem do bluzki. – Nie rozumiem, czemu miałabym się z nimi spotykać, skoro ty już podjąłeś decyzję. Jestem niewierną żoną, która wykradła dzieci i kazała im żyć w obcym kraju. Nie liczę się dla ciebie, a jeszcze mniej dla Sandrosa i Heleny.

Naprężył mięśnie.

– Daję ci moje słowo.

Znowu obraziła jego grecką dumę.

– Groziłeś mi też najrozmaitszymi karami, jeśli nie zgodzę się na twój plan zemsty.

– Nie zemsty. Sprawiedliwości. – Wydawał się taki poważny, jakby naprawdę w to wierzył.

Nie zamierzał jej skrzywdzić, lecz tylko wyrównać rachunki. Miała go poślubić i urodzić mu dziecko – lecz przecież chodziło jedynie o sprawiedliwość. Nawet go nie obchodziło, czy Savannah go kocha. Na miłość w jego planach nie było miejsca.

A jeśli go kocha? Jeśli kochała go przez sześć długich lat i jeśli był jedynym mężczyzną, któremu była gotowa oddać swoje ciało – co wtedy? Zamarła z przerażenia na samą myśl, że jej niewytłumaczalna reakcja na jego bliskość oraz nieuzasadnione zaufanie mogą świadczyć o innym, znacznie głębszym uczuciu niż pożądanie.

Miała nadzieję, że wyraz paniki nie odmalował się na jej twarzy.

– Chcesz powiedzieć, że jeśli uznam, że Eva i Nyssa nie powinny poznawać dziadków, będziesz mnie wspierał w tej decyzji?

– Tak się nie stanie. – Znowu ta pewność siebie.

– Skąd możesz być pewien? Bo uważasz, że Kiriakisowie nigdy się nie mylą? Nie byłeś przy tym, kiedy Helena odrzuciła moje dziecko, ale ja nigdy tego nie zapomnę. Nigdy nie pozwolę, by moje córki musiały to przeżywać.

Pokręcił głową, przecząc jej słowom. Miała ochotę krzyczeć i tupać nogami. Spojrzała na niego rozwścieczona. Odkąd wróciła do Grecji, zaczynała tracić opanowanie. Szczególnie w złości.

– Kiedy im pokazałem zdjęcia znalezione u Diona, ogromnie się wzruszyli. Bardzo chcieli poznać wnuczki.

– Pokazywałeś im zdjęcia? – spytała, czując się dziwnie zdradzona.

– Dwa tygodnie po naszej rozmowie telefonicznej.

– Tej, gdy szantażem zmusiłeś mnie do przyjazdu? Gdy obiecałeś, że to będzie moja decyzja? – spytała z ironią.

– To będzie twój wybór – warknął przez zęby.

– Więc poprzesz mnie, jeśli odmówię? – naciskała.

– Tak.

*

Drogę z Villa Kalosorisma do domu krewnych Leiandrosa pokonali w milczeniu, odkąd przekonał się, że na wszystkie jego uwagi Savannah odpowiada półsłówkami. Zachowywała się, jakby zabierał ją na przesłuchanie, a nie na rodzinną kolację.

Siedziała sztywno na fotelu i wyglądała przez okno w takim skupieniu, że parę razy powiódł za jej spojrzeniem, przekonany, że ujrzała coś niezwykłego.

Włożyła kolejny ze swych prostych, lecz eleganckich strojów – tym razem była to luźna biała koszula narzucona na czerwoną sukienkę bez rękawów oraz czerwone szpilki. Włosy związała w luźny węzeł; kilka luźnych pasm opadało jej na kark.

Nawet sztywna poza nie była w stanie przesłonić jej zmysłowości. Brzeg sukienki podsunął się do góry, ukazując zgrabne uda. Nie przejęła się tym – tak jak wcześniej, kiedy nosiła ten czarująco krótki top, odsłaniający talię.

– Za parę minut będziemy w domu Sandrosa.

Skinęła głową, zaprzątnięta widokiem za oknem.

– Wiem, poznaję drogę.

– Dion nieczęsto przywoził cię z wizytą.

– Nie.

– Dlatego tak się teraz denerwujesz?

Spojrzała na niego bez wyrazu. Znowu ukryła się za fasadą pozornego opanowania.

– Nie denerwuję się, po prostu nie oczekuję niczego przyjemnego.

Ugryzł się w język. Musiał się pogodzić z tym, że nie zamierzała zobaczyć jego krewnych jego oczami – i podobnie nie godziła się uznać swojej winy w wydarzeniach sprzed roku.

– Wszystko będzie dobrze. Musisz mi zaufać.

– Muszę? – Jej piękne zielone oczy spojrzały teraz na niego z równym skupieniem, z jakim oglądały krajobraz. – Nie wiem, czy to by było rozsądne.

– Nie chcę cię skrzywdzić i nie pozwolę nikomu skrzywdzić Evy i Nyssy. Daję ci słowo.

Czekał, jak Savannah zareaguje na tę deklarację.

Sam siebie nie rozumiał. Czemu tak mu zależy na tym, by mu zaufała? Wiele razy zraniła już jego dumę i honor. Czy nadal zamierza uparcie odmawiać uznania roli, jaką Leiandros będzie odgrywać w jej życiu? Roli opiekuna i kochanka.

W końcu zdecydowała się nie spierać. Miał ochotę całować jej rozkoszne usta, by przypieczętować chwilowy rozejm, i już się nawet nachylił, kiedy limuzyna się zatrzymała. Szofer poszedł po Helenę i Sandrosa.

Savannah zbladła.

– Zaufaj mi – powtórzył, zaskoczony tym dowodem bezbronności ze strony kobiety, którą uważał za całkowicie pozbawioną tej cechy.

Zamknęła oczy i odetchnęła głęboko.

– Obawiam się, że ci ufam, i to przeraża mnie jeszcze bardziej niż spotkanie.

Czemu bała się mu zaufać? Był głową rodziny,

wszyscy wierzyli, że będzie działał dla ich dobra. Czemu tak trudno jej było zrobić to samo? Prawda, posunął się do gróźb, by ją skłonić do małżeństwa. Każdy biznesmen postąpiłby tak samo. Wcześnie się tego nauczył.

Chciał tego małżeństwa. Chciał, żeby urodziła mu dzieci. Chciał sprawiedliwości. Znalazł więc jej słabe punkty i je wykorzystał, lecz to nie oznaczało, że ona nie odniesie korzyści. Zdaniem jednej z przyjaciółek ze Stanów Savannah potrzebowała opieki. Od lat zajmował się własną rodziną, więc mógł się zająć także nią i jej dziećmi.

Sandros i Helena podeszli do samochodu, prowadzeni przez szofera.

– Jest z nimi Iona – rzuciła Savannah oskarżycielsko.

– Nie zapraszałem jej – odparł zniecierpliwiony jej nieufnością. – Ale to twoja szwagierka, siedem lat młodsza od ciebie. Nie zrobi ci krzywdy.

Twarz Savannah była bez wyrazu.

– Nieważne.

Cholera. Czemu czuł się jak ostatni łajdak? Nie zrobił niczego złego, a mimo to miał wrażenie, jakby ją zawiódł. Zwymyślał sam siebie. Robi się zbyt opiekuńczy. Savannah musi przezwyciężyć strach i włączyć się do życia rodziny.

– Cieszę się, że to rozumiesz.

Kiedy drzwi się otwarły, wtuliła się w najdalszy kąt. Helena wsiadła, na przywitanie objęła i pocałowała Leiandrosa, po czym usiadła jak najdalej od Savannah. Zjawiła się Iona z szerokim uśmiechem.

– Witaj, kuzynie. Mama zaproponowała, żebym też przyszła. Nie masz nic przeciwko?

Ucałował ją także.

– Jasne, że nie.

Umościła się obok niego.

– Jesteś kochany.

Roześmiał się; zajęty Ioną, dopiero po kilku chwilach zorientował się, że Savannah zesztywniała jak kłoda w chwili, kiedy Sandros zajął miejsce obok niej i próbował ją przywitać tradycyjnym pocałunkiem w oba policzki. W tym momencie Leiandros uświadomił sobie dwie rzeczy. Po pierwsze, że ani Iona, ani Helena nie zadały sobie trudu, by powitać gościa. I po drugie, że Savannah nie chce siedzieć obok Sandrosa.

Patrzył, jak odsuwa się od teścia coraz bardziej, zamykając się w sobie. Czemu nie wziął pod uwagę tej możliwości? Widział, jak omal się nie przewróciła na lotnisku, starając się cofnąć przed nim, i jak wyrwała się z jego objęć w limuzynie.

Uznał za naturalne, że szybko zaakceptowała jego dotyk, teraz jednak zdał sobie sprawę, że wcale nie oznacza to swobody w kontaktach z innymi mężczyznami. Każdy jej gest zdradzał, że była maltretowana. Czyżby pobił ją któryś z kochanków?

Poczuł wściekłość na samą myśl o tym. Chciał natychmiast zażądać od niej wyjaśnień, lecz nie mógł tego zrobić. Nie mógł też w żaden sposób jej uspokoić, nie obrażając niewinnych ludzi. Wbił wzrok w jej twarz, chcąc, by na niego spojrzała. Chciał, by sobie przypomniała, że on jest tutaj i będzie jej bronił.

Mężczyzna ma obowiązek robić to dla swojej kobiety – i nie ma to żadnego związku z mdłą czułością ani nawet miłością, przypomniał sam sobie. Gdy tak rozmyślał, Helena i Iona zaczęły dyskutować po grecku na temat najnowszej mody, wyraźnie starając się wykluczyć Savannah. Iona zauważyła, że niektóre Amerykanki ubierają się niegustownie, z czym Helena się zgodziła. Nie wiedziały, że Savannah je rozumie, lecz to nie usprawiedliwiało ich zachowania. Sandros siedział w milczeniu z lekko przygnębionym wyrazem twarzy.

– Skoro dziś wieczorem Savannah ma nawiązać nowe relacje z rodziną, uważam, że powinnyście z nią rozmawiać, Heleno – odezwał się Leiandros.

– Oczywiście – zgodziła się bez entuzjazmu.

Iona prychnęła.

Sandros popatrzył na nią gniewnie i poklepał żonę po ręce.

– Pamiętajcie, po angielsku.

Leiandros rzucił im wszystkim karcące spojrzenie.

– To nie będzie konieczne. Być może nie wiecie o tym, lecz Savannah zadała sobie wiele trudu, by opanować nasz język, a nawet nauczyła tego swoje córeczki. Starsza umie też czytać.

– Tak ci powiedziała? – W głosie Iony brzmiała drwina. – Doprawdy, nie powinieneś być taki łatwowierny. Dziecko w tym wieku nie jest zdolne do podobnych wyczynów.

Zauważył, jak Savannah drgnęła.

– Mylisz się, Io. Rozmawiałem z obiema po grecku, a Eva pokazała mi, jak czyta, kiedy ją układałem do snu.

Iona pierwszy raz zwróciła się do Savannah:

– Sprytne posunięcie. Jaka szkoda, że nie miałaś okazji wykorzystać tej umiejętności w rozmowach z mężem.

Leiandros poczuł, że nie zniesie tego dłużej.

– Io, albo będziesz się zachowywać uprzejmie, albo odeślę cię do domu taksówką.

Jej oczy napełniły się łzami.

– To niesprawiedliwe! Traktujesz nas jak przestępców, a to ona jest wszystkiemu winna. Jak śmie decydować, czy jesteśmy godni widywać się z jej dziećmi.

– One mają na imię Eva i Nyssa. To ludzkie istoty, a nie rzeczy, które można sobie wyrywać. Evę twoja matka miała okazję poznać, Nyssa nie dostąpiła tego przywileju. – Głos Savannah brzmiał lodowato.

Twarz Heleny ściągnęła się z urazy, lecz Sandros wyglądał, jakby przytłaczały go wyrzuty sumienia. Iona chciała coś powiedzieć, jednak Leiandros nie dał jej dojść do słowa.

– Wyjaśnijmy jedną rzecz. To nie Savannah zorganizowała to spotkanie. Ja to zrobiłem. Ja zaprosiłem twoich rodziców i pozwoliłem ci z nami jechać. I zaczynam się zastanawiać, czy nie popełniłem błędu.

Iona spojrzała krzywo na Savannah.

– Wiem, że to ty zmusiłaś Leiandrosa do tego spotkania.

Leiandros ciągnął dalej:

– Jako prawny opiekun Evy i Nyssy mam obowiązek zadbać o ich interesy. Nie sądzę, by podtrzymywanie relacji z krewnymi, którzy traktują ich matkę z jawną pogardą, służyło którejś z dziewczynek.

Sandros poruszył się niespokojnie, nieświadomie przysuwając się bliżej Savannah.

– Leiandros ma rację. I ja też nie pozwolę na podobne traktowanie mojej synowej. Ani moja żona, ani córka nie okazały jej najmniejszej życzliwości, a ich komentarze były po prostu niesmaczne – poparł bratanka.

– Przyjmijcie do wiadomości, że nie zobaczycie córeczek Savannah, dopóki się z nią nie pogodzicie – dokończył Leiandros surowo.

Iona odsunęła się od niego i skrzyżowała ręce z dziecinnym uporem. I pomyśleć, że niedługo powinna wyjść za mąż. Współczuł jej przyszłemu mężowi.

Popatrzył z kolei na Helenę.

– Zrobię wszystko, co w mojej mocy – obiecała.

Sandros znowu poklepał ją po dłoni.

– *Yineka mou,* jesteś ideałem żony.

– Iona, zamień się miejscami z Savannah. Lepiej ci będzie obok ojca – oznajmił Leiandros. Nie mógł znieść wyrazu przerażenia na twarzy Savannah.

– Savannah. *Pethi mou*. Chodź tutaj.

Podał jej rękę, przyciągnął do siebie i posadził tak blisko, że udem dotykała jego uda. Kciukiem pogładził lekko wnętrze jej dłoni. Zadrżała i przytuliła się mocniej.

– Dziękuję – wyszeptała ledwie słyszalnie.

Sprawiało mu przyjemność – aż za dużą – czuć ją tuż obok siebie. Powoli zaczynał się uzależniać od jej wdzięczności.

ROZDZIAŁ ÓSMY

Po tym, co zaszło w samochodzie, trwało długą chwilę, zanim Savannah zaczęła zwracać uwagę na otoczenie. Sandros wybrał restaurację przy pięciogwiazdkowym hotelu – i bogactwo rzucało się w oczy. Cienkie obrusy, kryształy, delikatna porcelana. Savannah nie miała wątpliwości, że jedzenie okaże się wyśmienite.

Nie dbała o to jednak. Po przeżyciach w limuzynie straciła apetyt. Leiandros niedbale położył rękę na oparciu jej krzesła i lekko pogładził jej ramię przez cienki materiał bluzki. Czy zdawał sobie sprawę, jak to na nią działa? Poczuła mrowienie, jakby po jej skórze przebiegł lekki prąd; nie miało to nic wspólnego z uczuciem odprężenia.

– Spokojnie, *pethi mou*. Wszystko będzie dobrze.

Spróbowała posłuchać, lecz musiała walczyć nie tylko z lękiem przed rozmową, lecz także z podnieceniem, jakie budziła w niej jego bliskość.

– Oni mnie nienawidzą – szepnęła, kiedy Sandros składał zamówienie.

– Za to twoje córeczki pokochali, kiedy tylko zobaczyli zdjęcia. Pomyśl, co będzie, kiedy je poznają osobiście.

Co to miało znaczyć? Że nie obchodzi go, czy krewni Diona będą jej nienawidzić, jeśli tylko pokochają Evę i Nyssę?

Podszedł kelner; Leiandros z typową dla siebie arogancją zamówił wino oraz potrawy dla nich obojga. Nie miała okazji do dalszej rozmowy, póki kelner nie wrócił z winem. Kiedy zbliżył się do Savannah, Leiandros nachylił się w jej stronę.

– A może wolisz spritzera?

Chciała zachować tego wieczoru jasny umysł.

– Owszem.

– Wystarczy – zwrócił się do kelnera, kiedy ten napełnił kieliszek Savannah w jednej trzeciej. – Proszę dopełnić wodą mineralną.

– Czyżby nasze wina były dla ciebie za mocne? – Głos Iony ociekał ironią.

Leiandros westchnął.

– Zdaje się, że pora wezwać ci taksówkę, Iona. Nie chcesz być uprzejma i tylko pogarszasz sytuację.

W ciemnych oczach dziewczyny błysnęły łzy.

– Przepraszam.

Wyraz jego twarzy pozostał surowy.

– Ostrzegałem cię.

Iona spojrzała na Sandrosa.

– Tato, nie pozwól Leiandrosowi mnie odesłać. Ja też należę do rodziny.

Wyraz twarzy jej ojca był jednak jeszcze bardziej gniewny.

– Mamo? – zwróciła się z kolei do Heleny, lecz ta nie odpowiedziała.

Savannah dotknęła rękawa Leiandrosa.

– Wolałabym, żeby Iona została.

Spojrzał na nią ostro.

– Zależy ci na tym, żeby spotkanie się nie udało, tak? – rzucił oskarżycielsko, lecz tak cicho, by nikt poza nią nie dosłyszał.

Rozumiała, dlaczego tak pomyślał, lecz i tak zrobiło jej się przykro. Nie ufał jej zupełnie. Jej uczucia się nie liczyły. Była intruzem i na zawsze miała nim pozostać. Na całym świecie miała jedynie ciocię Beatrice oraz córeczki. Lecz teraz miano jej odebrać nawet Evę i Nyssę. Chciano, by stały się członkami rodu Kiriakisów.

Gdy kelner wrócił z wodą, spojrzała na Ionę i odezwała się uprzejmie:

– Masz rację. Greckie wino jest szczególne i potrzeba czasu, by w pełni docenić jego smak.

Iona, która wciąż jeszcze nie otrząsnęła się ze zdumienia, że Savannah wystąpiła w jej obronie, posłała jej słaby uśmiech.

Zadzwoniła komórka Leiandrosa; rozmawiał chwilę, po czym z przepraszającym uśmiechem podniósł się z miejsca.

– Wybaczcie. Muszę was na chwilę opuścić. – Nachylił się do Savannah. – Bądź grzeczna, *pethi mou*.

Próbowała ukryć zdenerwowanie. Wokół stołu zapadła cisza, wszyscy spoglądali na siebie w milczeniu. Helena odłożyła widelec i spojrzała na Savannah ze smutkiem.

– Czemu powiedziałaś mojemu synowi, że

dzieci nie są jego? Tak bardzo cierpiał. Wszyscy bardzo cierpieliśmy.

– Nigdy nie mówiłam niczego podobnego – odparła spokojnie, choć serce ścisnęło się jej z żalu i gniewu na Diona. – Przecież to ty na widok mojej ślicznej Evy orzekłaś, że nie wygląda jak Kiriakisowie. – Zwróciła się w stronę Iony. – Czy to dziwne, że nie chciałam narażać córek na ponowne odrzucenie?

– Nigdy byśmy ich nie odrzucili! – zawołała Helena.

– Ale Dion twierdził, że go zdradzałaś! – odezwała się w tej samej chwili Iona.

– Nie zdradziłam go nigdy. To nie moja wina, że twój brat był chory z zazdrości.

Zmusiła się, by umilknąć, nie ciągnąć tego dalej, lecz przemknęło jej przez myśl, że na swój sposób Dion miał rację. Nie utrzymywała kontaktów z innymi mężczyznami, ale zdradziła męża – w głębi serca, bo pragnęła jego kuzyna. Zaprzeczała temu ze wszystkich sił, trzymała na wodzy fantazję, unikała go, jak mogła.

Z zamyślenia wyrwały ją słowa Sandrosa, który pokiwał głową.

– Był zazdrosny, bo czuł, że sam nie stanął na wysokości zadania, a nie dlatego, że ty dawałaś mu powody do zazdrości.

Czyżby Sandros wiedział, że Dion miał problemy z płodnością? Nie mogła w to uwierzyć. Dion tak się starał, by nikt o tym nie wiedział.

– Sandros! O czym ty mówisz?! – wykrzyknęła Helena.

Westchnął ciężko, ze smutkiem.

– Rankiem w dniu wypadku przyszedł ze mną porozmawiać.

– Nigdy o tym nie wspominałeś.

– Nie mogłem. – Ścisnął rękę żony. – Mówił, że ubiegłego wieczoru prosił Savannah, by wróciła z córeczkami do Grecji, a ona odmówiła.

Savannah poczuła niemal namacalnie niechęć Iony i Heleny.

– Zaprosiłam go, by przyjechał do Atlanty i tam się z nimi spotkał. – Nie ufała Dionowi, obawiała się, że wykorzysta greckie prawo i zmusi ją do pozostania w Grecji.

– Powiedział mi o tym – ciągnął ponuro Sandros. – Powiedział, że uważa tę propozycję za wspaniałomyślną. Z początku się z nim nie zgodziłem, kiedy jednak wyjaśnił, że kłamał na temat zachowania żony i wyjaśnił, że to z jego winy doszło do separacji, przyznałem mu rację.

– Ale zabrała dzieci od krewnych. – Głos Heleny drżał z emocji.

Sandros patrzył na własne dłonie.

– Dion wyznał, że wątpił, czy podoła ojcostwu. Miał obsesję na punkcie posiadania syna.

Spojrzał na Savannah, błagając ją wzrokiem, by nie zdradziła dalszych sekretów. Była przekonana, że on zna całą prawdę i tylko chce oszczędzić wstydu żonie i córce.

Skinęła nieznacznie głową; w jego oczach błysnęła wdzięczność.

– Dion był młody i niedojrzały, kiedy się ze

mną żenił – odezwała się. – Nic dziwnego, że próbował winić mnie. Obawiał się odrzucenia przez krewnych.

Sandros skrzywił się lekko.

– Jesteś zbyt wyrozumiała. Mój syn zadbał o to, byśmy tobą pogardzali od samego początku.

– Co chcesz przez to powiedzieć? – spytała zaskoczona.

– Powiedział, że specjalnie zaszłaś w ciążę, by go zmusić do małżeństwa.

Zaśmiała się mimo woli.

– Byłoby to drugie niepokalane poczęcie. – Nic, co zrobił Dion, nie było w stanie jej zaskoczyć, lecz mimo to fałszywe oskarżenia bolały. Nic dziwnego, że Leiandros miał o niej takie złe zdanie.

Helena i Iona wstrzymały oddech, kiedy dotarł do nich sens jej słów, Sandros wyglądał na zasmuconego.

Upiła jeszcze łyk wina z wodą sodową.

– Zapewne od samego początku chciał się ukazać w lepszym świetle. Musiał być bardzo przerażony, kiedy od razu po ślubie nie zaszłam w ciążę.

Tylko ona wiedziała, jak bardzo. Ugryzła się w język. Nie ma sensu oskarżać nieżyjącego męża.

– To prawda – przyznał Sandros. – Powiedziałem mu, że miarą prawdziwego mężczyzny jest to, jak traktuje rodzinę, a nie to, ilu ma synów. Zdaje się, że upił się z powodu moich słów. Wtedy pierwszy raz wstyd mi było za niego. – W oczach Sandrosa błysnęły łzy. – Własny syn okłamał mnie na temat swojej żony i przyznał się do tego. Traktowaliśmy Savannah i jej dzieci niegodnie z powodu jego kłamstw.

Savannah ogarnęło współczucie.

– To nie wasza wina.

– Co ty mówisz, tato? – Głos Iony drżał.

– Nic nam o tym nie wspominałeś – przyłączyła się Helena.

Pochylił głowę.

– Są rzeczy, do których mężczyzna niechętnie się przyznaje.

Savannah bolała nad cierpieniem ich wszystkich. Odrzucenie przez Helenę zraniło ją mocno – lecz jak mogła winić starszą kobietę za to, że wierzyła ukochanemu synowi? I nie mogła też pozbawiać jej dłużej kontaktów z Evą i Nyssą, odkąd stało się jasne, że matka Diona jest gotowa je pokochać.

Teraz, gdy dzięki wyznaniom Sandrosa wszyscy poznali prawdę, z pewnością zaczną także ją traktować lepiej. Może nie zostaną najlepszymi przyjaciółmi, ale będą utrzymywać relacje ze względu na dwie małe dziewczynki, które zasługują na coś lepszego niż samotne życie.

Pewnego dnia Savannah wyzna Leiandrosowi wszystko. Upiła jeszcze łyk wina.

– To przeszłe sprawy. Musimy się skupić na teraźniejszości. Eva i Nyssa, i my wszyscy na to zasługujemy.

Sandros pokiwał głową.

– Kochaliśmy Diona, lecz nie był świętym.

Fałszywe wyobrażenia pozbawiły nas wielu lat kontaktu z dziewczynkami. Pora zapomnieć o dawnych urazach.

Rozłożył ręce w typowo greckim geście.

Teraz to Helena zamrugała oczami, by przegnać łzy.

– Tak bardzo chciałabym poznać wnuczki.

Właśnie w tym momencie do stolika wrócił Leiandros.

– Przepraszam, że tak długo to trwało.

Savannah żałowała, że nie słyszał wyznania Sandrosa. Z drugiej strony nie miała pewności, czy starszy mężczyzna przemógłby dumę, gdyby Leiandros był obecny.

Spojrzał na stół.

– Prawie nic nie zjedliście.

– Rozmawialiśmy – wyjaśnił Sandros.

Leiandros uważnie spojrzał w twarz Savannah – szukając oznak kapitulacji?

– Doszliśmy wspólnie do wniosku, że najwyższy czas, by dziewczynki poznały dziadków – powiedziała.

Zamiast zadowolenia zobaczyła na jego twarzy wyraz jeszcze większej czujności. Wyciągnął rękę i pogładził ją po policzku. Mimo irytacji natychmiast zareagowała na tę pieszczotę.

– Szczerze?

Odwróciła twarz.

– Nie udawaj, że ma to dla ciebie znaczenie – odpowiedziała ostro, lecz cicho. Nadal nie wybaczyła mu wcześniejszej uwagi.

Zagniewany, nie zadał sobie trudu, by odpowiedzieć równie cicho.

– Ma. Zdawało mi się, że przekonałem cię o tym?

Wyglądało na to, że chce powiedzieć coś jeszcze, lecz w tym momencie wtrąciła się Helena:

– Savannah, kiedy mogłabyś przywieźć dziewczynki? Nie mogę się doczekać spotkania.

Zesztywniała na tę myśl, lecz teraz już nie mogła się sprzeciwiać.

– Możemy przyjechać nawet jutro. Być może Leiandros pożyczy nam samochód na tę wyprawę.

Pokręcił głową i spojrzał na Helenę i Sandrosa.

– Możecie przyjechać do Villa Kalosorisma w każdej chwili, lecz wizytę dziewczynek u was odsuniemy do czasu, kiedy poczują się całkiem swobodnie w waszym towarzystwie.

Helena skinęła głową; Savannah próbowała tymczasem uporządkować myśli, zaskoczona jego nagłym oświadczeniem. Postawił potrzeby Evy i Nyssy ponad uczucia własnej rodziny. Nie łudziła się, że zrobił to ze względu na nią.

Pokochał jej córeczki równie mocno, jak one pokochały jego.

ROZDZIAŁ DZIEWIĄTY

Leiandros zaczekał, aż Sandros i pozostałe kobiety wysiądą z limuzyny, po czym zwrócił się do Savannah. Czubkiem palca dotknął jej przedramienia, pogładził delikatnie miękką skórę.

– Spotkanie nie było dla ciebie łatwe.

Odsunęła rękę.

– To prawda.

Stłumił westchnienie. Znowu się najeżyła. Była na niego zła, odkąd po rozmowie telefonicznej wrócił do stołu; bez względu na wynik rozmowy z krewnymi oskarżała go, że jej los go nie obchodzi. Dotrzymał danego słowa – lecz ona najwyraźniej uważała, że jest inaczej.

– Potraktowałaś ich bardzo wspaniałomyślnie. – Zaskoczyło go to, szczególnie jej stosunek do Iony.

Wzruszyła ramionami.

– Moje obawy zostały rozwiane.

– Obawa, że odrzucą twoje córeczki, i przekonanie, że nadal będą cię nienawidzić?

Zagryzła wargę; jego skupienie rozwiało się jak dym. Marzył, by całować jej usta. Kiedy odparła: „Jedno i drugie", nie pamiętał już pytania.

– Miałem wrażenie, że całkowicie zapomnieli

o dawnej wrogości. – Pełna akceptacja Savannah ze strony rodziny Diona mocno go zaskoczyła. Spodziewał się, że wcześniej czy później ją polubią, lecz nie sądził, że nastąpi to tak szybko.

– Miałeś rację. Bardzo chcą poznać Evę i Nyssę.

Poruszyła się niespokojnie na kanapie obok niego, a kiedy spróbowała się odsunąć, objął ją ramieniem w talii i przyciągnął do siebie. Gdyby podsunął rękę odrobinę wyżej, dotknąłby jej piersi. Pot wystąpił mu na czoło. Chciał tego. Ona również o tym wiedziała. Znieruchomiała i zaczęła oddychać szybciej. Wtulił twarz w jej szyję, delikatnie ujął wargami płatek jej ucha.

– Smakujesz rozkosznie, *yineka mou.* Tak właśnie, jak powinna smakować kobieta.

Chciał się napawać nią całą – jej ustami, złocistą skórą, wzgórkami piersi. Chciał zsunąć jej buty, przesunąć dłonią po stopach, a potem coraz wyżej, ku kolanom, udom.

– Już o tym rozmawialiśmy. Nie jestem twoją kobietą. Ani żoną.

Trwało chwilę, nim otrząsnął się ze swoich erotycznych rozmyślań i pojął, co powiedziała. Miał ochotę warknąć z bezsilnej złości.

Przesunął wargami wzdłuż linii jej szczęki, równocześnie pieszcząc jej pierś pod przejrzystą koszulą.

– Mylisz się.

Zareagowała natychmiast, wciągnęła powietrze w spazmie rozkoszy.

– Przestań – szepnęła.

Uśmiechnął się tryumfalnie i lekko ścisnął sutek.

Odgięła się do tyłu.

– Leiandros! Proszę.

Przyciągnął ku sobie jej twarz, tak aby mógł pocałować jej miękkie, delikatne wargi. W półmroku jej zielone oczy zdawały się czarne. Pogładził ją po policzku.

– Spokojnie.

Znowu dotknął ustami jej warg, tym razem uległa niemal natychmiast. Lekko rozchyliła usta i jęknęła, kiedy przytulił ją mocniej, pieszcząc jej pierś. Marzył, by dotykać jej nagiego ciała.

Zsunął jej koszulę z ramion.

– Pragnę cię, Savannah. – Nawet w jego uszach jego głos zdawał się ochrypły i pełen pożądania.

Nim zdążyła odpowiedzieć, zaczął rozsuwać zamek z tyłu sukni.

– Naprawdę pragniesz mnie czy tylko kogoś, kto urodzi ci syna?

Choć umysł miał zamglony z namiętności, rozumiał jasno, że odpowiedź jest ważna – dla niej, a więc i dla niego.

– Pragnę ciebie.

– Jesteś pewien?

Niepewność w jej głosie przekonała go, że słowa nie wystarczą. Musi jej pokazać. Jednym ruchem ściągnął w dół suknię.

– *Pethi mou*. Zapierasz dech w piersi – szepnął, patrząc na jej doskonałe ciało.

Milczała ze wzrokiem utkwionym w jego twarz. Znów zaczął ją całować z niepohamowanym głodem. Nie opierała się, lecz odpowiadała z równą namiętnością. Przesunął dłońmi po jej nagim ciele, objął piersi i zaczął je gładzić rytmicznie. Czuł, że lada chwila eksploduje. Savannah wtuliła się w niego.

– Tak. *Moro mou*. Tak dobrze. O, tak – szeptał, przesuwając wargami w dół jej szyi.

Była kobietą z jego marzeń, kochanką ze snów. Pragnął jej. Potrzebował jej.

Zamierzała go objąć i dopiero w tej chwili uświadomiła sobie, że ręce ma skrępowane ubraniem.

– Chcę cię dotknąć – jęknęła cicho.

W odpowiedzi ujął ustami jej sutek.

– Och, Leiandrosie! Proszę! – zawołała.

Pragnął jej tak bardzo, że nie wiedział, jak zdąży zdjąć ubranie. Sięgnął ustami do drugiego sutka. Potem niecierpliwym ruchem podsunął w górę skraj jej sukienki. W tym momencie limuzyna stanęła. Savannah niczego nie zauważyła z twarzą skrzywioną namiętnością, z zamkniętymi oczami, zatopiona w rozkoszy.

Miał ochotę głośno zakląć. Zamiast tego z większą szybkością niż delikatnością zaczął ją ubierać na powrót. Otworzyła oczy.

– Leiandros?

– Przyjechaliśmy do Villa Kalosorisma – wyjaśnił głosem schrypniętym z niezaspokojonej namiętności.

Długą chwilę patrzyła na niego, nagle wyprostowała się gwałtownie i zaczęła poprawiać ubranie. Ledwie skończyła, szofer otworzył drzwi.

Leiandros wysiadł i pomógł wyjść jej także.

– Jeszcze nie skończyliśmy.

Spojrzała na niego z mieszaniną niepokoju i pożądania.

– Dobranoc.

Objął ją za ramiona.

– Przyrzekam, że będzie dobra.

Otworzyła szerzej oczy.

– Nie o to mi...

– Dziś wieczorem będziesz moja. Już nigdy nie powiesz, że nie mam prawa cię nazywać *yineka mou*.

Nie da się odpędzić niczym przypadkowego kompana poznanego na przyjęciu – nie po tym, jak reagowała na niego w limuzynie. Nachylił się, by ją pocałować, gdy nagle drzwi wejściowe otwarły się szeroko.

– Leiandros! Wróciłeś! Witaj, Savannah! Mój okropny syn nie zadał sobie trudu, by mnie uprzedzić o twoim przyjeździe, inaczej powitałabym cię w domu.

W świetle padającym od wejścia stała jego matka – najgorszy koszmar, jaki mógł się zdarzyć, gdy całym ciałem pragnął Savannah.

Nie ma mowy o wspólnej nocy – ani tego dnia, ani żadnego innego, aż do samego ślubu. Jeśli jego matka miała tu cokolwiek do powiedzenia – a Baptista Kiriakis zawsze stawiała na swoim.

Savannah przysłuchiwała się w napięciu, kiedy starsza kobieta terkotała po grecku. Przywitała się serdecznie, życzliwie obejmując gościa i całując go w oba policzki.

– Tak się cieszę, że przyjechałaś na stałe. – Poklepała Savannah po ramieniu. – Leiandrosowi dobrze zrobi, jak będzie miał w pobliżu ciebie i dziewczynki. Za dużo pracuje.

Spojrzała na syna krytycznie. Skrzywił się ironicznie w odpowiedzi.

– Bardzo się cieszę, że mogłam tu przyjechać – odparła Savannah, nie mogąc się oprzeć otwartej życzliwości.

Baptista poprowadziła ich do pokoju z kominkiem.

– Napijmy się, zanim pójdziemy spać. Tak wiele mam do powiedzenia Savannah. Z synem porozmawiam później – dodała groźnie.

Savannah niemal go żałowała. Zastanawiała się, na ile ich wymięte ubrania zdradzają, co robili w samochodzie.

Baptista uparła się, aby Leiandros nalał im szampana – by uczcić powrót Savannah do Grecji – po czym posadziła młodszą kobietę na sofie obok siebie.

– Poznałam twoje córeczki. Powiedziałam, żeby mnie uważały za honorową babcię. – Rzuciła Leiandrosowi kolejne srogie spojrzenie. – Ten tam nigdy się nie ożeni, więc nie mam co liczyć na wnuki.

Savannah zakrztusiła się szampanem. Co by

pomyślała Baptista, gdyby odkryła, że syn gotów jest się posunąć do szantażu, byle tylko zdobyć żonę?

Niemal natychmiast Leiandros znalazł się po jej drugiej stronie.

– Wszystko w porządku, *pethi mou*?

Skinęła głową, czując się całkowicie bezbronna. Uśmiechnęła się niepewnie do nich obojga.

– Nie przywykłam do szampana – oznajmiła niezręcznie.

Żałowała, że nie wymyśliła nic mądrzejszego – Baptista z pewnością nabierze podejrzeń.

Szczupła, urocza twarz Baptisty rozpromieniła się w uśmiechu. Drobna i smukła, w niczym nie przypominała Heleny. Lecz obie kobiety nie były ze sobą spokrewnione – weszły do rodziny przez małżeństwo.

– Eva i Nyssa są urocze. Obie przywitały mnie po grecku. To wspaniałe, że sama nauczyłaś się naszego języka i przekazałaś go córeczkom.

– Dziękuję – mruknęła Savannah.

Baptista uśmiechnęła się przepraszająco do syna.

– Lepiej połóż się już spać, Leiandrosie. My z Savannah mamy sobie wiele do powiedzenia.

Savannah nie miała pojęcia o czym. Podczas pierwszej wizyty w Grecji spotkała Baptistę zaledwie parę razy. Spojrzała błagalnie na Leiandrosa: nie chciała zostawać sama z jego matką. On jednak uśmiechnął się cierpko i wzruszył ramionami. Potem nachylił się i pocałował ją w czoło.

– Śpij dobrze, Savannah. Przyjemnych snów.

Pocałował matkę w policzek i życzył jej dobrej nocy, po czym wyszedł z pokoju.

– A więc... – Baptista zmierzyła Savannah uważnym spojrzeniem i uśmiechnęła się z satysfakcją – ...sypiasz już z moim synem, czy jesteście jeszcze na etapie flirtów? – spytała.

Savannah mało nie spadła z sofy.

Następnego ranka Savannah wciąż jeszcze nie doszła do siebie po bezpośrednich pytaniach Baptisty – i równie bezpośrednich zapewnieniach o pełnej akceptacji dla uczucia między synem i młodą kobietą. Przewróciła się na plecy na plażowym leżaku i ukradkiem obserwowała, jak Leiandros bawi się z dziewczynkami w basenie. Nie mogła się zdobyć na to, by przyłączyć się do zabawy po tym, jak dała się ponieść namiętności w jego ramionach ubiegłego wieczoru.

Eva roześmiała się z czegoś, co powiedziała Nyssa; Leiandros ryknął w udawanej złości.

Gdyby zdecydowała się za niego wyjść, staliby się prawdziwą rodziną. Tylko jakie byłoby jej miejsce? Czy chodziło mu jedynie o wypełnienie nakazów sprawiedliwości, czy też zależało mu na samej Savannah? W milczeniu rozważała argumenty za tym małżeństwem i przeciw niemu.

Bezwzględnym szantażem zmusza ją do małżeństwa. Nie kocha jej. Uważa ją za odpowiedzialną za śmierć kuzyna i swojej żony. Chce, żeby mu urodziła syna.

Jak postąpi, jeśli Savannah urodzi córkę? Czy będzie ją winił, tak jak robił to Dion? Na samą myśl zrobiło jej się niedobrze.

Przyglądała się, jak on podrzuca w powietrze najpierw Evę, a zaraz potem Nyssę. Jej córeczki już go kochały. Nie chciały jedynie mieć ojca: chciały, by został nim Leiandros. I w przeciwieństwie do Diona on gotów był je obdarzyć ciepłem i akceptacją. Obie rozkwitły w jego obecności.

Nie mogła ich za to winić. Sama tęskniła do jego dotyku. Pragnęła jego ciała – i wiedziała, że on pragnie jej. Lecz podczas gdy jej pragnienie wyrastało z głębokiego uczucia, nie miała pewności, czy jego namiętność nie bierze się jedynie z chęci zemsty – lub jak on to nazywał, poczucia sprawiedliwości. Nie wiedziała nawet, czy zdoła zaspokoić jego potrzeby.

Dion zawsze nazywał ją oziębłą – i nawet mimo namiętności, jaką czuła w obecności Leiandrosa, na pół wierzyła opinii męża.

Teraz żadne przeszkody nie stały na drodze jej pragnieniu, nie musiała ukrywać uczucia wobec Leiandrosa – chyba że z obawy, że pozostanie nieodwzajemnione. Lęku, że nie sprosta jego wymaganiom w sypialni. Obawy, że on szybko się nią znudzi. Że nie da mu syna, którego pragnął.

W końcu długa lista obaw wzbudziła jej irytację. Odkąd to stała się takim tchórzem? Patrzyła, jak córeczki nieulękle nurkują w głęboką wodę, i naraz coś się w niej przełamało. Cztery lata przeżyła w cieniu strachu.

Czy nie pozostała z Dionem tak długo ze strachu, że mąż odbierze jej dziewczynki? Czy nie unikała mężczyzn z lęku, do czego może to doprowadzić? Obawiała się przywieźć Evę i Nyssę do Grecji, bo nie wiedziała, jak je przyjmą dziadkowie. Gdyby była ze sobą szczera, musiałaby przyznać, że trzymała się z dala od Grecji także z lęku przed uczuciami, jakie budził w niej Leiandros.

Żałosna istota skrywająca się w swoim ciasnym światku, niedopuszczająca do siebie nikogo z lęku przed zranieniem. Bała się nawet nazwać te uczucia.

Znowu pomyślała o Leiandrosie. Czy rzeczywiście przestałby wypłacać pieniądze na leczenie jej cioci, gdyby nie zgodziła się za niego wyjść? Serce podpowiadało, że nie – ale nie ufała sercu. Podpowiadało jej także, by wyszła za młodego greckiego playboya, kiedy była bardzo naiwną dwudziestolatką. Nie miała jednak wątpliwości, że dotrzymałby słowa w sprawie dziewczynek. Nie pozwoliłby ich wywieźć do Ameryki.

Savannah przełknęła ślinę, próbując opanować szalejące w niej emocje. Ma dwie możliwości. Pozostać bezpiecznie w swoim małym świecie albo zaryzykować ślub z człowiekiem, którego kochała.

Kochała. Potrzebowała. Pragnęła. Jej uczucia były tak silne, że nic dziwnego, że próbowała je tłumić przez siedem długich lat. Nie udało się. Nawiedzały ją w postaci erotycznych snów. Doszły do głosu, gdy zgodziła się wrócić do Grecji. Uległa żądaniom Leiandrosa, bo tego chciała.

Czy umiałaby wrócić do swego skromnego domu i samotnego życia w Atlancie, gdyby jakimś cudem Leiandros się na to zgodził? Nie. Kochała Leiandrosa i myśl, że mogłaby go utracić, była gorsza niż najgorszy z dotychczasowych lęków. Małżeństwo z mężczyzną, który jej nie kochał, było ryzykowne, ale leżąc na słońcu, dokonała ważnego odkrycia.

Jedno uczucie przeważyło nad lękiem: miłość. Nie zrezygnuje ze wspólnej przyszłości z Leiandrosem z obawy przed tym, co ją czeka. Kochała go, a on jej pragnął. Bardzo. Gotowa była się założyć o wszystko, że pokochał jej córeczki i chciał mieć z nią dzieci.

Na takim fundamencie można budować. I ona będzie na nim budować. Miłość, nie strach, stanie się kamieniem węgielnym jej nowego życia.

ROZDZIAŁ DZIESIĄTY

– Jakie warunki? – spytał groźnie Leiandros. Ulga, z jaką przyjął nagłe poddanie Savannah, głęboko go zaniepokoiła.

Cofnęła się i otworzyła szerzej oczy, po czym przechyliła nieznacznie głowę.

– Obiecaj, że nadal będziesz się opiekował Evą i Nyssą, kiedy urodzę ci dziecko.

– To oczywiste – oznajmił urażony.

– Wcale nie.

Nie rozumiał tego. Jakie miała podstawy sądzić, że odtrąci jej córeczki?

– Eva i Nyssa pozostaną moimi córkami. Narodziny następnego dziecka tego nie zmienią.

Przyglądała mu się, jakby oceniając jego szczerość. Jej nieufność doprowadzała go do furii; na koniec jednak skinęła głową i odprężyła się wyraźnie. Czekał, co powie dalej, lecz odwróciła głowę, złotobrązowe włosy spłynęły falą, przesłaniając jej twarz.

– Wspomniałaś o kilku warunkach.

Wyprostowała się.

– Tak. – Zacisnęła dłonie w pięści. – Musisz też przyrzec, że będziesz mi wierny.

Ośmielała się żądać tego od niego?

– Popatrz na mnie. Nie będę rozmawiał z twoimi plecami.

Odwróciła się do niego, przybrawszy obojętny wyraz twarzy. Lecz w jej oczach płonęło silne uczucie.

– Więc?

Czyżby nie zdawała sobie sprawy, że znowu zraniła jego honor?

– Kiedy za mnie wyjdziesz, staniesz się częścią mnie. Nigdy nie znieważyłbym ciebie ani siebie samego – rzucił z tłumionym gniewem.

Drgnęła, ale nie ustąpiła.

– Nie wszyscy mężczyźni uważają małżeństwo za zobowiązanie, a ty przecież mnie nie szanujesz. Muszę mieć pewność, że przynajmniej będziesz szanował nasze małżeństwo.

– Nigdy nie powiedziałem, że cię nie szanuję.

Uniosła brew.

– Jeśli to, co do mnie mówiłeś, nie świadczyło o braku szacunku, to nie wiem, co miałoby o nim świadczyć.

– Ironia nie przystoi kobiecie.

Stwierdził jedynie fakt, lecz najwyraźniej znowu ją zranił.

– Wykręty tym bardziej nie przystoją mężczyźnie. Obiecujesz, że będziesz mi wierny, czy nie?

Ugryzł się w język, tłumiąc ostrą odpowiedź.

– Tak.

W jej oczach błysnęła ulga.

– Nie pragnę innej kobiety, Savannah. – Nie rozumiał, czemu składa to zapewnienie po tym, gdy został przez nią obrażony. Wyciągnął rękę i dotknął jej ramienia. – Jeszcze jakieś warunki?

Zmarszczył brwi, kiedy skinęła głową.

– Wyjdę za ciebie i spróbuję urodzić ci dziecko... – Zagryzła wargę. – Ale co zrobisz, jeśli będziemy mieli jedynie córki? Rozwiedziesz się ze mną? Czy wciąż od nowa będziesz się domagał syna i dziedzica?

– Nie mam zamiaru się z tobą rozwodzić. A co do dziedzica... nie żyjemy w średniowieczu. Nie mam nic przeciwko temu, żeby Nyssa zarządzała kiedyś firmą Kiriakis International.

Otworzyła szerzej oczy, jakby ją tym zaskoczył.

– Dion chciał synów – szepnęła tak cicho, że musiał wytężyć słuch.

Nie chciał słyszeć imienia kuzyna w jej ustach. Nie chciał pamiętać, że Dion był jej mężem przed nim. Przyciągnął ją bliżej do siebie, aż ich ciała niemal się dotykały, a potem przypieczętował ich umowę pocałunkiem. Smakowała tak słodko, że dopiero po kilkunastu sekundach zdołał oderwać usta od jej warg.

– Mam nadzieję, że to już wszystkie warunki?

Ku jego zaskoczeniu pokręciła głową.

– Muszę wrócić do Atlanty.

Odruchowo ścisnął ją za ramiona.

– Nie ma mowy. – Nie pozwoli jej od siebie uciec, jak uciekła od Diona.

Położyła mu dłonie na piersi, jakby go chciała uspokoić.

– Muszę wrócić i zająć się ciocią Beatrice. To na pewno już nie potrwa długo – w jej oczach pojawił się ból.

Ujął jej twarz w dłonie, rozumiejąc cierpienie, lecz nie zamierzając mu ulec.

– Nie. – To nie podlegało negocjacjom.

Próbowała się wyrwać z jego uścisku.

– Muszę wrócić, Leiandrosie.

Pocałował ją lekko w usta.

– Nie.

– Jesteś nierozsądny.

– Jestem ostrożny. Nie dam się nabrać jak Dion.

Jej twarz pobladła, oczy przygasły.

– To nie to samo. Musiałam opuścić Diona. Ciebie nie chcę opuszczać, lecz ciocia mnie potrzebuje.

– Możesz polecieć po naszym miesiącu miodowym. Ale dziewczynki zostaną tutaj.

– To niemożliwe! – Uwolniła się z jego objęć. – Nie wiem, jak długo mnie nie będzie! – Spróbowała się opanować. – Proszę.

– Rozmawialiśmy już na ten temat. Nie wywieziesz ich z kraju. Pogódź się z tym.

Jej ramiona opadły; została pokonana.

– To się nie uda.

Zgadzał się z nią. Ich rozstanie nie miało sensu. Musiała to zrozumieć. Chciała wyjechać, by zająć się chorą krewną, czy też była to jedynie wymówka, by się wydostać z Grecji wraz z córkami?

– Nie mogę za ciebie wyjść – szepnęła z oczami pełnymi łez.

– Dałaś słowo. Nie wolno ci teraz zmienić zdania.

– Wspominałam, że pod pewnymi warunkami. – Otarła oczy.

Miał ochotę zakląć na głos. Wyglądała tak bezbronnie.

– Zawrzyjmy kompromis. – Sama myśl o tym była dla niego nowa. Zwykle osiągał to, co sobie zamierzył. – Rozmawiałem z lekarzem opiekującym się twoją ciocią. Lubi szczególnie jedną z pielęgniarek. Zadbam, by ta pielęgniarka była do jej wyłącznej dyspozycji.

– Ciocia Beatrice jest dla mnie kimś szczególnym. Prócz niej nie mam nikogo na świecie – szepnęła Savannah.

– Zapominasz o mnie, mojej matce, Sandrosie i Helenie, nie wspominając o własnych córkach. Czy my nie jesteśmy twoją rodziną?

– Nie o to mi chodziło. Ona się mną opiekowała jak matka. Kocham ją. Nie chcę, żeby umierała w samotności.

Mimo woli poczuł wzruszenie.

– Według lekarzy jej stan jest stabilny.

– W tej chwili tak – zgodziła się. – Skąd o tym wiesz?

– Codziennie dzwonię do Brenthaven. – Savannah należała do niego, więc odpowiadał także za jej zobowiązania.

Spojrzała na niego zaskoczona, potem rozważała coś przez chwilę.

– Chcę ją odwiedzać.

– Jeśli to będą krótkie wizyty, możesz zostawić córeczki tutaj.

Skrzywiła się, lecz skinęła głową.

– A jeśli jej stan się pogorszy?

– Będziemy o tym myśleć wtedy, *pethi mou*.

Nie mógł się dłużej opierać pokusie: wziął ją w ramiona i pocałował. Co dziwne, tym razem ogarnęła go nie namiętność, lecz nieoczekiwana czułość i ukojenie. Oderwał usta od jej warg i pogładził ją po plecach.

– W porządku?

– Tak.

Tym razem nie próbował stłumić uczucia ulgi, które zalało go niczym przypływ.

Następnego ranka Savannah czekała niecierpliwie, aż rodzina zbierze się w salonie. Leiandros zamierzał ogłosić oficjalnie datę ich ślubu. Savannah nadal walczyła z wątpliwościami, lecz nie miała wyboru. Nazbyt kochała ciocię Beatrice – i nazbyt kochała Leiandrosa.

Podszedł do niej i usiadł obok na niskiej sofie przy oknie, obejmując ją w talii.

– Jesteś gotowa?

Czy była? Popatrzyła na Evę i Nyssę, siedzące po obu stronach Heleny i paplające jak najęte. Pogodziła się z nieuniknionym.

– Tak.

Miała jedynie nadzieję, że tym razem rodzina zareaguje na wiadomość życzliwiej, niż kiedy miała wyjść za Diona.

– Zaakceptują cię jako moją żonę.
– Mam nadzieję.
– Nie ośmielą się sprzeciwić.

Uśmiechnęła się promiennie, słysząc arogancję w jego głosie i zaraz potem spuściła wzrok, obawiając się, że miłość zbyt łatwo da się odczytać z jej spojrzenia. Przekonała się już, że ukrywanie uczuć przed Leiandrosem jest naprawdę niełatwą sprawą.

Kiedy wszyscy usiedli, wstał i zwrócił się do zebranych:

– Dzisiejszy dzień oznacza nowy początek dla rodziny Kiriakisów. Savannah wróciła do nas wraz z córkami, by nawiązać na nowo stosunki z krewnymi.

Helena skinęła głową, oczy miała pełne łez. Baptista uśmiechnęła się z aprobatą do Savannah, podczas gdy Sandros i Iona rozłożyli ramiona w typowo greckim geście oznaczającym zarazem zgodę i radość.

Serce Savannah ścisnęło się ze wzruszenia. Leiandros proponował jej znacznie więcej niż samo małżeństwo. Dawał jej to, do czego zawsze tęskniła, a czego nie znalazła w pierwszym małżeństwie: rodzinę dla niej i córeczek.

Skinął dumnie głową, potem uśmiechnął się do niej. Odwzajemniła uśmiech, zastanawiając się, czy to tylko przedstawienie na użytek krewnych. Nie chciał, by wiedzieli, że zmusił ją do małżeństwa szantażem.

– Z pewnością ucieszycie się więc na wiadomość, że udało mi się ją przekonać, by przyjęła moje oświadczyny.

Pokój zatrząsł się od radosnych okrzyków. Dziewczynki zerwały się z miejsc i podbiegły do Savannah i Leiandrosa, piszcząc z zachwytu.

– To znaczy, że teraz będziesz moim prawdziwym tatą? – dopytywała się Eva, kiedy brał ją na ręce.

Przytulił ją mocno i szepnął jej coś do ucha, a ona zachichotała i rozpromieniła się ze szczęścia.

– Naprawdę ożenisz się z wujkiem? – szepnęła Nyssa, która wspięła się na jej kolana.

Savannah, wzruszona, zdołała jedynie pokiwać głową i uśmiechnąć się. Nyssa podbiegła do mężczyzny i także poprosiła, by ją wziął na ręce. Serce Savannah wezbrało na widok Leiandrosa obejmującego jej córeczki z miłością.

Zbliżył się Sandros, pocałował ją w policzek i klepnął Leiandrosa po ramieniu.

– Byłem pewien, że coś jest na rzeczy, kiedy was widziałem na kolacji.

Zebrani wybuchnęli śmiechem. Kiedy oznaki radości nieco ucichły, Leiandros postawił dziewczynki i przyciągnął do siebie Savannah.

– Panuje u nas zwyczaj, że narzeczeni wymieniają się pierścionkami.

W pokoju zapadła cisza. Savannah nie mogła wymówić słowa. Leiandros uniósł jej dłoń i wsunął na palec pierścionek z ciemnozielonym szmaragdem otoczonym drobnymi brylancikami. Potem ucałował jej dłoń.

Następnie podał jej drugi pierścień. Męski i ciężki, który również miał wprawiony szmaragd i brylanty. Zadrżała, gdy sobie uświadomiła, że powinna włożyć mu pierścień na palec, by dać do zrozumienia zebranym, że zamierza za niego wyjść. Powtórzyła wszystkie gesty Leiandrosa, włączając pocałunek. Po tej ceremonii mężczyzna oznajmił, że wieczorem odbędzie się tradycyjne przyjęcie zaręczynowe.

Baptista objęła i ucałowała oboje narzeczonych. Ktoś spytał, kiedy odbędzie się ślub.

– W najbliższą niedzielę – odparł Leiandros.

– Ależ to za trzy dni! – wykrzyknęła jego matka. – Trzeba wiele rzeczy przygotować; nie sposób to zrobić w tak krótkim czasie.

– Sprawa została już ustalona.

Arogancja Leiandrosa najwyraźniej nie robiła wrażenia na matce, bo skrzyżowała ramiona na piersi i posłała mu gniewne spojrzenie.

– Z pewnością nie zdążyłeś zaprosić wielu gości. Będzie wyglądało, że wstydzisz się swojej narzeczonej.

Savannah spojrzała na niego zraniona. Czyżby to była prawda? Przysunął się do niej i szepnął tylko jedno słowo: „Nie".

Nie martw się. Nie wątp we mnie. Nie obawiaj się. Jak jednak miała go zrozumieć? Żenił się z nią z zemsty, a ona wierzyła, że ją pokocha. Czyżby popełniła straszny błąd?

– Nie wstydzę się Savannah i chcę, by została moją żoną jak najszybciej.

Sandros roześmiał się, lecz Baptista ani drgnęła.

– Jesteś dorosłym mężczyzną, mój synu. Możesz poczekać parę tygodni. Panna młoda zasługuje na to, by wspominać swój ślub z radością, nie z żalem.

Leiandros objął mocno Savannah.

– Tydzień od najbliższej niedzieli. Macie dziesięć dni na wszelkie konieczne przygotowania, ale nie będę czekał ani dnia dłużej.

Baptista zgodziła się z ociąganiem, po czym natychmiast zaczęła snuć plany. Helena i Iona dodawały własne rady, a Eva i Nyssa co chwila wykrzykiwały, że to będzie zupełnie jak w bajce o Kopciuszku.

Najbliższe dni upłynęły w wielkim zamieszaniu. Baptista orzekła, że zwykły mężczyzna nie może mieć pojęcia, jak powinno wyglądać wesele. Rozważała każdą decyzję syna i obwoziła Savannah helikopterem po całej wyspie oraz do Aten, by dokonać wszelkich niezbędnych zakupów oraz odbyć lekcje tradycyjnych tańców greckich. Chciała, by synowa umiała wykonać taniec z chusteczką rozpoczynający ucztę weselną.

W ciągu tych dni Savannah rzadko widywała Leiandrosa. Choć każdy wieczór spędzał z nią i dziewczynkami, po ułożeniu ich do łóżek udawał się do swojego gabinetu, twierdząc, że musi nadrobić zaległości i uporządkować wszelkie istotne sprawy przed tygodniem miodowym. Savannah bowiem nie chciała na dłużej rozstawać się z córeczkami i ku jej wielkiemu zdumieniu zgodził się bez oporów. Jeszcze bardziej zaskakujące były jego widoczne starania, by zorganizować wspaniały ślub.

Powoli dochodziła do wniosku, że jest niezwykłym mężczyzną. Suknia, którą jej wybrał, została uznana za godną księżniczki. Kiedy dodała do niej prosty welon, Baptista i krawcowa aż klasnęły w dłonie z podziwu.

Sprowadził jej ulubione magnolie i gardenie, by je dodać do bukietu. Przejrzał także i rozszerzył listę gości, tak aby kaplica i Villa Kalosorisma były pełne.

Wszystko postępowało sprawnie i Savannah z każdym dniem z większą niecierpliwością oczekiwała wielkiego dnia, gdy połączy swoje życie z życiem Leiandrosa.

W dniu ślubu zbudziła się na długo, zanim pokojówka przyniosła śniadanie. Kiedy piła kawę, zjawiła się Baptista w towarzystwie Evy i Nyssy. Otwarła drzwi prowadzące na taras i do pokoju wlały się dźwięki skrzypiec i oudu, którym towarzyszyła pieśń nucona przez męski głos.

– Co to? – Eva wdrapała się na łóżko obok matki. Nyssa chwilę później zajęła miejsce po drugiej stronie.

– Muzyka towarzysząca ubieraniu panny młodej – wyjaśniła Baptista. – Taka jest tradycja. Pan młody opłaca śpiewaka dla panny młodej.

Savannah od razu poczuła się weselej. Resztę ranka wypełniły miłe pogawędki, kiedy kobiety przygotowywały się w jej pokoju do ślubu. Przyjechała stylistka, by ułożyć włosy i zrobić makijaż wszystkim obecnym. Szybko nadeszła pora, by Savannah włożyła suknię z białej satyny, w której zdaniem córeczek wyglądała jak księżniczka.

Ktoś zapukał do drzwi.

– Już pora – usłyszała Savannah.

Od tej chwili wszystko w jej pamięci wydawało się zamglone. Przed głównym wejściem do willi czekała liczna gromada gości, którzy przyłączyli się do orszaku ślubnego zmierzającego w stronę kaplicy. Na widok Leiandrosa serce Savannah zamarło z wrażenia. W eleganckim fraku wyglądał jak książę z bajki.

Zatrzymali się przed kaplicą, by pop pobłogosławił obrączki, zanim ich wprowadzi do środka.

Sam ślub przypominał nabożeństwo, choć złożyli też tradycyjną przysięgę znaną Savannah. Baptista wyjaśniła jej, że grecki ślub to raczej zjednoczenie dusz niż kontrakt. Mimo to ogarnęło ją wielkie szczęście, kiedy Leiandros spojrzał jej głęboko w oczy i złożył małżeńską przysięgę.

Zrobił to specjalnie dla niej; uśmiechnęła się i drżącym głosem przyrzekła go kochać i szanować.

Aż westchnęła, kiedy na ich głowach umieszczono korony zdobione szlachetnymi kamieniami. Kiedy ogłoszono ich mężem i żoną, Leiandros wbrew greckim zwyczajom pocałował ją z hamowaną namiętnością.

Niemal słyszała jego myśli: Teraz jesteś moja.

I była to prawda.

ROZDZIAŁ JEDENASTY

– Doskonale sobie poradziłaś z tańcem z chusteczką.

Savannah obróciła głowę i uśmiechnęła się do Iony. Nawiązały coś na kształt przyjaznych stosunków, żadna jednak nie wspominała o Dionie.

– Baptiście zależało, żebym zrobiła to doskonale, więc zaprowadziła mnie na lekcje. Ćwiczyłam do upadłego.

Iona mrugnęła porozumiewawczo.

– Sądząc z ognistych spojrzeń, jakie ci rzucał Leiandros, jemu też się podobało.

Ognistych spojrzeń? Savannah miała wrażenie, że to raczej żar wielki jak pożar lasu. Mimo woli wciąż myślała o nadchodzącej nocy. Leiandros też się do tego przyczynił. Przez cały wieczór dotykał jej przy każdej okazji – drobne, pozornie nic nieznaczące gesty, budzące w niej coraz większe pożądanie.

Zdawało jej się, że przyjęcie ciągnie się od paru godzin; zastanawiała się, ile jeszcze będzie musiała czekać.

– Spójrz...

Zwróciła wzrok w kierunku wskazywanym przez Ionę. Mężczyźni zebrali się w kręgu niedaleko basenu, w miejscu wyznaczonym na tańce.

– Zaczynają tradycyjny taniec – wyjaśniła dziewczyna.

Leiandros stał wśród nich, wyższy o głowę od większości, w białej koszuli i czarnych spodniach. Patrząc w oczy Savannah, zaczął tańczyć.

Przyglądała mu się, nie mogąc oderwać spojrzenia. Mgliście zdawała sobie sprawę, że wokół niego przesuwają się inni mężczyźni, że goście klaszczą rytmicznie, wołają z podziwem, lecz widziała jedynie jego. Swego męża.

Zaschło jej w ustach z pożądania. Nie wiedziała, jak długo trwał taniec, zanim goście zaczęli rzucać talerze. Kiedy jednak podano talerz również jej, cisnęła nim z całej siły, wciąż wpatrzona w Leiandrosa. Czuła się bezradna wobec szalejących w niej emocji.

Mężczyźni po kolei odłączali się od grupy, aż na parkiecie zostali tylko Leiandros i dwóch innych. Kiedy zaczęli wykonywać serię szybkich obrotów, sięgnęła po kolejny talerz i rzuciła nim tak, że rozbił się u stóp męża. Towarzysze Leiandrosa usunęli się, został tylko on. Wzięła następny talerz, tym razem z rąk Iony, i rzuciła silnie. Uśmiechnął się do niej i tanecznym krokiem ruszył w jej stronę. Kiedy stanął przed nią, zatrzymał się i spojrzał jej prosto w oczy.

Potem nachylił się i wziął ją na ręce. Jej szeroka spódnica wydęła się niczym balon, goście głośno wyrażali swój zachwyt.

Wydawało się jej, że to sen. Czuła jedynie obejmujące ją ramiona, zapach jego ciała, widziała obietnicę w jego oczach. Zawołał coś do gości, po czym zaniósł ją prosto na lądowisko helikoptera. Z dziewczynkami pożegnali się już wcześniej, układając je spać. Nic więcej ich nie powstrzymywało przed podróżą.

Na pokładzie helikoptera Savannah nawet nie próbowała rozmawiać – hałas był ogłuszający. Sądziła, że pojadą limuzyną do Halkidy; dopiero po paru minutach uświadomiła sobie, że zmierzają w zupełnie innym kierunku. Na jej pytanie uśmiechnął się tylko tajemniczo i pokręcił głową.

Po półgodzinnym locie poznała, że zbliżają się do Aten. Dziesięć minut później lądowali na dachu biurowca. Leiandros wysiadł pierwszy, potem pomógł jej i poprowadził ją za sobą do wnętrza budynku, a potem do windy.

– Gdzie jesteśmy? – spytała zdyszana.

– Nie domyślasz się, *yineka mou?*

Drzwi windy otworzyły się; znowu wziął ją na ręce i wniósł do niewielkiego holu, otworzył cyfrowy zamek i pchnął drzwi. Dopiero teraz zaświtało jej, gdzie się znajdują: w apartamencie na szczycie jego biurowca, tam gdzie odbywało się pamiętne przyjęcie, na którym go poznała.

– Wszystko wygląda jak wtedy – szepnęła.

Skinął głową niemal ze smutkiem.

– Petra nie lubiła tu przyjeżdżać. Prawie cały czas spędzała w willi niedaleko domu swoich rodziców.

– Nie mieszkała w Villa Kalosorisma?

Przyjrzał jej się z nieprzeniknioną twarzą.

– Nigdy.

Savannah odetchnęła z ulgą. Z radością, że to miejsce należy tylko do niej, uśmiechnęła się mimo woli.

– Podoba ci się? – spytał.

– Tak.

– Jesteś zaborcza, podobnie jak ja.

Wciąż trzymając ją w objęciach, wyszedł na taras. Tam postawił ją, lecz nadal tulił do siebie mocno.

– Pamiętasz? – szepnął niemal szorstko.

Nigdy nie potrafiła zapomnieć tamtego pocałunku.

– Tak.

– Pragnąłem cię tamtego wieczoru, Savannah. Byłem wściekły, gdy odkryłem, że należysz do mojego kuzyna.

Wyczuła wtedy jego złość, lecz sądziła, że jest skierowana przeciw niej; bo dała się pocałować, choć była żoną innego.

– Teraz należę do ciebie.

Musiał o tym wiedzieć. Wystarczyło jedno jego dotknięcie, by zapomniała o całym świecie.

Mruknął coś wzburzony i pocałował ją jak tamtej nocy. Delikatnie pieścił wargami jej usta, jakby nie całował jej nigdy wcześniej. I tak jak wtedy zatonęła w rozkoszy. Pocałunek trwał wieczność, lecz gdy tym razem na koniec Leiandros położył dłonie na jej piersiach, Savannah nie cofnęła się.

Nie musiała. Jęknął z rozkoszy i rozpiął jej

suknię, po czym zaczął ją zsuwać cal po calu. Czy nigdy nie skończy? Tęskniła do niego każdym nerwem, każdą cząstką ciała.

– Leiandros... – szepnęła błagalnie.

Uciszył ją kolejnym pocałunkiem. Nie czuła się już omdlewająca: zapłonęła z pragnienia, gdy pieścił ją coraz namiętniej. Tak bardzo go kochała. Chciała, by stali się jednym, by ich ciała i umysły połączyły się ze sobą – już, natychmiast! On tymczasem zachowywał się, jak gdyby miał dla siebie cały czas świata i całował ją leniwie, wolno odsuwając przeklęty zamek.

Miała ochotę krzyknąć z niecierpliwości, lecz była pochłonięta całowaniem jego ust.

Na koniec zamek został odsunięty i Leiandros zaczął gładzić delikatną skórę jej pleców. Jęknęła, przytuliła się do niego. Chciała dotykać jego nagiej skóry.

Cofnął się o krok i spojrzał na nią.

– Tak bardzo pragnąłem cię tamtej nocy, lecz musiałem odejść nienasycony. Próbowałem ukoić ból w ramionach innej kobiety.

– I to pomogło? – spytała mimo woli.

– Nie była tobą. – W jego głosie brzmiało oskarżenie.

Savannah pozwoliła, by suknia opadła z niej, odsłaniając nagie piersi.

– Jestem tu teraz.

Zamiast jej dotknąć, jak się tego spodziewała, wziął ją znowu w ramiona i zaniósł do sypialni. Jęknęła cicho z tęsknoty.

Z niezwykłą delikatnością zdjął z niej ubranie, po czym cofnął się o krok.

– Zostań tutaj – szepnął.

Milczał kilkanaście sekund, po czym odezwał się cicho:

– Chciałem mieć cię tutaj tamtej nocy. Pragnąłem cię nagiej w mojej sypialni.

Pierwszy raz uświadomiła sobie w pełni, że jest jego kobietą, jego *yineka*. Spojrzała mu prosto w oczy i ruszyła wolno w jego stronę z sercem mocno bijącym w piersi.

– Jestem tu teraz. W twojej sypialni. I pragnę cię.

Nigdy wcześniej nie była tak śmiała, lecz w jego obecności nie czuła żadnych zahamowań. Pragnęła go i chciała się z nim złączyć jak równa z równym, nie tylko czerpać rozkosz, lecz i ją dawać. Usiadła więc na otoczonym zasłonami łóżku i czekała, aż Leiandros się rozbierze i przyjdzie do niej.

Patrzyli na siebie długą chwilę. Do momentu, kiedy Savannah zaczęła rozplatać włosy. Przez zasłony otaczające łóżko zobaczyła, jak zdejmuje koszulę, a potem pozostałe części garderoby, aż guziki pryskają dokoła. Potem zbliżył się, położył na łóżku, przytłaczając ją swoim ciężarem, i zaczął całować.

– Teraz – szepnął chwilę później.

Wszedł w nią wolno i delikatnie, nie przestając obsypywać zmysłowymi pocałunkami jej warg i całej twarzy. Objęła go w pasie i przyciągnęła mocniej do siebie, czując, jak rozkosz narasta falą, wyrywa się spod kontroli. Potem długą chwilę unosiła się w niebycie, aż jej serce zwolniło i znowu mogła skupić wzrok. Uśmiechnęła się do niego.

– Umarłam?

– Nie.

– Chyba tak – szepnęła przekornie i podniosła się, by go pocałować. – Z całą pewnością jestem w niebie.

Jego twarz rozjaśniła się z satysfakcji.

– Teraz należysz do mnie, *yineka mou*, i nikt inny nie będzie cię dotykał w taki sposób.

Jak mógł sądzić choćby przez chwilę, że chciałaby dzielić to z innym mężczyzną?

– Skąd wiedziałeś? – szepnęła.

Zamarł bez ruchu.

– O czym?

– Że nigdy tak się nie czułam. To znaczy, pomijając tamten raz na tarasie.

– Nigdy? – powtórzył z niedowierzaniem.

Zasługiwał na to wyznanie po tym, co jej powiedział na tarasie.

Kilka godzin i kilka przypływów namiętności później leżał z głową na jej piersi, leniwie wodząc dłonią po jej ciele. Zapadli w sen dopiero wtedy, kiedy greckie słońce wzniosło się nad horyzont, zalewając bursztynowym światłem sypialnię.

ROZDZIAŁ DWUNASTY

– Zbudź się, *yineka mou*. Pora wstawać.

Głos Leiandrosa z trudem przedzierał się przez sen spowijający umysł Savannah.

– Po co? – mruknęła, nie podnosząc głowy z poduszki.

– Otwórz oczy, *agapi mou*.

Usiadła na łóżku wyprostowana jak struna, białe prześcieradło opadło jej do pasa. Czyżby właśnie nazwał ją swoją miłością? Spojrzała na niego uważnie, lecz nie zauważyła ani śladu czułości.

Twarz miał poważną, usta zaciśnięte.

– Musisz być silna.

Zalała ją fala przerażenia.

– Eva? Nyssa?

– Wszystko z nimi w porządku. – Położył ciepłą dłoń na jej ramieniu. – Chodzi o twoją ciocię.

Savannah nie mogła się zmusić do zadania pytania. Wydawało się, jakby Leiandros wyczuł jej wahanie.

– Żyje, ale przeszła kolejny wylew. Lekarze nie dają jej wielkich szans.

Opadła na poduszki. Wiedziała, co to znaczy. Ciocia Beatrice umrze.

– Jak długo?

– Nie wiadomo. Dzień, może tydzień.

– Muszę do niej lecieć. – Zesztywniała, spodziewając się sprzeciwu.

– Samolot czeka na lotnisku. Helikopter w każdej chwili może nas tam zabrać. Zjesz w samolocie, już spakowałem nasze rzeczy.

– Lecisz ze mną? Pozwalasz mi na to? – Nic nie rozumiała.

– Jesteś moją żoną. Twoje problemy są moimi problemami.

Jego słowa zaskoczyły ją tak bardzo, że dopiero pod prysznicem pomyślała o córeczkach. Wyszła z łazienki z mokrymi włosami, ubrana w rzeczy, które jej przygotował. Leiandros rozmawiał przez telefon w gabinecie. Na jej widok natychmiast odłożył słuchawkę.

– Gotowa?

– Co z dziewczynkami? – Nie była w stanie myśleć samodzielnie.

– Są pod opieką babci i spodziewają się nas dopiero za tydzień. Nie ma powodu ich niepokoić.

Przyznała mu rację. Zabierała dziewczynki do szpitala bardzo rzadko, żeby ich nie zasmucać i nie denerwować chorej.

– Jestem gotowa.

Leiandros nalegał, żeby przespała się w samolocie. Leżała jednak z szeroko otwartymi oczami, póki nie położył się obok i nie przytulił jej mocno do siebie, kojąc ją swoją obecnością. Dotarli do Atlanty w niespełna osiem godzin.

Również teraz zadbał, by przy odprawie potraktowano ich jak ważne osobistości, i zamówił limuzynę, by czekała przed lotniskiem, skąd pojechali prosto do Brenthaven.

W pokoju panował szpitalny zapach, ciocia Beatrice leżała na poduszkach blada jak prześcieradło, którym ją przykryto. Savannah podeszła do łóżka, nasłuchując ciężkiego oddechu pogrążonej w śpiączce chorej. Zaczęła dygotać, stłumiła jęk wyrywający się z gardła. Nie mogła łudzić się dłużej, że ciocia kiedyś wyzdrowieje.

Naraz poczuła silną rękę Leiandrosa obejmującą jej drżące ramiona.

– Opowiedz mi o niej.

Opowiadała więc przez niekończące się godziny, jak ciocia wychowywała dziewczynkę osieroconą po śmierci matki i odejściu ojca. Opowiadała o swoim przerażeniu, kiedy u cioci zdiagnozowano chorobę Alzheimera, gdy sama miała zaledwie dziewiętnaście lat, o swojej desperacji, kiedy cudem uniknąwszy katastrofy, musiała umieścić ciocię w zakładzie opiekuńczym.

– Wyszłaś za Diona, żeby móc ją tu przenieść?

Nie chciała mówić o poprzednim małżeństwie, więc tylko wzruszyła ramionami.

– To nie takie proste.

Nie naciskał, lecz pozostał przy niej; zamawiał posiłki, kiedy uznał, że zgłodniała, nakłaniał ją do wypicia soku owocowego zamiast kawy i słuchał, gdy czuła potrzebę mówienia. Dziesięć godzin później ciocia odeszła spokojnie, nie odzyskując przytomności.

Oczy Savannah pozostały suche, gdy słuchała, jak Leiandros ustala wszystko z lekarzem. Nie płakała, gdy prowadził ją do limuzyny, gdy jednak znaleźli się wewnątrz, jej spokój się załamał.

Przytuliła twarz do jego piersi, szukając ucieczki przed bólem. Łzy napełniły jej oczy i pierwszy raz od niemal dwudziestu lat pozwoliła im płynąć swobodnie.

Leiandros przycisnął ją mocniej do siebie.

– Płacz, *pethi mou*. Wyrzuć cały żal.

I tak zrobiła. Płakała nad tym, że tak długo była sama na świecie. Opłakiwała stracone lata poprzedniego małżeństwa, ból z powodu zdrad Diona i pogardy Leiandrosa. Lecz nade wszystko płakała nad kobietą, która zastępowała jej matkę.

Cały czas trzymał ją w objęciach, a kiedy dotarli do jej skromnego domu, wniósł ją do środka i nie wypuszczał z ramion.

Potem poniósł ją do łazienki przylegającej do jej sypialni. Trzymała się go, kiedy rozbierał ich oboje. Długą chwilę stali pod strumieniem ciepłej wody, zanim wreszcie przestała płakać i przytuliła się do jego ciepłego ciała.

– Kochała mnie, kiedy nie miałam nikogo prócz niej. Teraz zostałam sama.

Odsunął ją na długość ramion, tak aby mógł jej spojrzeć w oczy.

– Nie zostałaś sama. Jesteś moja.

Jak to się stało, że te zaborcze słowa przyniosły jej takie ukojenie?

Leiandros w milczeniu umył ją, wyprowadził spod prysznica i wytarł niczym małe dziecko.

– Połóż się. Przyniosę ci szklankę wody.

Posłuchała bez sprzeciwu. Naga wsunęła się między prześcieradła i czekała, aż wróci z tacą. Stała na niej karafka zimnej wody, dwie szklanki i dwie brzoskwinie pokrojone w plasterki.

– Skąd to wszystko? – spytała.

– Kazałem zrobić zakupy i przygotować dom na nasze przybycie, kiedy tu jechaliśmy.

Pomyślał o wszystkim. Wypiła wodę i pozwoliła mu się karmić owocami. Po chwili nastrój obojga nieznacznie się zmienił; Leiandros dotykał lekko palcami jej warg, kiedy jadła kolejne plasterki brzoskwini. Nie wiedziała, kiedy jej melancholia zmieniła się w pożądanie, lecz wkrótce sama także zaczęła mu podawać do ust soczyste kawałki owocu i zlizywać sok z jego palców.

Drgnął.

– Savannah?

– Potrzebuję cię.

Takie proste. Takie prawdziwe. Potrzebowała zapewnienia, że należy do niego, że nie jest sama.

Odstawił tacę na podłogę i położył się obok na poduszce, całując ją w usta. Choć pocałunki były namiętne, żarliwe i nieopanowane, miała wrażenie, że coś się w nim zmieniło. Pieścił ją z taką czułością, taką delikatnością, że z oczu znowu popłynęły jej łzy, lecz teraz nie było w nich smutku.

Poczuła się jak odrodzona pod jego dotykiem, a kiedy nadeszła fala spełnienia, nadal całował jej powieki, mokre od łez policzki, wolno doprowadzając ją do kolejnego szczytu. Potem przytulił ją do siebie i pocałował w skroń.

– Nie jesteś sama. Ja jestem z tobą, *yineka mou*.

Nie kłamał. Towarzyszył jej w trakcie ceremonii pogrzebowej, pakowania ostatnich rzeczy i przygotowaniach do wyjazdu. I w łóżku. Każdego wieczoru zasypiała obok niego i jej miłość do niego wciąż rosła.

W wieczór poprzedzający powrót do Grecji sama ugotowała kolację, choć Leiandros najął kucharkę, by odciążyła ją w pracach domowych. Po posiłku zaprowadziła go do salonu na kawę. Postawiła tacę na stole, rozlała aromatyczny napój do filiżanek i usiadła obok niego na sofie.

– Twoja kawa jest wyśmienita, *pethi mou,* ale chętnie już wrócę do Grecji.

Uśmiechnęła się. W tej chwili kawa niezbyt ją interesowała – ale przecież niewiele było rzeczy, które mogły rywalizować z Leiandrosem. Przytuliła się do niego. Czy kiedykolwiek przyzwyczai się do tej swobody, że może szukać ukojenia w jego dotyku zawsze, gdy tego zapragnie?

– Będzie mi brakowało tego domu.

Po rozpadzie poprzedniego małżeństwa stał się dla niej jedyną ostoją.

Leiandros położył jej dłoń na karku i pogładził lekko delikatną skórę poniżej ucha.

– Żałujesz, że wracasz do Grecji?

Poderwała głowę i spojrzała prosto w jego czekoladowe oczy.

– Jak możesz tak sądzić?

Czy nie widział, jak bardzo go teraz potrzebowała? Nigdy nie zdobyła się na odwagę, by mu powiedzieć, że go kocha, lecz z pewnością o tym wiedział.

Wzruszył ramionami i przytulił jej głowę do ramienia.

– Nieważne. Teraz należysz do mnie.

Uśmiechnęła się na tę arogancję.

– A ty należysz do mnie.

Nie odpowiedział – ale też nie zaprzeczył.

Dopili kawę, omawiając ostatnie sprawy przed wyjazdem, lecz Leiandros stawał się coraz bardziej milczący, aż rozmowa urwała się zupełnie. Odsunął się nieco i spojrzał na nią oczyma pociemniałymi od uczucia, którego nie potrafiła nazwać.

– Opowiedz mi o kochanku, który cię skrzywdził.

Zaskoczona nagłą zmianą tematu, spytała:

– O co ci chodzi?

I wtedy dotarło do niej pełne znaczenie jego słów. Nadal wierzył, że miała kochanków podczas pierwszego małżeństwa. Po emocjonalnym i fizycznym zbliżeniu nie mogła uwierzyć, że on nadal trwa w tym przekonaniu. Zamierzała mu powiedzieć całą prawdę, lecz po tym wszystkim, co dla niej zrobił, sądziła, że to niepotrzebne.

Najwyraźniej się pomyliła.

Ujął jej dłonie uspokajającym gestem, lecz to tylko bardziej ją rozwścieczyło.

– Nie musisz dłużej unikać tego tematu. Wiem, że ktoś cię skrzywdził. Unikałaś mojego dotyku po przylocie do Grecji. Nadal czujesz się nieswojo w pobliżu mężczyzn, nawet Sandrosa.

Prawdę mówiąc, sądziła, że poradziła sobie całkiem nieźle w trakcie przyjmowania gratulacji od gości po ślubie.

– Więc sądzisz, że skrzywdził mnie jeden z moich licznych kochanków? – spytała ostro, z krwawiącym sercem.

Zacisnął usta.

– Chcesz mi wmówić, że to się nie stało? Nie ma potrzeby.

Zerwała się z sofy.

– Do diabła z tobą, Leiandros. Naprawdę jesteś taki ślepy?

Otworzył oczy zaszokowany.

– Nie klnij przy mnie.

Jej furia była tak wielka, że musiała wziąć głęboki oddech, zanim mogła mówić dalej.

– Gdzie masz dowody mojej niewierności? Gdzie?

Milczał z nieprzeniknionym wyrazem twarzy.

– Właśnie. Nie masz żadnych! Masz tylko słowa twojego kuzyna, a Dion kłamał regularnie. – Zaczerpnęła powietrza, zanim podjęła: – Widziałeś, żebym z kimś flirtowała? Widziałeś, żebym się wdzięczyła do innych mężczyzn? Detektyw powiedział ci, że nie spotykałam się z nikim przez trzy lata. Dlaczego sądzisz, że wcześniej było inaczej?

– Przez tamten pocałunek. – Tylko tyle.

– Kto wtedy zaczął? Kto ci powiedział, że jestem mężatką? Ja! Prawda, uległam ci, ale nigdy nie próbowałam cię oszukiwać. Unikałam cię do przesady, narażając własne bezpieczeństwo.

– Wyjaśnij to – warknął.

– Wyjaśnię. Poczekaj tylko chwilę.

Wybiegła z pokoju, otwarła sejf w gabinecie i wyjęła dużą szarą kopertę. Po powrocie rzuciła ją na stolik przed Leiandrosem.

– Tam są wszystkie odpowiedzi. Czytaj.

Kiedy wszedł do sypialni, Savannah siedziała na staroświeckim pufie, szczotkując włosy. Musiała przed chwilą wziąć prysznic, bo miała na sobie czarny aksamitny szlafrok ciasno zawiązany w talii.

Westchnął. Przekaz był jasny: Nie dotykaj mnie. Nie mógł jej za to winić. Wciąż jeszcze czuł mdłości po tym, co oglądał i czytał. Spojrzeli na siebie w lustrze; nadal się gniewała.

Nie przestała się czesać.

– Z pewnością doszedłeś do wniosku, że na to zasłużyłam, skoro byłam taką niemoralną zdzirą.

– Przestań! – rzucił ostro. Wyciągnął w jej stronę zdjęcia. – Ile razy to się zdarzyło, zanim go opuściłaś?

Nadal nie patrzyła mu w oczy.

– A co to za różnica?

– Ile razy?

– Raz – rzuciła wyzywająco.

Czego się spodziewał? Że siedziała i czekała na więcej?

– Opowiedz o tym. – Musiał się dowiedzieć.

Obróciła się do niego; w jej oczach widział oskarżenie i ból.

– Po co? Uważasz, że wiesz już wszystko. Według ciebie od początku zdradzałam twojego kuzyna, więc nic dziwnego, że w końcu stracił cierpliwość.

Nawet gdyby tak było, Dion nie miał prawa jej tego zrobić.

– Powiedz prawdę. – Niemal ją błagał.

– Uwierzysz mi? – spytała ze znużeniem.

Sam już nie wiedział, w co wierzyć. Odmalowany przez Diona obraz żony w niczym nie przypominał kobiety, z którą Leiandros spędził ostatnich kilka tygodni. Ta kobieta kochała szczerze swoje dzieci, odnosiła się wspaniałomyślnie do ludzi, którzy skrzywdzili ją w przeszłości, i opiekowała się staruszką, choć ledwie była w stanie utrzymać siebie.

Jego milczenie uznała za oskarżenie; nim zdążył się wytłumaczyć, zerwała się z miejsca.

– Kiedy się zdecydujesz, daj mi znać. Wtedy ja się zastanowię, czy chcę ci powiedzieć.

Złapała narzutę i poduszkę z łóżka i wymaszerowała do drugiego pokoju.

– Dokąd idziesz?

Spojrzała na niego zimno.

– Dzisiaj prześpię się na sofie.

– Nie łudź się, że zdołasz mną w ten sposób manipulować – rzucił odruchowo i w tym momencie uświadomił sobie, że popełnił błąd.

Na jej twarzy nie drgnął ani jeden mięsień.

– Nawet o tym nie marzę.

Savannah leżała na sofie z suchymi oczami, lecz cierpiąc dotkliwie. Leiandros jej nie wierzy. Wyznała mu wszystko, pokazała mu zdjęcia ran, jakie zadał jej Dion, kopię lekarskiego raportu i nakaz zatrzymania. A on wciąż wierzył, że jego kuzyn był świętym.

Jej marzenia legły w gruzach, jej uczucie znowu okazało się źle ulokowane. Żądał, by powiedziała prawdę – lecz chodziło mu o jego wersję prawdy. Sobie zachował prawo osądzania, na ile szczere są jej słowa. Zagryzła wargę, tłumiąc szloch. Sądziła, że może żyć z mężczyzną, który jej nie kocha, że z czasem Leiandros przełamie swoje uprzedzenia i nieufność.

Teraz zrozumiała, że to się niestety nigdy nie stanie.

Skoro wierzył nadal w niewinność Diona – teraz, po obejrzeniu zdjęć – nie było dla nich nadziei. Jego zaślepiona wyrozumiałość wobec Diona na zawsze stanie między nimi. Mogła poprosić Sandrosa, by wyjaśnił Leiandrosowi prawdę – lecz po co? Nie ufał jej i nie mogła z tym żyć.

Jęknęła cicho i zwinęła się w kłębek.

Miękka dłoń nakryła jej splecione ręce, druga ujęła jej policzek.

– Przepraszam, kochanie. Wybacz mi, *moro mou*.

Zaskoczona otwarła oczy i zobaczyła w ciemności zarys jego twarzy.

– Wróć do mnie, *yineka mou*. – W jego głosie brzmiało błaganie. Milczał chwilę, jakby wypowiedzenie kolejnych słów przyszło mu z trudem: – Chcę cię tylko potrzymać w ramionach. Potrzebuję tego. Nie mogę spać po tym, co ci powiedziałem.

Potrzebuje? Leiandros nie potrzebował nikogo, a już najmniej jej. Nie zamierzała litować się nad nim, skoro on nie miał dla niej współczucia.

– Nie obchodzi mnie to.

Pogładził ją po włosach.

– Ale mnie obchodzi, Savannah. Przykro mi, że cię zraniłem moją bezmyślną reakcją. Wiesz, co pomyślałem w pierwszej chwili, kiedy zobaczyłem te zdjęcia?

Milczała uparcie.

Westchnął i przesunął dłonią po jej ramieniu.

– Pomyślałem, że gdyby mój kuzyn żył, z przyjemnością bym go zabił – szepnął.

ROZDZIAŁ TRZYNASTY

Nie mogła mieć dłużej wątpliwości. Otwarła oczy.

– Ale powiedziałeś...

Uciszył ją, kładąc jej palec na wargach.

– Byłem w szoku. Nie wyobrażasz sobie, co czułem, czytając raport lekarski, a potem oglądając zdjęcia twoich obrażeń.

Teraz to ona zapytała z naleganiem:

– Powiedz, co czułeś. Pomóż mi to sobie wyobrazić.

Czyżby się myliła, sądząc, że wszystko między nimi skończone? Czyżby Leiandros jej ufał, lecz był zbyt wstrząśnięty, by jej o tym powiedzieć?

Ręka leżąca na jej karku znieruchomiała.

– Byłem wściekły, tak pełen gniewu, że sam tego nie mogłem pojąć. Czułem się zmieszany, wstrząśnięty i z jakiegoś powodu także winny. Ostatecznie Dion był moim kuzynem.

Jej dłonie wolno wypuściły kołdrę, ujęły jego dłoń.

– To dlatego nic nie powiedziałeś?

– Tak. – Pogładził kciukiem jej wargę, podczas gdy drugą ręką ścisnął mocno jej splecione dłonie.

Poczuła, jak podniecenie wraca, lecz tym razem mu nie uległa. To było zbyt ważne.

– A teraz?

Musnął wargami jej usta.

– Gdybyś powiedziała, że niebo jest różowe, uwierzyłbym ci natychmiast.

Całkiem niezła obietnica. Savannah westchnęła, kiedy jego usta znowu dotknęły jej warg.

– Wrócisz do naszego łóżka? – szepnął z lekką niepewnością.

Ten nowy ton w jego głosie tak ją zaskoczył, że milczała kilka sekund. Najwyraźniej zmęczył się czekaniem, bo podniósł ją wraz z kołdrą, poduszką i całą resztą. Prawie całą minutę stał, trzymając ją tak, ona tymczasem nie odezwała się ani nie poruszyła.

Potem poszedł w stronę drzwi wspólnej sypialni.

– Więc nie mam wyboru? – spytała.

Przytulił ją mocniej do piersi.

– Dałem ci wybór, lecz nie protestowałaś. Chesz wrócić do naszego łóżka, a ja cię tam potrzebuję, więc cię do niego niosę.

I znowu to słowo. Potrzebuję. Naprawdę jej potrzebował? Nawet jeśli chodziło jedynie o pierwotne pożądanie, potrzebował jej, Savannah Marie Kiriakis, i to w niej obudziło na nowo nadzieję, którą już niemal porzuciła.

Objęła go ramionami za szyję i wtuliła twarz w zagłębienie ramienia.

– Więc się zgadzam.

Drgnął i przytulił ją mocniej. Kiedy dotarli do

sypialni, ułożył ją delikatnie na łóżku i drżącymi rękami rozwiązał, a potem zdjął szlafrok.

– Zmieniłeś zdanie na temat nieuprawiania ze mną seksu?

– Nie. – Spojrzał gniewnie, aż skuliła się z niepokoju. – To nigdy nie był tylko seks, jakiś zwierzęcy popęd, który może zaspokoić każdy partner. To była miłość.

Wielkie nieba. Nie powinien mówić takich rzeczy. Gardło ścisnęło jej się, a oczy wypełniły łzami, które popłynęły tym łatwiej, że to on się nią opiekował, gdy opłakiwała śmierć cioci Beatrice. Nie mogła wymówić słowa, on jednak czekał cierpliwie, otwarła więc ramiona i przytuliła go do siebie.

Kochali się tak delikatnie, że kiedy skończyli, płakała dalej – z czystej radości.

Pogładził ją czule i szepnął:

– Co się stało, *moro mou*?

Nie chciała, żeby Leiandros widział jej twarz, więc wtuliła ją w jego pierś, czując kojące bicie serca.

– Nie kochaliśmy się z Dionem, odkąd byłam w czwartym miesiącu ciąży z Nyssą. Nie przeszkadzało mi to. To w niczym nie przypominało tego, co przeżywam z tobą. A potem, kiedy się dowiedziałam, że ciągle romansuje, żeby dowieść, jaki jest męski, byłam mu niemal wdzięczna. W ciągu tamtych miesięcy przestałam go kochać.

Leiandros poruszył się.

– Nie chcę ci przerywać, ale po co miałby

udowadniać swoją męskość? Miał przecież dwie piękne córeczki.

– Kiedy nie zaszłam w ciążę od razu po ślubie, zabrał mnie do lekarza. Nie znałam wtedy greckiego i nie wiedziałam, co zamierza, więc bardzo się na niego rozzłościłam i uparłam się, żeby on też się zbadał. Gorzko tego potem żałowałam. Okazało się, że ma małą liczbę plemników. Był załamany i dostał obsesji na punkcie swojej męskości. Wyobraził sobie, że dowiedzie tego, kiedy spłodzi syna. Narodziny dziewczynek potraktował jak policzek.

Westchnęła i przytuliła się mocniej do Leiandrosa. Mruknął zawstydzony:

– A ja próbowałem cię zmusić szantażem, żebyś mi urodziła syna.

– Nigdy bym się nie zgodziła, gdybym sama tego nie pragnęła w głębi ducha.

– Dziękuję. Nie zasługuję na ciebie. – Pocałował ją w czubek głowy. – Opowiedz o tamtej nocy.

Zebrała siły, żeby skończyć opowieść. Nie rozmawiała o tym z nikim, odkąd lekarz zbadał ją po powrocie do Atlanty.

– Wrócił wieczorem do domu lekko pijany, Nyssa miała może pół roku. Chciał się ze mną kochać, ale się nie zgodziłam. Zaczął na mnie krzyczeć jak zwykle, że mam podły charakter i nie nadaję się na żonę, nazwał mnie oziębłą i wyzywał słowami, których nie powtórzę.

Głos jej zadrżał i umilkła.

Leiandros włączył się znowu:

– Wspominałaś, że nie broniłaś się, nawet kiedy wyszłoby ci to na dobre. Chodziło ci o tamten wieczór?

Skinęła głową.

– Bałam się. Wyczułam, że sprawy wymykają się spod kontroli i nie wiedziałam, jak temu przeszkodzić. Rozum podpowiadał, żeby się zwrócić do ciebie, że ty mógłbyś powstrzymać Diona przed skrzywdzeniem mnie lub dziewczynek, ale tłumiłam każdą myśl o tobie, więc tę stłumiłam także.

– Pobił cię?

Ból i wściekłość w jego głosie brzmiały w jej uszach kojąco i budziły wzruszenie.

– Nie. Powiedziałam, że jeśli to zrobi, ucieknę z Grecji. Wyszedł i wrócił później, nie tylko pijany, ale i po jakichś narkotykach. Znowu wyzywał mnie i zaczął popychać. Oddałam mu, ale byłam za słaba. Tak czy inaczej pobił mnie, a potem zasnął. Nigdy za nic nie byłam tak wdzięczna, jak za to, że wtedy zasnął. Resztę wiesz.

Spojrzała mu prosto w oczy. Płonęła w nich czułość i rozdzierający ból.

– Tak, wiem. Uciekłaś z Grecji, a on rozpowiadał naokoło, że nienawidziłaś tutejszego życia i wróciłaś do kraju. Z wielkim przekonaniem udawał rozpacz po tobie.

Pocałowała go lekko.

– Doskonale potrafił odgrywać ofiarę.

– A w rzeczywistości to ty byłaś ofiarą.

– Nie – odparła stanowczo. – Mnie udało się

uciec. Ale dziewczynki nie miały okazji poznać swojej rodziny. To one ucierpiały najbardziej.

– *Agapi mou*, jesteś taka wspaniała, jak mogę cię nie kochać? – Przyciągnął ją do siebie i pocałował w usta. – *S'agapo*, kocham cię, *s'agapo*.

– Kochasz mnie? – powtórzyła ze wzruszeniem i lekkim niedowierzaniem.

– Całym sercem. Wiem, że ty nie możesz mnie teraz kochać. Długo potrwa, zanim mi wybaczysz mój szantaż i bezwzględność, ale zniosę to, jeśli tylko zostaniesz przy mnie.

Łzy popłynęły jej po policzkach.

– Naprawdę sądzisz, że po tym, co przeżyłam z Dionem, pozwoliłabym ci się dotknąć, gdybym cię nie kochała? Nie chcę cię opuszczać. Kocham cię, Leiandrosie. Kochałam cię, odkąd mnie pierwszy raz pocałowałeś, lecz nie przyznawałam się do tego sama przed sobą.

Patrzył na nią, jak gdyby nie do końca jej wierzył.

– Byłaś na to zbyt uczciwa.

Uśmiechnęła się przez łzy.

– Tak jak ty byłeś zbyt honorowy, żeby ulec pożądaniu.

– To nie było pożądanie. Zakochałem się w tobie tamtego wieczoru. Sześć długich lat walczyłem z tym uczuciem. – Skrzywił się. – Cierpiałem po śmierci Petry, ale bardzo szybko zacząłem na nowo myśleć o tobie. Wmawiałem sobie, że chodzi o sprawiedliwość, lecz w rzeczywistości nie mogłem dłużej żyć bez ciebie. Zniknęły przeszkody, a wraz z nimi moja samokontrola.

Pocałowała go w usta i uśmiechnęła się.

– Więc postanowiłeś szantażem zmusić mnie do małżeństwa.

Skinął głową, a potem zaczął ją całować z namiętnością, która zdawała się zrodzona z desperacji – tak długo, aż zakręciło się jej w głowie. Uśmiechnęła się do niego w rozmarzeniu.

– Nie musisz sobie niczego wyrzucać.

Skrzywił się lekko.

– To, jak cię traktowałem. Wierzyłem w każde słowo kuzyna, choć to nie odpowiadało zupełnie temu, co mogłem zobaczyć na własne oczy.

– Wybaczam ci. Kocham cię. Zawsze będę cię kochać – zapewniła znowu.

Ujął jej piersi w obie dłonie, kiedy uniosła się lekko, by lepiej go widzieć.

– *S'agapo*, Savannah. Kocham twój upór i energię. Kocham to, jak się uśmiechasz, kiedy jesteś szczęśliwa, i jak tulisz swoje córeczki. Kocham to, w jaki sposób odnosiłaś się do szalonych pomysłów mojej matki przed ślubem.

Wyciągnął rękę i założył jej za ucho pasmo włosów, które opadło jej na twarz.

– I podziwiam to, jak się opiekowałaś ciocią Beatrice, kiedy sama ledwo umiałaś zadbać o siebie.

– Miałam dziewiętnaści lat! – zaprotestowała.

– Nie więcej niż dziecko.

– Teraz mam dwadzieścia siedem. Czy to dość, żebym mogła się o siebie troszczyć? – spytała z ironią.

Odpowiedział zupełnie poważnie:

– Tak. Jesteś na to wystarczająco dorosła i wystarczająco mądra. Ale czy wyświadczysz mi zaszczyt i pozwolisz się opiekować sobą i swoimi córkami?

– Tak – odparła ze wzruszeniem. – Kiedy tylko zechcesz.

Parę miesięcy później grecki lekarz Savannah oznajmił, że jest w dziesiątym tygodniu ciąży. Z największą radością podzieliła się wieczorem tą wiadomością z Leiandrosem.

Uszczęśliwiony, natychmiast zaczął wynajdować aktywności, które powinna ograniczyć dla swojego bezpieczeństwa. Eva i Nyssa były w siódmym niebie na wieść, że będą miały rodzeństwo, a obie babcie zaczęły się opiekować Savannah niczym kwoki.

Po kolejnych sześciu tygodniach badanie ultrasonograficzne wykazało, że to bliźniaki. Pięć miesięcy później, po drugim skurczu, Leiandros oświadczył, że będzie to ostatnia ciąża Savannah; jego twarz przybrała interesująco szary odcień.

Trzecia córeczka urodziła się pierwsza i została nazwana Beatrice, co siostry natychmiast skróciły do Bea. Następny urodził się syn, ochrzczony na cześć ojca. Leiandros był bliski zemdlenia, kiedy patrzył na dwa maleństwa.

Po południu tego dnia Savannah leżała w łóżku w prywatnym szpitalu, tuląc w ramionach synka, podczas gdy Leiandros siedział obok na krześle z córeczką. Helena i Baptista siedziały na kanapce pod oknem z Evą i Nyssą na kolanach.

Leiandros oderwał wzrok od niemowlęcia i spojrzał na Savannah.

– *S'agapo, yineka mou.* Ty i dzieci jesteście całym moim światem. Moją przyszłością. Moim największym skarbem.

Głos zadrżał mu dziwnie. Savannah spojrzała głęboko w jego brązowe oczy, które nie wydawały się już nieprzeniknione, lecz pełne miłości do niej i wszystkich jej dzieci.

– Dziękuję – szepnęła zbyt wzruszona, by powiedzieć coś więcej.

Przyrzekł jej, że już nigdy nie będzie sama, i dotrzymał obietnicy, otaczając ją swoją miłością, wprowadzając w krąg rodziny i przyjaciół, aż poczuła się jedną z nich.

Rebecca Winters

Miesiąc w Grecji

Tłumaczyła:
Małgorzata Borkowska

ROZDZIAŁ PIERWSZY

– Mamo, jak wyglądam? – Dominique wyszła z łazienki ubrana w żółte bikini.

Pełne miłości oczy matki wypełniły się łzami.

– Niewiarygodnie pięknie.

– Wiesz, o co pytam.

– Nikt by się nie domyślił, że miałaś usuniętą pierś.

– Andreas z pewnością zauważy różnicę.

– Wyłącznie wtedy, gdy będziecie we własnej sypialni.

Dominique spojrzała na matkę.

– Jeśli kiedyś jeszcze dopuści mnie do siebie na tyle blisko.

– Ożenił się z tobą po mastektomii, a od chwili, gdy go opuściłaś, wciąż odmawia zgody na rozwód. W ogóle nie widzę problemu.

Dominique była odmiennego zdania.

– Po tym, w jaki sposób odeszłam, wątpię, żeby chciał mnie przyjąć z otwartymi ramionami.

– No cóż, przyznaję, tego bym się nie spodziewała. Lecz kiedy zrozumie, dlaczego tak się stało i przez co musiałaś przejść, obdarzy cię jeszcze większym uczuciem.

– Mówisz jak każda matka. Boję się jednak, że samo zrozumienie nie wystarczy. – Serce bolało ją z tęsknoty za mężem. Od rozstania minął rok, ale dla niej ta separacja trwała całą wieczność.

– Na szczęście już jest po wszystkim. Doktor Canfield zapewniła cię przecież, że jesteś całkiem zdrowa.

Dominique przytaknęła z widoczną radością.

– Tak czekałam na tę wiadomość! W szkole średniej żałowałam, że nie mam większego biustu, lecz okazało się, że dzięki małym piersiom jestem idealną kandydatką do operacji. Modlę się, żeby to była prawda, bo jeśli coś pójdzie źle i zrobi się jakiś wyciek albo implant zacznie się otorbiać, znów będą mnie kroić.

– Kochanie... Sama słyszałam, jak doktor Canfield mówiła, że takie komplikacje zdarzają się najwyżej u dziesięciu procent pacjentek. Nie szukaj problemów, gdzie ich nie ma.

– Masz rację. Powinnam się skoncentrować na tym, jak zorganizować spotkanie z Andreasem.

– A czemu po prostu do niego nie zadzwonisz?

– Wolę, żeby najpierw mnie zobaczył. Chcę go zaskoczyć, rozumiesz? Kiedy już wrócimy do Bośni, przeprowadzę małe śledztwo, ale tak, by się nie zorientował, że próbuję się czegoś dowiedzieć.

– W takim razie może zaczniesz się przebierać? Inaczej nie zdążymy na lotnisko.

Dominique pospiesznie umknęła do łazienki. W żadnym wypadku nie chciała spóźnić się na samolot.

Trzęsącymi się rękami pakowała nowy kostium. Następnym razem, kiedy go włoży, będzie stała przed swoim mężem. Po jego oczach pozna, czy nadal jej pragnie. Wtedy będzie wiedziała, czy jest jakaś szansa dla ich małżeństwa.

Dwanaście godzin później wchodziła do pokoju w konsulacie Stanów Zjednoczonych w Sarajewie, gdzie pracowała dla swojego ojca. Nadszedł czas, żeby zrealizować powzięty plan.

Podczas lotu z Nowego Jorku wymyśliła, że z automatu telefonicznego spróbuje zadzwonić do firmy Andreasa w Atenach. Postanowiła udawać sekretarkę bośniackiego importera, który pragnie przedyskutować możliwości wspólnego interesu. W ten sposób się dowie, czy Andreas jest w mieście.

Przejrzała korespondencję i już zamierzała wymknąć się na pobliską pocztę, gdy odezwał się dzwonek telefonu wewnętrznego.

– Tak, Walterze? – spytała, słysząc głos recepcjonisty.

– Przyszedł Paul Christopoulos.

Serce zaczęło jej walić jak młot. Najlepszy przyjaciel Andreasa, a zarazem jego asystent, był tutaj?

Mogła się spodziewać różnych zbiegów okoliczności, lecz ten omal nie zbił jej z nóg. Opadła na krzesło i przez chwilę siedziała nieruchomo, czekając, aż minie oszołomienie.

Mógł być tylko jeden powód wizyty Paula w konsulacie w Sarajewie. Prawdopodobnie Andreas chciał się z nią rozwieść i wysłał przyjaciela, żeby omówił warunki ugody.

Rok temu poprosiła Andreasa o rozwód, ale jedyną odpowiedzią, jaką dostała, były pieniądze, które przekazał na jej konto. Pieniądze, których nigdy nie tknęła.

Milczeniem odpowiedział też na dwie kolejne prośby, które wystosował jej nowojorski adwokat. Miała już pewność, że Andreas nie zamierza pozwolić jej odejść. Dysponował majątkiem i władzą, które pozwalały mu na narzucanie swoich reguł.

W końcu zrozumiała, że przemawia przez niego zraniona duma i zgodzi się na rozwód, dopiero gdy ochłonie. Pojawienie się Paula oznaczało, że zbyt długo odwlekała zasadniczą rozmowę z mężem.

– Mam powiedzieć, że musi umówić się na spotkanie? Czy przyjmiesz go od razu? – ponaglił ją Walter.

Jednak Dominique była myślami tysiące kilometrów stąd. Najwidoczniej Andreas ma jakąś kobietę i chce zacząć nowe życie. Zupełnie jak ona, tyle że ona pragnęła żyć u boku swojego męża...

– Poproś, żeby wszedł, Walterze. I nie łącz mnie z nikim.

Podniosła się z krzesła, żeby powitać Paula. Obaj przyjaciele byli dobrze zbudowani i wysocy. Kruczowłosy Andreas mierzył prawie metr dziewięćdziesiąt, rudy Paul był jeszcze wyższy.

Lojalny, niezawodny Paul... Przyjaciel, któremu Andreas ufał jak własnemu bratu. Z satysfakcją spostrzegła, że z pewnym opóźnieniem zareagował, gdy wyciągnęła na powitanie rękę. Od chwili, gdy widział ją po raz ostatni, w jej wyglądzie nastąpiła spora zmiana.

Co więcej, rok temu stosunki między nimi były dość napięte, czemu zresztą zawiniła Dominique. Rozhisteryzowana z bólu, opuściła gmach sądu, zanim jeszcze rozpoczęła się sprawa przeciw Andreasowi.

Paul towarzyszył jej na lotnisko, próbując wytłumaczyć, że nie powinna wyjeżdżać, zanim nie porozmawia z Andreasem. Jednak była tak rozgorączkowana i pogrążona w smutku, że w ogóle nie słuchała jego argumentów. Na koniec oświadczyła, że chce zakończyć swoje czteromiesięczne małżeństwo. Teraz miała wrażenie, że to wszystko działo się całe wieki temu.

Oparła się o brzeg biurka i skrzyżowała ręce na piersi.

– Miło cię znów zobaczyć, Paul. Siadaj. Chcesz się czegoś napić?

Nie usiadł jednak.

– Nie, dziękuję, pani Stamatakis.

Pani Stamatakis... Jaki oficjalny ton.

– Od kiedy rok temu opuściłam Ateny, nikt się tak do mnie nie zwraca. – Po powrocie do rodziców zdjęła obrączkę i znów zaczęła używać panieńskiego nazwiska.

– Zmieniłaś się – mruknął pod nosem.

Innymi słowy, pomyślała, nie przypominam już tej niepewnej siebie młodej kobiety, która przed rokiem uciekła od Andreasa. Od czasu tej bolesnej decyzji nastąpiła w niej drastyczna przemiana. W umyśle i wyglądzie. To, że Paul pozwolił sobie na tak osobistą uwagę, dowodziło, jak wielki przeżył szok.

Uśmiechnęła się przekornie na myśl, że zapewne Andreas zareaguje podobnie, nawet jeżeli będzie chciał się z nią rozwieść.

Na to jednak nie zamierzała pozwolić. W każdym razie jeszcze nie teraz.

– A ty się w ogóle nie zmieniłeś. – Wciąż miał ten sam poważny wyraz twarzy i nosił te same okulary w ciemnej oprawie. Między nim a jej trzydziestotrzyletnim mężem był tylko rok różnicy, ale Paul wydawał się znacznie starszy.

Nie odwzajemnił uśmiechu, ale przynajmniej mogła mieć satysfakcję, że jej wygląd i zachowanie mocno nim wstrząsnęły. Po raz pierwszy widziała, jak stracił zimną krew. Z pewnym wahaniem otworzył teczkę i wyciągnął z niej jakieś dokumenty.

– Tutaj masz wszystko. – Podał jej papiery. – Moim zdaniem to bardzo wspaniałomyślna oferta. Wystarczy, że złożysz podpis i znów będziesz mogła być panną Dominique Ainsley.

Bez zaglądania do środka włożyła papiery z powrotem do jego teczki.

– Zanim cokolwiek podpiszę, chcę się zobaczyć z Andreasem. Gdzie on jest?

Paul spojrzał na nią z namysłem.

– Na jachcie.

No tak... Był wrzesień, najlepsza pora, żeby wypłynąć na „Cygnusie".

– Kiedy wraca?

– To zależy od Olimpii – odparł po chwili.

Czuła, że serce jej zamiera. Jak widać, Olimpia wciąż wiele znaczyła w jego życiu. Jej imię wywołało bolesne wspomnienie. To przede wszystkim z jej powodu Dominique zdecydowała się opuścić Andreasa. Ciekawe, czy Paul zrobił to specjalnie, żeby ją zranić?

Cóż, osiągnął swój cel, a jednak nic nie odwiedzie jej od postanowienia, że musi zobaczyć się z mężem i walczyć o swojej małżeństwo.

– Nawet mnie to nie dziwi. Oboje kochali Maris – chodziło o tragicznie zmarłą siostrę Andreasa – to bardzo ich do siebie zbliżyło. – Obeszła biurko. – Zakładam, że przyleciałeś tu jego prywatnym samolotem?

Sprawa była tak oczywista, że Paul nawet nie odpowiedział. A może po prostu był zbyt zaskoczony faktem, że imię Olimpii nie wywołało reakcji, jakiej się spodziewał?

Udając, że nie zauważyła jego milczenia, ciągnęła:

– W takim razie wrócę do Grecji z tobą.

– Andreas spodziewa się mnie jeszcze dzisiaj.

– Nie ma sprawy. Dużo podróżuję służbowo, więc paszport mam stale przy sobie. – Lekarstwo również, dodała w myślach.

Z szuflady biurka wyciągnęła torebkę. Kątem oka dostrzegła, że Paul sięga po komórkę.

– Na twoim miejscu nie robiłabym tego. Nadal jestem panią Stamatakis, jak sam przed chwilą zauważyłeś. Mój mąż twierdził, że będzie mnie zawsze kochał, więc chyba nie zamierzasz ingerować w nasze sprawy.

Paul był bezgranicznie oddany Andreasowi, z którym przyjaźnił się od dziecka, jednak teraz stracił nieco panowanie nad sobą. Wciąż milczał, nie wiedząc, jak zareagować. Po raz pierwszy była świadkiem takiego fenomenu.

– Paul, tym razem ja proszę o pomoc. I chyba mogę jej od ciebie oczekiwać? Jeszcze dziś chciałabym zobaczyć się z Andreasem. Możemy ruszać?

Wyszli z pokoju.

– Powiedz tacie, że wyjechałam do Grecji. W ciągu kilku dni będę znała swoje plany i wtedy się z nim skontaktuję – poinformowała Waltera, gdy mijali recepcję.

Przyjrzał im się z zaciekawieniem.

– Oczywiście.

Trzy godziny później helikopter, który czekał na nich w Atenach, zabrał ich na Kefalinię.

Dominique z zachwytem patrzyła na bujną roślinność i złote plaże, które kiedyś zwiedzała z Andreasem.

– Nie widzę „Cygnusa" – powiedziała, gdy śmigłowiec zniżył lot nad Fiskardo, uroczym portowym miasteczkiem.

– Andreas płynie teraz z Zakynthos. Spodziewa się mnie dopiero późnym popołudniem.

Dominique rzuciła okiem na zegarek. Było wpół do trzeciej.

– Świetnie. W takim razie możemy kilka godzin spędzić na zakupach. Skorzystam z tej hojnej oferty, jaką dla mnie przygotował.

Wyjeżdżając z Sarajewa, nawet nie zatrzymała się w domu rodziców, żeby spakować rzeczy.

Paul chodził z nią po sklepach ze stoicką miną, za którą, zdaniem Dominique, ukrywał niechęć do niej. Chyba nigdy nie pogodził się z myślą, że została żoną Andreasa.

W przymierzalni jednego z butików zdjęła biurowy kostium i włożyła błyszczące bikini, a na ramiona narzuciła przewiewne plażowe wdzianko z białej koronki. Stopy wsunęła w sznurkowe sandałki, a z włosów wyciągnęła szylkretowy grzebień, który podtrzymywał fryzurę. Przeczesała szczotką srebrnozłote pasma, pozwalając im opaść swobodnie na jedną stronę.

Kiedy opuściła przymierzalnię, Paul otworzył usta ze zdumienia. Nie sposób było nie zauważyć, jaki jest zaskoczony. To już po raz drugi w ciągu jednego dnia, pomyślała zadowolona. Nigdy jeszcze nie widziała, żeby komuś udało się wytrącić z równowagi niewzruszonego zausznika Andreasa.

Rzuciła okiem w stronę portu i spostrzegła, że jacht już przypłynął.

Andreas... Serce zabiło jej z nadzieją, gdy wyobraziła sobie minę, jaką zrobi mąż na jej widok.

Pospiesznie zapłaciła za wybrane rzeczy i ruszyła w stronę motorówki, która czekała przy nabrzeżu. Przy sterze siedział jeden z marynarzy z „Cygnusa". Widząc zbliżającego się Paula, mężczyzna wyskoczył na brzeg.

– Pani Stamatakis! – wykrzyknął zdumiony, wpatrując się w Dominique wytrzeszczonymi oczami. Najwidoczniej zmiana, jaka zaszła w nieśmiałej, chudziutkiej kobiecie, którą poślubił Andreas, faktycznie musiała być niewiarygodna.

– Cześć, Myron. Dawno się nie widzieliśmy. Co u ciebie?

– Wszystko dobrze. – Rzucił niespokojne spojrzenie na Paula.

– A jak tam twoja rodzina? Nico pewnie dorównał ci już wzrostem. – Wsiadła do motorówki, zanim Paulowi czy Myronowi przyszło do głowy, żeby jej pomóc.

Kompletnie zbity z tropu marynarz mruknął coś niezrozumiale. Jego wystraszona mina potwierdzała podejrzenia Dominique, że Andreas i Olimpia są kochankami.

Przed rokiem Andreas zaprzeczył takiemu oskarżeniu. Może zresztą mówił wtedy prawdę... Zdaje się jednak, że obecnie sprawy przyjęły inny obrót.

– Proszę. – Myron wskoczył do łodzi i pospiesznie podał jej kapok.

Po jego minie widziała, że jest przerażony i ma wielką nadzieję, że Paul w jakiś sposób zapobiegnie nieszczęściu, które niewątpliwie nastąpi, gdy Dominique znajdzie się na jachcie. Jednak Paul spokojnie usiadł na ławeczce, jakby w ogóle nie dostrzegał jego zdenerwowania.

Myron nie miał wyboru. Włączył silnik i skierował motorówkę w stronę „Cygnusa". Kilka minut później wchodzili po trapie na pokład, gdzie powitały ją zaskoczone twarze załogi.

Jacht zawsze był dla jej męża azylem, a teraz Dominique zakłócała spokój świętego miejsca. Trudno... Wciąż przecież była panią Stamatakis.

Steward w końcu odzyskał przytomność umysłu i powitał ją na pokładzie. Jak dotąd nie dostrzegła nigdzie ani Andreasa, ani Olimpii.

– Pozwoli pani, że zaniosę bagaż do kabiny dla gości?

– Nie ma potrzeby, Leon. Wezmę je z sobą do naszej sypialni.

– Ale...

Nie zwracając uwagi na wystraszonego stewarda, Dominique ruszyła w stronę schodów, które prowadziły do głównej sypialni. Nie wiedziała, czego może się spodziewać, ale to już nie miało znaczenia. W ciągu ostatniego roku uświadomiła sobie, że powodem jej ucieczki był przede wszystkim kompleks niższości, poczucie własnej niedoskonałości.

Andreas potrzebował jej podczas napawającej wstrętem i bardzo głośnej sprawy o cudzołóstwo, jaką wniósł przeciw niemu mąż Olimpii. Prosił, żeby mu zaufała, jednak urazy psychiczne spowodowane chorobą, a także niedojrzałość Dominique, nie pozwoliły jej wytrwać przy mężu do końca.

Dlatego właśnie była tu teraz. Chciała mu powiedzieć, jak bardzo żałuje, że nie starczyło jej wiary w ich miłość... Że zabrakło jej siły, by trwać przy nim i poczekać, aż wszystko się wyjaśni.

Co prawda zrobiła to z rocznym opóźnieniem, ale teraz chciała go wysłuchać. I dać ich małżeństwu szansę, na jaką zasługiwało.

Jak na skrzydłach przebiegła korytarz, kierując się do sypialni, gdzie jako nowożeńcy spędzali szczęśliwe noce. Z bijącym sercem zapukała do kajuty, a gdy nie usłyszała odpowiedzi, ostrożnie uchyliła drzwi.

Ze zdumieniem odkryła, że elegancką kajutę przerobiono na pokój dziecinny. Były tu malutka komoda i stolik do przewijania niemowląt, a przed biurkiem ustawiono huśtawkę. Oszołomiona patrzyła na dziecięce kocyki rozłożone na dużym małżeńskim łożu, obok którego stało łóżeczko z zamontowaną nad nim elektroniczną nianią. Wciąż nie mogąc otrząsnąć się z szoku, odłożyła zakupy i na palcach podeszła do łóżeczka.

W środku, przyciśnięty do szczebelków, spał na pleckach czarnowłosy chłopczyk, ubrany w niebieski komplecik.

Syn Andreasa?

A więc przyjechała za późno...

Z jej ust wyrwał się pełen rozpaczy jęk, który obudził niemowlę. Chłopczyk spostrzegł przyglądającą mu się obcą osobę i wybuchnął płaczem.

– Nie bój się, maleńki. Nie bój się.

Im usilniej próbowała go uspokoić, tym głośniej płakał, a jego rączki i nóżki rozpaczliwie wierzgały w powietrzu. Instynktownie wyjęła dziecko z łóżeczka, co tylko pogorszyło sprawę. Malec rozkrzyczał się w niebogłosy, prężąc się w jej ramionach. Chwyciła kocyk, który leżał na łóżku, i huśtając niemowlę, chodziła z nim po kajucie, ale dziecko nie dawało się ukoić.

Nagle z głębi korytarza dobiegł kobiecy głos:

– Już idę, Ari. Już idę.

Drzwi się otworzyły i do pokoju wpadła ciemnowłosa, ponętna kobieta z butelką w ręku. Była jeszcze piękniejsza niż przed rokiem.

Kiedy spostrzegła, kto trzyma jej dziecko, zatrzymała się z cichym okrzykiem i gwałtownie pobladła. Najwyraźniej Dominique była ostatnią osobą, jaką Olimpia spodziewała się spotkać na jachcie.

Gdyby wzrok miał magiczną moc, z pewnością Dominique w ułamku sekundy znalazłaby się gdzieś daleko we wszechświecie.

Olimpia pospiesznie wyciągnęła ramiona. Niemowlę natychmiast wtuliło buzię w szyję mamy i objęło ją z całej siły.

– Przepraszam, że go przestraszyłam. Kiedy tu wchodziłam, nie miałam pojęcia, że w pokoju jest dziecko. Próbowałam go uspokoić, ale zdaje się, że tylko bardziej go przeraziłam.

Olimpia pocałowała synka, który już całkiem ucichł.

– Pewnie szukasz Andreasa – powiedziała cicho, obrzucając Dominique niechętnym spojrzeniem. – Jeszcze jest w Atenach, ale spodziewamy się, że wkrótce do nas wróci… Prawda, Ari?

Do nas…

Wyglądało na to, że Olimpia i Andreas już od dłuższego czasu muszą być rodziną. Tylko dlaczego w takim razie Andreas tak długo zwlekał z udzieleniem zgody na rozwód?

Przez wiele miesięcy dręczyły ją wyrzuty sumienia, że nie wierzyła w swojego męża. Teraz jednak znów opadły ją wątpliwości. Może wcale nie był jej wierny i postąpiła słusznie, odchodząc od niego?

Jej ciałem wstrząsnął dreszcz bólu. Poczuła zmieszanie, widząc, że Olimpia nie sprawia wrażenia wytrąconej z równowagi ani przestraszonej. Kiedy już minął pierwszy szok, wyglądała wręcz na zadowoloną z siebie. I z pewnością nie zamierzała nawiązać z Dominique rozmowy.

Patrząc na nie z boku nikt nie domyśliłby się, że kiedyś były przyjaciółkami, a w każdym razie Dominique przez wzgląd na Andreasa próbowała zaprzyjaźnić się z Olimpią.

Paul doskonale zdawał sobie sprawę, co robi, kiedy bez żadnego oporu zgodził się zabrać ją z sobą na „Cygnusa". Najwidoczniej spodziewał się, że gdy zobaczy dziecko, bez wahania podpisze dokumenty rozwodowe i natychmiast umknie do Sarajewa. Teraz pewnie z radością zacierał ręce…

Lecz w ten sposób mogła postąpić dawna Dominique, cierpiąca na chroniczny brak wiary w siebie. Nowa Dominique wróciła do Grecji, aby udowodnić Andreasowi, że jest pewną siebie, silną kobietą. Za wszelką cenę musiała pozostać na jachcie do jego powrotu. Najpierw wysłucha, co Andreas ma do powiedzenia, oceni jego słowa, i dopiero wtedy zdecyduje, czy podpisać dokumenty rozwodowe, czy walczyć o męża.

– Przepraszam, Olimpio, że tak się wdarłam. – Wyprostowała dumnie ramiona.

Olimpia przysiadła na łóżku i podała dziecku butelkę.

– Nie ma sprawy. I tak o tej porze Ari budzi się z drzemki i bawi się z Andreasem.

Patrząc na pełną samozadowolenia minę Olimpii, Dominique uznała, że niczego się od niej nie dowie. Chodziło jej tylko o to, by podkreślić, jak bliska zażyłość łączy ją z Andreasem, ale nie zamierzała zdradzić nic więcej.

W końcu zabrała siatki z zakupami i wyszła z pokoju.

Na końcu korytarza były kajuty dla gości. Otworzyła drzwi po prawej stronie, odłożyła rzeczy i powstrzymując pragnienie, by zwinąć się na łóżku i wypłakać swój smutek, wyszła na pokład. Ustawiła leżak w taki sposób, żeby Andreas zobaczył ją natychmiast, jak tylko tu się zjawi. Z pewnością helikopter przywiezie go na Kefalinię przed zapadnięciem ciemności.

Temperatura dochodziła do trzydziestu stopni, niebo było bezchmurne. Dominique zrzuciła wdzianko, starannie posmarowała się kremem z filtrem i wyciągnęła na leżaku.

Kilka minut później Leon przyniósł jej kanapkę i szklankę soku. Podziękowała mu i z przyjemnością zabrała się do jedzenia.

Czas wlókł się niemiłosiernie. Słońce schowało się za horyzontem, ale Dominique uparcie tkwiła na posterunku, czekając na przyjazd męża. Próbowała czytać czasopisma, które przyniósł jej steward, jednak szybko zapadający zmrok wkrótce jej to uniemożliwił.

Rozczarowana w końcu zeszła na dół. Długa podróż ze Stanów i silne emocje wyczerpały ją, więc postanowiła położyć się na chwilę, żeby odzyskać siły.

Otworzyła oczy, gdy usłyszała, że ktoś zamyka drzwi. Chwilę później w kajucie rozbłysło światło. Przekręciła się powoli, żeby sprawdzić, co się dzieje, i zobaczyła Andreasa.

Stał przy łóżku ubrany w jasnoniebieski lniany garnitur. Jego czarne oczy wpatrywały się w nią przenikliwie spod gęstych kruczych brwi.

Śniada przystojna twarz wydawała się szczuplejsza, pokryte całodniowym zarostem policzki były zapadnięte, dołek w nieogolonej brodzie stał się bardziej widoczny. Ale jego usta nadal wyglądały tak samo zmysłowo. Dostrzegła, że stracił na wadze, co jeszcze dodało mu atrakcyjności. O ile to w ogóle możliwe…

Andreas…

A więc przegapiła jego przyjazd. Ten cenny moment, na który czekała z takim utęsknieniem.

Miała zaskoczyć go na pokładzie, lecz znalazł ją śpiącą w łóżku. Zrobiło jej się głupio, gdy uświadomiła sobie, że wciąż ma na sobie bikini. Włosy miała potargane, na ciele, z którego nie zdążyła zmyć kremu, widać było odgniecenia od narzuty, a biała skóra za bardzo chwyciła słońce i teraz wydawała się rozgrzana i lepka.

– Jeśli chciałaś mnie zaskoczyć, to ci się udało – usłyszała jego głęboki głos, w którym prawie nie dało się wyczuć obcego akcentu.

Podniosła się z łóżka.

– Nikt ci nie wspomniał, że tu jestem?

– Nie. Dopiero Olimpia powiedziała mi, że zajęłaś jedną z kajut dla gości.

Olimpia. No tak... Najpierw z nią poszedł się zobaczyć. Gdziekolwiek był Andreas, ta kobieta stale znajdowała się w pobliżu. Zawsze tak było.

– A gdzie jest Paul?

– Pewnie śpi w swojej kajucie. Dochodzi północ.

– Nie miałam pojęcia, że już tak późno.

– Najwyraźniej. – Obrzucił spojrzeniem jej twarz i oparł dłonie na biodrach. – Czemu zadałaś sobie tyle trudu, żeby tu przyjeżdżać? Jesteś wolna. Sądziłem, że nigdy już nie zechcesz postawić stopy na greckiej ziemi.

Spojrzała mu w oczy.

– Nie podpisałam dokumentów.

– Chcesz więcej pieniędzy? Upoważniłem Paula, żeby dał ci każdą żądaną sumę.

– Nie chodzi o pieniądze.

Przez chwilę przyglądał się jej w milczeniu.

– Więc o co? O apartament w Atenach? Willę na Zakynthos? A może masz na oku coś innego? Może „Cygnusa"? Powiedz, co chcesz, a będzie twoje.

Miała wrażenie, że nie zniesie bólu, jaki wywoływały jego słowa.

– Myślałam, że lepiej mnie znasz – szepnęła z wysiłkiem.

Skrzywił się niechętnie.

– Kiedyś też tak mi się zdawało.

– Andreas, posłuchaj... – Bezradnie rozłożyła ręce. – Mogę sobie wyobrazić, jaki byłeś zły, gdy cię porzuciłam...

Usłyszała, jak gwałtownie nabiera powietrza.

– Nie. Nie możesz – rzucił zimno. – Przez długi czas byłem tak wściekły, że przerażało to nawet mnie samego. Na szczęście mam to już za sobą. Jeśli chciałaś zrobić na mnie wrażenie, że jesteś pełnowartościową kobietą, na którą zwróci uwagę każdy mężczyzna, nie musiałaś się fatygować. Uczciwie mówiąc, wolałem tamtą wrażliwą, piękną dziewczynę, która patrzyła na mnie swoimi fiołkowymi oczami, jakbym był jej sercem i duszą. Tamta kobieta odeszła... Powiedz Paulowi, czego żądasz. Wysłałem go do ciebie, żebyś mogła podpisać dokumenty. Chyba całkiem jasno dałem tym do zrozumienia, że nie chcę cię więcej widzieć. *Yeasas*, Dominique. Żegnaj.

ROZDZIAŁ DRUGI

Andreas czuł, że musi opanować emocje. Jeszcze tego mu trzeba, żeby członkowie załogi zaczęli snuć domysły, dlaczego Dominique pojawiła się na jachcie jak zjawa z przeszłości. Chociaż przez dwanaście koszmarnych miesięcy przeklinał ją każdego dnia i nocy, nie mógł zaprzeczyć, że ucieszył się, widząc, jakie zwycięstwo odniosła nad chorobą, która mogła ją zabić.

Podczas ich rozłąki często z przerażeniem myślał, że rak nie dał za wygraną, i pewnie dlatego Dominique nie kontaktuje się z nim.

Nie chciał uwierzyć, gdy Olimpia powiadomiła go, kto przybył na jacht.

Otworzył drzwi do kajuty, ale nawet kiedy zobaczył rozsypane na poduszce włosy, które w świetle padającym z korytarza błyszczały jak nitki babiego lata, wciąż nie wierzył własnym oczom. Wyglądała jak księżniczka z bajki.

Serce zabiło mu mocniej, gdy objął wzrokiem jej piękne, uratowane dzięki medycynie ciało, ubrane w kostium kąpielowy, w jakim kiedyś za skarby świata nikomu by się nie pokazała.

A potem się przebudziła i utkwiła w nim swoje śliczne ametystowe oczy, otoczone ciemnymi rzęsami.

Niech cię diabli, Paul.

Pieniąc się z gniewu, ruszył korytarzem w stronę kajuty przyjaciela i mocno zastukał do drzwi.

– Wejdź. Czekałem na ciebie.

Paul siedział za stołem, pracując na laptopie. Zdjął okulary i podniósł wzrok na Andreasa, który wszedł do środka i oparł się plecami o drzwi.

Znał Paula na tyle dobrze, by wiedzieć, że nie pochwalał jego małżeństwa z Dominique, chociaż nigdy nawet się o tym nie zająknął. Ale nie musiał nic mówić, bo zawsze rozumieli się bez słów. A przynajmniej tak mu się do tej pory wydawało...

– Jakim cudem ona znalazła się na pokładzie, Paul?

– Odwołała się do mojej lojalności. Przecież nadal jest twoją żoną.

Andreas zrobił krok w stronę przyjaciela.

– Dlaczego jej posłuchałeś?

– Ignorowałeś jej prośby o rozwód, więc zasłużyła sobie na tak niewielką przysługę.

Andreas zacisnął wargi.

– Chcę, żeby rano podpisała papiery i zniknęła z jachtu. Kiedy to się stanie, przynieś mi dokumenty. Czy proszę o zbyt wiele?

Paul najpierw zmierzył go krytycznym spojrzeniem, potem odparł:

– Nie, nie prosisz o zbyt wiele.

Jeszcze długo po wyjściu Andreasa Dominique miała wrażenie, że w kajucie iskrzy się od napięcia. Pobiegła do łazienki i odkręciła kran na pełny regulator. Teraz przynajmniej mogła mieć nadzieję, że nikt nie usłyszy jej płaczu. Łzy płynęły jej po twarzy, mieszając się z wodą z prysznica.

Po kilku minutach, już nieco spokojniejsza, owinęła się szlafrokiem, stanęła przy iluminatorze i nieobecnym wzrokiem zapatrzyła się w morze.

Jej widok nie sprawił Andreasowi żadnej przyjemności. Szukał dawnej Dominique, którą uratował po nieprawdopodobnym wypadku, jaki zdarzył się w pobliżu jego willi na wyspie Zakynthos.

Dwadzieścia sześć miesięcy temu, tuż po zakończeniu pierwszego roku studiów na uniwersytecie w Nowym Jorku, poszła zrobić rutynowe badania, w tym mammografię. Okazało się, że ma raka. Natychmiast przeprowadzono operację, po czym musiała jeszcze przejść chemio- i radioterapię.

Kiedy wydobrzała na tyle, aby móc podróżować, pojechały z mamą do Sarajewa, gdzie przebywał jej ojciec, który pracował dla departamentu stanu. Tam zaczęła ćwiczyć, by odzyskać dawną formę. Trenowała tak intensywnie, że po pewnym czasie mogła już brać udział w otwartych biegach maratońskich, które organizowano w Bośni i Grecji.

Kiedy usłyszała o corocznym piętnastokilometrowym biegu na Zakynthos, jednej z Wysp Jońskich, zdecydowała, że w nim wystartuje. Mamie i tacie nie spodobał się ten pomysł. Miała metr sześćdziesiąt pięć centymetrów wzrostu, a ważyła zaledwie czterdzieści trzy kilogramy. Lekarze zwracali uwagę, że powinna przytyć, bo w innym wypadku mogły pojawić się kłopoty, gdyby w przyszłości chciała mieć dzieci. Przyrzekła solennie rodzicom, że po tej imprezie ograniczy treningi i przybierze na wadze.

Na Zakynthos poleciała z przyjaciółmi. Jak zwykle razem stanęli na starcie. Mniej więcej w połowie wyścigu, gdy wybiegała zza zakrętu, ni stąd, ni zowąd na trasie pojawiła się ciężarówka. Dominique ujrzała przerażoną twarz kierowcy – i zapadła ciemność.

Andreas był świadkiem wypadku. Zaniósł ją do willi i wezwał lekarza. Ponieważ mocno krwawiła, musiał zdjąć jej T-shirt i stanik razem z protezą piersi.

Kiedy odzyskała przytomność, przed jej oczami stał najprzystojniejszy mężczyzna, jakiego kiedykolwiek widziała. Nie przyszło jej wtedy do głowy, że widział bliznę po mastektomii.

Nie mogła zrozumieć, jak to się działo, ale najwyraźniej jej widok sprawiał mu przyjemność. A przecież podczas wypadku zgubiła chustkę, którą okrywała swoje żałosne, kilkucentymetrowe kosmyki, bo po ostatniej chemioterapii długo trwało, nim włosy zaczęły odrastać.

Był wysokim, świetnie zbudowanym mężczyzną. Miała wrażenie, że całe dziewięćdziesiąt kilogramów – bo mniej więcej tyle musiał ważyć – stanowią mięśnie. Ona wyglądała jak zamorzone chuchro. W dodatku była zakrwawiona i obdarta.

Zanim zdążyła się zorientować, Andreas zaproponował jej rodzicom gościnę, póki ich córka nie wróci do siebie po przeżytym wstrząsie. A kiedy już mogła jechać do Bośni, uparł się, żeby polecieli do Aten jego prywatnym samolotem, skąd jego helikopter odwiózł ich do Sarajewa.

Jeszcze tego samego wieczoru przyleciał tam za nią. Mama zaproponowała mu nocleg, i jedna noc przeciągnęła się do tygodnia. Rodzice byli oczarowani Andreasem.

Dominique w głębi serca również była nim zafascynowana. Starszy od niej o dziesięć lat, doświadczony, obyty... wydawał się tak nieosiągalny, jak odległa planeta. Do tego znany był w całej Grecji, a i poza nią, jako wybitny biznesmen. Gdzie tam jej do niego?

A jednak... Mimo protestów, że w każdej chwili może nastąpić nawrót choroby, Andreas swym uporem sprawił, że kilka miesięcy później pobrali się w ateńskim kościele. Przy ołtarzu szepnął jej do ucha, że razem będą się cieszyć z każdego roku danego im przez Boga.

Rodzice Andreasa przybyli wprawdzie na ślub, lecz chłodno potraktowali synową. Andreas tłumaczył, że nadal nie otrząsnęli się po śmierci jego siostry, Maris, która przed dwoma laty zginęła w wypadku samochodowym. Powtarzał Dominique, żeby się nie przejmowała, bo gdy uporają się z bólem, z radością powitają ją w rodzinie. Przyjęła jego wyjaśnienia, ale nie przestawała winić się za tę sytuację. Była pewna, że po prostu nie spodobała się teściom i czuła się zraniona, widząc, z jakim brakiem entuzjazmu uczestniczą w ceremonii.

Zaraz potem Andreas zabrał Dominique w podróż poślubną. Cały maj i czerwiec żeglowali na „Cygnusie".

Czasami podczas weekendów gościli na jachcie Olimpię i Teodora Panosów, również młodych małżonków. Andreas od dawna znał Olimpię, która od dziecka przyjaźniła się z jego siostrą. Teodor – rówieśnik Andreasa – prowadził dobrze prosperującą firmę włókienniczą. Był nadzwyczaj zabawny i Dominique bardzo go polubiła.

Olimpia zachowywała się dość przyjaźnie, kiedy były w towarzystwie mężów, lecz nigdy nie okazała Dominique tyle ciepła, aby mogły zostać przyjaciółkami. Przed ślubem powiedziała jej nawet, że zdaniem Teodora Andreas zachowuje się jak kamikadze, bo niewielu mężczyzn odważyłoby się zmierzyć z takim problemem. Dominique była zbyt szczęśliwa, żeby przejąć się tą okrutną uwagą.

Miesiąc miodowy wciąż trwał, kiedy wrócili na Zakynthos. A potem nadszedł sierpień i Andreas musiał wrócić do pracy. Gdy wyjechał do Aten, szczęście zaczęło się od niej odwracać, aż w końcu nic już nie zostało z ich małżeństwa.

Pewnego wieczoru Andreas zadzwonił z firmy i powiedział, że wróci dopiero następnego dnia. Ku jej zdumieniu nie próbował nawet wyjaśnić, jaki jest tego powód.

Przez następne dwa tygodnie przychodził do sypialni, kiedy już spała, i kochał się z nią niemal automatycznie. Jednak nie chciał zdradzić, co sprawiło, że tak bardzo się zmienił. Prosił ją tylko, żeby mu zaufała.

Jednak pewnej nocy uznała, że dłużej nie zniesie napięcia i zażądała wyjaśnień.

Podniósł się z łóżka i spojrzał na nią z góry.

– Starałem się ciebie chronić, ale masz prawo wiedzieć, że Teodor wniósł przeciw mnie pozew do sądu. Zawsze był zazdrosny o moje dobre stosunki z Olimpią, a teraz oskarża nas o cudzołóstwo.

Czuła, jak krew pulsuje jej w uszach.

– Czemu nagle poczuł się zagrożony? – Głos jej zadrżał.

Przez dłuższą chwilę patrzył na nią w milczeniu.

– Bo kilka tygodni temu zastał nas razem w moim mieszkaniu.

Serce jej zamarło.

– W jakim mieszkaniu? – szepnęła.

– Mam mieszkanie w centrum Aten, na Place.

– I nigdy mi o nim nie powiedziałeś?

– Nie zamierzałem robić z tego tajemnicy. W wielu miastach w Grecji mam mieszkania, korzystam z nich podczas podróży w interesach.

Jęknęła cicho. Jak mógł zlekceważyć taką informację, uznać, że jest mało istotna?

– Sprawa z Olimpią nie wygląda tak, jak sądzi Teodor. Przysięgam. Ale na razie nie mogę o tym mówić. Wiesz, że cię kocham. – Wyciągnął ramiona i mocno ją przytulił. – I będę kochał aż do śmierci, *agape mou.*

Tak, wiedziała... Ale również słyszała o mężczyznach, którzy choć kochali swoje żony, mieli także kochanki.

Olimpia była o siedem lat starsza od Dominique. Piękna, ponętna, z nienaganną – i nieokaleczoną – figurą. Widać było, że Andreas jest jej bożyszczem. Najpewniej podobał jej się od czasów, gdy była nastolatką.

Rozsądek podpowiadał Dominique, że gdyby Andreas chciał ożenić się z Olimpią, zrobiłby to dawno temu, zanim jeszcze poznał ją.

Tylko dlaczego tak się zmienił? Może zbyt późno zorientował się, że pooperacyjny defekt Dominique napawa go wstrętem? I teraz, po krótkim okresie zauroczenia, pozostała mu już tylko litość? Nie chciał już z nią być, ale zwlekał z rozwodem, bojąc się, że jest zbyt słaba na taki cios? A tak naprawdę marzył tylko o tym, by wreszcie połączyć się z Olimpią?

Łatwo zrozumieć, dlaczego tego pragnął. Pozbawiona piersi, wychudzona Dominique, którą z daleka wielu brało za chłopca, nie miała żadnych szans w porównaniu z piękną i bardzo kobiecą Olimpią.

Dominique odwróciła się od iluminatora. Wciąż jestem jego żoną, pomyślała. Jeśli to nie litość nim powodowała, gdy tak długo zwlekał z wyrażeniem zgody na rozwód, może miało to coś wspólnego z Teodorem. Możliwe, że czekał, aż Olimpia odzyska wolność.

Mąż Olimpii także był dumnym mężczyzną. Jeżeli Ari był synem Andreasa, najpewniej oszalałby z rozpaczy.

Sama również doznała wstrząsu, gdy zobaczyła dziecko. Jednak przyjechała do Grecji, aby prosić męża o wybaczenie. Jeżeli teraz się podda i nie pozwoli Andreasowi wyjaśnić, czemu Olimpia i Ari zajmują jej sypialnię, nigdy nie dowie się, co wydarzyło się przed rokiem.

Zdecydowana, że tym razem będzie walczyć do końca, wsunęła się pod kołdrę, licząc na to, że zdoła jakoś zasnąć.

Obudził ją telefon. Ze zdumieniem stwierdziła, że przespała całą noc. Wiedziała, że tylko jedna osoba może do niej dzwonić. I z pewnością nie jest to Andreas.

– Halo?

– Tu Paul. Mogę przyjść do twojego pokoju?

– Oczywiście.

– Będę za pięć minut.

Wyskoczyła z łóżka, pośpiesznie włożyła bieliznę, szorty w kolorze khaki i śliwkowy top.

Zdążyła jeszcze przeciągnąć szczotką po włosach i nałożyć na wargi perłową różową szminkę, gdy usłyszała pukanie.

– Wejdź. – Otworzyła drzwi. Paul trzymał w ręku teczkę z dokumentami, którą wczoraj widziała w swoim biurze. – Usiądź na chwilę, dobrze?

Nie czekając na jego odpowiedź, zabrała się do pakowania rzeczy do reklamówek. Czuła, że Paul nie spuszcza z niej wzroku. Nie odzywał się, więc postanowiła przejąć inicjatywę.

– Ułatwię ci to. Andreas potrzebował dużo czasu, zanim uznał, że może zgodzić się na rozwód. Teraz z kolei ja stwierdziłam, że muszę to jeszcze przemyśleć, więc na razie niczego nie podpiszę.

– Domyśliłem się tego już w Sarajewie.

– To dobrze. Andreas poinformował mnie, że mogę dostać, co tylko zechcę, więc mój pierwszy ruch jest taki, że zamieszkam w willi na Zakynthos. – Wiedziała, że to rozwścieczy Andreasa. Miała jednak nadzieję, że pojedzie tam za nią i będą mogli spokojnie porozmawiać. – Jeśli wezwiesz helikopter, mogę lecieć od razu.

– Helikopter już czeka.

No jasne... Andreas spodziewał się, że zniknie stąd wcześnie rano.

Na jachcie było jeszcze cicho. Dochodziło wpół do ósmej,

początek nowego, pięknego dnia. Dominique podeszła do bakburty. Motorówka, która na nią czekała, kołysała się na kobaltowoniebieskiej wodzie.

Kiedy przybili do nabrzeża, Paul odprowadził ją do helikoptera. Dominique powstrzymała się od spoglądania za siebie. Postanowiła, że od tej chwili będzie iść do przodu, nie dopuszczając do siebie negatywnych myśli. Nauczyła się tego, walcząc z rakiem.

Był czas, kiedy nie wiedziała, czy dożyje następnego dnia, jednak jakimś cudem przetrwała długie miesiące chemioterapii. Miesiące, o których nie chciała pamiętać. Była tak słaba, że nie miała siły podnieść głowy z poduszki.

Teraz znów była silna i zdrowa, gotowa na stoczenie nowej batalii, w której sprawdzi, czy jej psychika jest równie silna jak ciało.

Zamierzała właśnie podziękować Paulowi, gdy ze zdumieniem stwierdziła, że także wsiada do helikoptera.

– Wolę upewnić się, czy nie ma jakichś problemów – wyjaśnił.

Nie rozumiała, dlaczego nagle postanowił jej pomagać, ale była mu bardzo wdzięczna.

Przeszła na przód kabiny i usiadła na miejscu drugiego pilota. Ledwie zapięła pasy, śmigła zaczęły wirować i maszyna wzniosła się w powietrze. Wkrótce jacht był już tylko małym punkcikiem na morzu. Dominique poczuła ukłucie w sercu, gdy uświadomiła sobie, że znów oddala się od Andreasa. Jednak tym razem nie odchodziła z jego życia. Przynajmniej na razie.

Z uczuciem déjà vu patrzyła na krajobraz, gdy skierowali się na południe, w stronę Zakynthos. Wkrótce wyspa pojawiła się przed ich oczami.

Andreas opowiadał jej kiedyś, że Wenecjanie, którzy panowali tam przez trzysta lat, nazwali wyspę kwiatem Orientu. Oglądając ją z powietrza, łatwo było zrozumieć, skąd wzięła się ta nazwa.

Wschodnią stronę Zakynthos porastała bujna roślinność. Gaje oliwne i drzewka cytrusowe ciągnęły się aż do pięknych piaszczystych plaż. Na zachodzie wysokie białe klify schodziły prosto do morza.

Nowoczesna willa Andreasa była ukryta na północnym, słabo zaludnionym krańcu wyspy, gdzie ze stromego klifowego brzegu był najpiękniejszy widok na przejrzyste błękitne wody zatoki Wraku.

Wkrótce dojrzała owalny basen na terenie posiadłości. Chwilę później pilot posadził helikopter na wyznaczonym lądowisku.

Odwróciła się do Paula, który tuż za nią wyskoczył ze śmigłowca.

– Zdaję sobie sprawę, że pomagasz mi wbrew woli Andreasa. Dziękuję ci, że zachowujesz się jak mój przyjaciel, choć wcale się nim nie czujesz.

Przez chwilę miała wrażenie, że chciał coś powiedzieć, ale po namyśle zmienił zdanie. Chętnie skłoniłaby go, żeby zdradził, co mu chodzi po głowie, ale nie chciała tego robić w obecności pilota.

W oddali zobaczyła Eleni, gospodynię Andreasa. Mimo niemłodego już wieku wciąż wyglądała dziarsko i żwawo. Kiedy rozpoznała Dominique, nie zdołała pohamować okrzyku zdziwienia.

– Dzień dobry, Eleni. Jak się masz?

– Pan Stamatakis nie mówił mi, że tu się zjawisz.

– Jeszcze nic o tym nie wie, ale wszystko jest w porządku. Paul mnie tu przywiózł.

Gospodyni przyglądała się jej badawczo.

– Jakoś inaczej wyglądasz.

– Nie przypominam już tej biegaczki, którą opiekowałaś się dawno temu? Nigdy nie zapomniałam, jaka byłaś dla mnie dobra.

Twarz Eleni wyraźnie złagodniała, a jej oczy zrobiły się podejrzanie błyszczące.

– Jak długo zostaniesz?

– Jeszcze nie wiem.

Paul powiedział coś po grecku i Eleni nagle przestała zadawać pytania. Dominique co prawda trochę poznała ten język, ale nie była w stanie zrozumieć szybkiej wymiany zdań.

– Chodź ze mną – ciepło powiedziała gospodyni, wyjmując pakunki z rąk Dominique. – Dam ci Błękitny Pokój, do którego pan Stamatakis przyniósł cię po wypadku.

Najwidoczniej stara się mnie chronić przed nieprzyjemnymi niespodziankami, na jakie mogłabym trafić w sypialni Andreasa, z wdzięcznością pomyślała Dominique. Możliwe, że są tam ślady bytności Olimpii i Ariego.

Weszli za gospodynią do domu, gdzie kiedyś zaznała tyle szczęścia. To przecież tutaj ona i Andreas zakochali się w sobie.

– Czy jest coś, co mógłbym dla ciebie zrobić, zanim odlecę do Aten?

Spojrzała na Paula.

– Nie wracasz na jacht?

– Nie, muszę załatwić kilka spraw.

– To tak jak ja. Mogłabym polecieć z tobą?

Chciała wyjaśnić pewne istotne rzeczy, a wyglądało na to, że wyłącznie Teodor może odpowiedzieć na jej pytania.

– Pójdę tylko włożyć coś bardziej odpowiedniego.

– Oczywiście.

W Błękitnym Pokoju przebrała się w białą lekką sukienkę z kawowym wzorem. Przeglądając się w lustrze, z satysfakcją spostrzegła, że wczorajszy pobyt na słońcu poprawił kolor jej skóry.

Zeszła do holu i zwróciła się do Eleni:

– Nie wiem, ile czasu mi to zajmie. Wrócę albo dziś wieczorem, albo jutro.

– Dobrze.

– No to chodźmy, Paul.

Andreas spojrzał na zegarek i zmarszczył brwi. Było południe. Do tej pory Paul powinien już złożyć sprawozdanie ze swojego zadania. Podniósł się zza biurka, wyszedł na korytarz i przeszedł do kajuty przyjaciela.

Gdy nikt nie odpowiedział na pukanie, domyślił się, że Dominique robiła trudności. Możliwe, że wciąż omawiają z Paulem warunki rozwodu.

Z ponurą miną ruszył na koniec korytarza. Nie zawracając sobie głowy pukaniem, otworzył gwałtownie drzwi.

W środku nie było nikogo.

Łóżko było nieposłane, a więc z pewnością spędziła tu noc. W jego wyobraźni pojawił się niepokojący obraz Dominique leżącej w pościeli. Pospiesznie odsunął myśli o jej zmysłowym ciele, do którego przez cały rok nie miał dostępu.

Gdzie oni są? – zastanawiał się. Jego wzrok padł na mały stolik w rogu pokoju. Podniósł teczkę i szybko przejrzał papiery. Nadal ich nie podpisała.

Wciągnął gwałtownie powietrze, wrócił do gabinetu i sięgnął po komórkę. Pilot z pewnością będzie potrafił odpowiedzieć na jego pytania.

– Najpierw zawiozłem ją na Zakynthos – usłyszał chwilę później.

Najpierw? Andreas zmełł przekleństwo.

– A Paul?

– Pan Christopoulos poleciał potem do Aten. Pani Stamatakis zabrała się z nim. Mówiła, że ma jakieś sprawy do załatwienia w mieście.

Jakie znowu sprawy?

Zacisnął szczęki.

– Rozumiem. Jestem w Fiskardo, przyleć po mnie.

Zabrał teczkę z dokumentami i wyszedł na pokład w poszukiwaniu Olimpii. Siedziała na leżaku, obserwując Ariego, który bawił się na kocyku.

Zwykle w takiej sytuacji Andreas pochyliłby się, żeby połaskotać chłopczyka, ale wiadomość, że Dominique nie opuściła Grecji, popsuła mu nastrój.

Olimpia przyjrzała mu się uważnie.

– Podpisała dokumenty rozwodowe?

– Nie.

– Chyba domyślam się, dlaczego.

– W takim razie wiesz więcej niż ja.

– Kiedy prosiła cię o rozwód, dała jasno do zrozumienia, że nie chce pieniędzy. Moim zdaniem wydarzyło się coś, co sprawiło, że zmieniła zdanie.

– I co by to miało być?

– Przede wszystkim przeszła drogie operacje, zresztą z dobrym skutkiem, ale wydała mnóstwo pieniędzy. Poza tym lekarz pewnie ją uprzedził, że choroba może wrócić i zasugerował, że profilaktycznie powinna poddać się następnej mastektomii. A to kosztuje. – Nie zauważyła, że aż się skurczył, gdy poruszyła ten straszny temat. – Jeśli nowotwór znów zaatakuje, czeka ją długa kuracja. Możesz sobie wyobrazić, jak wielkie będą rachunki za szpital. Oboje wiemy, że Dominique nie jest wyrachowana i nie chciała o nic cię prosić. Jest na to zbyt dumna. Gdyby nie jej duma, nie wyszłaby z sądu przed wysłuchaniem zeznań. Jednak to, że cię porzuciła, świadczy o jej wielkiej niedojrzałości. A teraz, gdy w końcu dajesz jej rozwód, spanikowała. Pomyślała o przyszłości i dlatego tutaj przyleciała. Musi zdobyć fundusze na leczenie, i tylko ty możesz jej to zapewnić. Pomyśl, jakie to straszne koszty, jeżeli przez całe życie będzie musiała wracać do szpitala na chemioterapię lub kolejne operacje.

Z przerażeniem przypomniał sobie, jak poprzedniej nocy oświadczył Dominique, że nie chce jej więcej oglądać. A jeśli Olimpia ma rację? Jeśli rzeczywiście czekały ją kolejne operacje?

– Nie chcę więcej o tym mówić.

– Oczywiście. Jednak zaklinaniem rzeczywistości niczego nie zmienisz, fakty pozostaną faktami, Andreas. Dominique jest nieśmiała i skryta, dlatego trudno jej było rozmawiać z tobą o swojej chorobie.

Olimpia rozumiała znacznie więcej, niż mu się zdawało. Dominique zawsze zmieniała temat, gdy chciał rozmawiać o jej zdrowiu. Musiał postępować bardzo ostrożnie w obawie, że w ogóle zamknie się w sobie.

Ale to było dawno temu.

W nocy na jej widok znów zakręciło mu się w głowie. Musiał uporać się ze swoimi uczuciami, zanim cierpienie sięgnie zenitu.

– Lecę do Aten.

– Nie znajdziesz jej, jeśli sama tego nie będzie chciała – powiedziała Olimpia. – Może raczej zostań ze mną na jachcie i poczekaj. Wróci tu, kiedy będzie gotowa. Pewnie ukryła się gdzieś, by zebrać odwagę przed spotkaniem z tobą.

– Już dość się naczekałem – wycedził przez zaciśnięte zęby. Olimpia zawsze była po jego stronie, ale teraz, na Boga, nie mógł jasno myśleć, a co dopiero rozmawiać.

Zadzwonił do Paula, ale włączyła się poczta głosowa. Klnąc pod nosem, ruszył do miasteczka, żeby poczekać na śmigłowiec.

Właśnie wypił ostatni łyk kawy, gdy odezwała się jego komórka.

– Na miłość boską, Paul! Co się stało? – zagrzmiał.

– Przez całe lata robiłem, czego ode mnie oczekiwałeś.

Jednak teraz zbyt wiele wymagasz. Możesz mnie zwolnić, jeśli chcesz.

Andreas zacisnął dłoń na telefonie.

– Gdzie ona jest? – rzucił rozkazująco.

– Nie mam pojęcia.

– Czy jest chora?

– Chora? – Na dłuższą chwilę zapadło milczenie. – Nie wygląda na chorą, ale sam wiesz, że perfekcyjnie ukrywa swoje problemy.

Odetchnął głęboko.

– Powinieneś dowiedzieć się, co chce załatwić w Atenach. To twoja praca!

– Ja nie jestem jej mężem.

– Paul... Do diabła, jakich sztuczek użyła, że tak się zmieniłeś?

– Pewnie tych samych, które zmieniły ciebie.

W telefonie rozległo się kliknięcie.

Andreas przez chwilę stał jak wmurowany.

Zawsze się dziwił, że Paul milczy jak zaklęty, gdy była mowa o Dominique. Przypuszczał, że przyjaciel ma wątpliwości, czy będzie dla niego odpowiednią żoną. Cudzoziemka, do tego młodsza o dziesięć lat... Jednak niezwykłe zachowanie Paula po wizycie w Sarajewie obaliło ten mit. To niesłychane, ale Paul powiedział coś takiego, co mogło zniszczyć ich przyjaźń. Gdyby nie znał go lepiej, podejrzewałby, że w skrytości ducha żywił do Dominique jakieś głębsze uczucia.

Zmagał się z targającymi nim emocjami, gdy pojawił się helikopter. Był w tak bojowym nastroju, że nawet nie zauważył, kiedy dolecieli na lądowisko na dachu biurowca.

– Czy pani Stamatakis mówiła ci, jakie ma plany?

– Nie, proszę pana. Musi pan o to zapytać pana Christopoulosa.

– Chcę być poinformowany, jeśli zadzwoni w jakiejkolwiek sprawie.

Po kilku minutach Andreas zmienił zdanie i ponownie wezwał pilota.

– Zawieź mnie do willi.

Jeśli Olimpia miała rację i Dominique ukryła się, by zebrać odwagę przed powrotem na jacht, oszczędzi jej kłopotu. Zanim minie godzina, doprowadzi do konfrontacji. Tym razem będzie musiała porozmawiać z nim o pewnej bolesnej kwestii. Oboje unikali tej rozmowy od początku ich związku.

ROZDZIAŁ TRZECI

Firma Panos Textiles mieściła się w pobliżu placu Syntagma, niedaleko biurowca Andreasa Stamatakisa. Dominique zapłaciła za taksówkę, weszła do środka i skierowała się do recepcji.

– Chcę się widzieć z Teodorem Panosem.

– Jest pani umówiona?

– Nie. Czy może mnie pani połączyć z jego sekretarką?

– Jak się pani nazywa?

– Dominique Stamatakis.

Recepcjonistka wybałuszyła oczy i podniosła słuchawkę. Nastąpiła szybka wymiana greckich zdań i po chwili Dominique wskazano windę, która zawiozła ją na ostatnie piętro.

Teodor powitał ją osobiście. Podobnie jak Andreas miał czarne włosy, lecz nie był aż tak wysoki ani muskularny. Jednak w białych spodniach, oliwkowej marynarce i o kilka tonów ciemniejszej zielonej koszuli prezentował się całkiem przystojnie.

Przez kilka chwil mierzył ją wzrokiem.

– Z poczwarki wykluł się motyl. Wyglądasz naprawdę pięknie, Dominique.

– Dziękuję. Doceniam, że zechciałeś się ze mną od razu spotkać.

– Nie myślałem, że jeszcze kiedyś uda mi się ciebie zobaczyć. Chodź do mojego gabinetu. Tam będziemy mogli spokojnie porozmawiać.

Kiedy wskazał jej wygodny skórzany fotel naprzeciwko biurka, Dominique powiedziała:

– Był czas, kiedy ja również nie wyobrażałam sobie, że jeszcze kiedykolwiek wrócę do Grecji.

Teodor podszedł do barku.

– Sherry?

– Nie, dziękuję.

Nalał sobie szklaneczkę retsiny i usiadł za biurkiem.

– Czy twój mąż wie, że tu przyszłaś?

– Nie, to był mój pomysł. Powiedz mi, co się dzieje z waszym małżeństwem? Jak wyglądają twoje stosunki z Olimpią?

Spojrzał na nią ze zmarszczonymi brwiami.

– Nic nie wiesz?

– Nic a nic. Wyszłam z sądu zaraz po rozpoczęciu procesu i od razu pojechałam na lotnisko. W ogóle nie chciałam o niczym wiedzieć. Kiedy przyjechałam do rodziców, mój prawnik przygotował papiery rozwodowe i wysłał je do Andreasa. Zresztą niejeden raz. Ale Andreas nigdy ich nie podpisał.

– Przez cały ten czas nie chciał ci dać rozwodu? – spytał z niedowierzaniem.

– Aż do przedwczoraj, kiedy to przysłał Paula do Sarajewa. Wygląda na to, że teraz chce odzyskać wolność. Poleciałam z Paulem, by spotkać się z Andreasem, zanim cokolwiek podpiszę. Ku mojemu zaskoczeniu na „Cygnusie" zastałam Olimpię z małym dzieckiem. Nie próbowała się usprawiedliwiać ani nic wyjaśniać. Tak naprawdę w ogóle nic nie mówiła. Dlatego właśnie postanowiłam przyjechać do ciebie i dowiedzieć się prawdy.

Na jego twarzy pojawiły się głębokie bruzdy.

– Od wielu miesięcy nie widziałem Olimpii. Jeśli chodzi o proces, żadne z nich nie przyznało się do romansu. Olimpia zeznała, że była na zakupach na Place, kiedy nagle poczuła się źle. Sądząc, że nie ma mnie w mieście, zadzwoniła do Andreasa, który poradził, żeby poszła do jego mieszkania. Sędzia nie dał wiary jej wymówkom. W rezultacie dostałem rozwód i od tamtej pory Olimpia jest wolna.

– Ach tak... – Skoro Olimpia od roku była rozwódką, dlaczego Andreas tak długo zwlekał z tym samym? Spojrzała badawczo na Teodora. – Wiedziałeś, że jest w ciąży?

– Tak.

– Przepraszam, że o to pytam... ale czyim synem jest Ari?

– Moim – odparł bez ogródek. – Gdy się urodził, został przeprowadzony test DNA.

– Aha... – Poczuła ogromną ulgę.

– Dopiero po fakcie zorientowałem się, że Olimpia wyszła za mnie tylko dlatego, że nie mogła zdobyć Andreasa. Od dawna było dla mnie jasne, że darzy go głębokim uczuciem. I chociaż zawsze zaprzeczała, że coś ich łączy, nigdy w to nie wierzyłem. Aż w końcu zdobyłem dowód. Ponieważ nie zamierzałem reszty życia tkwić w parodii małżeństwa, podałem ich do sądu. Informacja o ciąży wyniknęła w trakcie rozprawy, a test DNA można było przeprowadzić dopiero po narodzinach dziecka, więc sędzia, który uznał, że prawda jest po mojej stronie, przyznał Olimpii tylko skromne alimenty.

– Rozumiem. A co z Andreasem?

– Nie domagałem się od niego żadnej finansowej rekompensaty, jeśli o to pytasz. Wystarczyło mi, że zaszkodziłem jego reputacji.

Dominique zadrżała. Jak zimno to powiedział! Chociaż może nie powinna się dziwić, pamiętając, przez co przeszedł. Musiał doznać wstrząsu, widząc żonę w łóżku mężczyzny, którego do tej pory uważał za swojego przyjaciela. Zrozumiałe, że poczuł się podwójnie zdradzony.

– Nie winię cię za to, że myślałeś o nich jak najgorzej.

– Dziękuję, Dominique. Muszę przyznać, że podziwiałem twoją siłę, gdy postanowiłaś odejść od Andreasa. Jesteś zbyt wartościową osobą, żeby traktować cię jak własność.

– Sądząc z tego, co mówi Olimpia, uważałeś, że Andreas wykazał sporo odwagi, żeniąc się ze mną.

Na twarzy Teodora pojawił się wyraz absolutnego zaskoczenia.

– Odwagi?

– Olimpia twierdzi, że tak właśnie powiedziałeś.

– W takim razie cię okłamała. A w tym jest bardzo dobra.

– Mhm…

– Mówiłem jedynie, że Andreas nawet nie wie, jakim jest szczęściarzem.

Uwierzyła mu.

– Dziękuję. Ale przyznasz chyba, że jako żona byłam bardzo niepozorna.

Po raz pierwszy na ustach Teodora pojawił się słaby uśmiech.

– Raczej przypominałaś piękne zagubione pisklę, które wymaga szczególnej ochrony.

To była trafna definicja.

Faktycznie czuła się jak mały zalękniony ptaszek. Paranoicznie bała się, że Andreas znudzi się nią, przerażała ją rola, jaką w jego życiu odgrywała Olimpia, panicznie drżała na myśl, że choroba może wrócić i czy będzie mogła dać mężowi dziecko. Tak... Lista fobii ciągnęła się bez końca.

– Bardzo mi przykro, że tyle wycierpiałeś. Do tego są pewne komplikacje z opieką nad Arim...

– Zrzekłem się praw ojcowskich.

– Co?

– Nie rób takiej przerażonej miny. Po rozprawie Olimpia poinformowała mnie, że zamierzają się pobrać z Andreasem zaraz po waszym rozwodzie i to on będzie wychowywał Ariego. Przez pół roku żyłem w przeświadczeniu, że to dziecko Andreasa. Później uznałem, że lepiej zostawić to tak, jak jest. Nie chcę walczyć do końca życia.

Przez ułamek sekundy miała wrażenie, że pokój zawirował. Uchwyciła się mocno poręczy fotela.

– Przecież to tragedia! – zawołała. – Któregoś dnia zaczniesz gorzko żałować tej decyzji.

– Być może, Dominique – stwierdził ze smutkiem. – Ale mam nadzieję, że kiedyś znów się ożenię. Następnym razem wybiorę tak łagodną jak ty kobietę, która będzie kochała wyłącznie mnie i da mi syna lub córkę.

Dominique podniosła się z fotela. Nogi miała jak z waty.

Bardziej niż do tej pory czuła, że musi spotkać się z Andreasem, i to koniecznie bez towarzystwa Olimpii.

– Dziękuję, że tak wiele mi wyjaśniłeś. Życzę ci wszystkiego dobrego.

Ujął ją pod rękę i poprowadził w kierunku windy.

– Jesteś niezwykłą kobietą, Dominique. To wprost niepojęte, dlaczego Andreas potraktował cię tak lekceważąco. Ja też ci życzę powodzenia. – Pocałował ją w policzek.

Zanim zamknęły się drzwi windy, kątem oka dostrzegła błysk bólu w jego oczach. Nie mogła o tym zapomnieć przez całą drogę na lotnisko, gdzie wynajęła helikopter, który zawiózł ją na Zakynthos.

Po powrocie do willi poszła popływać w basenie, żeby trochę się uspokoić. Kiedy wyszła z wody, owinęła włosy ręcznikiem i usiadła przy stole na patio, gdzie Eleni przyniosła obiad. Ćwiczenie fizyczne pobudziło jej apetyt, bo pochłonęła wszystko w mgnieniu oka. Kończyła właśnie drugą filiżankę kawy, gdy usłyszała zbliżający się helikopter. Serce zabiło jej mocniej.

Czyżby Paul leciał z kolejnym zleceniem? A może jej mąż uznał, że powinien wziąć sprawy w swoje ręce i postanowił sam się jej pozbyć?

Widok przystojnej twarzy Andreasa i jego wysokiej, zgrabnej sylwetki w beżowych spodniach i białej sportowej koszulce, obudził w niej pożądanie.

Miał cudowną oliwkową cerę. W mroku wyraźnie było widać zmarszczki wokół ust, które kiedyś całowały ją z taką pasją…

Patrząc na jego ciemne oczy i czarne włosy, zastanawiała się, jak to się stało, że postanowił ożenić się właśnie z nią, skoro mógł wybrać każdą kobietę.

Podszedł do stołu i zacisnął dłoń na oparciu krzesła.

– Po co byłaś w Atenach? – spytał nieznoszącym sprzeciwu tonem.

– Musiałam się z kimś zobaczyć.

– Czy to ktoś, kogo znam?

– Jakie to ma znaczenie?

– Dominique! – Zadrżała, słysząc jego ostry ton. – Byłaś u lekarza?

– Nie! – Bardzo ją zaskoczył tym pytaniem.

– Nie okłamuj mnie.

– Mówię prawdę. Przed wyjazdem ze Stanów byłam na badaniach w Nowym Jorku.

– Jeżeli to prawda, przychodzi mi na myśl tylko jedna osoba, z którą mogłaś się zobaczyć. To był Teodor, zgadza się? – Gdy zaczerwieniła się, dodał: – Widzę po twojej minie, że mam rację. – Pokręcił głową. – Czy zdajesz sobie sprawę, co zrobiłaś?

– A co w tym takiego strasznego? Postanowiłam porozmawiać z jedyną osobą, która mogła odpowiedzieć na moje pytania.

– I zwróciłaś się z tym do mojego największego wroga?

– Daj spokój, Andreas! – Niecierpliwie machnęła ręką. – Wczoraj dałeś mi jasno do zrozumienia, że to nasza ostatnia rozmowa, więc nie miałam wyboru. Tylko jeden człowiek mógł mi powiedzieć, co się wydarzyło podczas rozprawy.

– Mój adwokat przesłał ci kopie wszystkich akt.

– Wiem... Ale nigdy nie zdobyłam się na to, żeby je przeczytać.

Zaklął cicho.

– Zamiast przyjść do swojego męża, wolałaś uwierzyć w wersję Teodora? – spytał z wściekłością.

– Powiedziałeś, że nie chcesz mnie więcej widzieć. – Zaczerpnęła powietrza, próbując odzyskać oddech. – Poszłam jedyną drogą, jaka mi pozostała.

– Więc teraz zakładasz, że już znasz prawdę? – warknął.

– Andreas, proszę... Czy możemy przez chwilę nie mówić o Teodorze? Muszę cię o coś spytać.

Jego twarz wydawała się zupełnie bez wyrazu.

– Domyślam się, o co chodzi. Nie musisz mnie prosić, żebym zapłacił twoje rachunki za leczenie. Powinnaś wiedzieć, że nigdy nie zostawiłbym cię bez środków do życia.

O czym on mówi?

– Jeśli tego chcesz, można to szczegółowo opisać w dokumentach rozwodowych. Nie rozumiem tylko, czemu nie powiedziałaś mi tego wczoraj w nocy. Paul mógł od razu je przerobić.

Zacisnęła pięści tak mocno, że paznokcie wbiły jej się w dłoń.

– Nie przyjechałam tu z powodu niezapłaconych rachunków! Skąd ci to przyszło do głowy? Moje ubezpieczenie pokrywa i zawsze będzie pokrywać całe koszty leczenia.

Andreas zamarł na moment.

– Więc o co chodzi?

– Czy... czy chcesz ożenić się z Olimpią?

– Skąd to nagłe zainteresowanie? – spytał ze złośliwą ironią. – Rok temu porzuciłaś mnie, nawet nie oglądając się za siebie.

Próbując odzyskać resztki godności, szepnęła:

– Nie zamierzam stać ci na drodze.

Andreas zacisnął wargi.

– W takim razie przyniosę papiery. – Ruszył w stronę willi.

– Zaczekaj...

Odwrócił się gwałtownie.

– Co znowu? – warknął ze złością.

– Miałam nadzieję, że najpierw porozmawiamy. Gdybyś zechciał mnie wysłuchać...

– Czego właściwie chcesz? – przerwał jej brutalnie.

Na to pytanie czekała. Odgarnęła włosy z twarzy.

– Oto czego chcę: zamieszkajmy razem na miesiąc i sprawdźmy, czy uda się odbudować nasz związek.

Na długą chwilę zapadła cisza. Andreas wpatrywał się w nią, jakby nie mógł uwierzyć w to, co usłyszał.

– Proszę tylko o trzydzieści dni. Jeśli nam się nie powiedzie, będziemy mieli całe życie na to, żeby podążyć oddzielnymi drogami.

Przeczesał palcami włosy.

– Nie tylko ty straciłaś do mnie zaufanie, Dominique.

Do jej oczu napłynęły piekące łzy.

– Dlatego właśnie chcę jeszcze raz spróbować. Moglibyśmy udawać, że nie mamy żadnej wspólnej przeszłości i dopiero teraz się spotkaliśmy. Przyznaję, że to spore wyzwanie, ale jak wiem, nigdy przed nimi się nie cofasz.

Oczy Andreasa błysnęły złowrogo.

– Kiedy nadeszła burza, zwinęłaś żagle i uciekłaś – wypomniał jej. – Teraz również nie będzie łatwo.

– Mówisz o Olimpii?

Nawet nie próbował zaprzeczyć. Chociaż brak odpowiedzi odebrała jak kolejny cios, uznała, że nie pokaże po sobie, jak ją to zabolało.

– Zawsze zdawałam sobie sprawę z uczuć, jakie was łączą. Ona należy do twojego życia i nic tego nie zmieni. Jednego tylko oczekuję i nie odstąpię od tego. Przez tych trzydzieści dni masz trzymać się z dala od jej łóżka. Jeżeli proszę o zbyt wiele, powiedz mi to od razu.

– Zdaje się zapomniałaś, że w naszym krótkim związku pojawiały się także inne problemy. Akurat jestem w trakcie ważnych negocjacji, co oznacza, że podczas tego miesiąca będę musiał wiele czasu poświęcić na spotkania z gośćmi.

– Innymi słowy moja osoba będzie wprawiać cię w zakłopotanie, tak jak to było poprzednio…

– Czy kiedykolwiek powiedziałem coś takiego?

– Nie musiałeś. Późne powroty z firmy, długotrwałe milczenie… To wszystko mówiło samo za siebie.

Posłał jej miażdżące spojrzenie.

– Jak pamiętam, nie chciałaś mieszkać w Atenach. Wolałaś zostać na Zakynthos, trzymać się w ukryciu.

– Zgadza się. Nie chciałam być w mieście, gdzie musiałabym dzielić się mężem z tyloma ludźmi. Byłam zbyt zakochana, by pamiętać, że musisz zarządzać swoim imperium i zarabiać pieniądze, aby moje marzenie mogło trwać. Cóż, miałam nadzieję, że nasz cudowny miesiąc miodowy będzie trwał wiecznie. Ożeniłeś się z nieśmiałą, młodą, zwykłą dziewczyną, która samolubnie myślała wyłącznie o własnych przyjemnościach. Ale cóż, zachowałam się jak większość dwudziestodwuletnich mężatek.

– A teraz, gdy osiągnęłaś dojrzały wiek dwudziestu trzech lat, ma być całkiem inaczej?

Nie zamierzała reagować na jego gryzącą ironię, takie przepychanki nie były jej potrzebne.

– Musimy to sprawdzić… jeśli się zgodzisz. Potrzebujesz czasu na zastanowienie?

Na jego ustach pojawił się uśmiech, lecz spojrzenie nadal pozostało lodowate. Zdała sobie sprawę, że nie zdołała naruszyć jego pancerza. Szkody, jakie poczyniła wcześniej, były zbyt wielkie.

Podniosła się z krzesła i śmiało spojrzała mu w oczy.

– Prosiłeś, żebym dała ci rozwód, więc masz moją zgodę. Powiedz pilotowi, żeby przyleciał tu z samego rana. Podpiszę papiery i obiecuję, że na zawsze zniknę z twojego życia.

Czuła na sobie jego wzrok, gdy wychodziła z patio. Tym razem nie rzuciła się do ucieczki, jak zrobiłaby dawniej, lecz szła pewnym krokiem, z wyprostowanymi ramionami, ciesząc się w duchu, że kiedy Andreas już ją stąd odeśle, w pamięci zachowa właśnie taki obraz.

Dotarła do drzwi Błękitnego Pokoju, gdy dobiegły ją jego słowa:

– Idziesz w niewłaściwą stronę.

Zaskoczona obróciła się gwałtownie. Nie miała pojęcia, że przyszedł za nią.

Patrzył na nią spod przymrużonych powiek.

– Sypialnia małżeńska jest na końcu korytarza.

Nie do wiary! – pomyślała. Andreas właśnie oznajmił, że dziś w nocy rozpocznie się trzydziestodniowy okres próby.

Serce waliło jej tak głośno, że zaczęła się zastanawiać, czy za chwilę nie będzie słychać, jak odbija się echem od ścian holu. Zmusiła się, żeby przynajmniej na pozór zachować spokój.

– Zabiorę rzeczy.

Prawie niedostrzegalnie kiwnął głową.

– Muszę załatwić kilka telefonów. Zaraz wrócę.

– A więc do zobaczenia za kilka minut – powiedziała zduszonym głosem.

– Dominique...

– Tak?

Patrzył na nią z napięciem.

– Ostrzegam cię... Nie wierzę, żeby to potrwało dłużej niż jeden dzień.

Dawna, niepewna Dominique z pewnością dałaby się sprowokować, udowadniając tylko, że miał rację.

– Uczciwie mówiąc, zdziwiłam się, że do tej pory nie wyrzuciłeś mnie z wyspy.

Patrzyła, jak zaciska zęby i kieruje się do gabinetu.

Wiedziała, dlaczego zgodził się spełnić jej prośbę. Był przekonany, że nie będzie musiał znosić jej zbyt długo. Jednak w przeświadczeniu Dominique ta kapitulacja usunęła z jej ścieżki pierwszą ogromną przeszkodę. Była szczęśliwa, że zgodził się na ten układ, chociaż bała się też, że jutro wszystko może się rozsypać w drobny mak, tak jak przewidywał Andreas.

Ta obawa nie osłabiła jej podniecenia na myśl o zbliżającej się nocy. Nie tracąc czasu, przeszła korytarzem do dużej małżeńskiej sypialni. Biały pokój ożywiały żółte, niebieskie i czerwone elementy. Dominique szczególnie lubiła łukowate okna z widokiem na morze.

Sięgnęła po torebkę, wyjęła diamentową ślubną obrączkę i wsunęła ją na palec. Zostawiła zapaloną lampę i nie wkładając koszuli nocnej, wsunęła się pod przykrycie. Przez cały okres małżeństwa nie zdarzyło się, by położyła się do łóżka bez skromnej, sięgającej szyi koszuli. Zawsze też nalegała, aby światło w sypialni było wyłączone. Pod osłoną ciemności – i tylko wtedy – mogła udawać, że jest kobietą godną pożądania.

Przed ślubem Olimpia opowiedziała jej, że Teodor podziwia odwagę Andreasa, bo przecież seks z tak okaleczoną kobietą to tylko jego przykra namiastka.

Dzisiaj dowiedziała się jednak, że Olimpia ją okłamała, a także rozumiała, dlaczego to zrobiła. Rok temu tamte słowa mocno ugodziły jej udręczoną psychikę. Tak bardzo zniszczyły pewność siebie Dominique, że w łóżku nigdy nie odważyła się przejąć inicjatywy. To Andreas zaczynał ją pieścić i tylko on do niej mówił.

Powtarzała sobie, że skoro bierze ją w ramiona, to znaczy, że jej pragnie. A mimo to, gdy już zasypiał, leżała w ciemności, zalewając poduszkę łzami, bo wciąż się bała, że kocha się z nią tylko z litości.

Kiedy opuściła Andreasa, w Nowym Jorku poddała się psychoterapii. Kilka miesięcy trwało, nim pojęła, dlaczego uciekła od męża. Podczas męczących sesji dowiedziała się, czemu uwierzyła okrutnym słowom Olimpii.

Gdy już poznała swoje demony, jej zdrowie psychiczne uległo znacznej poprawie. Od tego czasu zaczęła podejmować właściwe decyzje, a w każdym razie takie, które wedle jej najlepszej wiedzy miały służyć jej dobru.

Najpierw musiała zaakceptować siebie. Ponownie zobaczyć atrakcyjną kobietę, jaką była przed chorobą, i przestać myśleć o sobie jak o cieniu tamtej dziewczyny.

Kiedy postanowiła poddać się operacji rekonstrukcji piersi, był to widomy znak, że psychicznie czuje się dobrze, bo zaczyna myśleć o własnym szczęściu. Ta decyzja była najlepszym miernikiem, bo nikt poza nią nie mógł jej podjąć.

Gdy zrozumiała tę zasadę, poczuła się wreszcie wolna. Przestała bać się operacji i badań. To był krok, który musiała zrobić, żeby odzyskać zdrowie psychiczne. Teraz czuła się w pełni kobietą i bez względu na to, jak zakończy się próba z Andreasem, nic tego nie zmieni.

Po raz pierwszy od początku ich związku nie miała żadnych zahamowań. Gotowa była stawić mu czoło, czy to w miłości, czy w walce...

Jeżeli Andreas nie dochował jej wierności, musiała usłyszeć to z jego ust. Dopiero wtedy będzie mogła podjąć decyzję, co robić dalej. Najpierw jednak musiała odzyskać jego zaufanie. Bez tego ich małżeństwo nie miało żadnej szansy.

Przekręciła się na bok i leżała spokojnie, czekając, aż do niej przyjdzie.

ROZDZIAŁ CZWARTY

Andreas przepłynął kilka basenów, po czym usiadł na patio i zadzwonił do Olimpii.

– Czekałam na twój telefon. Odnalazłeś Dominique?

Olimpia zawsze była pełna zrozumienia, jednak Andreas nie miał ochoty rozmawiać z nią o żonie.

– Tak.

– Mam nadzieję, że wszystko się udało i teraz jest w drodze do Bośni?

Cóż, twoje nadzieje okazały się płonne, odpowiedział w myślach.

Teraz, gdy Dominique wyjawiła swoją prośbę, przypuszczenie, że przyjechała po pieniądze, można było odrzucić. Jej życzenie było tak nieoczekiwane, że omal nie zwaliło go z nóg. Dlatego, zanim do niej dołączy, musiał zebrać myśli.

– Olimpio…

– Po twoim głosie słyszę, że coś się stało. O co chodzi?

– Możesz pozostać na jachcie, jak długo masz ochotę, ale na razie nie będę mógł poświęcić czasu tobie i Ariemu. Jeśli wolisz, możecie też przyjechać na Zakynthos. Skontaktuj się z Paulem, jeśli będziesz czegoś potrzebowała.

– Jesteś naprawdę wspaniałomyślny, Andreas. Domyślam się, że w pracy wyłoniły się jakieś problemy.

– Chodzi o sprawy osobiste.

– Jak myślisz, kiedy będziemy mogli się zobaczyć?

– Nie jestem pewien. Być może w przyszłym miesiącu.

– W przyszłym miesiącu? Co się stało?

Dominique wróciła do mojego życia, pomyślał. Oto co się stało.

– Chcę walczyć o nasze małżeństwo.

W słuchawce zapadła cisza.

– Dominique jest chora? Potrzebuje twojej pomocy? Boję się, żebyś znów nie cierpiał.

Skrzywił się niechętnie.

– Pozwól, że sam o siebie zadbam.

– Ari będzie za tobą tęsknił.

– Znajdę czas, żeby się z nim zobaczyć. Dobranoc, Olimpio.

Ruszył w stronę domu.

Nic nie mogło go bardziej zdziwić, niż widok Dominique, która wyraźnie na niego czekała. Z tego, co dostrzegł, nie miała na sobie nic poza ślubną obrączką. Obok łóżka stała zapalona lampka.

Serce mu zadrżało.

– Bałam się, że w ogóle nie przyjdziesz. – Jej głos był lekko ochrypły.

Taka uwaga również zdarzyła się po raz pierwszy. Podczas trwania ich małżeństwa Dominique ani razu nie przyznała, że chce się z nim kochać, nigdy nie dostrzegł tego nawet w jej spojrzeniu. Dopiero pod osłoną ciemności brał ją w objęcia.

Dziś jednak wszystko było inaczej.

Patrzył z zachwytem na jej głęboko osadzone oczy, które błyszczały fioletowo w przyćmionym świetle, pięknie wykrojone usta, zarumienioną od słońca białą skórę, rozrzucone na poduszce srebrnoblond włosy. Nigdy nie widział piękniejszej kobiety.

Przerażała go myśl, że niszczący rak znów mógłby ją zaatakować.

– Zaraz wrócę – powiedział, kierując się do łazienki.

Poruszony widokiem Dominique drżał na całym ciele. Miał wrażenie, że to wszystko mu się śni.

Bojąc się, że zaraz się przebudzi i znów będzie sam, skończył prysznic w rekordowym tempie. Byle jak przetarł włosy ręcznikiem, zarzucił szlafrok i wyszedł z łazienki.

Odetchnął z ulgą. Dominique wciąż była w sypialni, a na jej ustach pojawił się kuszący uśmiech. W jej oczach nie dostrzegł zwykłego wahania, lecz radosne oczekiwanie.

Nawet jeśli udawała, żeby udowodnić, jak bardzo się zmieniła, robiła to niezwykle zręcznie. Po raz pierwszy w życiu poczuł, że się denerwuje.

Uśmiechnął się w duchu. Czuł się jak pełna obaw panna młoda, która zaraz ma znaleźć się w ramionach kochanka.

– Nie... nie gaś – poprosiła cicho, gdy sięgnął do lampki nocnej. – Chcę cię widzieć. – Gdy cofnął niepewnie rękę, mówiła dalej: – Kiedy po wypadku odzyskałam przytomność i zobaczyłam, jak mi się przyglądasz, pomyślałam, że jesteś najpiękniejszym mężczyzną, jakiego kiedykolwiek widziałam. – Andreas poczuł, że coś dławi go w gardle. – Nie wiedziałam, że po świecie chodzą tak piękni ludzie.

Uporczywie starałam się na ciebie nie patrzeć. Nawet po ślubie bałam się przyglądać ci zbyt intensywnie, abyś nie pomyślał, że cię... błagam.

– Błagasz? Dominique, o co?

– O to, żebyś chciał się ze mną kochać.

– Mój Boże... Przecież ci się oświadczyłem... Pragnąłem cię...

Wargi jej zadrżały.

– Chciałam w to wierzyć. Ale za każdym razem, gdy spojrzałam w lustro... pragnęłam umrzeć. Jesteś mężczyzną, masz na pewno swoje marzenia. Jak ktoś taki jak ja mógł je spełnić?

Osłupiały opadł na łóżko.

– Pragnąłem ciebie, pożądałem. Jak w takim razie to wyjaśnisz?

Patrzyła mu uważnie w oczy.

– Jesteś dobrym człowiekiem. Widziałeś wypadek, a potem... zobaczyłeś moją bliznę. Wiem przecież, jak cenisz odwagę, więc zdawałam sobie sprawę, że uznałeś mnie za bohaterkę, która stoczyła ciężką bitwę z rakiem.

– Uznałaś więc, że poprosiłem cię, abyś została moją żoną, bo tak bardzo się nad tobą litowałem?

– Nie tylko. Po prostu ujrzałeś we mnie kogoś, kto potrzebuje pomocy. Jak w tych programach, gdzie spełniają marzenia śmiertelnie chorych dzieci.

Zaczął nerwowo krążyć po pokoju. Nie mógł uwierzyć w to, co słyszy.

– Jeśli tak to widziałaś, to po prostu dziw nad dziwy, że nasze małżeństwo trwało aż tyle czasu.

– Zaiste, dziw nad dziwy… Tak to wówczas widziałam. Potrzebowałam czasu, by zrozumieć, w jak wielkim byłam błędzie.

– Co właściwie chcesz mi powiedzieć?

– To nie jest łatwe, Andreas. – Westchnęła ciężko. – Pragnę odkryć prawdę o naszym życiu. Chcę zacząć od zera i zamierzam zrobić wszystko, żeby nam się udało. Pod warunkiem, że ty również tego chcesz. Nie zrozum mnie źle – powstrzymała go, nim zdążył odpowiedzieć. – Zanim znów powtórzysz, że to bezcelowe, pozwól, abym otwarcie przyznała, że to ja ponoszę winę za nasze problemy. Zamieniałam się w kamień, gdy prosiłeś, żebym się otwarła. Próbowałeś do mnie dotrzeć, lecz zawsze napotykałeś na głaz. Zacząłeś więc obchodzić się ze mną jak z jajkiem. Cóż innego ci pozostało? Jesteś delikatny i cierpliwy, a ja to wykorzystałam. Zachowywałam się jak rozpaskudzone dziecko. Im byłeś milszy i subtelniejszy, tym gorzej się zachowywałam. – Głos jej zadrżał. – Kiedy powiedziałeś mi, że Teodor oskarżył cię o cudzołóstwo, chciałam pójść do niego i wyznać, kto jest prawdziwym winowajcą. Zamiast tego zachowałam się jak ostatni tchórz i uciekłam. Ale przez ten rok przeszłam psychoterapię, która pomogła mi zrozumieć siebie i…

– Psychoterapię?

– Nie mów tylko, że cię to szokuje. Oboje wiemy, jak bardzo była mi potrzebna pomoc psychologa.

– Nie jestem zszokowany, tylko zaskoczony, że się na to zdobyłaś. Przecież w tym samym czasie poddałaś się również operacji. – To był dla Dominique bardzo trudny rok. Powinien był trwać przy niej, wspierać ją, lecz stało się inaczej.

– To dzięki psychoterapii zdecydowałam się na rekonstrukcję, która zresztą udała się znakomicie. Pani doktor powiedziała, że nikt, oczywiście poza moim mężem, nie dostrzeże różnicy – rzuciła ze śmiechem. – A i on będzie musiał dobrze się przypatrzeć.

Był pełen podziwu, że mówi o tym z takim humorem, jednak jeszcze bardziej poruszyły go jej odwaga i determinacja. Dla niej był to rok samotnej, heroicznej walki.

– Dominique… – Urwał gwałtownie. Nie wiedział, co powiedzieć.

– Na razie widzę, że mój mąż stracił głos. Nie wiem tylko, czy to dobrze, czy źle. – Uśmiechnęła się figlarnie. – Chodź do łóżka. – Wyciągnęła do niego ramiona. – Tak długo na to czekałam.

Miał wrażenie, że serce zaraz wyskoczy mu z piersi. Powoli zdjął szlafrok i położył się obok tajemniczej, pięknej kobiety, która jakimś cudem w dalszym ciągu była jego żoną.

Dominique zarzuciła mu ręce na szyję i prowokacyjnie musnęła ustami jego wargi.

– Mamy cały rok do nadrobienia. To może nam zająć całą noc.

I nagle stał się cud, stopili się w jedność.

Ich dawniejsze noce były pełne namiętności, jednak Dominique zawsze czekała na inicjatywę Andreasa.

Teraz było inaczej.

Obudziła się o świcie. Wyciągnęła ramiona do mężczyzny, który tej nocy obudził w niej niepojętą wręcz namiętność, lecz trafiła w pustkę. Usiadła na łóżku i odgarnęła włosy z twarzy.

W półmroku dostrzegła jego wysoką sylwetkę. Stał przy oknie, wpatrując się w morze. Zsunęła się z łóżka, z szuflady wyjęła koszulkę Andreasa i wciągnęła ją przez głowę.

Cicho przeszła przez pokój i objęła męża w pasie.

– Dzień dobry – szepnęła, stając na palcach, żeby go pocałować. – Mmm... Ładnie pachniesz. Jak nikt inny. Gdybym mogła sprzedawać ten zapach, nazwałabym go „Tylko Andreas".

Nie wiedziała, jak na ten żarcik zareaguje, ale z pewnością nie spodziewała się, że zachowa tak wielką powagę.

Ucałował jej dłonie.

– Przepraszam, że cię obudziłem.

Podczas terapii nauczyła się, że trzeba jak najszybciej wszystko wyjaśniać, bo inaczej nawet drobne nieporozumienie może przerodzić się w poważny konflikt.

– Nie obudziłeś mnie. Otworzyłam oczy i chciałam przytulić się do męża, ale ciebie nie było obok. Widzę, że coś cię dręczy. Porozmawiajmy o tym.

– Nie w tej chwili.

– Owszem, właśnie w tej chwili. – Gdy zachmurzył się jeszcze bardziej, dodała: – Właśnie w ten sposób zaczęło się między nami psuć, Andreas. Ukrywałam się, unikałam rozmów... aż w końcu uciekłam. Nie można tak. Powiedz, o co chodzi, nawet jeśli uważasz, że to może być kłopotliwe.

Na dworze robiło się coraz jaśniej. Widziała, jak bardzo jest spięty.

– Mówiłaś, że przed przyjazdem do Grecji widziałaś się z lekarzem.

– Zgadza się.

– Zakładam, że mówisz o doktor Canfield, która zajmuje się chirurgią plastyczną?

– Tak. Poinformowała mnie, że jestem całkiem zdrowa.

Potarł dłonią kark. Pamiętała ten gest, który zawsze oznaczał irytację.

– A co z onkologiem?

– Widziałam się również z doktorem Josephsonem. Jak na razie rak mi nie zagraża.

Zmrużył oczy.

– Nie okłamywałabyś mnie…

– W jakim celu miałabym to robić? Jak wiesz, co miesiąc zgłaszam się na badania. Od tej pory chcę to robić z tobą, więc będziesz znał aktualne wyniki.

– Czy doktor Josephson sugerował, że powinnaś profilaktycznie poddać się następnej mastektomii?

– Nie. W moim przypadku to nie jest konieczne.

– Czy nie powinnaś skonsultować się z innym lekarzem? – naciskał.

– Zawsze możemy to zrobić. – Pragnęła za wszelką cenę go uspokoić, jednak po minie sądząc, wciąż był pełen wątpliwości. – Czym jeszcze się martwisz?

– Przed separacją zawsze się zabezpieczałem…

– No tak… I co?

– Wiesz przecież, co się stało tej nocy. Straciłem zupełnie głowę.

– Pomyśleć, że ze wszystkich mężczyzn właśnie Andreas Stamatakis popełnił coś równie nieobliczalnego... – Uśmiechnęła się szeroko. – Powinnam to uznać za najwspanialszy komplement, jaki trafił mi się w życiu. Nie wiedziałam, że mam nad tobą taką władzę.

Potrząsnął nią gwałtownie.

– To poważna sprawa, Dominique. A jeśli zaszłaś w ciążę?

Spoważniała.

– Jeżeli nadal jesteś przekonany, że nasze małżeństwo nie przetrwa, rozumiem twój niepokój.

– Nie o to chodzi i dobrze o tym wiesz! Martwię się o twoje zdrowie.

– Mówiliśmy o tym jeszcze przed ślubem. Doktor Josephson powiedział wtedy, że nie ma żadnych przeciwwskazań, bym została matką. Statystyka mówi, że nowotwór ujemnie wpływa na jedną ciążę na tysiąc.

Jeszcze mocniej zacisnął palce na jej skórze.

– Wiem, ale teraz rozmawiamy o tobie.

– Jeśli sugerujesz, że powinnam wziąć pigułkę „po", to myślę, że nasze małżeństwo faktycznie się skończyło. Nigdy nie skrzywdziłabym swojego dziecka.

– Och, Dominique... Być może tylko takie wyjście nam pozostanie, jeśli będzie zagrożone twoje życie.

Kiedy prosiła go o trzydziestodniową próbę, nie przypuszczała, że najgroźniejszą przeszkodą, jaką będzie musiał pokonać Andreas, jest strach.

– W zeszłym roku lekarze najbardziej martwili się moją niedowagą, bo mogła utrudnić zajście w ciążę. W tej chwili jestem w świetnej formie i nie zamierzam szukać problemów tam, gdzie ich nie ma. – Jednak jej słowa nie uspokoiły Andreasa. Wręcz przeciwnie, zdawało się jej, że jest jeszcze bardziej spięty. – Zapomniałam, że to drugi dzień naszej próby – dodała ze słabym uśmiechem. – Zgodnie z twoimi przewidywaniami, wszystko powinno rozpaść się właśnie dzisiaj. Jeśli faktycznie ma się tak stać, lepiej wróćmy do łóżka i jak najlepiej wykorzystajmy ostatnie godziny, jakie nam pozostały.

– Dominique, bądź poważna.

– Jestem bardzo poważna – zapewniła z udawaną surowością. Odeszła od okna, wsunęła się pod przykrycie i ściągnęła T-shirt, po czym cisnęła nim w Andreasa.

Ku jej wielkiej uldze roześmiał się, wskoczył do łóżku i przycisnął Dominique do poduszki. Jego usta były zaledwie kilka centymetrów od jej twarzy.

Spojrzała wyzywająco w jego płonące czarne oczy.

– Jak na takiego staruszka ruszasz się niczym pantera.

– Staruszka? Zaraz ci pokażę staruszka.

Trzy godziny później Dominique otworzyła oczy. Ostrożnie wyplatała się z objęć Andreasa. Chociaż nadal paliło ją pożądanie, wzięła się w ryzy i nie próbowała go budzić. Miała nadzieję, że porządne amerykańskie śniadanie, jakie zamierzała podać do łóżka, pozwoli mu odzyskać siły.

Andreas rzadko jadał śniadania. Wypijał kawę, czasami połykał bułeczkę. Nadrabiał to później. Od dziś miało być inaczej.

Wzięła szybki prysznic, włożyła sukienkę i związała włosy w koński ogon. Kiedy przemykała się do kuchni, zatrzymała ją Eleni.

– Potrzebujesz czegoś?

– Nie, dzięki. Idę przygotować śniadanie.

– No to zawołam Annę.

– Nie trzeba. Chcę je zrobić sama dla swojego męża.

Personel willi zawsze usługiwał Andreasowi. Dominique tylko siebie mogła winić za to, że nigdy nie próbowała tu wprowadzić swoich porządków. Ale teraz to się zmieni.

Z ulgą spostrzegła, że gosposia z uśmiechem kiwa głową.

– To dobrze, że do niego wróciłaś.

Uśmiechnęła się promiennie do Eleni.

Pracowały w kuchni jak dwie konspiratorki. Wreszcie Dominique ruszyła do sypialni. Ku jej zadowoleniu Andreas otworzył oczy w chwili, gdy podchodziła do łóżka.

– Usiądź, mój panie, a będę ci usługiwać. – Ustawiła tacę na jego kolanach.

– Nie wiedziałem, że Anna potrafi przygotować takie potrawy…

– Nie Anna, tylko ja!

– Hm, ty? – zdziwił się.

– Nie martw się. Wszystko uprzątnęłyśmy razem z Eleni, więc niczyje uczucia nie zostaną zranione.

Wdrapała się na łóżko i sięgnęła po swój talerz. Z przyjemnością patrzyła, z jakim apetytem Andreas pałaszuje panierowane grzanki i jajecznicę.

– Jakie to dziwne – odezwała się, popijając sok pomarańczowy. – Eleni twierdzi, że od dawna nie masz apetytu, lecz wygląda na to, że się myliła. Co więcej, muszę przyznać, że jak na staruszka zachowujesz się... co najmniej zaskakująco.

Spojrzał na nią z ukosa.

– A co powiedzieć o takiej jednej smarkuli, która jeszcze niedawno z zadartą głową przechodziła pod stołem i wierzyła w bociany? Gdyby komuś opowiedzieć twoje niedawne wyczyny, to dopiero byłby szok.

– Wiesz co? Musimy pojechać do szpitala i sprawdzić, jak się ma twoje serce. Tak na wszelki wypadek.

– Ty mała kusicielko! – Chwycił ją w ramiona. – Dziękuję za śniadanie. Było prawie tak pyszne jak ty.

– Hm... Uważasz, że jestem pyszna? A jak to się mówi po grecku?

– Później ci powiem. Teraz jestem zajęty.

– Uważaj na tacę! – Mogła sobie krzyczeć, i tak talerze i szklanki spadły na podłogę z terakoty, zamieniając się w skorupy. – Ostrożnie! Pokaleczysz stopy. Ja mam sandały.

– Służba się tym zajmie. – Powstrzymał ją, gdy próbowała zejść z łóżka.

– To stało się z naszej winy, nie powinni się tym zajmować.

– Za to im przecież płacę.

Takie rozmowy prowadzili już wcześniej.

– Nie przywykłam do służby, przepraszam. Lubię zajmować się domem, lubię robić coś dla ciebie, ale nie chcę cię tym denerwować ani zmieniać twoich zwyczajów.

– Wyjaśnijmy sobie jedną rzecz. Cieszę się, gdy moja żona o mnie dba. Kiedy będziemy... – Rozległ się dzwonek wewnętrznego telefonu. – To pewnie Eleni. Musi być jakaś ważna sprawa, bo inaczej by nam nie przeszkadzała. – Sięgnął po słuchawkę.

Andreas nie spodziewał się, że tymczasowe pojednanie z Dominique sprawi, iż będzie chciał z nią pozostać na zawsze, z dala od wszystkich i wszystkiego. A tymczasem dała mu rozkosz, o jakiej nawet nie śnił. Czuł się jak nowo narodzony.

Chociaż godziny z nią spędzone wydawały mu się cudem, nie był aż tak zaślepiony, by nie zdawać sobie sprawy, że ich małżeństwo wciąż opiera się na bardzo kruchych podstawach. Było tyle spraw, które musieli wyjaśnić, problemów, o których nawet nie wspomnieli...

Kiedy ostrzegał ją, że wszystko zacznie się rozpadać w ciągu najbliższej doby, nawet do głowy mu nie przyszło, że jego przepowiednia jest tak bliska prawdy. Wystarczył jeden telefon i rzeczywistość wdarła się między nich.

Jednak ból, jaki sprawiła mu Dominique, odchodząc od niego przed rokiem, był niczym w porównaniu z dramatem, jaki będzie przeżywał, jeżeli próba pojednania legnie w gruzach.

– Mamy gości. – Z ponurą miną odłożył słuchawkę.

– Kogo?

– Olimpia ma teraz wakacje, więc Paul pomaga jej w przenosinach. Ponieważ muszę wrócić do Aten, powiedziałem jej, że może korzystać z jachtu i willi.

Spodziewał się, że jej fiołkowe oczy zachmurzą się. Jednak nic takiego nie nastąpiło.

– Już ci mówiłam, że jesteś najbardziej uczynnym i wspaniałomyślnym człowiekiem, jakiego znam. Biegnij pod prysznic, a ja pomogę jej przy dziecku. Tylko uważaj na te skorupy, bo się skaleczysz.

Pocałowała go czule i wyszła z sypialni. Oszołomiony patrzył za nią bez słowa. Jego żona naprawdę zmieniła się nie do poznania.

ROZDZIAŁ PIĄTY

Dominique zobaczyła przez okno, jak Paul wyładowuje bagaż z helikoptera.

– Cześć! Mogę ci pomóc? – zawołała, wychodząc na zewnątrz.

– Właściwie już wszystko zaniosłem.

– Więc daj mi choć to. – Wzięła od niego reklamówkę.

W drzwiach czekała na nich Eleni.

– Dałam Olimpii różowy pokój. Teraz jest w kuchni, podgrzewa butelkę dla synka.

– Świetnie. Chodź, Paul, złożymy łóżeczko dla Ariego.

– Już to zrobiłem.

– Jesteś wspaniały, wiesz o tym?

Gdy jego twarz rozjaśnił uśmiech, nagle spostrzegła, że jest całkiem przystojnym facetem. Aż dziw, że do tej pory z nikim się nie związał, pomyślała.

Przeszli przez hol w stronę sypialni. Ari leżał w łóżeczku, oglądając paluszki u nóg, ale ledwo dostrzegł Dominique, jego buzia zmarszczyła się niebezpiecznie.

– Mam na niego fatalny wpływ – pożaliła się Paulowi, gdy mały zaczął zawodzić. – Przedwczoraj było to samo.

– Po prostu cię nie zna. Cicho, Ari. – Powiedział coś po

grecku, podniósł chłopczyka z łóżeczka i mały przestał płakać, ale wciąż nieufnie przyglądał się Dominique.

– No, no, dobry wujcio Paul. – Roześmiała się. – Kto by uwierzył, mistrzostwo świata w konkurencji niań.

– Paul ma wiele ukrytych talentów.

Spojrzała na Andreasa. Był gładko ogolony, miał na sobie białe spodnie i granatową koszulkę polo. Jeśli Paula można nazwać przystojnym, to jakimi słowami określić takie cudo? – pomyślała.

Zerknęła na Paula i ze zdumieniem spostrzegła, że się zaczerwienił.

Jak to się stało, że nigdy nie zauważyła, jak bardzo jest sympatyczny i nieśmiały? Po roku nieobecności na wiele spraw patrzyła inaczej.

– Chciałam to wypróbować. – Wyjęła z reklamówki plastikowy pałąk, z którego zwieszały się miękkie zabawki.

– Bardzo to lubi – powiedział Paul.

Ledwie położył malca na podłodze, Ari zaczął z całej siły uderzać nóżkami w zwierzątka. Dominique przyjrzała się chłopcu. Z buzi podobny był do Olimpii, natomiast włosy i budowę odziedziczył po Teodorze.

Odwróciła wzrok, czując na sobie spojrzenie Andreasa. Miała wrażenie, że w jego oczach pojawił się niepokój. Czyżby nadal martwił się, że mogła zajść w ciążę?

Podczas terapii dowiedziała się wiele o rodzinach osób chorych na raka. Oni również cierpieli i musieli radzić sobie z bólem. Wtedy zrozumiała, jak bardzo skrzywdziła męża, unikając rozmów o swojej chorobie. To przez nią nie potrafił przezwyciężyć dręczącego strachu.

Gdy zostaną sami, zmusi go do szczerej rozmowy. Musi jej opowiedzieć o swoich obawach. To będzie trudne, ale jeśli nie przebrną przez to, Andreas nigdy nie zacznie myśleć pozytywnie o przyszłości.

Znów spojrzała na Ariego, a potem spontanicznie uklękła i połaskotała go w brzuszek.

– Śliczny z ciebie bobasek.

Malec wpatrywał się w nią brązowymi oczkami.

– Do Ariego jeszcze nikt nie mówił po angielsku – odezwała się Olimpia od drzwi.

Dominique podniosła się z podłogi.

– Będziesz go karmić, prawda? Wyjdziemy, żeby ci nie przeszkadzać.

– Może sama dasz mu butelkę?

Dominique zdziwiła się tak zaskakującą zmianą w zachowaniu Olimpii.

– Niestety nie mamy na to czasu – wtrącił się Andreas. – Zaraz lecimy do Aten, pilot już czeka. – Spojrzał na Dominique. – Twoje bagaże już są w helikopterze.

Zaraz lecimy do Aten? – zdumiała się w duchu, a głośno powiedziała:

– Szkoda, tak chciałabym go nakarmić. Odwiedźcie nas, kiedy już wrócicie do Aten. Mam nadzieję, że Ari przestanie płakać na mój widok, kiedy już lepiej mnie pozna.

– Zadzwonię zaraz po wakacjach.

– Będę czekać.

Paul podniósł Ariego z podłogi i podał go matce.

– Czy możemy coś jeszcze dla ciebie zrobić? – zapytał Andreas.

Olimpia pokręciła głową.

– Już i tak wiele zrobiłeś. Dziękuję.

Pocałował malca w czubek głowy, po czym zwrócił się do Dominique:

– Możemy iść?

– Zabiorę tylko torebkę.

Pobiegła do sypialni, na chwilę wpadła do łazienki, ściągnęła gumkę z końskiego ogona i przeczesała włosy. Teraz była gotowa do drogi.

W Atenach czekała na nich firmowa limuzyna. Podrzucili Paula do jego mieszkania i pojechali do apartamentu Andreasa. Mieścił się na najwyższym piętrze, był nowocześnie urządzony, a z okien roztaczał się przepiękny widok na Akropol.

Nic tu się nie zmieniło, myślała Dominique, patrząc na miasto.

Doskonale pamiętała ostatnie chwile, jakie wspólnie spędzili w tym mieszkaniu. Wybierali się do sądu. Od ślubu minęły zaledwie cztery miesiące, a ich małżeństwo wisiało na włosku. Napięcie, jakie panowało między nimi, uniemożliwiało jakiekolwiek porozumienie. Każde spojrzenie raniło, każdy gest przyjmowany był opacznie.

Nie wiedziała, co powinna myśleć o związku Andreasa z Olimpią. Mąż prosił, żeby mu ufała, ale kiedy Teodor oskarżył go o cudzołóstwo, zwątpiła we wszystko. To nie mogły być wyssane z palca insynuacje, musiały być oparte na dowodach.

Straciła wiarę w swoje małżeństwo, przyjaźń z Olimpią okazała się kłamstwem. Nic już nie miało sensu.

Zaczęła się rozprawa, lecz do Dominique nie docierało znaczenie ani jednego słowa. W głowie czuła szum, w ustach suchość. Duża sala sądowa zdała się jej klatką. Ci wszyscy ludzie wokół niej, przekrzykujący się na korytarzu dziennikarze... Klatka zamieniła się w małą celę, ściany zbliżały się do Dominique, zaczęła się dusić. Wiedziała, że to ułuda, klaustrofobiczna reakcja na to wszystko, co działo się z jej życiem, a na ową ohydną rozprawę w szczególności, lecz nie zdołała opanować panicznego lęku.

Paul wybiegł za nią, dopadł ją, gdy wsiadała do limuzyny. W drodze na lotnisko błagał ją, żeby nie opuszczała Andreasa, ale była głucha na wszelkie jego prośby. Nie dotarło do niej, dlaczego tak się zachowywał. W tej okropnej historii było coś więcej, niż sądziła. Może zresztą wiedziała o tym w głębi duszy, ale jej kompleksy, brak wiary w siebie i w swoją kobiecość, przesłoniły wszystko inne.

– Dominique.

– Tak? – Spojrzała na Andreasa.

– Chcę, żebyś połączyła się z doktorem Josephsonem.

– Dobrze. – A więc miała rację. Wciąż prześladowała go myśl, że kochali się bez zabezpieczenia. Wyciągnęła notes.

– W Nowym Jorku jest teraz rano. Pewnie jest już w pracy. – Podał jej komórkę.

Wybrała numer. Na jej pytanie recepcjonistka odpowiedziała:

– Doktor Josephson właśnie jedzie w tej chwili do gabinetu. Zadzwoni do pani.

– Dziękuję. – Rozłączyła się. Tak bardzo chciała rozproszyć niepokój Andreasa. Ujęła jego dłonie. – Czy pomoże ci, jeśli powiem, że to raczej nie są moje płodne dni?

Odetchnął z ulgą.

– Ostatniej nocy w ogóle nie myślałem…

– Ostatnia noc była najwspanialsza w całym moim życiu. Tak powinno być zawsze, gdy dwoje ludzi się kocha. Proszę cię, nie psuj tego, nie mów, że żałujesz.

– Dominique…

Zmiażdżył jej usta pocałunkiem, jednak wciąż czuła jego ogromny niepokój. Tak wielu rzeczy nie wiedziała jeszcze o swoimi mężu. Jeśli Bóg pozwoli, przez ten miesiąc odsłoni się przed nim, a zarazem będzie miała czas, by przeniknąć jego duszę i myśli, co bardzo wzmocni ich związek.

Andreas chwycił ją na ręce i ruszył do sypialni, gdy rozległ się dzwonek telefonu.

– To z pewnością doktor Josephson – powiedziała, gdy uwolnił jej usta.

Podszedł do kanapy i usiadł, trzymając ją na kolanach.

– Dzień dobry, Dominique. Podobno chcesz pilnie ze mną rozmawiać. Coś się dzieje?

– Prawdę mówiąc, to mój mąż ma parę pytań. Czy ma pan chwilę czasu?

– A twój mąż jest z tobą?

– Tak.

– To mi go daj.

Rozmowa przeciągała się. W końcu Dominique zsunęła się z kolan Andreasa i poszła do kuchni przygotować coś do picia. Wyjęła z lodówki dwie butelki soku owocowego i wróciła do salonu.

Najwidoczniej doktor Josephson uspokoił trochę Andreasa. Kiedy odkładał komórkę, jego twarz znacznie się ożywiła, a oczy nie były już takie udręczone.

Podała mu sok. Wypił niemal wszystko jednym haustem.

– Dobre – mruknął, patrząc na nią w skupieniu. – Wyglądasz zachwycająco w tej sukience. Ten kolor idealnie pasuje do twoich włosów i karnacji. Ale... Paul wspominał, że przyjechałaś do Grecji bez bagażu.

Domyślała się, do czego zmierza. Już chciała powiedzieć, że zadzwoni do rodziców, aby przysłali jej rzeczy z Sarajewa, ale w ostatniej chwili ugryzła się w język. Nigdy dotąd nie zgodziła się, by Andreas poszedł z nią na zakupy. Jedyną sukienkę, którą jej kupił, kazała oddać bez przymierzania. Przypominała tę, którą teraz miała na sobie, ale wtedy nosiła tylko rzeczy, które zasłaniały dekolt i starannie ukrywały jej wychudzone ciało.

Andreas był hojny i cieszył się, jeśli mógł komuś sprawić radość drobnym chociaż upominkiem, lecz jeśli o nią chodzi, pozbawiła go tej przyjemności. Nieraz zastanawiała się, jakim cudem wytrzymał z nią tak długo.

– Czy musisz iść dzisiaj do biura?

– Nie.

– Więc może wybierzemy się na zakupy do Kolonaki. – Było to nowoczesne handlowe centrum Aten, gdzie mieściło się sporo drogich butików, galerii sztuki i wytwornych restauracji. Pamiętała, że kiedyś marzył, aby ją tam zabrać.

Oczy Andreasa zalśniły.

– A potem pójdziemy coś zjeść.

Dwie godziny później Dominique miała to wszystko, czego potrzebowała, a nawet znacznie więcej. Wspólne zakupy sprawiły jej ogromną przyjemność. Już wiedziała, że od tej pory będzie chciała dzielić z mężem wszystkie sprawy. Musiała jednak jak najpilniej załatwić coś bardzo ważnego.

Gdy siedzieli w restauracji nad musaką, spytała niby od niechcenia:

– Wiem, że jesteś bardzo zajęty w tym miesiącu, ale może udałoby się nam któregoś wieczoru zjeść kolację z twoimi rodzicami?

Andreas zamarł, kompletnie zaskoczony.

– Mam wolny piątek. Zadzwonię do nich i spróbuję się umówić.

– Myślisz, że się zgodzą? – Spojrzała mu prosto w oczy. – Nawet jeśli uważają, że nie nadaję się na twoją żonę?

– Wcale tak nie myślą – stwierdził zdecydowanie.

Uśmiechnęła się smutno.

– Jesteś ich dzieckiem, a ja ciebie skrzywdziłam, bo podczas rozprawy nie stałam u twojego boku, więc na pewno tak myślą. Ale chciałabym to jakoś naprawić. – Wiedziała, że nigdy nie będą w pełni szczęśliwi, jeśli nie zostanie zaakceptowana przez matkę i ojca Andreasa. Czekała ją długa droga, ale wspólna kolacja to dobry początek.

– Jesteś pewna, że tego chcesz?

– Bardziej niż czegokolwiek na świecie. Moi rodzice bardzo cię lubią i cenią, jesteś dla nich kimś bardzo ważnym. Mam nadzieję, że któregoś dnia twoi tak samo będą myśleć o mnie.

Zmrużył oczy.

– Nie powiesz mi, że po tym oskarżeniu o cudzołóstwo nadal tak za mną przepadają.

– Andreas, oni pamiętają, jak wspaniale się mną zaopiekowałeś po wypadku i nigdy nie uwierzyli w te wszystkie oskarżenia.

Przez chwilę siedział w milczeniu.

– Również ich polubiłem – odezwał się w końcu.

– Natomiast twoi rodzice nie ukrywali rozczarowania moją osobą. Młoda Amerykanka, całkowite przeciwieństwo greckiej synowej, wymarzonej dla ciebie. Nie znałam waszego języka i obyczajów, ale to pewnie jakoś by przełknęli. Najgorsze, że nie rokowałam dobrze jako przyszła matka. Słaba nadzieja, bym mogła dać im wnuki.

– Kto ci to powiedział? – spytał ostro.

– Nikt. Przyznaj, że tak właśnie o mnie myśleli.

– Ktoś musiał nakłaść ci do głowy tych bzdur!

Nawet jeśli tak było, nie zamierzała mu o tym mówić.

– Wystarczy spojrzeć na zdjęcie Maris, które stoi na twoim biurku, aby zrozumieć, w czym rzecz. Na miejscu twojej mamy też byłabym zdegustowana chudą jak szczapa synową zza oceanu, do tego zagrożoną rakiem. Słaba nadzieja, by dzięki niej przedłużył się ród.

Na szczęście do stolika podszedł kelner z kartami deserów.

Andreas oddał swoją kartę, nawet na nią nie patrząc.

– Ja dziękuję. Chcesz coś, Dominique?

– Nie, też dziękuję.

Ledwie kelner odszedł, Andreas rzucił jej gniewne spojrzenie.

– Nie skończyliśmy jeszcze tej rozmowy.

– Daj spokój – poprosiła spokojnie. – To działo się dawno temu. Teraz zależy mi na tym, żeby spędzić z twoją rodziną przyjemny wieczór. Mówiłeś, że masz kasety z filmami, które kręciliście przy różnych okazjach. Co ty na to, żebyśmy je wspólnie obejrzeli? Zawsze chciałam je zobaczyć, a twoim rodzicom też sprawi to przyjemność.

– Wspaniały pomysł.

Była pewna że ucieszył się szczerze, jednak z pewnością będzie dotąd naciskał, aż w końcu wydobędzie z niej imię osoby, która wpłynęła na jej opinię o teściach.

– Chodźmy do domu poszukać tych kaset, Dominique. Zdaje się, że schowałem je w szafie w pokoju gościnnym.

Kiedy weszli do holu, powiedziała:

– Poszukaj kaset, a ja zadzwonię do rodziców. Muszę powiadomić tatę, że nie wracam do pracy. Uprzedzałam go, że tak może się stać, muszę to potwierdzić.

– To kolejna sprawa, o której powinniśmy porozmawiać.

– To znaczy?

Andreas obwiódł palcem jej twarz. Miała wrażenie, jakby pod wpływem jego dotknięcia zaczynała się rozpływać.

– Wiem, że pracowałaś, gdy byliśmy w separacji. Jutro będę musiał pójść do biura, a ty zostaniesz tutaj i czas będzie ci się dłużył. Chciałem, żeby moja żona siedziała w domu, ale teraz wiem, że to nie było wobec ciebie uczciwe.

– I tak zawsze będziesz dla mnie najważniejszy – wyznała z uśmiechem. – Ale prawdę mówiąc, mam pewne plany. Opowiem ci wszystko, jak wykonam ten telefon i zobaczymy, co o tym sądzisz – mówiła, idąc za nim do pokoju gościnnego, gdzie usiadła na łóżku i wybrała numer.

– Domani! – usłyszała głos taty. Zawsze używał tego zdrobnienia. – Co u ciebie?

– Siedzę właśnie na łóżku w naszym mieszkaniu i patrzę, jak mój mąż opróżnia szafę, do której chyba nie zaglądał przez całe wieki.

Andreas z uśmiechem spojrzał na nią.

– Rozumiem, że nie wrócisz do pracy?

– Nie.

– W takim razie pozdrów mojego ulubionego zięcia. Chętnie wpadniemy do Aten, oczywiście w dogodnym dla was terminie.

– Zaraz mu powiem. Ucałuj mamę ode mnie.

– Oczywiście, i od ciebie, i od siebie.

Rodzice byli naprawdę szczęśliwą parą.

– Do widzenia, tato.

– Trzymaj się zdrowo, skarbie.

– Ty także – zakończyła rozmowę.

Andreas wyciągnął z szafy trzy pudła, które ustawił przy drzwiach.

– Tata powiedział, że jesteś jego ulubionym zięciem i prosił, żebym przekazała ci serdeczne pozdrowienia.

Podszedł do niej i zanim się zorientowała, przewrócił ją na łóżko.

– A jak inaczej miał powiedzieć? Że mnie nie cierpi?

– Andreas – rzekła z powagą – kiedy wróciłam do Sarajewa i oznajmiłam, że się z tobą rozwodzę, poczuli się tak, jakby stracili dziecko. Nie tylko twoi rodzice byli pogrążeni w żałobie.

ROZDZIAŁ SZÓSTY

Fiołkowe oczy żony przedzierały się przez pancerz i docierały prosto do jego duszy. Pod palcami czuł jedwabistą miękkość jej włosów.

– Musisz mi powiedzieć, kto nakładł ci do głowy tych nonsensów o moich rodzicach. Nigdy tak o tobie nie myśleli i nic takiego nie mogli powiedzieć.

– Kochanie, to nie ma znaczenia. Po co rozdrapywać stare rany?

– Muszę wiedzieć, czy próbujesz osłaniać Paula.

– Skąd ci to przyszło do głowy?! Paul? Co za bzdura. Jest tak lojalny wobec ciebie…

Odetchnął z wielką ulgą i natychmiast pomyślał o jedynej osobie, której mogłoby zależeć na zniszczeniu jego małżeństwa.

– A więc Teodor?

– Też nie. Lepiej skończmy tę rozmowę. Boję się, że jeśli ci powiem, o kogo chodzi, możesz to opacznie zrozumieć.

– Dominique, po prostu muszę wiedzieć, kto jątrzył i intrygował przeciwko nam.

Jak powinna się zachować? Sprawa była nad wyraz delikatna, trudna, a być może nawet niebezpieczna. Lecz nie miała wyjścia, musiała powiedzieć prawdę.

– Olimpia z pewnością nie miała złych zamiarów...

– Olimpia?!

– Słyszałam, że razem z twoją siostrą wybrały dla ciebie piękną, czarnowłosą Greczynkę. To było dawno temu, zanim jeszcze ja się pojawiłam. Śmiałyśmy się, jak zdumieni musieli być twoi rodzice, gdy im oznajmiłeś, że żenisz się ze mną. Przyznałam jej rację i to było wszystko. Obiecaj, że jej o tym nie powiesz.

Wtulił twarz w jej szyję. Jej skóra tak pięknie pachniała.

– Masz na to moje słowo.

– Dziękuję. Gdyby twoja siostra żyła, pewnie powiedziałaby to samo i również śmiałybyśmy się z tego. Znasz to stare porzekadło, że naszym życiem kieruje zrządzenie losu? Sprawdziło się to w naszym przypadku. Gdyby nie odkryto u mnie raka, skończyłabym studia i najpewniej wyszłabym za jakiegoś nowojorczyka, a ty ożeniłbyś się zgodnie z oczekiwaniami rodziny.

– To ja decyduję o moim życiu, nikt inny.

– Prawie każdy może tak powiedzieć o sobie, a jednak jakże często się myli. Ot, weźmy choćby Paula. Decyduje o sobie, prawda? Lecz dam sobie głowę uciąć, że nieraz zastanawiałeś się, jaka kobieta mogłaby być dla niego idealną żoną. I gdybyś taką spotkał, zabawiłbyś się w swata. Dyskretnie, po cichu, ale jednak. A on wciąż byłby przekonany, że sam jest panem swego losu.

– *Touche*. Punkt dla ciebie – zaśmiał się.

– No widzisz.

Odsunął niepokojące myśli i pochylił się do jej kuszących ust. Kiedy oddała mu pocałunek, emocje wzięły górę i wkrótce stracił poczucie czasu.

Kilka godzin później, kiedy leżeli nasyceni sobą, Dominique spytała:

– Kochanie, czy wiesz, że nigdy nie kochaliśmy się na tym łóżku?

Tyle rzeczy wydarzyło się po raz pierwszy, od kiedy wróciła, pomyślał z radością.

– Jest jeszcze jedno miejsce, które powinniśmy zainaugurować – stwierdził ze śmiechem.

– Ale wspólny prysznic pociąga za sobą tę niedogodność, że trzeba by wstać z łóżka, a jest mi tu tak dobrze…

Przytulił ją jeszcze mocniej.

– Opowiedz mi o swoich planach.

– Bardzo mnie podnieca ten pomysł, ale jeśli tobie się nie spodoba, mam również plan B.

– Najpierw zdradź mi plan A.

– By go zrealizować, muszę biegle poznać grecki, zatrudnię więc lektora. Natomiast sam pomysł wynika z moich doświadczeń. Kiedy dowiedziałam się o raku, poczułam oddech śmierci, i mimo wspaniałego wsparcia moich rodziców, byłam przerażona i kompletnie zagubiona…

– Mój Boże… – Na wspomnienie o raku Andreas aż się skurczył.

– I właśnie wtedy, jeszcze przed mastektomią, zgłosiła się do mnie wolontariuszka z instytutu onkologicznego. Była młoda, mniej więcej w moim wieku, ale miała już za sobą zwycięską trzyletnią walkę z rakiem.

– Dominique, kochanie…

– Zajęła się mną, odpowiedziała na wszystkie pytania, tchnęła we mnie nadzieję, dała mi siłę. A nadzieja, wiara, że się zwycięży, potrafi zdziałać cuda, każdy lekarz ci to powie. Z kolei wiele osób umiera, bo się poddaje. Ta wolontariuszka nie mówiła mi, że jest dobrze, bo to byłoby kłamstwo, tylko że może być dobrze, jeśli będę walczyć, jeśli okażę się twarda i zdeterminowana. A także udzieliła mi mnóstwa praktycznych rad, pomagała na każdym kroku. Te pozorne drobiazgi również są bardzo ważne. – Przerwała na chwilę. – Andreas, mój plan jest bardzo konkretny. Chcę założyć Fundację Stamatakisów do Walki z Rakiem i stworzyć wolontariat złożony z kobiet, które pokonały raka. Robiłyby dla chorych to samo, co tamta wolontariuszka zrobiła dla mnie. Dotarlibyśmy do wszystkich szpitali onkologicznych w całej Grecji.

Opadł na poduszkę. Miał ochotę powiedzieć, że nie chce myśleć o jej chorobie. Pragnął, żeby ta sprawa wreszcie poszła w zapomnienie. Ale jego piękna żona mówiła z taką powagą i zaangażowaniem, że musiał wysłuchać jej do końca.

– Ważna jest nie tylko pomoc chorym, ale również profilaktyka, a z tym wiąże się zwiększenie świadomości społecznej dotyczącej raka piersi. Mnóstwo kobiet nie wie, że wczesna diagnoza praktycznie likwiduje zagrożenie śmiercią, dochodzi też wstyd, a także zwyczajne chowanie głowy w piasek. Z tym trzeba walczyć. Trzeba wyjść do ludzi, zdjąć odium z tej choroby, pokazać, że jest wyleczalna. Chodzi zresztą nie tylko o raka piersi. Można by na przykład objąć patronatem, i oczywiście sfinansować, bieg uliczny pod hasłem „Zwycięstwo nad rakiem". Wiesz, coś takiego, jak ten bieg, w którym brałam udział na Zakynthos. Zaprosiłabym do niego ludzi, którzy pokonali tę chorobę, a także polityków, artystów, w ogóle znane postaci. Raczej nikt nie odmówi, bo zwyczajnie wstyd, a hałas medialny przysporzy nam sponsorów, dzięki czemu fundacja zdobędzie fundusze na podstawową działalność. – Zapalała się coraz bardziej. – To powinna być impreza cykliczna, zresztą stroną marketingową powinni zająć się fachowcy. Generalnie chodzi o działalność na terenie całej Grecji, trzeba by oczywiście pozyskać życzliwość władz centralnych i lokalnych. W każdym razie działalność fundacji może przynieść zbawienne skutki tym wszystkim chorym, którzy samotnie muszą zmierzyć się z chorobą, a także wpłynąć na wcześniejsze wykrywanie raka, co uratuje wielu ludzi. – Przytuliła się do Andreasa. – Wiem, że nienawidzisz samego słowa „rak". Tak reagują wszyscy, którym zachoruje ktoś bliski. Ale jeśli razem zmierzymy się z tym problemem, jeśli przestaniemy bać się tej choroby i wypowiemy jej wojnę, nasze małżeństwo tylko na tym zyska. Oczywiście nie zrealizuję tych planów w ciągu jednego dnia, ale bez twojej pomocy nie podołam. Będę pracować nad tym systematycznie, we właściwym rytmie, dostosowując się do twoich zajęć. Ale jeśli uznasz, że nie powinnam temu się poświęcić, wtedy wrócę na studia, oczywiście w Atenach. Pewnie przepiszą mi niektóre zaliczenia z uniwersytetu nowojorskiego, a jak nie, to też żaden problem. W każdym razie taki jest mój plan B.

Miał wrażenie, że jakaś obręcz ściska mu pierś. Z czułością ucałował palce Dominique.

– Daj mi kilka dni, bym to przemyślał.

– Oczywiście, kochanie. Nie ma pośpiechu. Mamy przed sobą całe życie.

Całe życie... powtórzył w duchu. Podziwiał jej odwagę. Ile czasu okrutna choroba jej wyznaczyła? Kiedy zamierzała się przebudzić i znów zaatakować?

– Nie patrz na mnie jak na anioła, który sfrunął z nieba, by czynić dobro – roześmiała się. – Po prostu doświadczyłam czegoś, co spotkało i spotykać będzie miliony kobiet na całym świecie, i pomyślałam, że mogę coś z tym zrobić. Należę do tej całej armii nieszczęśnic, które wcale nie muszą być nieszczęśnicami.

– Tak, to potężna armia – przyznał. – Mój ojciec często powtarza – uśmiechnął się – oczywiście tylko w męskim gronie, że kobiety to ta silniejsza połowa ludzkości. Wierzę, że to prawda.

Pochyliła się, żeby go pocałować.

– A z kolei moja mama mówiła mi – powiedziała ze śmiechem – oczywiście kiedy ojciec nie mógł tego słyszeć, że największa i najbardziej dobroczynna siła tego świata bierze się ze szlachetnych, uczciwych mężczyzn. To wprawdzie sprzeczne zeznania, ale przy odrobinie dobrej woli pewnie da się je jakoś pogodzić. Uwielbiam cię, Andreas. – Nagle w jej oczach pojawił się cień. – Chciałabym tylko, żebyś znalazł w sobie choć trochę dobroci i wyrozumiałości, których przecież ci nie brakuje, dla Teodora, zanim będzie za późno.

– Słucham? – Nie rozumiał, skąd ta nagła wzmianka o Teodorze. Najwyraźniej nie nadążał za swoją żoną.

– Byłam przerażona, gdy powiedział, że zrzekł się praw ojcowskich. Wtedy wyznał mi, że Olimpia przyjęła jego oświadczyny tylko dlatego, iż nie mogła się pozbierać po miłosnym zawodzie. Gdy to zrozumiał, poczuł się bardzo zraniony.

– Jaki zawód miłosny? – sarknął Andreas. – Olimpia już w liceum miała ogromne powodzenie, zawsze kręciło się wokół niej wielu facetów, ale tak naprawdę związała się dopiero z Teodorem.

– Miał na myśli ciebie – wyjaśniła drżącym głosem.

– Wiem, ale to oskarżenie jest absurdalne.

– Chcesz powiedzieć, że nic was nie łączyło?

– Owszem, łączyło. Przez całe lata była dla mnie jak siostra, a po śmierci Maris stała mi się jeszcze bliższa. Jeśli Teodor widział w tym coś więcej, to tylko jego kłopot.

– Tyle że ten „kłopot" pociągnął za sobą fatalne skutki. Teodor swój gniew i zazdrość wyładował na niewinnym dziecku.

– On nie jest normalny. Olimpia odkryła to wkrótce po ślubie.

– Maltretował ją? – zdumiona spytała po chwili.

– Tak, fizycznie i psychicznie. Zabronił jej kontaktów z naszą rodziną. W ten sposób chciał ją trzymać z dala ode mnie.

– Jak go poznała? – Dominique usiadła, opierając plecy o zagłówek.

– Wkrótce po śmierci Maris zabrałem całą rodzinę na

jacht. Zaprosiłem też na tę wyprawę Olimpię i jej ciotkę, która ją wychowywała. Pływaliśmy od wyspy do wyspy, ale ponieważ musiałem cały czas zajmować się firmą, często latałem do Aten. Mieliśmy z Teodorem wspólny interes, więc kiedyś zabrałem go na „Cygnusa", i tak właśnie poznał Olimpię. Zakochali się w sobie i szybko wzięli ślub. Szalony, gorący romans, niczym z powieści. Okazał się jednak fatalną pomyłką, której mogłem zapobiec.

– Niby jak?

– Sama o tym wspominałaś, że potrafimy wpływać na losy bliskich nam ludzi, nawet gdy nie mamy takich intencji. Powinienem był dostrzec jakieś sygnały, wspomnieć o tym Olimpii. Być może dotarłoby do niej, w co się pakuje.

Pogłaskała go po piersi.

– Najwidoczniej nikt nie dostrzegł tych sygnałów. Tak zresztą zwykle bywa. Kiedy braliśmy ślub, też nie wiedziałeś, jakim wyzwaniem się okażę.

– Dominique... – Mocno uścisnął jej dłoń. – Przestań się oskarżać. Małżeństwo tworzy dwoje ludzi. Ja też popełniałem błędy. Chciałem, żeby między nami było idealnie, dlatego próbowałem usunąć wszystkie przeszkody, zanim je zauważyłaś. Prócz jednej, bo Olimpia kazała mi przysiąc, że zachowam to w tajemnicy.

– Opowiesz mi o tym, kiedy będziesz gotów – powiedziała, kładąc głowę na poduszce. – A na razie chcę się z tobą kochać, póki starczy ci sił. – Przylgnęła do jego ust.

I znów jego odmieniona żona całkiem nim zawładnęła. Nieodgadniona kusicielka, dla której zapominał o całym świecie.

– Już idę – mruknęła Dominique, wchodząc do mieszkania. Kiedy biegła do telefonu, z torby wypadło pudełko z truskawkami. – Halo? – Pochyliła się, żeby pozbierać owoce.

– Dominique? Mówi Olimpia.

– Miło mi cię słyszeć.

– Jesteś zdyszana. Dobrze się czujesz?

– Nawet bardzo. – Poczuła irytację. Wiedziała, co się kryło za przesłodzoną troską Olimpii. Chciała osłabić jej pewność siebie. „Jaka ty biedniutka", takie było prawdziwe przesłanie. – Właśnie wróciłam z zakupów. Wciąż jesteś na Zakynthos?

– Nie, Paul przywiózł mnie do ciotki. Dlatego właśnie dzwonię. Jeśli nie macie innych planów, może wybierzesz się ze mną po południu na zakupy?

Dominique przemknęło przez myśl, że po zakupach, jakie zrobiła z Andreasem, przez cały rok nie będzie musiała odwiedzać żadnych butików.

– Chętnie bym z tobą poszła, ale na wieczór zaprosiliśmy rodziców Andreasa. Mam sporo roboty w kuchni.

– A gdzie jest Maria?

– Dałam jej wolne. Chcę sama przygotować jankeską kolację.

– Brzmi interesująco. – Olimpia najwyraźniej czekała na zaproszenie.

W ułamku sekundy Dominique podjęła decyzję.

– Masz ochotę przyłączyć się do nas?

– Nie chciałabym przeszkadzać.

– Nie będziesz. Zabierz z sobą Ariego. Jestem pewna, że rodzice Andreasa ucieszą się, gdy zobaczą was oboje.

– Jesteś pewna?

– Oczywiście.

– O której mam być?

– O siódmej.

– No to przyjdziemy. Dziękuję.

– A więc czekam. – Natychmiast połączyła się z biurem Andreasa.

– Dominique?

– Cześć, kochanie.

– Dobrze się czujesz?

Zawsze ją o to pytał, gdy nie widzieli się jakiś czas, czy chodziło o kilka godzin, czy o cały dzień.

– Oczywiście. Olimpia wróciła do miasta. Zaprosiłam ją na kolację. Mam nadzieję, że nie masz nic przeciwko temu?

– Hm... Nie, nie mam. Mówiłaś jej, że zaprosiliśmy moich rodziców?

– Tak. Wyczułam w jej głosie, że ma ochotę przyjść. Zresztą kierował mną pewien ukryty cel.

– A mianowicie?

– Pomyślałam o zaproszeniu jeszcze jednej osoby, która też wydaje mi się bardzo samotna. Tyle że nie znam jego telefonu.

– Oho, moja żona bawi się w swatkę. Czy wolno zapytać, kto to taki?

– Paul.

– Ach tak...

– Wysłuchaj mnie, zanim powiesz, że to zły pomysł. On szaleje na punkcie Ariego.

– Dominique... Paul i Olimpia znają się od lat. Gdyby coś do siebie czuli, już dawno byliby razem.

– Sama nie wiem. Może Paul nie był jeszcze na to gotowy. Cóż to szkodzi, że zorganizujemy takie spotkanie. Po prostu zobaczymy, co z tego wyniknie.

– Mnie to nie przeszkadza, ale nie wiem, jakie plany ma Paul. Zaraz podam ci jego numer.

– Dzięki. I do zobaczenia wieczorem.

– Co będzie na kolację?

– Coś, czego nigdy jeszcze nie jadłeś.

– Chyba wrócę wcześniej, żeby dostać przystawkę. Najlepiej, gdybyśmy ją zjedli w sypialni.

– Ty stary zbereźniku! – Zachichotała. – Ale pośpiesz się, bo młoda zbereźnica czeka na ciebie.

W radosnym nastroju rozłączyła się i wybrała numer Paula. Musiał być przekonany, że to Andreas, bo odezwał się po grecku. Nadal nie rozumiała tego języka, ale przestała się tym martwić. Znalazła już nauczyciela i w poniedziałek rozpocznie intensywną naukę.

– Paul? Mówi Dominique.

– Cześć. – W jego głosie zabrzmiało zdumienie.

– Chciałam dowiedzieć się, czy masz na wieczór jakieś plany.

– Nic szczególnego. Czego Andreas potrzebuje?

Uśmiechnęła się.

– To ja czegoś potrzebuję. Zaprosiłam rodziców Andreasa na kolację. Miałam nadzieję, że także przyjdziesz. Zaczynamy o siódmej. Będziemy oglądać filmy z rodzinnych uroczystości. Często na nich jesteś. Przyjdzie też Olimpia.

– Gdy w słuchawce zapadło milczenie, ponagliła: – Paul, jesteś tam?

– Tak. oczywiście... Olimpia niewiele mnie obchodzi – stwierdził sucho. – Jeśli przyjdę, to tylko dlatego, by pomóc tobie.

– Pomóc mi? Nie rozumiem, Paul...

– Już i tak stanowczo za dużo powiedziałem. Do zobaczenia o siódmej.

– Zaczekaj... – Usłyszała kliknięcie. Dlaczego Paul uważał, że będzie potrzebowała pomocy?

Zaczęła szykować kolację, ale radosny nastrój prysnął. Tajemnicza uwaga Paula bardzo zaniepokoiła Dominique.

Wreszcie poszła wziąć prysznic i przebrać się na przyjęcie gości. Właśnie mocowała się z zamkiem niebiesko-białej dżersejowej sukienki, gdy do sypialni wszedł Andreas.

– Jak widzę, przyda ci się pomoc – stwierdził z figlarnym błyskiem w oku i zamiast zaciągnąć zamek do końca, zsunął w dół cienkie ramiączka i pocałował Dominique w szyję. Jego dłonie pieściły jej ramiona i brzuch, aż poczuła, że nogi się pod nią uginają.

– Andreas, zaraz tu będą twoi rodzice! – zawołała, z trudem łapiąc oddech.

– O nich się nie martw. Poczekają w salonie.

– Spodziewamy się również innych gości.

– Paul przyjdzie?

– Tak.

– Czy dowiedziałaś się czegoś, czego ja nie wiem?

Mogła powtórzyć Andreasowi rozmowę z Paulem, ale czuła, że to, co usłyszała, było przeznaczone wyłącznie dla niej. Postanowiła, że tego wieczoru będzie wszystko pilnie obserwować, a dopiero kiedy położą się spać, przedyskutuje wszystko z mężem. Miała nadzieję, że do tego czasu rozwikła zagadkę. Bo że coś się działo, to pewne.

– Nie wiesz, że każda szczęśliwa mężatka chciałaby wokół siebie widzieć równie szczęśliwe pary?

Ta odpowiedź najwidoczniej go usatysfakcjonowała. Andreas zapiął jej sukienkę, po czym zaczęli się całować.

– Dobry wieczór!

– To musi być twój tata. Weź prysznic, a ja podam drinki.

– Gdzie się tak spieszysz? – mruknął Andreas, lecz w końcu wypuścił ją z ramion.

Przeszła do salonu. Była pewna, że teściowie dostrzegą jej zarumienione policzki.

Eli był trochę niższy od syna, ale równie potężny. Nosił okulary w rogowej oprawie i zaczynał już łysieć. Pocałowała go w policzek, po czym uściskała Bernice, uderzająco piękną kobietę, po której Andreas odziedziczył atrakcyjne rysy i czarne włosy.

– Tak się cieszę, że przyszliście. Siadajcie, proszę. Andreas dopiero wrócił z pracy, ale zaraz będzie gotowy.

Kiedy usiedli na kanapie, Dominique podała im kruszon. Podziękowali uprzejmie, pochwalili smak napoju, ale nie kwapili się do rozmowy. Sama więc postanowiła przełamać lody.

– Chcę wam powiedzieć, że wróciłam do Grecji, bo pragnę naprawić nasze małżeństwo.

Eli przez dłuższą chwilę patrzył na nią badawczo.

– To dobrze – odezwał się w końcu.

– Twoje odejście zraniło mojego syna – cicho powiedziała Bernice.

– Siebie zraniłam jeszcze bardziej, ale musiałam wiele rzeczy zrozumieć.

– Wyglądasz prześlicznie. Andreas schudł od zeszłego roku, ale ty przybrałaś na wadze – zauważyła teściowa. – Wiem, że za wcześnie o tym mówić, ale czy będziesz mogła dać nam wnuka?

Pytanie było nad wyraz obcesowe, tym bardziej że kryło się w nim drugie dno. Dominique postanowiła jednak obrócić je na swoją korzyść.

– Pokonałam raka – dotknęła ręki Bernice – i wierzę głęboko, że wkrótce Andreas i ja zostaniemy rodzicami.

Teściowie nagle rozluźnili się. Dominique wreszcie zrozumiała, że po prostu martwili się o jej zdrowie i że życzyli jej jak najlepiej, a szczególnie tego, by spełniła się jako matka. To oczywiste, że tęsknili za wnukami, stąd niefortunne pytanie Bernice, ale jej intencje były inne. Musiała przyznać, że przez zapatrzenie się w siebie i fatalną samoocenę kompletnie wypaczyła obraz Eliego i Bernice.

– Musimy poczekać na resztę, wtedy siądziemy do stołu.

– To będzie jeszcze ktoś? – zdziwiła się Bernice.

– Olimpia... – Dostrzegła zaniepokojone spojrzenie, jakie między sobą wymienili. Musiała na to zareagować. – Kilka miesięcy temu zrozumiałam, że popełniłam błąd, nie ufając Andreasowi. Wiem, że zawsze traktowaliście Olimpię jak członka rodziny i dlatego poprosiłam ją, żeby przyszła z Arim. Jest takim ślicznym...

– Widziałaś jej syna? – zdziwił się Eli.

– Tak. Kiedy szukałam Andreasa, spotkałam ich na jachcie. Paul jest tak zauroczony małym, że jego również zaprosiłam. Ale słyszę, że właśnie przyszli. Przepraszam.

Poszła do holu, lecz Andreas pojawił się tam chwilę wcześniej i właśnie prowadził całą trójkę do salonu.

Wyglądał niesamowicie w perłowoszarych spodniach i czarnej jedwabnej koszuli. Za każdym razem, gdy patrzyła na niego, miała wrażenie, że się roztopi. Można by pomyśleć, że minęły tygodnie od czasu, gdy trzymał ją w objęciach.

Spojrzała na Olimpię. Prezentowała się wspaniale w czarnej sukience, która podkreślała opaleniznę i ponętne kształty. Paul, ubrany w koralowy sweter i kremową marynarkę, nigdy jeszcze nie wydał się jej tak przystojny. Jednak uwaga wszystkich zwrócona była na Ariego w marynarskim ubranku.

– Częstujcie się kruszonem, a ja tymczasem podam kolację.

Andreas objął ją w pasie.

– Pomogę ci.

Ledwie znaleźli się w kuchni, przycisnął ją do ściany.

– Co ty wyprawiasz? – fuknęła ze śmiechem.

– Wyglądasz tak pięknie, że muszę poprosić o jeszcze jedną przekąskę.

– Och... przepraszam... – rozległ się głos Olimpii. – Chciałam schować do lodówki butelki Ariego.

Andreas zadziwiająco prędko odzyskał kontrolę.

– Daj, włożę je.

Potem pomógł Dominique ustawić potrawy i mogli wreszcie zaprosić gości do pokoju jadalnego.

Z przyjemnością przyglądała się, z jakim apetytem pałaszują duszoną wołowinę, którą podała z tłuczonymi ziemniakami i marchewką. Nie dało się zaprzeczyć, że odniosła kulinarny sukces.

Eli podniósł głowę znad kruchego ciasta z truskawkami.

– Nie wiedziałem, że jesteś taką świetną kucharką.

– Dziękuję. – Rozejrzała się wokół. – Jeśli już skończyliście, przygotowaliśmy z Andreasem niespodziankę. Proszę do gabinetu. – W drodze dodała: – Zawsze chciałam obejrzeć wasze rodzinne filmy. Zanudzałam Andreasa tak długo, aż w końcu odnalazł je w szafie.

Przez dwie następne godziny trwała znakomita zabawa, było dużo śmiechu, a w oczach Bernice i Eliego od czasu do czasu pojawiały się łzy. Andreas ułożył kasety w porządku chronologicznym. Pierwsze filmy pokazywały jego i Maris jako niemowlęta, kolejne przyjęcia urodzinowe, spotkania rodzinne z dziadkami i dalszą rodziną. Gdy doszli do wieku szkolnego, zaczęli się pojawiać Paul i Olimpia.

Dominique podejrzewała, że Olimpia kochała się w Andreasie, lecz filmy ujawniły, że miała na jego punkcie prawdziwą obsesję. Rozejrzała się po gościach, zastanawiając się, czy oni także to zauważyli. W każdej scenie, gdzie pojawiała się Olimpia, widać było, jak za wszelką cenę stara się zwrócić na siebie uwagę Andreasa.

Jeden z filmów był robiony w czasie, gdy mieli już po

dwadzieścia kilka lat. Aż przykro było patrzeć, jak Olimpia narzuca się Andreasowi, paradując przed nim w nadzwyczaj skąpym bikini. Zachowywała się jak bardzo zakochana i zdesperowana kobieta.

Była piękna i z pewnością wzbudzała zainteresowanie wielu mężczyzn, lecz Andreasowi na niej nie zależało, co wprost rzucało się w oczy. Lubił ją, traktował jak siostrę, ale to wszystko.

Jeszcze jedna rzecz przyciągnęła uwagę Dominique. Paul nie odrywał wzroku od Maris. Zaczął jej okazywać zainteresowanie już w młodzieńczym wieku i widać było, że siostra Andreasa odwzajemnia jego uczucie.

Po obejrzeniu ostatniej kasety Andreas włączył światło. Jego rodzice, ocierając łzy, spojrzeli na syna i synową.

– Dziękuję wam za ten prezent – powiedział cicho Eli.

Bernice przyłożyła rękę do serca.

– Znów zobaczyłam moją kochaną Maris. Dziękuję, Dominique.

Podeszła do teściów i objęła ich serdecznie.

– Obiecuję, że będziemy powtarzać takie spotkania.

– Świetnie. W takim razie w przyszłym tygodniu przyjdźcie do nas.

– Jak miło – ucieszyła się.

Goście zaczęli zbierać się do wyjścia.

Paul podszedł do Dominique i pocałował ją w policzek. Razem ruszyli w stronę holu.

– Dziękuję, że mnie zaprosiłaś.

– Pamiętaj, Paul, zawsze jesteś tu mile widziany.

– Naprawdę to doceniam. Posłuchaj… – zaczął cicho,

lecz musiał przerwać, bo w tym momencie podeszli pozostali goście.

Już drugi raz próbuje mi coś powiedzieć, przemknęło Dominique przez myśl.

Andreas trzymał nosidełko z Arim. Pochylił się do ucha żony.

– Zejdę z Olimpią do auta i zaraz wracam.

– Tylko się pospiesz – odpowiedziała szeptem.

Patrzyła, jak wsiada do windy, ale zanim zamknęły się drzwi, jej uwagę przyciągnęło zatroskane spojrzenie Paula.

ROZDZIAŁ SIÓDMY

– Ależ jesteś szybka. Chciałem ci pomóc w sprzątaniu.

Dominique wyłączyła światło w kuchni i podbiegła do Andreasa.

– Moje plany na resztę wieczoru są trochę inne.

Andreas wtulił twarz w jej włosy i czule kołysał ją w ramionach.

– Nie masz pojęcia, ile to spotkanie znaczyło dla moich rodziców. Od wypadku Maris nie widziałem ich tak wyluzowanych. Sprawiłaś, że znów wydają się szczęśliwi – mówił, całując ją w szyję. – Widziałem, że patrząc na Ariego, zastanawiali się, kiedy damy im wnuka.

– Czy to znaczy, że chcesz zostać ojcem?

– Zawsze tego pragnąłem, ale bałem się, że ciąża zaszkodzi twojemu zdrowiu.

– A teraz?

– Nigdy nie przestanę się o ciebie martwić, ale doktor Josephson uświadomił mi, że nie można żyć w ciągłym strachu.

– Tak się cieszę, że to mówisz. Może tego nie pamiętasz, ale ja nigdy nie zapomniałam, co powiedziałeś przed ołtarzem.

Spojrzał jej głęboko w oczy.

– Razem będziemy się cieszyć z każdego roku danego nam przez Boga...

– Właśnie, Andreas. Nawet nie wiesz, jak bardzo chciałam w to wierzyć, ale nie potrafiłam przezwyciężyć moich obaw. Lecz to już minęło. Zmieniłam się, nie jestem już tą zapatrzoną w siebie histeryczką, która uciekła z rozprawy. Musisz mi wybaczyć, że nie wierzyłam w ciebie.

Mocno zacisnął palce na jej dłoni.

– To była moja wina, że nie mogłaś mi ufać! – wybuchnął. – Jestem odpowiedzialny za wszystko, co działo się przed rozprawą. Muszę ci coś powiedzieć, nie mogę z tym dłużej zwlekać.

Przeszli do salonu, usiedli w fotelach.

– Jakiś czas przed procesem Olimpia kazała mi przysiąc, że nie zdradzę pewnego sekretu. Teraz już wiem, że popełniłem błąd, więc postanowiłem złamać słowo i opowiedzieć ci o wszystkim. Nie mogę pozwolić, żebyś brała na siebie winę za rozpad naszego małżeństwa. Gdybym był szczery, z pewnością zostałabyś przy mnie.

– Andreas, zanim powiesz mi, co takiego się stało, wyjaśnij mi jedno. Jak rozumiem, Olimpia oczekiwała, że będziesz miał tajemnice przed własną żoną. Czy tak?

– Mnie również to się nie podobało – stwierdził zgaszonym głosem. – Ale przekonały mnie jej argumenty.

Dominique poczuła gulę w gardle. Argumenty Olimpii zwykle wydawały się sensowne, ale po zastanowieniu okazywało się, że służyły tylko i wyłącznie jej interesom.

– Nasza przyjaźń trwa od bardzo dawna – ciągnął Andreas.

– Wiem... Widać to na tych filmach. Już jako mała dziewczynka patrzyła w ciebie jak w obraz. – Serce waliło jej jak młotem. – Naprawdę nie zdawałeś sobie z tego sprawy? A może ignorowałeś jej uczucie, licząc, że z czasem minie?

– Sądziłem, że to zwykłe zadurzenie, jak to u nastolatki, i w końcu z tego wyrośnie, gdy zacznie się z kimś spotykać. Ucieszyłem się, kiedy zakochał się w niej Teodor. Pochodzi z dobrej greckiej rodziny i dobrze sobie radzi w biznesie. To małżeństwo zapowiadało się dobrze. Wprawdzie co jakiś czas Olimpia dawała mi do zrozumienia, że wcale nie jest tak idealnie, jednak nie zdawałem sobie sprawy, jak bardzo agresywnym i grubiańskim człowiekiem jest Teodor. Przełom nastąpił tuż po naszym powrocie z miesiąca miodowego. Wtedy zaczęły się regularne telefony od Olimpii. Zwykle kiedy kończyłem pracę, dzwoniła do mnie z płaczem. Strasznie bała się męża. Wiedziałem, że nie może porozmawiać o tym z ciotką, bo pani Costas była zapatrzona w Teodora.

– Więc ty, jako wierny przyjaciel, wysłuchiwałeś zwierzeń o problemach małżeńskich?

– Tak...

– I z tego właśnie powodu zacząłeś później wracać do domu?

Andreas zacisnął pięści.

– Wreszcie zrozumiałem, że tak dłużej być nie może. Kiedy Olimpia znów zadzwoniła, powiedziałem, że załatwiłem jej wizytę u prawnika, który zajmuje się przemocą w rodzinie. Obiecałem też, że sam za to zapłacę, ale stwierdziła, że duma jej na to nie pozwala. Przeprosiła, że zawraca mi głowę i że sama rozwiąże swoje problemy, i rozłączyła się.

– Aż do następnego razu – mruknęła Dominique.

– Właśnie... Przez kilka dni nie dzwoniła, aż podczas ważnego spotkania wywołała mnie sekretarka i oznajmiła, ktoś natychmiast musi się ze mną zobaczyć. Wyszedłem na korytarz i ujrzałem zapłakaną Olimpię. Wyznała, że została zgwałcona na podziemnym parkingu.

– Zgwałcona?

– Kiedy wracała od dentysty, jakiś mężczyzna zaciągnął ją w kąt i zgwałcił. Kiedy otrząsnęła się na tyle, żeby wsiąść do auta, pojechała do szpitala. Zrobili jej badania i chcieli zadzwonić po męża, ale ubłagała ich, żeby tego nie robili.

– Za to zadzwoniła do ciebie... – mruknęła Dominique.

– No właśnie. Bała się Teodora, nie wiedziała, jak zareaguje. Była roztrzęsiona, wymagała pomocy, lecz ja wyszedłem ze spotkania dotyczącego fuzji firm i natychmiast musiałem tam wracać. Poleciłem więc Olimpii, by pojechała do mojego mieszkania i poczekała na mnie. Zadzwoniłem do ochrony, by wpuścili ją do apartamentu. Kiedy wieczorem wracałem do domu, uznałem, że jest tylko jedno wyjście: Olimpia musi rozstać się z Teodorem i rozpocząć nowe życie. Niestety nie miała brata ani ojca, nikogo z rodziny, kto mógłby ją wesprzeć w tych trudnych chwilach.

– Za to na każde zawołanie miała ciebie.

– To było takie oczywiste. Traktowałem ją jak siostrę.

Gdyby w podobnych kłopotach znalazła się Maris, poruszyłbym niebo i ziemię, żeby ją chronić.

– Doskonale to rozumiem, kochanie.

Odetchnął ciężko.

– Kiedy przyjechałem, Olimpia leżała zapłakana w łóżku. Mimo że w szpitalu podano jej środki uspokajające, wciąż nie mogła się otrząsnąć po tym strasznym przeżyciu. Długo rozmawialiśmy. Bała się, że Teodor oskarży ją o sprowokowanie gwałtu, dlatego całe zdarzenie chciała utrzymać w tajemnicy. Nalegała, bym przysiągł, że nie powiem o tym nawet tobie.

– A ty zgodziłeś się na to...

– Wiedziałem, że dotrzymałabyś tajemnicy – zapewnił szybko – ale Olimpia obawiała się czegoś innego. Mimowolnych gestów z twojej strony, nadmiernej troski, co mogłoby wzbudzić podejrzenia Teodora. Wydało mi się to trochę naciągane, ale ponieważ między tobą i mną wtedy nie było już najlepiej i trudno nam się rozmawiało, uznałem, że tak trudną sprawę zachowam dla siebie. – Przerwał na chwilę. – Właśnie zastanawialiśmy się z Olimpią, jak powinna rozegrać rozwodową batalię, gdy do sypialni wpadł Teodor. Do dziś nie wiem, jak udało mu się wejść do apartamentu, ale swoim zachowaniem potwierdził to wszystko, co Olimpia mówiła o jego brutalności i braku opanowania.

– Czy na rozprawie gwałt wyszedł na jaw?

– Nie.

– Co takiego?! – wybuchnęła Dominique. – Pozwoliłeś, żeby cały ciężar oskarżenia skrupił się na tobie?

– Mogłem to znieść, bo przecież znałem prawdę. – Jego czarne oczy wpatrywały się intensywnie w jej twarz. – Dopóki byłaś przy mnie, nic innego się nie liczyło.

– Tyle że wcale nie byłam z tobą! Uciekłam z sądu, zostałeś sam.

– Dominique…

– Nie… – Z rozpaczą zasłoniła dłońmi twarz. – O nic cię nie obwiniam. Ale Olimpia zachowała się fatalnie, wymuszając na tobie, żebyś ukrył przede mną prawdę. To straszne, że została zgwałcona, jednak nie miała prawa żądać od ciebie, byś miał przede mną tajemnice. Nie wiem, czy to właśnie chciała osiągnąć, ale wykorzystując twoją dobroć i wieloletnią przyjaźń, doprowadziła do tego, że już zupełnie nie mogliśmy się porozumieć – mówiła drżącym głosem. – A jeśli ponownie znajdzie się w kłopotach i zażąda, żebyś ją z nich wydobył? Znowu polecisz jej pomagać, nie mówiąc mi o tym?

Andreas przeczesał palcami włosy.

– Przysięgam, że już nigdy nie będę przed tobą niczego ukrywał.

Jego obietnica nie poprawiła jej nastroju. Zdążyła zorientować się, jakie są metody działania Olimpii.

– Teraz tak mówisz. – Już wiedziała, w jaki sposób zwykła działać Olimpia. – Kiedy jednak otrzymasz następny dramatyczny telefon…

– Uwierz mi, Dominique – przerwał, obejmując ją mocno. – Jeżeli Olimpia znów będzie chciała mi się zwierzyć czy prosić o pomoc, będzie musiała to zrobić w twojej obecności. I od tego nie będzie żadnych wyjątków. Nigdy więcej.

Przytuliła się do niego, ale serce wciąż jej drżało. Andreas nie zdawał sobie sprawy, jaki wpływ ma na niego Olimpia. Najwyraźniej w ogóle nie widział tego, co Dominique zauważyła podczas oglądania filmów. Dziewczęce zauroczenie rozwinęło się w prawdziwą obsesję.

Paul dwukrotnie próbował jej coś powiedzieć. Jeszcze wcześniej, w Sarajewie, gdy wspomniał, że Olimpia jest na jachcie, odebrała to jako złośliwość. A może już wtedy próbował ją ostrzec?

– Dominique? Czemu nic nie mówisz? Jeśli mi nie wierzysz...

Delikatnie wysunęła się z jego objęć.

– Oczywiście, że ci wierzę... – Za wszelką cenę próbowała powstrzymać łzy. – Wiesz, Andreas, pomyślałam o twojej siostrze. Dzisiaj wieczorem, gdy oglądaliśmy kasety, nabrałam przekonania, że Paul i Maris kochali się. Za każdym razem, gdy kamera go pokazywała, nie spuszczał z niej oczu. Maris także rzucała na niego długie, tęskne spojrzenia. Nie wydawało ci się dziwne, że ani Maris, ani Paul nie związali się z nikim na stałe?

Andreas parsknął z irytacją.

– W naszym środowisku mężczyźni żenią się na ogół koło trzydziestki lub nawet znacznie później, więc Paul pewnie jeszcze nie myślał o stabilizacji. A co do Maris... Wierzyłem, że któregoś dnia w jej życiu pojawi się ktoś właściwy.

– Coś mi mówi, że był nim Paul.

W oczach Andreasa pojawił się ból.

– Jeśli to prawda, to czemu, do diabła, nie powiedział mi o tym dawno temu?

– Może podejrzewał, że nie będziesz tego pochwalał.

– Nonsens. Jest najlepszym człowiekiem, jakiego znam.

– Obawiam się, że akurat on o tym nie wie. Dopiero niedawno zorientowałam się, jaki jest nieśmiały.

– Paul? Nieśmiały?

– Owszem, chociaż ukrywa to za kamienną twarzą.

– Hm… – Andreas zadumał się na chwilę. – Ciekawe, co jeszcze moja bystra żona wypatrzyła w tych filmach?

– Pewnego przystojnego chłopca, który wyrósł na wspaniałego mężczyznę. Aż trudno uwierzyć, że to ja jestem tą szczęściarą, która dostała go w darze od losu.

– Kocham cię, Dominique. Jesteś dla mnie całym życiem. Chciałbym ci wciąż udowadniać, ile dla mnie znaczysz. Teraz potrzebuję cię jeszcze bardziej niż kiedykolwiek.

Tak długo czekała, żeby usłyszeć te słowa i mieć pewność, że naprawdę tak myśli…

W poniedziałek rano Dominique poszła na uniwersytet ateński, by zacząć naukę greckiego. Lektor polecił jej rozwiązać testy sprawdzające poziom zaawansowania, omówił z nią tok nauki i wręczył cały plik ćwiczeń. Potem taksówką pojechała do szpitala, by z szefową wolontariatu omówić swój projekt.

Zrobiła tak, ponieważ w sobotę, podczas przyjęcia, które wydali dla kilku biznesmenów, Andreas oznajmił, że jego żona zamierza stanąć na czele fundacji do walki z rakiem. Choć nadal był to dla niego trudny temat, jednak przełamał się i publicznie poparł projekt Dominique, zaznaczając przy tym, że zamierza go sponsorować.

Teraz już była pewna, że ich małżeństwo uda się uratować, jednak chciała jeszcze z kimś o tym porozmawiać. Chodziło o Paula. Umówiła się z nim na lunch w pobliżu szpitala.

– Chciałem ci podziękować za piątkowy wieczór – powiedział, kiedy usiedli i kelner przyjął od nich zamówienie. – Jesteś znakomitą kucharką.

– Mów tak częściej, lubię, jak mnie chwalą – roześmiała się. – Ale zaprosiłam cię tutaj w innej sprawie – dodała z powagą.

– Oczywiście. W czym rzecz?

Spojrzała mu w oczy.

– Czy wiedziałeś, że Olimpia została zgwałcona?

Paul przez chwilę siedział w milczeniu.

– Dowiedziałem się o tym kilka miesięcy po twoim powrocie do Sarajewa – powiedział w końcu.

– A więc Andreas również przed tobą to ukrywał?

– Nigdy by mi o tym nie wspomniał, gdyby nie to, że pokłóciłem się z nim o ciebie. Dopiero wtedy ta sprawa wyszła na jaw.

– Pokłóciłeś się o mnie?

– Powiedziałem mu, że zachowuje się jak głupiec, bo powinien pojechać za tobą i błagać, żebyś do niego wróciła. Był rozgoryczony i wściekły. Oznajmił, że skoro zabrakło ci wiary w jego miłość, to znaczy, że już za późno. Naciskałem na niego, zarzuciłem, że kieruje się głupią ambicją, zamiast spróbować zrozumieć problem. Starał się mnie zbywać byle czym, lecz nie odpuszczałem. Wreszcie zabrakło mu argumentów, przyparłem go do muru. Wtedy Andreas przyznał, że były pewne sprawy, które trzymał przed tobą w tajemnicy. Opowiedział mi o gwałcie, ale mu odparłem, że trzeba być idiotą, by wierzyć w cokolwiek, co mówi Olimpia.

– Uważasz, że to zmyśliła?! – krzyknęła Dominique.

– A ty w to wierzysz?! Jesteś aż tak naiwna? – odpalił z miejsca.

Przez chwilę myślała intensywnie.

– Paul, starałam się to tłumić w sobie, bo oskarżać kogoś o tak perfidne kłamstwo... Ale nie, nigdy nie uwierzyłam w ten gwałt.

– No to się zgadzamy. Pomyśl tylko, kazała przysiąc Andreasowi, że nikomu o tym nie powie, nie wspomniała nic Teodorowi, nie zgodziła się też, aby wyszło to podczas procesu. Zrobiła wszystko, żeby związany tajemnicą Andreas nie mógł oczyścić się z zarzutów, bo wiedziała, jak to odbierzesz.

– Masz rację.

– Spytałem Andreasa, czy sprawdził w szpitalu wersję Olimpii, ale odparł, że nie musiał tego robić, bo na pewno by nie skłamała w takiej sprawie.

– O Boże... Jakie to wszystko... Paul, próbowałeś mnie przed nią ostrzec, gdy postanowiłam wejść na jacht, prawda?

– Tak. Olimpia nienawidzi mnie, bo za dobrze ją poznałem. Na pewno była wściekła, gdy zorientowała się, że mnie też zaprosiłaś na kolację, bo to oznaczało, że będę patrzył, czy nie próbuje jakichś sztuczek.

– Ona nigdy nie zniknie z naszego życia – z rozpaczą

powiedziała Dominique. – Nie wiem, co robić. Andreas obiecał, że już nigdy nie będzie miał przede mną żadnych tajemnic, ale…

– Na pewno mówił szczerze.

– W to nie wątpię. Jednak Olimpia…

– No właśnie, Olimpia. Masz rację, nigdy nie wiadomo, co wymyśli i do jakich gierek się posunie. Po prostu jej nie ufaj, tak z założenia, bo to szalona kobieta. To ona krzywdziła Teodora, a nie odwrotnie. Kiedy nie wyszło jej z Andreasem, rozkochała w sobie Teodora i wyszła za niego. Dało jej to pozycję i stabilność finansową, ale zrobiła wszystko, by utrzymać bliskie kontakty z Andreasem. On jednak zakochał się w tobie. Widziałem, jak zżera ją zazdrość. Z zawiści szkodziła ci, jak tylko mogła. Liczyła, że rozbije wasze małżeństwo i wreszcie zdobędzie Andreasa.

Dominique zamyśliła się.

– Rozumiem, że cierpiała po miłosnym zawodzie, ale działać z tak perfidnym okrucieństwem? To wprost niepojęte.

– Moim zdaniem nie jest normalna.

– Andreas powiedział to samo o Teodorze.

– Bo jest zupełnie ślepy, gdy chodzi o Olimpię. Zawsze umiała odgrywać ofiarę. Wykorzystywała Andreasa, a potem wmanewrowała Teodora w małżeństwo. A gdy już przestał jej być potrzebny, po prostu się go pozbyła.

– Rozgrywała to perfekcyjnie, wszyscy tańczyli, jak im zagrała – powiedziała z przerażeniem Dominique. – Do czego jeszcze jest zdolna?

– Obyśmy nigdy się o tym nie przekonali. Masz rację, jest prawdziwą mistrzynią. Rozegrała ten proces z iście diabelskim sprytem. Związany słowem Andreas nie mógł ujawnić prawdziwej przyczyny obecności Olimpii w jego domu, a więc wniosek jasny: małżeńska zdrada. Teodor nie chce już takiej żony, ty uciekasz od Andreasa. Jeden strzał, dwa trafienia. – Przerwał na chwilę. – Tak się stało, ponieważ Olimpia przez te wszystkie lata w swoisty sposób uzależniła Andreasa od siebie. Stała się dla niego młodszą siostrą, którą trzeba się opiekować i której ufa się bez zastrzeżeń. Andreas musi zobaczyć dowód, że go okłamała w sprawie gwałtu. Dopiero wtedy spadną mu łuski z oczu – zakończył twardo Paul.

– Tylko jak to zrobić? – Dominique była bliska płaczu. – On wierzy ludziom, musielibyśmy mieć twarde dowody, żeby przestał ufać Olimpii. Ja również nie uwierzyłabym w te okropieństwa, gdyby nie to, że Teodor podczas naszej rozmowy spontanicznie zaprzeczył, jakoby mówił o mnie różne przykre rzeczy. Dopiero wtedy dotarło do mnie, że Olimpia może posuwać się do manipulacji.

– Kiedy cię poznałem, bałem się, że ona cię zniszczy. Andreas zakochał się w tobie bez pamięci, za co Olimpia ciebie znienawidziła. Wiedziałem, że wynikną z tego kłopoty, lecz Andreas był ślepy i głuchy. Nie zastanowiło go nawet to, że Olimpia, stosując swoje sztuczki, nakłoniła ciebie, żebyś kilka razy zaprosiła ją i Teodora na jacht podczas waszego miesiąca miodowego. W takim czasie składać wizyty, wpychać się między małżonków! Zachowywaliście się jak marionetki, a ona tylko pociągała za sznurki.

Dominique odetchnęła głęboko.

– Ale to już się skończyło.

– Cieszę się, że to mówisz. – Paul uścisnął jej dłoń. – Andreas jest szczęściarzem, że trafił na taką żonę. Nawet sobie nie wyobrażasz, jak się ucieszyłem, gdy powiedziałaś, że wracasz ze mną do Grecji. Serce od razu mi podpowiedziało, że zamierzasz ratować wasze małżeństwo.

– Dziękuję, Paul. Jesteś prawdziwym przyjacielem – powiedziała ciepło. – Mając ciebie za sojusznika, nie boję się Olimpii. Nie pozwolę, by wygrała.

– Zamierzasz doprowadzić do konfrontacji?

– Być może, jeśli mnie do tego zmusi – odparła, patrząc mu prosto w oczy. – Jedno jest pewne: nie będzie już więcej sekretów.

– Powiesz Andreasowi, że zjedliśmy razem lunch?

– Oczywiście. Prawdę mówiąc, chciałam z tobą pojechać do biura i zrobić mu niespodziankę.

– No to chodźmy. – Widać było, że jej słowa przyjął z wyraźną ulgą. – Ucieszy się, gdy wpadniesz znienacka. Wcześniej nigdy tego nie robiłaś.

– Tak wielu rzeczy nie robiłam. Aż trudno uwierzyć, że nasze małżeństwo przetrwało aż cztery miesiące.

– Czemu tu się dziwić? – mruknął z kpiącym uśmieszkiem. – Łączy was prawdziwa miłość.

– Dobrze, że użyłeś czasu teraźniejszego – roześmiała się z wielką ulgą. – A to znaczy, że nic się nie skończyło i wszystko jeszcze przed nami.

Kilka minut później jechali windą na ostatnie piętro biurowca. Dominique czuła się jak nastolatka przed pierwszą randką. Serce jej waliło, gdy Paul prowadził ją przez sekretariat do gabinetu prezesa.

Kiedy wchodzili do środka, Andreas stał przy oknie i rozmawiał przez telefon. Słysząc pukanie do drzwi, odwrócił głowę.

Specjalnie ubrała się dziś w lekką cytrynową sukienkę i żakiet z krótkimi rękawami, który kupili podczas wspólnych zakupów. Na prośbę męża przymierzyła ten komplet, a wtedy powiedział: „Hm, maleńka, wyglądasz tak apetycznie, że tylko cię zjeść".

Wchodząc tutaj bez zapowiedzi, chciała, żeby przypomniał sobie tamtą chwilę.

Na jej widok Andreas uśmiechnął się szeroko i pospiesznie zakończył rozmowę.

– Wyglądacie jak koty, które opiły się śmietanki. Co się dzieje?

– Byłam z Paulem na lunchu.

– Beze mnie?

– Zaprosiłam go, bo chciałam podziękować za to, że przyjechał do Sarajewa, aby ocalić nas oboje od samodestrukcji. – Pocałowała Paula w policzek. – Tak postępują tylko prawdziwi przyjaciele. – Głos jej się załamał.

– Paul, mógłbym tylko powtórzyć słowa mojej żony. Dzięki, stary – powiedział cicho Andreas.

Paul zmieszał się, zarazem jednak się uśmiechnął.

– Proszę, kochanie. – Dominique położyła na biurku małą paczuszkę. – Przyniosłam coś słodkiego. Właściwie to był mój deser, ale ci go oddaję. Muszę zacząć trenować, żeby nabrać formy przed biegami.

– Na trzecim piętrze mamy siłownię. Możesz z niej korzystać, kiedy tylko chcesz. Jeśli będę mógł, czasami potrenuję razem z tobą. – Andreas wyciągnął z torebki baklawę i zjadł ją z apetytem.

– Mam sporo pracy – odezwał się Paul, który przyglądał się im z rozbawieniem. – Do zobaczenia później. – Wyszedł z gabinetu, zamykając za sobą drzwi.

Andreas spojrzał na żonę z rosnącym pożądaniem.

– Czemu ciągle tam stoisz? – szepnął. – Nie mamy zbyt wiele czasu. Zaraz muszę iść na spotkanie.

Podeszła do niego. Natychmiast przytulił ją do siebie i łapczywie pocałował.

– Jesteś cały w miodzie – zaśmiała się Dominique. – Powinnam przynieść ci zwykłe ciastko.

– Najważniejsze, że tu przyszłaś. Teraz łatwiej mi będzie przetrwać resztę dnia.

– Och, Andreas... – Objęła go mocno. – Tak bardzo cię kocham. Kiedy pomyślę, że cały rok żyliśmy w rozłące...

– Mam nadzieję, że teraz już rozumiesz, co do ciebie czuję. Nawet nie masz pojęcia, ile razy stałem w tym oknie, patrząc na miasto i marząc o tym, że wejdziesz tu znienacka... Kiedy wysłałem Paula do Sarajewa z papierami rozwodowymi, miałem nadzieję, że rzucisz mu je w twarz, lecz ty zrobiłaś coś jeszcze wspanialszego. Wróciłaś do domu.

Pocałowała go w dołeczek na brodzie.

– A wtedy ty zażądałeś, żebym natychmiast podpisała zgodę na rozwód i oznajmiłeś, że nie chcesz mnie więcej widzieć. Byłam przerażona, że naprawdę tak myślisz. Bałam się, że nie pojedziesz za mną na Zakynthos.

Znów ją pocałował, i to z taką siła, że zapomniała, gdzie się znajdują.

W końcu zdołała oderwać od niego usta.

– Za chwilę masz spotkanie, więc już pójdę.

– Zostań jeszcze moment. Jaki jest twój lektor?

– Och... – westchnęła z rozmarzeniem. – Młody, przystojny, wolny...

– Jędza – mruknął z twarzą wtuloną w jej szyję. – Chciałem wiedzieć, jak poszła ci pierwsza lekcja.

– No cóż... Nauczyłam się kilku słów, wymawiam je całkiem nieźle, a nawet kojarzę, co znaczą.

Andreas roześmiał się. W tym momencie do gabinetu zajrzała sekretarka.

– Panie prezesie, już pora...

– Wszyscy już przyszli?

– Nie ma jeszcze pana Kazariana, ale zjawi się niebawem, już jedzie z banku.

– Daj mi znać, kiedy przyjedzie.

– Oczywiście. I jeszcze jedno... Na drugiej linii czeka pani Olimpia Panos. Mówi, że to pilne.

ROZDZIAŁ ÓSMY

Uśmiech zniknął z twarzy Andreasa.

– Lepiej odbierz, kochanie – powiedziała Dominique. Jej dobry nastrój całkiem wyparował. Wysunęła się z ramion męża i usiadła przy biurku, zastanawiając się, co mogło się wydarzyć, że Olimpia zdecydowała się przeszkodzić mu w pracy.

I czemu nie zadzwoniła na jego komórkę? Czyżby bała się, że Andreas nie odbierze?

Sięgnął po słuchawkę. Najwidoczniej Olimpia nie miała wiele do powiedzenia, bo rzucił tylko, że postara się coś wymyślić i zaraz się rozłączył.

– Co się stało? – spytała, widząc jego zmartwioną twarz.

– Ciotka Olimpii ma jakieś bóle. Olimpia musi z nią pojechać do kliniki, ale ktoś musi się zająć Arim. Wyślę tam Paula.

– Czyżby Olimpia nie wiedziała, że wystarczy tylko zadzwonić do agencji, by zjawiła się niania?

Oczywiście, że wiedziała, dodała w myślach Dominique. Wolała jednak, by Andreas na każde wezwanie rzucał wszystko i pędził z pomocą…

– Zwykle Arim w nagłych wypadkach opiekuje się ciotka.

– No cóż. Nie mam już dziś żadnych zajęć. Zadzwoń po kierowcę, pojadę do Olimpii. Możesz do mnie dołączyć po pracy.

– Ratujesz mi życie – stwierdził z uśmiechem.

– Więc gdzie ona mieszka?

Andreas zapisał adres na kartce.

– Przyjadę, jak tylko będę mógł – powiedział, odprowadzając Dominique do windy.

Po niedługim czasie wjechała na trzecie piętro apartamentowca i nacisnęła dzwonek. Olimpia otworzyła niemal natychmiast. Z jej ust wyrwał się okrzyk zdumienia, gdy na progu zobaczyła Dominique.

– Gdzie jest Andreas?

Podczas lunchu Paul zapytał, czy zamierza doprowadzić do konfrontacji. Teraz uznała, że właśnie nadeszła na to pora.

– Ma ważne spotkanie. Ponieważ akurat byłam u niego w biurze, zaproponowałam, że zajmę się Arim. Ale to sytuacja wyjątkowa – powiedziała twardo. – Nie powinnaś dzwonić do Andreasa w takiej sprawie. Skontaktuj się z jakąś agencją zatrudniającą nianie, w nagłych wypadkach zawsze ktoś się zjawi.

– Trudno znaleźć kogoś godnego zaufania – odparła Olimpia, nie okazując ani cienia zażenowania.

– Więc się o to postaraj. Po prostu pozostaje ci tylko agencja.

– Ari nie lubi obcych.

– Jak większość dzieci – odparowała Dominique. – Ale tysiące samotnych matek jakoś daje sobie z tym radę, wystarczy tylko chcieć. Tak czy inaczej, jestem tu i mogę zawieźć was do szpitala albo zostanę z Arim, a ty pojedziesz z ciocią.

– Sama nie wiem… Ari płacze na twój widok. – Olimpia z trudem tłumiła wściekłość.

– Po prostu musi się do mnie przyzwyczaić. Wszystko będzie dobrze.

– No to… wejdź.

W salonie siedziała starsza rudowłosa kobieta. Widać było, że z trudem oddycha. Dominique spotkała ją tylko raz, podczas ślubu.

– Dzień dobry, pani Costas. Pamięta mnie pani?

– Tak.

– Przykro mi, że źle się pani czuje. Przyjechałam, żeby przypilnować Ariego.

– On teraz śpi.

– Zaopiekuję się nim, kiedy pani pojedzie do lekarza.

– To miło z pani strony. Dziękuję.

– Jego butelki są w lodówce – powiedziała Olimpia. – Mniej więcej za pół godziny powinien się obudzić. Po jedzeniu zwykle się bawi. Jeśli to nie jest coś poważnego, powinnam wrócić na następne karmienie o piątej.

– Jedźcie już i o nic się nie martw. Mogę zostać na noc, jeśli będzie taka potrzeba.

– Dziękuję – szepnęła starsza pani.

Olimpia nie odezwała się słowem.

Dominique odprowadziła je do drzwi, po czym na palcach przeszła do pokoju, gdzie spał Ari. Wyglądał jak mały ciemnowłosy aniołek.

Postanowiła, że odrobi swoje ćwiczenia. Uznała, że najwygodniej jej będzie przy małym stoliku w kuchni. Do książki dołączono taśmę do nauki wymowy. Włożyła kasetę do dyktafonu i zaczęła powtarzać słówka z pierwszej lekcji.

Minęły jakieś trzy kwadranse, gdy usłyszała płacz Ariego. Szybko wstawiła butelkę do garnka z ciepłą wodą, po czym pobiegła w stronę pokoju chłopca, wołając jego imię, żeby zawczasu usłyszał obcy głos.

Na jej widok malec rozkrzyczał się na dobre, więc wyjęła go z łóżeczka i zaczęła chodzić z nim po mieszkaniu, głaszcząc go po pleckach i śpiewając piosenki, aż w końcu się uspokoił. Jeszcze mu trochę drżały wargi, ale gdy podała mu butelkę, chętnie wziął do buzi smoczek i zaczął hałaśliwie pić.

Kiedy skończył, rozłożyła na podłodze kolorową zabawkę do ćwiczeń.

– Przy tobie nabrałam ochoty na własnego dzidziusia, wiesz? – Połaskotała go w brzuszek, a Ari uśmiechnął się do niej.

Z bólem myślała o jego matce. Jeżeli Olimpia nie znajdzie się pod opieką specjalisty, który pomoże jej wyzwolić się z obsesji na punkcie Andreasa, będzie z nią coraz gorzej. Chociaż po pozorach sądząc, nie działo się nic złego. Dom utrzymany był znakomicie, a Ari wyglądał na zdrowe, szczęśliwe dziecko.

Andreas też nic nie dostrzegał. Przywykł, że zastępuje Olimpii brata, nie dziwiło go, gdy żądała, aby rzucił wszystko i biegł jej na ratunek. Jednak Dominique postanowiła, że to się zmieni, bo inaczej ich małżeństwo nie przetrwa.

Minęła piąta, a od Olimpii nie było żadnej wiadomości. Kiedy Dominique skończyła karmić Ariego, rozległ się dzwonek.

Z malcem opartym na ramieniu podeszła do drzwi i wyjrzała przez wizjer. Serce podskoczyło jej z radości, gdy dojrzała Andreasa.

– Kto tam? – zawołała przekornie.

– Twój pan i władca.

– Czyżby? Powinien być w pracy.

– Ale wyszedł wcześniej.

– Dlaczego?

– Bo stęsknił się za żoną.

– Dobra odpowiedź.

Otworzyła drzwi. Na widok Andreasa Ari uśmiechnął się radośnie i natychmiast wyciągnął do niego rączki.

– Skaczę koło niego całe popołudnie – zaczęła marudzić Dominique – a tylko się pojawiłeś i już się wyrywa do ciebie. Nie ma wdzięczności na tym świecie! – Westchnęła teatralnie.

Andreas pocałował ją w policzek.

– Bo my jesteśmy kumplami, prawda, Ari?

– Jest taki kochany. – Uśmiechnęła się ciepło. – Kiedy patrzę na niego, tak tęsknię za własnym dzieckiem, że trudno wytrzymać.

– Jak tylko Olimpia wróci, pojedziemy do domu i zrobię co w mojej mocy, żeby zaspokoić twoje życzenie. A co robiłaś przez całe popołudnie?

– Uczyłam się, dopóki Ari spał.

– Spójrzmy więc na twoją pracę domową.

Przeszli do kuchni. Dominique z napięciem patrzyła, jak Andreas sprawdza jej ćwiczenia.

– Ani jednego błędu. – Oczy błyszczały mu dumą. – Wspaniale, *agape mou*.

– To było łatwe, jak zawsze na początku nauki języka, poza tym mieszkałam w Grecji cztery miesiące.

– Znam Amerykanów, którzy mieszkają tu od lat. Nawet nieźle mówią po grecku, uczą się ze słuchu, ale z pisaniem sobie nie radzą.

– Po prostu się lenią. Jak poszło spotkanie?

– Znakomicie.

– To świetnie. Rozumiem, że zarobiłeś na wikt i opierunek na następny tydzień?

Wybuchnęli śmiechem. Tak rozbawionych zastała ich Olimpia.

– O, jesteś… – Dominique zobaczyła ją pierwsza. – Co z twoją ciocią?

Spojrzenie Olimpii skupione było na Andreasie. Nawet nie zauważyła, że synek wyciąga do niej rączki.

– Ma zapalenie opłucnej, ale lekarz mówi, że wszystko będzie dobrze. Powiedziałam jej, żeby się położyła do łóżka.

– Cieszę się, że to nic poważniejszego – mruknął Andreas.

Dominique podała chłopczyka Olimpii.

– Moja babcia kiedyś to przechodziła. Bardzo bolesna choroba, ale jeśli pani Costas będzie o siebie dbać, powinna szybko wyzdrowieć.

– Mam nadzieję, że Ari nie płakał przez całe popołudnie

– powiedziała Olimpia, pomijając milczeniem uwagę Dominique.

– Skądże. Tylko z początku trochę się boczył. Zjadł dwie butelki.

– Dziękuję.

– Czas upłynął nam wspaniale. Ari jest taki uroczy, jesteś świetną matką.

– To prawda, Olimpio – poparł ją Andreas. – Dajesz sobie radę lepiej, niż większość kobiet, które samotnie wychowują dzieci.

Z pewnością chciał jej sprawić przyjemność, lecz Dominique dostrzegła, że Olimpia gwałtownie drgnęła.

Kiedy jechali limuzyną do domu, Andreas ujął dłoń żony.

– Może zamówimy sobie coś gotowego i zjemy kolację w łóżku?

– Świetny pomysł.

Przyciągnął ją do siebie i pocałował.

– Jesteś cudowna. Dziękuję, że zajęłaś się Arim. Olimpia nie potrafi okazywać uczuć, ale wiem, że jest ci wdzięczna.

– Podziękowała mi przecież. Ale... spójrzmy prawdzie w oczy. Jej ciocia może coraz częściej zapadać na zdrowiu i Olimpia nie powinna oczekiwać, że za każdym razem ty albo Paul będziecie rozwiązywać jej problemy.

– Wcale nie zamierzam tego robić. Po prostu wynajmę jej opiekunkę, taką na pełny etat. To bardzo ułatwi życie Olimpii.

– Uważasz, że to mądre? – spytała ostrzej, niż zamierzała.

– Naprawdę nie widzisz, że coraz bardziej uzależnia się od ciebie? To żadne rozwiązanie, chronić kogoś przed wszelkimi problemami. Olimpia musi sama je rozwiązywać, bo inaczej nie poradzi sobie w życiu.

– Ona nie jest tak silna jak ty.

– Andreas... Póki zawsze będzie ktoś, kto ją podtrzyma, gdy tylko się potknie, nigdy się nie dowie, na co naprawdę ją stać.

– Przecież potrzebuje pomocy. Ma chorą ciotkę i maleńkie dziecko.

Paul miał rację, pomyślała. Olimpia od tak dawna odgrywała osobę pokrzywdzoną przez los, że Andreas w końcu w to uwierzył.

Do rozmowy na temat Olimpii wróciła dopiero po kolacji, którą faktycznie zjedli w łóżku. Kiedy w telewizji skończyły się wiadomości, Andreas wyłączył odbiornik, zdjął z łóżka tacę i uśmiechnął się do żony.

– Nie chcemy więcej wypadków, zamachów i klęsk żywiołowych, co?

– Zgadza się – parsknęła śmiechem.

– Czekałem na to od momentu, gdy wyszłaś z mojego biura. – Delikatnie pogładził jej rękę.

Zwykle w takich chwilach wtulała się w niego, jednak dzisiaj postanowiła pomówić o Olimpii. Spotkanie z Paulem dodało jej odwagi.

– Kochanie?

– Hm?

– Czy możemy o czymś porozmawiać?

– Oczywiście. – Przekręcił się na bok i podparł głowę na

ręku. Drugą ręką wciąż pieścił jej ramię. – Widzę, że coś ważnego chodzi ci po głowie.

– Chciałabym ci powiedzieć, co usłyszałam od Paula…

– Oho, zapowiada się na dłuższą dyskusję.

– Właściwie nie. Czy pamiętasz, jak obiecaliśmy sobie, że między nami już nigdy nie będzie żadnych tajemnic?

– A jak sądzisz?

– Ale naprawdę żadnych?

Ręka Andreasa zamarła.

– Zabrzmiało to bardzo serio.

– Bo to poważna sprawa. Obawiam się, że nasze małżeństwo będzie skazane na porażkę, jeśli od razu nie rozwiążemy pewnego problemu.

– No co ty, nic nam nie…

– Owszem, zagraża. Nawet jeśli nie chcesz o tym mówić, i tak nie popuszczę – stwierdziła twardo.

– Na miłość boską, Dominique! Powiedz po prostu, w czym rzecz. – Zerwał się z łóżka i sięgnął po szlafrok.

– To nie takie łatwe. Już teraz przyjmujesz pozycję obronną, choć nawet nie wspomniałam, o co mi chodzi.

– Poza tym, że nasze małżeństwo jest zagrożone! – wybuchnął.

– Tylko wówczas, jeśli nie rozwiążemy problemu, z którym się borykamy od chwili, gdy cię poznałam.

– No więc słucham.

– Paul uważa, a ja się z nim zgadzam, że Olimpia okłamała cię w sprawie gwałtu.

– Może mi wyjaśnisz, dlaczego mu wierzysz?

– Bo mam oczy i zobaczyłam to, co Paul obserwuje przez

długie lata. Chodzi o to, że Olimpia jeszcze od szkolnych czasów ma obsesję na twoim punkcie. Bez pomocy specjalisty nigdy jej to nie przejdzie.

– A więc i ty, i Paul uważacie, że potrzebny jej psychiatra?

– Właśnie.

– A niech to... – Andreas zaklął szpetnie.

– Kochanie, postaraj się obiektywnie spojrzeć na to, co wydarzyło się dzisiaj. Młoda, piękna kobieta, która nie jest ani twoją żoną, ani choćby kuzynką, zadzwoniła do ciebie do biura. Jesteś biznesmenem, który próbuje ratować swoje małżeństwo. Ona doskonale o tym wie, a mimo to oczekuje, że rzucisz wszystko i pobiegniesz jej na ratunek. Nie próbuje nawet skontaktować się z twoją żoną. – Czuła, że jej argumenty nie trafiają do Andreasa, lecz nie poddawała się. – Pomyśl o tych wszystkich prezesach i dyrektorach, którzy byli u nas na przyjęciu. Do ilu z nich podczas ważnych transakcji dzwonią piękne rozwódki, oczekując, że spełnią ich żądania?

– To zupełnie co innego. Olimpia niemal należy do naszej rodziny.

– Niemal? Przecież uczyniłeś z niej siostrę. Jednak jej to nie wystarcza, bowiem pragnie zostać twoją żoną! Pozbyła się Teodora i niewiele brakowało, a pozbyłaby się również mnie. Tyle że ja wróciłam do Grecji i postanowiłam walczyć o swoje małżeństwo, więc zmieniła taktykę.

– Dominique, rzucasz ciężkie oskarżenia – powiedział Andreas. – Musisz je udowodnić. Inaczej będzie to potwarz.

Nie był na nią zły, tylko głęboko wstrząśnięty dramatycznym przebiegiem rozmowy.

– Masz rację. Najpierw jednak odpowiedz mi na jedno pytanie. Czy oddając Olimpii do dyspozycji jacht i willę na Zakynthos, zaprosiłeś również jej ciotkę?

– Oczywiście.

– Więc czemu pani Costas nie było na jachcie, gdy tam przyjechałam?

– Olimpia powiedziała, że ciocia pojechała w odwiedziny do swojego siostrzeńca.

– Pani Costas ma siostrzeńca? To coś nowego... A gdzie on mieszka?

– W Atenach.

– Ciekawe, że Olimpia, gdy jej ciocia zachorowała, dzwoni akurat do ciebie, skoro w pobliżu ma kuzyna.

– On jest bardzo zajęty.

– Skąd to wiesz? Rozmawiałeś z nim kiedyś?

Milczenie Andreasa było bardzo wymowne.

– Powiedz mi coś jeszcze. Jak długo miały trwać jej wakacje?

Odetchnął ciężko.

– Do końca września.

– Więc dlaczego wróciła podczas weekendu? Nie dziwi cię, że skróciła swój pobyt do trzech tygodni i jak tylko wróciła do Aten, od razu zadzwoniła do mnie? Nie ma innych przyjaciółek? Czemu akurat ze mną chciała spędzić popołudnie?

– Hm... nie wiem – mruknął bezradnie.

– Wie, że przez rok byliśmy w separacji, że to nasze pierwsze wspólne chwile po długim rozstaniu. Że potrzebujemy samotności, by rozwiązać nasze problemy i nasycić się sobą. Czy prawdziwy przyjaciel rodziny, więcej, czy kochająca siostra przeszkadzałaby w takiej chwili, zupełnie nie licząc się z naszymi uczuciami? A skoro już o tym mowa... Olimpia w oryginalny sposób traktuje przyjaźń, skoro podczas naszego miesiąca miodowego w każdy weekend zwalała się nam na jacht.

– To kwestia interpretacji – zaoponował słabo. Wyraźnie wreszcie coś zaczęło do niego docierać.

– Nie mówię tego, bo jestem złośliwa albo okrutna. Chcę tylko, żebyś zastanowił się nad jej postępowaniem. Jeśli zamierzasz dopuścić do tego, żeby istniała w naszym małżeństwie, od razu możemy się rozstać. Mąż i żona powinni stanowić jedność. Nie ma tu miejsca na kogoś trzeciego. – Spojrzała mu w oczy. – Nie chciałam ci mówić, jak arogancko i bezdusznie potraktowała mnie Olimpia, kiedy się poznałyśmy. W dodatku twierdziła, że tylko powtarza słowa Teodora. Dowiedziałam się między innymi, jakim heroizmem się wykazałeś, żeniąc się ze mną, bo co to za seks z okaleczoną, pozbawioną piersi kobietą.

– Naprawdę to powiedziała? – spytał ostro.

– Tak. Wciąż też nawiązywała do mojej choroby, nigdy nie pozwoliła mi o niej zapomnieć. Niby to zatroskana wiele razy pytała, jak się czuję i czy uważam, że poradzę sobie w małżeństwie, skoro być może czeka mnie druga mastektomia... Czy zastanawiałam się nad tym, jaką robię ci krzywdę, wiedząc, że jestem skazana na śmierć...

Andreas zaklął, zupełnie się nie hamując.

– Zazdrość uczyniła z Olimpii osobę zawistną, małoduszną i amoralną. Nie licząc się z nikim i z niczym, zmierza do celu. – Przerwała na chwilę. – Jestem w Grecji zaledwie od tygodnia, a już zdążyła wprosić się na rodzinną kolację i zadzwonić do biura z błaganiem o pomoc. Co dalej, Andreas? Telefon w środku nocy z żądaniem, żebyś sprawdził, czemu Ari źle się czuje? Wystarczy, że poprosi, a ty wszystko rzucasz i pędzisz do niej. Od lat tobą manipulowała, świetnie wie, jaki ma na ciebie wpływ. Tyle że już nie jest nastolatką, a jej intrygi są coraz bardziej szalone. Ty jednak nie rozumiesz, że jej telefony to tylko pretekst, by być z tobą, więc jaką mamy nadzieję? Nie chcę tego, ale odejdę od ciebie, jeżeli nadal będzie tak to trwać. – Widziała, jak bardzo przeżywa jej słowa. – Wiesz, że bardzo cię kocham. Wróciłam tu, żeby walczyć o ciebie... o nas. Ale Olimpia ciągle jest między nami. Nie wyobrażam sobie, jak w tej sytuacji moglibyśmy planować naszą przyszłość, myśleć o dziecku... – Obiecywała sobie, że zachowa spokój, ale nie zdołała dłużej powstrzymać łez.

– Dominique...

W jego głosie słyszała błaganie. Jednak tym razem nie mogła się poddać.

– Uważam, że na razie, dopóki wszystko się nie wyjaśni, musimy zrezygnować z seksu. Nie możemy zostać rodzicami, póki nasz związek nie jest pewny. A to nigdy nie nastąpi, dopóki Olimpia będzie w nim tkwiła.

Postawiła twarde ultimatum, mając nadzieję, że Andreas chwyci ją w ramiona i zapewni, że już nigdy nie będzie musiała martwić się o Olimpię, lecz ku jej przerażeniu długo milczał, potem wyszedł z sypialni.

Znów zaczął się koszmar... Jeszcze gorszy niż poprzedni.

– Paul?

– Andreas, to ty?

– Jesteś sam?

– Nie. Zadzwonię do ciebie za pięć minut.

Możliwe, że przyjaciel był z kobietą. Było mu przykro, że przeszkadza w takiej chwili, ale jak najszybciej musiał usłyszeć odpowiedzi na swoje pytania. Dominique przedstawiła mu przerażający obraz, który wstrząsnął nim do głębi. Zarówno jego najbliższy przyjaciel, jak i kobieta, którą kochał nad życie, byli przekonani, że Olimpia ma drugie, fałszywe oblicze. Tak ciemne jak noc, która go otaczała.

Odebrał komórkę, ledwie odezwał się dzwonek.

– Już jestem wolny. O co chodzi, Andreas?

– Przepraszam, że ci przeszkodziłem. Mam tyle pytań, że nie wiem, od czego zacząć. Dlatego zacznę prosto z mostu. Dzisiaj Dominique powiedziała, że jej zdaniem kochałeś Maris. Czy to prawda? – Kiedy w telefonie zapadło milczenie, znał już odpowiedź. – Jak długo to trwało?

– Od czasów szkoły średniej – przyznał w końcu Paul.

Andreas zacisnął powieki.

– Czy kiedykolwiek mówiłeś jej o swoich uczuciach?

– Nie. Prosiłem Olimpię, żeby wspomniała o tym Maris.

– Mój Boże... I czego się dowiedziałeś?

– Powiedziała, że lepiej, abym nie znał odpowiedzi.

– No tak... Jeszcze tylko jedno. Kiedy ją rozszyfrowałeś?

– Długo nie miałem pewności, aż wreszcie podsłuchałem rozmowę Olimpii z Dominique tuż przed waszym ślubem. Stały w przedsionku kościoła i nie wiedziały, że jestem na schodach. Olimpia spytała Dominique, czy będzie miała odwagę pokazać ci się bez ubrania.

Poczuł się tak, jakby ktoś wbił mu sztylet w serce.

– Paul… Nie wiem, co powiedzieć.

– Dla mnie już jest za późno. Ale ty masz jeszcze czas.

– Zamierzam złapać ją na gorącym uczynku.

– To chyba nie będzie zbyt trudne. Jestem pewien, że w ciągu kilku dni wykręci jakiś nowy numer.

– Będę na to czekał.

– Powiedziałeś o tym Dominique?

– Nie. Poczekam, aż Olimpia na dobre zniknie z naszego życia. Moja żona już zbyt długo cierpiała.

– Wszyscy cierpieliśmy. Masz jakiś pomysł?

– Owszem. Poświęcisz mi pół godziny?

– Jeśli dzięki temu pozbędziemy się Olimpii, w każdej chwili jestem do twojej dyspozycji.

ROZDZIAŁ DZIEWIĄTY

Następnego dnia rano zaraz po lekcji greckiego Dominique poszła na siłownię. Było tam kilku mężczyzn, którzy ćwiczyli podnoszenie ciężarów. Andreas kiedyś powiedział, że choć trudno powiedzieć, dlaczego tak się dzieje, ale po prostu widać po niej, że jest Amerykanką, więc nie zdziwiła się, gdy pozdrowili ją po angielsku.

– Cześć – odkrzyknęła.

W jej kierunku szedł potężnie zbudowany przystojniak.

– Jestem Alex, kierownik sali, a także instruktor. – Z wyraźnym uznaniem przesunął spojrzeniem po jej sylwetce. – Nigdy tu wcześniej nie przychodziłaś, bo z pewnością bym cię zapamiętał.

– Zgadza się. Jestem po raz pierwszy. – Rozejrzała się po nowocześnie urządzonej sali. – Nie ma tu kobiet?

– Zwykle przychodzą pod koniec dnia. Przyszłaś po kartę członkowską?

– Mój mąż ma już kartę.

– Szkoda! Jak się nazywa ten szczęściarz?

– Andreas Stamatakis.

Alex gwizdnął cicho. Jego twarz spoważniała i natychmiast zmienił ton.

– Jest pani jego pierwszą żoną?

Widać plotki na temat procesu rozeszły się szeroko, pomyślała.

– Jestem jego jedyną żoną. – Chociaż chyba już niedługo, uzupełniła w duchu.

– Nie chciałem być niegrzeczny. Trochę głupio wyszło.

– Nie ma sprawy. Przez rok byliśmy w separacji, ale niedawno wróciłam. Na imię mam Dominique.

– Patrząc na panią, widać, że już od jakiegoś czasu bywa pani w siłowni.

– Przez ostatnie półtora roku prawie tam mieszkałam. A tak w ogóle trenuję maraton.

– W takim razie proszę się rozgościć. Szatnie są tam. – Wskazał drzwi z tyłu sali.

– Dziękuję.

Kilka minut później wyszła z przebieralni z włosami związanymi w koński ogon, ubrana w szorty i top.

Ignorując zaciekawione spojrzenia mężczyzn, zaczęła swoje ćwiczenia w ustalonym porządku. Najpierw poszła na ławeczkę z ciężarkami, żeby wzmocnić ramiona i tułów. Później przeniosła się na ruchomą bieżnię.

Zrobiła jeszcze kilka ćwiczeń rozciągających i w końcu uznała, że może iść pod prysznic. Przebrała się w spódniczkę i bluzkę i podeszła do Aleksa.

– Możemy chwilę porozmawiać?

– Jasne.

– Chciałam dowiedzieć się, czy pojawiają się tu kobiety, które pokonały raka piersi.

– Hm, musiałbym się zastanowić. – Pytanie wyraźnie go

zaskoczyło. – Ale tak, jedna z pań przechodziła przez to. Zwykle zjawia się tu pod wieczór, koło szóstej.

– Czy mógłbyś jej podać numer mojej komórki i poprosić, żeby się ze mną skontaktowała?

– Oczywiście. Proszę tu zapisać. – Podał jej notes.

– Powiedz jej, że również miałam raka i chciałabym z nią porozmawiać.

– Zrobię to na pewno – ciepło powiedział Alex.

– Dziękuję. Mam jeszcze jedną prośbę. Gdybyś dowiedział się, że wśród twoich klientek są inne kobiety, które miały raka piersi, również je poproś, żeby do mnie zadzwoniły, dobrze?

– Postaram się.

– Będę bardzo wdzięczna. Zamierzam zorganizować w Atenach masowy bieg. Mam nadzieję, że do listopada wszystko będzie gotowe.

– Znam kierowników innych siłowni. Przekażę im tę informację.

– Świetnie. Do jutra. Będę o tej samej porze.

– Do widzenia, pani Stamatakis.

– Proszę, mów do mnie po imieniu.

Uśmiechnął się szeroko.

– Miałem nadzieję, że to powiesz.

Z lekkim sercem ruszyła do szpitala. Po lunchu, który zjadła w szpitalnej stołówce, zobaczyła się ze swoją pierwszą pacjentką.

Miała wrażenie, że przeżywa déjà vu. Słuchając czterdziestoletniej kobiety, która czekała na odjęcie piersi, doskonale pamiętała własne obawy. Kiedyś to ją dręczyły pytania, na które dziś odpowiadała.

Chociaż pacjentka słabo mówiła po angielsku, udało im się znakomicie porozumieć. Dominique obiecała, że wkrótce znów ją odwiedzi. Potem zajrzała do kilku sal, żeby porozmawiać z kobietami, które przyszły na badania kontrolne.

Do domu dotarła później, niż sądziła. Andreas zdążył już wrócić i czekał na nią z kolacją. Podczas jedzenia opowiedział jej o swoim nowym przedsięwzięciu, zaś Dominique zdała relację z rozmów z pacjentkami w szpitalu. Ponieważ musiała jeszcze odrobić zadane ćwiczenia, zaoferował, że pozmywa naczynia.

Jedynym tematem, jakiego nie poruszyli, była sprawa Olimpii.

Jakie to dziwne, myślała Dominique. Na zewnątrz wszystko wygląda tak spokojnie, a przecież oboje zdajemy sobie sprawę, że siedzimy na wulkanie, który lada moment może wybuchnąć.

O dziesiątej odłożyła książkę i położyła się do łóżka. Andreas przyszedł chwilę później. Objął ją ramieniem i przytulił do swojej piersi.

– Chcę tylko trzymać cię w objęciach. Mogę?

– Naturalnie. – Prawdę mówiąc, bała się, że przeniesie się do pokoju gościnnego. Westchnęła z ulgą, lecz ledwo zamknęła oczy, zadzwoniła jej komórka.

Miała nadzieję, że to będzie nieznajoma z siłowni.

– Chcesz, żebym odebrał? – spytał Andreas, sięgając na stolik nocny po telefon.

– Lepiej sama to zrobię. – Usiadła w łóżku. – Halo?

– Czy to Dominique? – Kobieta mówiła po angielsku

z silnym greckim akcentem. – Na imię mam Elektra. Alex mówił, że chce pani za mną porozmawiać.

– O tak. Dziękuję, że pani zadzwoniła.

– Nie ma za co. Pani też ma raka?

– Miałam. Mam nadzieję, że pozbyłam się go na zawsze.

– To tak jak ja.

– Czy mogłybyśmy się spotkać? Może jutro w siłowni?

– Dobrze. O siódmej, wtedy kończę ćwiczenia.

– Dziękuję bardzo. Dobranoc.

– Widzę, że sprawa się rozkręca – powiedział Andreas, biorąc od niej komórkę. – Jesteś niezwykłą kobietą, Dominique. Jutro pójdę poćwiczyć razem z tobą.

Następnego popołudnia zaraz po treningu spotkali się z Elektrą. Alex również wziął udział w rozmowie. Zdążył już przygotować dla Dominique listę z sześcioma nazwiskami, a nawet zapowiedział, że włączy się do organizacji maratonu.

Po powrocie do domu Dominique usmażyła omlet i zaraz po kolacji położyli się spać. Andreas znów objął ją ramieniem, ale nie próbował się z nią kochać. Zasypiali w ten sposób każdego wieczoru przez resztę tygodnia.

W piątek rodzice Andreasa zaprosili ich na wieczór. Kiedy panowie rozmawiali w salonie, Dominique pomagała Bernice w kuchni. Matka Andreasa przygotowała ulubione dania syna. Po kolacji Dominique zapisała kilka przepisów, by je później wykorzystać.

Wszystko układało się tak dobrze, że w sobotę prawie już nie pamiętała o dręczącym ich problemie. Po śniadaniu polecieli na Zakynthos. Pogoda była wprost wymarzona, więc postanowili spędzić dzień na słońcu. Kiedy odpoczywali na materacach w basenie, Dominique uznała, że wypróbuje swój grecki. Nie wierzyła, że kiedyś nauczy się mówić jak rodowita Greczynka, ale musiała ćwiczyć.

Bawili się w grę słowną, w której wolno było mówić tylko po grecku. Z początku Andreas zadawał łatwe pytania, z czasem jednak tak zwiększył stopień trudności, że Dominique zaczęła się plątać i w odpowiedziach zamiast form osobowych używała bezokoliczników.

Andreas ze śmiechem spadł z materaca, pociągając ją za sobą. Kiedy znaleźli się pod wodą, zaczął ją całować.

Po chwili wypłynęli na powierzchnię. Andreas chwycił Dominique na ręce i ruszył w stronę domu. Jednak nie dotarli do sypialni, bo w holu zatrzymała ich Eleni.

– Przepraszam, że przeszkadzam, ale z Aten dzwoni Olimpia. Niepokoi się o synka.

Domysły Dominique, że następny telefon będzie dotyczył Ariego, okazały się prorocze. Pomyliła się tylko w jednym, przypuszczała bowiem, że Olimpia zadzwoni w środku nocy.

– Dziękuję, Eleni. Odbiorę w sypialni.

Kiedy weszli do pokoju, postawił Dominique na podłodze i podniósł słuchawkę.

Rozmowa trwała dość krótko i znów Andreas obiecał, że zaraz będzie na miejscu.

– Ari się rozchorował, bardzo wymiotuje. Lekarz kazał natychmiast zawieźć go do szpitala. Olimpia szaleje z niepokoju.

– W takim razie musisz jechać.

– Dominique? – Spojrzał na nią niepewnie.

– Wszystko w porządku. Skoro jest taki chory, z pewnością potrzebuje pomocy. Jak wiesz, jestem ostatnią osobą, którą Olimpia chce oglądać, więc pozwolisz, że zostanę na wyspie.

Andreas, na miłość boską, poproś, żebym pojechała z tobą! – błagała w myślach.

– Jesteś pewna? – spytał, podchodząc bliżej.

– Całkowicie.

– Postaram się wrócić przed wieczorem.

Z pewnością ci się to nie uda, odparła bezgłośnie. Olimpia znajdzie sposób, żeby cię zatrzymać.

Andreas pochylił głowę i pocałował ją tak mocno, że zabrakło jej tchu. Kiedyś jego namiętność wystarczała, żeby czekała, aż do niej wróci. Jednak w chwili, gdy Eleni powiedziała, kto jest przy telefonie, coś się w niej załamało. Im mocniej Andreas ją przytulał, tym bardziej się od niego oddalała.

Nagle stało się dla niej jasne, że Ari będzie dla swojej matki kartą atutową, którą w przyszłości będzie bez końca wykorzystywać. Nawet jeśli nie pojawią się żadne sytuacje kryzysowe czy problemy, sama je sprokuruje.

To nie brak ludzkich uczuć popchnął Teodora do wyrzeczenia się własnego syna. Poddał się, bo więź między Olimpią a Andreasem była zbyt silna, żeby z nią walczyć.

Wróciła do Grecji, żeby naprawić swoje małżeństwo, lecz okazało się, że była bez szans. Olimpia od prawie dwudziestu lat uczestniczy w życiu Andreasa i nic tego nie zmieni.

Nieważne więc, o której Andreas wróci na wyspę, bo i tak nie będzie tu na niego czekać. Już nie…

Minęła dziesiąta, gdy lekarz wszedł do poczekalni w klinice pediatrycznej.

– Pani dziecku nic nie grozi, pani Panos. Może go pani zabrać do domu. To nieżyt żołądka, ale najgorsze już minęło. Proszę przyjść jutro do gabinetu, gdyby miała pani jakieś pytania.

– Dziękuję.

Kilka minut później wracali do domu. Olimpia ułożyła synka w łóżeczku i spojrzała błagalnie na Andreasa.

– Zostaniesz na noc?

– A gdzie twoja ciocia?

– Pojechała na weekend do swojego siostrzeńca.

Miał wrażenie, że słyszy głos żony.

„Pani Costas ma siostrzeńca? To coś nowego..."

Spojrzał na nią ze zdziwieniem.

– Zdawało mi się, że jest zbyt chora, by ruszać się z domu.

– Po lekarstwie, które jej przepisali, poczuła się znacznie lepiej. Myślę, że chciała trochę odpocząć od płaczu Ariego.

Odpowiedzi Olimpii zawsze brzmiały logicznie. Nigdy nie przyszło mu do głowy, żeby kwestionować to, co mówiła. Najwyraźniej oboje z Maris byli po prostu naiwni.

– Zostanę jeszcze chwilę.

– Świetnie. Przygotuję kawę.

Obrzydzenie go brało na myśl, że przez tyle lat miał bielmo na oczach. Niewiele brakowało, aby przez swoją ślepotę stracił Dominique.

– Olimpio?

– Masz ochotę na kanapkę?

– Nie, dziękuję. – Uznał, że nadszedł już czas. – To nie może tak dłużej trwać.

– Nie rozumiem.

– Mówię o świecie fantazji, w którym żyjesz od czasu, gdy zaprzyjaźniłaś się z Maris.

– Świat fantazji?

– Tak... To taka nierealna kraina, w której jestem twoim mężem, a Ari jest naszym dzieckiem. To fikcja, Olimpio. Coś, co sobie wymyśliłaś i co nie ma nic wspólnego z rzeczywistością. Byłaś przyjaciółką mojej siostry, i to wszystko, jednak Maris była zbyt prostolinijna, by dostrzec twoja grę. Moi rodzice, którzy traktowali cię jak własną córkę, także nic nie zauważyli. A Maris zginęła, zanim wydało się, że za przyjaźń odpłaciłaś jej zdradą.

– Zdradą? O czym ty mówisz?

– Tak, zdradą. Zraniłaś wiele osób, wyrządziłaś wiele krzywd. Niektórych nie da się już naprawić, ale to, dzięki Bogu, nie dotyczy Dominique.

Oczy Olimpii zapłonęły gniewem.

– To ona nastawiła ciebie przeciwko mnie!

– Jeśli chcesz powiedzieć, że pomogła mi dostrzec twoją prawdziwą naturę, to się zgadza. Kocham moją żonę i w moim życiu nie ma miejsca dla nikogo innego. Czy rozumiesz, co mówię?

Olimpia podniosła kubek i z furią chlusnęła kawą w twarz Andreasa.

– Widzę, że tak – powiedział spokojnie.

Twarz Olimpii wykrzywiła się w dziecięcym grymasie, wielkie brązowe oczy wypełniły się łzami.

– Dlaczego mnie nie kochasz?

Jej pytanie budziło litość, smutek i obrzydzenie.

– Po prostu nie kocham. Miłość albo się pojawia, albo nie, a my na to nie mamy żadnego wpływu. Znam cię od lat i poza przyjaźnią nigdy niczego innego do ciebie nie czułem, natomiast w Dominique zakochałem się do szaleństwa od pierwszego wejrzenia. Odmieniła moje życie. Wiedziałem, że to ta jedyna.

– Ona nie jest ciebie warta!

– Nikt cię nie pyta o zdanie. Właśnie to, że próbowałaś usunąć ją z mojego życia, doprowadziło do tej przykrej rozmowy.

– Dominique nie jest w twoim typie.

– Daj spokój, to żałosne – skrzywił się z niesmakiem. – Nie tobie o tym decydować. Ale wiedz, że kiedy tylko ujrzałem Dominique, wiedziałem, że jesteśmy stworzeni dla siebie.

– Nie! – krzyknęła z rozpaczą.

– Posłuchaj tylko siebie, Olimpio. Masz trzydzieści lat, a zachowujesz się jak rozkapryszona dziewczynka. Potrzebujesz pomocy, ale już nie ode mnie. Nie licz więcej na mnie. Nie dzwoń ani do mnie, ani do Dominique. Nie szukaj z nami kontaktu.

– Nie wierzę, że naprawdę tak myślisz…

– Lepiej uwierz, bo inaczej zajmą się tobą moi prawnicy. Wiesz, co to jest nękanie? Wcale nie chcę tego robić, ale jeśli mnie nie posłuchasz, nie będę miał wyboru. Przestałaś nad sobą panować, działasz irracjonalnie.

– Jak możesz tak mówić?

– Mogę, bo dobrze wiem, w czym rzecz. Dominique, kiedy odeszła ode mnie, przez długi czas chodziła do psychiatry, żeby lepiej poznać siebie. Dzięki temu rozkwitła, zwalczyła swoje kompleksy i przeistoczyła się w piękną kobietę. Zawsze była piękna, ale brakowało jej poczucia bezpieczeństwa i pewności siebie. Ty również możesz wiele skorzystać podczas takiej terapii. Jesteś atrakcyjną kobietą i także czujesz się zagrożona. Teodor zapewnił ci wystarczająco dużo pieniędzy, więc stać cię na opłacenie leczenia. Na twoim miejscu już jutro zacząłbym się rozglądać za specjalistą. Również z myślą o twoim synu.

– Mówisz, jakbym była chora umysłowo.

– Jeśli kobieta twierdzi, że ją zgwałcono, choć to nieprawda, coś z nią jest nie tak.

– Nieprawda?!

– Mam dowód, że to się nigdy nie zdarzyło.

– Jak śmiesz?

– Mój adwokat poszedł do sędziego, który zażądał twojej karty ze szpitala, w którym rzekomo zgłosiłaś ten wypadek. Nie ma żadnej dokumentacji na ten temat. Po prostu wymyśliłaś całą tę historię.

– Bo byłam w innym szpitalu. Poszłam do prywatnej kliniki, żeby utrzymać wszystko w tajemnicy.

– Wiesz, że to nieprawda. Zaczynasz najzwyczajniej plątać się we własnych kłamstwach. Odkryłem to po rozmowie z Teodorem.

– On cię nienawidzi. Na pewno nie zgodziłby się z tobą rozmawiać.

– Mylisz się. Przyjaźniliśmy się od młodości, a tego nie

da się tak po prostu wymazać, nawet gdy stało się coś złego. Odbyłem z nim długą rozmowę na twój temat i już wiem, jakie piekło przeżywał z tobą. Nigdy cię nie wykorzystywał, ani psychicznie, ani fizycznie. Było wręcz odwrotnie. Przez dziewięć miesięcy dręczyłaś go, twierdząc, że Ari jest moim dzieckiem. To ty doprowadziłaś do tego, że oskarżył nas o cudzołóstwo. Czy żona, która okłamuje męża, wmawiając mu, że nie jest ojcem własnego dziecka, jest zdrowa na umyśle?

– Dowiedział się, że Ari jest jego synem.

– Dopiero wtedy, gdy zabiłaś w nim wszelkie uczucia. W innej sprawie też postąpiłaś bez skrupułów. Jak mogłaś zniszczyć nadzieje Paula i Maris na wspólne życie? Dowiedziałem się od Paula, że już w szkole średniej zrobiłaś wszystko, aby nie mogli być razem. A wszystko dlatego, że byłaś chora z zazdrości.

Olimpia zacisnęła zęby.

– Nienawidziłam Paula za to, że zawsze kręcił się koło ciebie. Wiedział, co do ciebie czuję. To on się postarał, żeby nas rozdzielić.

– Już ci mówiłem, że między nami nigdy do niczego by nie doszło. Paul nie musiał nic robić. A ty skrzywdziłaś dwoje ludzi, których bardzo kochałem. Wiedziałaś, że Maris szalała na jego punkcie. Jak mogłaś być tak okrutna, żeby karmić ją kłamstwami i pozwolić jej wierzyć, że Paulowi na niej nie zależy?

– Nie był dla niej wystarczająco dobry.

– Słucham? Po prostu tak zdecydowałaś? Jakim prawem bawiłaś się cudzym losem? Ale koniec z tym. Nigdy ci nie wybaczę, że tak dręczyłaś Dominique. W okrutny i perfidny sposób podważałaś jej wiarę w siebie. Ciekawe, jak byś się czuła, gdybyś sama usłyszała, że masz raka? I gdyby potem, po zwycięskiej walce z chorobą, ktoś nieustannie wzbudzał w tobie lęk, że w każdej chwili mogą nastąpić przerzuty? Dominique co miesiąc musi jeździć na badania, już to samo wystarczy, by się bać. Lecz ty nieustannie dokładałaś swoje. Mimo wszystko moja żona radziła sobie z tym. Nawet nie wiesz, ile w niej hartu ducha i odwagi. – Podniósł się z krzesła i sięgnął po ścierkę, żeby zetrzeć z ubrania resztki kawy. – Uporządkuj swoje życie, zanim będzie za późno. Teraz wydaje ci się, że cierpisz, ale jeśli Ari z wiekiem dostrzeże, jaka jesteś i zrazi się do ciebie, dopiero zrozumiesz, czym jest prawdziwe cierpienie.

Odwrócił się do wyjścia.

– Nie... proszę... Nie możesz wyjść! Kocham cię! – Rzuciła się za nim i przylgnęła do niego całym ciałem. – Co będzie z Arim? Jesteś jedynym mężczyzną, jakiego zna i kocha.

– Dzieci są silne. Pokocha kogoś innego. Ale jeżeli naprawdę zależy ci na twoim synu, pozwól, żeby związał się z Teodorem. I poszukaj pomocy u psychiatry, bo zniszczysz swoje życie do końca.

Siłą oderwał ją od siebie i wyszedł z mieszkania. Ledwie zamknął drzwi, gdy usłyszał, jak ktoś głośno w nie wali, a także rozpaczliwe łkanie Olimpii.

Andreas nie zawrócił jednak, tylko pojechał na lotnisko. Nie mógł się doczekać, żeby znaleźć się na Zakynthos ze swoją żoną.

Było już po północy, gdy wbiegł do sypialni.

Łóżko było puste.

– Dominique? – Wypadł z pokoju i pobiegł nad basen. – Dominique? – Ani śladu... Na myśl, że znów odeszła, oblał się zimnym potem. – Dominique!

– Pan Stamatakis? – Obrócił się gwałtownie. W jego stronę biegła Eleni. – Po lunchu Dominique powiedziała, że wybiera się na przejażdżkę. Później już jej nie widziałam.

Miał wrażenie, że serce zaraz mu stanie.

Dominique mogła być wszędzie.

Wyciągnął komórkę i zadzwonił na jej numer. Po wielu sygnałach udało mu się wreszcie nagrać wiadomość. Błagał ją, żeby natychmiast do niego zatelefonowała.

– Jadę jej szukać. Jeśli będzie od niej telefon albo wróci do domu, powiedz jej, żeby nie wychodziła.

Ruszył w kierunku wschodniej części wyspy. Całkiem możliwe, że Dominique udała się do jednego z tamtejszych miasteczek i zatrzymała się na noc w hotelu.

Przejechał przez Alikanas i Tsilivie, rozglądając się, czy przed którymś z hotelików nie zauważy jej auta. W końcu doszedł do wniosku, że mogła pojechać do Zakynthos.

Główne miasto wyspy nadal było dużym, tętniącym życiem kurortem, chociaż od czasu trzęsienia ziemi już nie tak uroczym jak dawniej. Jednak wciąż wiele osób przyjeżdżało tu na zakupy.

Albo po to, żeby wynająć helikopter...

Odetchnął z ulgą, gdy na lotnisku dowiedział się, że nie mieli takiej pasażerki. Ruszył więc na objazd hotelowych parkingów. Niestety poszukiwania skończyły się fiaskiem. Po pewnym czasie doszedł do wniosku, że jego działania nie mają sensu. Lepiej będzie, jeśli okrąży całą wyspę, a potem pojedzie do willi i zaczeka, aż Dominique się odezwie. Albo wróci…

Jęknął z rozpaczą. Tak bardzo pragnął mieć ją teraz przy sobie. Była taka piękna noc i miał dla niej tak ważną nowinę…

Jechał wzdłuż wybrzeża, patrząc z zachwytem na morze skąpane w świetle księżyca. Wspominał, jak przed laty razem z Paulem przesiadywali wieczorami w Laganas, małym miasteczku, do którego właśnie się zbliżał.

Plaże zatoki Laganas były terenem lęgowym zagrożonych wyginięciem żółwi karetta. W okresie składania jaj i wylęgania się młodych ściągały tu tysiące turystów, co wywoływało protesty ekologów. W określonych miesiącach samice żółwi wspinają się nocą na plażę, żeby złożyć jaja w wygrzebanych w piasku jamkach. Młode żółwie, które wylęgają się po kilkudziesięciu dniach, trafiają do morza, kierując się światłem księżyca. Niestety światła kawiarni i dyskotek dezorientowały zwierzęta i wiele z nich ginęło z odwodnienia, wędrując w stronę miasta. Dlatego te tereny objęto ochroną. Andreas współpracował z organizacjami ekologicznymi, wykorzystując swoje wpływy. Ustalono godzinę, o której światła muszą być wygaszone, zakazano wprowadzania psów na plażę, wbijania w piasek parasoli i kopania, ograniczono sporty wodne. Nie wolno było wchodzić na plażę po zmroku, a nawet rozmawiać podczas obserwowania wylęgających się żółwi. Dla turystów wyznaczono specjalne punkty obserwacyjne, w miejscu, gdzie dzika trawa stykała się z piaskiem.

Andreas od dawna marzył, że któregoś razu przywiezie tu Dominique.

– Zrobię to podczas następnej pełni – obiecał sobie teraz.

Ledwie zdążył to powiedzieć, poczuł, że właśnie tam może ją znaleźć.

Zwolnił przed zakrętem i wjechał na wyznaczony dla turystów parking. Odetchnął z ulgą, gdy wśród samochodów zobaczył kombi, którym Dominique wyjechała z willi. Zaparkował na pierwszym wolnym miejscu i ruszył w stronę plaży.

Przeszedł zaledwie kilka metrów, kiedy ją dostrzegł. Leżała na brzuchu, z dala od innych turystów. Bez trudu w świetle księżyca wypatrzył jej wspaniałe srebrnozłote włosy.

ROZDZIAŁ DZIESIĄTY

Dominique, tak jak inni turyści, położyła się na brzuchu. Rozstawione wszędzie znaki ostrzegały, że widzowie mają pozostać niewidoczni. Starała się leżeć nieruchomo, czekając na pojawienie się żółwi.

Niewiele brakowało, by leciała teraz na Kefalinię. Tam wsiadłaby do pierwszego samolotu do Aten, a potem poleciałaby prosto do Sarajewa.

Jednak ten cud natury musiała zobaczyć. Już dawno chciała przyjechać do Laganas. Nic się nie stanie, jeżeli jej pobyt w Grecji potrwa sześć godzin dłużej. Skoro Ari był w szpitalu, pewnie zejdzie cały dzień, zanim Andreas wróci.

Stłumiła bolesne myśli i skupiła się na niecodziennym zjawisku, jakie można było obejrzeć tylko w kilku zakątkach ziemi.

Leżała tak przez kilka godzin, wypatrując ruchu na piasku. Może się okazać, że dzisiejszej nocy nic się nie wydarzy. Widziała, że niektórzy turyści już się poddali i zaczęli opuszczać swoje stanowiska.

Nagle tuż za sobą usłyszała kroki. Obejrzała się i dreszcz wstrząsnął jej ciałem, gdy zobaczyła, kto na nią patrzy. Serce zaczęło jej walić jak oszalałe.

Andreas przytknął palec do warg, wyciągnął się obok i otoczył jej plecy ramieniem.

Cieszyła się w duchu, że nie mogą teraz rozmawiać. Wzrok utkwiła w plaży, ale kątem oka widziała, jak obserwuje jej profil. Gdy minęło dziesięć minut, poczuła na ramieniu delikatny uścisk, którym Andreas dał jej znać, że coś zauważył.

Przeniosła spojrzenie w lewo i faktycznie, jakieś trzy metry dalej ujrzała, jak dwa maleńkie żółwie, niewiele większe od półdolarówek, wygrzebują się z piasku i kierują w stronę wody.

To była naprawdę magiczna chwila. Oczy Dominique wypełniły się łzami. Wstrzymała oddech, mając nadzieję, że maluchom uda się bezpiecznie dotrzeć do wody.

Prawie godzinę trwało, nim żółwiki dobrnęły do brzegu. Tam również groziło im niebezpieczeństwo ze strony ryb i krabów, jednak Dominique była bezgranicznie szczęśliwa, że tak dzielnie pokonały plażę. Odwróciła się do męża i ujrzała utkwione w siebie spojrzenie wilgotnych czarnych oczu.

Nie wiedziała, co przyniesie przyszłość, ale była mu wdzięczna, że ją odnalazł i razem byli świadkami wydarzenia, które stało się dla nich duchowym przeżyciem.

Andreas sprężystym ruchem podniósł się z ziemi i pociągnął ją do góry. Bez słowa ruszyli w stronę parkingu.

– Jedź za mną – szepnął, pomagając jej wsiąść do kombi.

Po chwili wyjechała za nim na szosę. Poprowadził ją do portu jachtowego, gdzie była też wypożyczalnia motorówek. Był środek nocy, lecz Andreas tym się nie przejmował. Zdecydowanie zapukał do drzwi i obudził właściciela. Stary człowiek, który wyszedł z domku w płaszczu kąpielowym, powitał go serdecznym klepnięciem w ramię i zaprowadził do biura. Po kilku minutach wrócili z kluczami. Andreas targał dużą turystyczną lodówkę. Domyśliła się, że zaplanował wycieczkę. Czyżby to miała być nagroda dla niej, że nie protestowała, gdy jechał do Olimpii?

Ból przeszył jej serce. Nie potrafiła się cieszyć z tej niespodzianki. Nie chciała jednak robić sceny, więc wsiadła do łodzi i włożyła kapok.

Stary mężczyzna dał sygnał, że można zapuszczać motor i z uśmiechem machał im na pożegnanie. Następni zakochani, pomyślał, następna romantyczna przejażdżka w świetle księżyca.

Andreas spojrzał na żonę.

– Morze jest bardzo spokojne. Usiądź wygodnie i podziwiaj widoki.

Jego bliskość mąciła jej zmysły.

– Daleko płyniemy?

– Niespodzianka – mruknął.

Godzinna podróż była zachwycająca. Płynęli wzdłuż porośniętego bujną roślinnością wybrzeża w stronę północno-zachodniej, skalistej części wyspy. Andreas prowadził motorówkę w taki sposób, żeby mogła obejrzeć klify z jak najmniejszej odległości. Były tak strome, że kręciło jej się w głowie, gdy patrzyła na wysokie pionowe ściany.

Od czasu do czasu dostrzegała ukryte zatoczki i plaże tak białe, że wyglądały, jakby dotąd nie poznały ludzkiej stopy. Przemknęło jej przez myśl, że stojący przy sterze muskularnie zbudowany mężczyzna, z rozwianymi czarnymi włosami i przenikliwym spojrzeniem, jest potomkiem starożytnych achajskich piratów i zgodnie z odwiecznym obyczajem porwał ją i zamierza ukryć w jakiejś odludnej grocie.

Przez jej ciało przebiegł dreszcz. Był tym samym mężczyzną, którego poślubiła, ale wydawał się jakiś inny. Tych kilka słów, które zamienili od spotkania na plaży, sprawiło, że czuła jednocześnie niepokój i podniecenie.

Łódź coraz szybciej pruła wodę. Nagle Dominique krzyknęła ze zdziwienia, gdy przed nimi ukazała się Plaża Wraku, która leżała niemal u stóp posiadłości Andreasa. Na środku plaży leżał zardzewiały kadłub statku, który przed laty został wyrzucony na brzeg podczas sztormu.

Kiedyś już była tu z Andreasem, ale wtedy był środek dnia i w pobliżu zatrzymywały się łodzie pełne turystów.

Dzisiaj cała plaża skąpana w blasku księżyca należała wyłącznie do nich. Nigdzie w pobliżu nie było żywej duszy, jakby byli ostatnimi ludźmi na ziemi.

W oczach Andreasa dostrzegła płomień pożądania. No tak, znaleźli się tylko we dwoje w tym raju...

Od chwili, gdy leżeli w trawie i obserwowali żółwie, zrodziło się między nimi napięcie, które z każdą chwila narastało. Dominique z gniewem myślała o słabości, jaką zawsze czuła, gdy znalazła się blisko Andreasa. Zamierzała lecieć do Sarajewa, a oto znów ogarniało ją pożądanie do męża.

Wiedziała, że nie wolno jej poddać się tym pragnieniom. Gdyby to zrobiła, dałaby Andreasowi do zrozumienia, że nie jest w stanie go zostawić i gotowa jest pogodzić się z obecnością Olimpii w ich życiu.

– Nie, tylko nie to! – krzyknęła, gdy wyłączył silnik.

Twarz Andreasa spochmurniała.

– Co masz na myśli?

– Ja... chcę wrócić do samochodu.

– Już za późno – odparł ochryple.

Patrzyła zdumiona, jak przechodzi na dziób i zeskakuje do wody. Zanim zdążyła zaprotestować, przerzucił ją przez ramię i wyniósł na brzeg, jakby ważyła niewiele więcej niż kłębek waty.

– Poczekaj tu. – Musnął jej usta wargami i cofnął się do łodzi. Kiedy wrócił z lodówką i kocami, nadal trzymała palce przytknięte do ust, na których wciąż czuła ekscytujące dotknięcie.

Andreas rozłożył koc na piasku i zdjął koszulę. Patrzyła na niego jak zaczarowana. Wyglądał niczym posąg greckiego boga, który nagle ożył.

Przerażona, że ma nad nią taką władzę, odwróciła oczy.

– Nie mogę tego zrobić.

– Czego nie możesz? Kochać mnie tak, jak w chwili, gdy wróciłaś, żeby ratować nasze małżeństwo?

– Ja... nie wiedziałam wtedy, że są małżeństwa, których nie da się naprawić.

– To prawda... Ale tylko wówczas, gdy mąż i żona nie walczą do końca.

– Czasami nawet to nie wystarcza.

Podszedł do niej i zdjął jej kamizelkę ratunkową.

– Spójrz na mnie.

Pokręciła głową.

– To nie ma sensu, Andreas.

– Dziś wieczorem załatwiłem sprawę z Olimpią. Już nigdy nie będzie ingerować w nasze życie.

– Chciałabym w to wierzyć. – Głos jej zadrżał. – Ale oboje…

– Słyszałaś, co powiedziałem? – spytał, potrząsając nią delikatnie. – Zagroziłem jej podjęciem kroków prawnych. Zrozumiała, że jeśli kiedykolwiek spróbuje się do nas zbliżyć, zaskarżę ją.

Dominique gwałtownie podniosła głowę. Ze wstydem poczuła, że po jej policzkach płyną gorące łzy.

– To jej nie powstrzyma.

– Bałem się, że możesz mi nie uwierzyć i dlatego przyniosłem ci dowód. – Sięgnął do kieszeni spodni i wyjął miniaturowy dyktafon. – Tu jest rozmowa, jaką mieliśmy po powrocie ze szpitala. Ari miał ostry nieżyt żołądka, ale powinien szybko wyzdrowieć.

Czuła, że kręci jej się w głowie. W ciszy nocnej rozległy się ich głosy:

– Zostaniesz na noc?

– A gdzie twoja ciocia?

– Pojechała na weekend do swojego siostrzeńca.

– Zdawało mi się, że jest zbyt chora, by ruszać się z domu…

Z każdą sekundą Dominique czuła, jak ustępuje potworny, rozdzierający ból, który od tak dawna prześladował ich małżeństwo. Gdy przesłuchali całe nagranie, szepnęła:

– Skończyło się. Naprawdę się skończyło.

Andreas zajrzał jej w oczy.

– Dzisiaj będziemy świętować prawdziwy początek naszego małżeństwa.

Serce miała tak przepełnione radością, że nie zdołała wydobyć słowa.

– Jesteśmy jak kochankowie, których morze wyrzuciło na odległy brzeg. Mamy dla siebie księżyc, który daje nam światło, i piasek, który ogrzewa nasze ciała. – Piękny uśmiech męża całkiem pozbawił ją tchu. – Ale przede wszystkim mamy siebie. Chodź do mnie, ukochana.

Dominique mocno uściskała rodziców.

– Tak się cieszę, że przyjechaliście obejrzeć bieg. Jak tylko się skończy, polecimy na Zakynthos i przygotujemy ucztę. Eli i Bernice nigdy nie widzieli obchodów Święta Dziękczynienia.

– Po biegu przede wszystkim powinnaś odpocząć. My z tatą zajmiemy się gotowaniem.

– Andreas będzie wam bardzo wdzięczny.

I ja również, dodała w duchu. Od tygodnia w ogóle nie czuła głodu, tak bardzo denerwowała się przygotowaniami do maratonu.

– Świetnie to wszystko zorganizowałaś.

– Dzięki, tato. Setka uczestniczek to całkiem dobrze jak na pierwszy raz, no i ci wszyscy oficjele i sponsorzy…

– Zdaje się, że przygotowują się do startu, kochanie – powiedziała mama. – Powodzenia. Jak znikniesz nam z oczu, pojedziemy na metę dołączyć do Andreasa i jego rodziców.

– Dobrze się czujesz, Domani? – Ojciec przyglądał się jej badawczo.

– Och, mam straszną tremę. – Uśmiechnęła się. – Nie chciałabym, żeby Andreas musiał się za mnie wstydzić, gdybym się potknęła lub upadła.

Ojciec zmarszczył brwi.

– Nigdy ci się to nie zdarzyło. Czy to znaczy, że czujesz się zbyt słabo?

– Skądże. No, powinnam już iść. Do zobaczenia na mecie.

Ucałowała ich i dołączyła do reszty zawodniczek. Wzruszenie ścisnęło ją za gardło, gdy spojrzała na kobiety, które zwyciężyły w walce z chorobą. Tyle było w nich energii, tyle wiary i determinacji.

Napotkała spojrzenie Elektry. Jej oczy również były wilgotne.

Wszystkie dziś czuły, że łączy je wyjątkowa kobieca solidarność.

Paf!

Dominique ruszyła spokojnym tempem. Niebo pokrywały chmury, a dość niska temperatura sprzyjała wyścigowi. Nie zależało jej na zwycięstwie, ważne było tylko, żeby ukończyć bieg.

Na piętnastokilometrowej trasie rozstawiono wiele tablic, informujących o pokonanym dystansie. W połowie wyścigu kilka kobiet zaczęło iść. Widzowie dopingowali je oklaskami i okrzykami. To znaczy, że rozumieją ideę naszego biegu, myślała Dominique z radością. Jeżeli chociaż jedna z kobiet w tym tłumie zdecyduje się na badania kontrolne, dzięki którym powstrzyma chorobę, cel zostanie osiągnęty.

Przebiegła już trzy czwarte trasy, gdy poczuła mdłości,

a jej ciało pokryło się zimnym potem. W uszach usłyszała dzwonienie i nagle nogi się pod nią ugięły.

Kiedy odzyskała świadomość, leżała w karetce z podłączoną kroplówką. Podniosła wzrok na sanitariuszy.

– Co mi się stało?

– Zemdlała pani. – Jeden z sanitariuszy sprawdził jej puls. – Zdarzyło się to dzisiaj kilku biegaczkom.

– Ale ja nigdy jeszcze nie zemdlałam.

– Może jest pani przeziębiona? Albo ma gorączkę?

– Nie, nic mi nie jest.

– Sprawdzą to w szpitalu.

– Och nie... – jęknęła. – Mój mąż czeka na mecie. Będzie przerażony, jeśli się tam nie pojawię. Czy ktoś mógłby do niego zadzwonić?

– Jak się nazywa?

– Andreas Stamatakis.

Nazwisko Andreasa pobudziło sanitariusza do działania.

– Proszę podać numer.

Nie upłynęła nawet minuta, gdy powiedział:

– Pani mąż nie odpowiada. Możliwe, że już jest w szpitalu.

Okazało się, że miał rację. Wieźli ją właśnie do budynku, gdy podbiegł Andreas. Jego twarz była blada jak płótno. Pochylił się nad noszami i dotknął wargami jej ust.

– Alex przekazał nam wiadomość o twoim zemdleniu. Rodzice są już w drodze.

Po kilku minutach zajął się nią lekarz.

– Widziałem raport z karetki – powiedział. – Wygląda na to, że nic złego się nie dzieje. Najpierw jednak zadam pani pytanie, które może wszystko wyjaśnić. Czy możliwe, że jest pani w ciąży?

Znieruchomiała. Czy możliwe…

– Prawdę mówiąc, od paru miesięcy staramy się o dziecko.

– W takim razie zaczniemy od testu.

– Chwileczkę…

– Tak?

– Proszę na razie nic nie mówić mojemu mężowi. Jeśli to prawda, chciałabym sama go zawiadomić.

– Rozumiem. – Mrugnął do niej porozumiewawczo. – Poproszę, żeby poczekał w holu. Zbadamy krew, ale najpierw przyślę pielęgniarkę, żeby zrobiła test.

– Tak bardzo bym chciała, żeby to była prawda – powiedziała Dominique, gdy za parawanem pokazała się pielęgniarka.

– Za chwilę wszystko będzie jasne.

Ledwie skończono pobieranie krwi, wróciła siostra i podała Dominique tester.

– Niech pani sama zobaczy.

– Czerwona kreska! Nie wierzę własnym oczom!

– Mam przysłać tu pani męża?

– Och tak, proszę!

Chwilę później do pokoju wpadł Andreas. Widząc jego przerażone spojrzenie, pomyślała, że nie może zwlekać.

– Mam nadzieję, że jesteś przygotowany na to, by zostać ojcem. Będziemy mieli dziecko.

Andreas nie odezwał się. Zresztą nie było to potrzebne. Wyraz jego twarzy mówił sam za siebie. Pochylił się nad nią i wtulił się w jej szyję.

Delikatnie głaskała jego czarne włosy.

– Czy to nie zadziwiające? Wypadek podczas pierwszego maratonu w Grecji dał mi ciebie… A omdlenie podczas drugiego biegu przyniosło nam wiadomość, że będziemy mieć dziecko. – Rozmarzyła się. – Dziewczynkę nazwiemy Maris, a jeśli urodzi się syn, damy mu na imię Paul. A teraz może idź do rodziców ze szczęśliwą nowiną.

– Nie chcę cię zostawiać – odparł, nie wypuszczając jej z objęć.

– Zajmie ci to najwyżej minutę. Muszą się dowiedzieć!

Podniósł się w końcu i otarł oczy.

– Pół minuty.

– Idź już.

Andreas pochylił się do jej ust, po czym wyszedł za parawan.

Już po chwili do jej uszu dotarły okrzyki radości i odgłos zbliżających się kroków.

był więc przygotowany, że Coustakis czegoś od niego zażąda.

Ale taka propozycja była dlań jak grom z jasnego nieba. Miałby przejąć firmę pod warunkiem, że ożeni się z wnuczką Coustakisa? Nawet nie miał pojęcia, że stary ma wnuczkę!

– No więc – warknął Yiorgos.

– Muszę się zastanowić – odparł chłodno Nikos, kierując się ku wyjściu.

– Jeśli teraz stąd wyjdziesz, możesz się pożegnać z transakcją. Raz na zawsze. Albo podpiszesz teraz, albo nigdy.

Nikos, podobnie jak inni, wiedział, że stary nigdy nie blefuje.

Jego stalowoszare, lekko skośne oczy, odziedziczone zapewne po nieznanym ojcu, zapewne nie-Greku, podobnie jak wysoki wzrost, napotkały czarne jak węgiel oczy Coustakisa. Przez dłuższą chwilę obaj mierzyli się wzrokiem, aż wreszcie Nikos powoli podszedł do biurka, wziął do ręki leżące tam złote pióro i podpisał dokument. Bez słowa odłożył pióro i opuścił pokój.

Zjeżdżając windą, na próżno usiłował zebrać myśli, w których euforia sąsiadowała z gniewem. Nareszcie osiągnął wymarzony cel. Dążył do niego przez całe życie, ale cena okazała się niespodziewanie wysoka. Dał się wpuścić w maliny temu staremu, chytremu lisowi. Cóż, pomyślał, jednak nie ma innego wyjścia. Stary Coustakis i jego wnuczka dzierżą klucz do krainy marzeń. A on musi skorzystać z tego klucza.

ROZDZIAŁ PIERWSZY

Andrea, która przygotowywała w kuchni śniadanie, znowu posłyszała chrapliwy kaszel matki. Ostatnio jej stan się pogorszył. Kim całe życie cierpiała na astmę, ale przez ostatnie półtora roku nie mogła też się pozbyć bronchitu, na który zapadła zimą.

Lekarz przepisywał jej środki, które trochę pomagały, ale zalecił, by następną zimę spędziła w cieplejszym i bardziej suchym klimacie. Równie dobrze mógłby im poradzić, by poleciały na Księżyc. Ledwie starczało im na życie w nędznym, obskurnym, komunalnym mieszkaniu, o podróżach w ogóle nie było mowy.

Słysząc, jak przez szparę w drzwiach listonosz wsunął pocztę, Andrea pospieszyła, by podnieść z podłogi listy, zanim matka zobaczy kolejne koperty z rachunkami do zapłacenia. Nowe zmartwienie. Innych listów nie dostawały.

Z wytartej wykładziny przed drzwiami Andrea zgarnęła korespondencję. Dwa rachunki, jakieś reklamy i grubą kremową kopertę zaadresowaną na jej nazwisko. Co to takiego? Ponaglenie w sprawie zapłaty? Nakaz eksmisji? Jakaś nieprzyjemna wiadomość z banku?

Rozdarła kciukiem kopertę i rozłożyła arkusik papieru z ozdobnym nadrukiem. Pod spodem ujrzała słowa:

Droga Panno Fraser...

W miarę czytania krótkiego tekstu jej twarz najpierw przybrała wyraz zdumienia, a potem gwałtownego gniewu, oczy zaś przesłoniła czerwona mgła.

Ten drań!

Postanowiła ukryć list przed matką na dnie torebki. Ale jego treść zdążyła jej się wryć głęboko w pamięć i nie dawała spokoju.

Pod koniec przyszłego tygodnia proszę się stawić u pana Coustakisa. W piątek rano odbierze Pani bilet na lotnisku Heathrow. Proszę sprawdzić godzinę odlotu. W Atenach będzie ktoś na Panią czekał. Proszę jutro do godziny piątej zadzwonić pod podany poniżej numer telefonu i potwierdzić odbiór tej przesyłki.

Podpisano: *z upoważnienia pana Coustakisa.*

Pan Coustakis – pomyślała Andrea ze złością. Właściciel Coustakis Industries, koncernu wartego miliony funtów. Człowiek, którego nienawidziła z całego serca. Jej dziadek. Który nigdy nie uznał tego pokrewieństwa.

Świetnie pamiętała treść listu, który napisał dziesięć lat temu do jej matki. Było to właściwie jedno krótkie, ostre w tonie zdanie. Informował Kim Fraser, że kolejna próba nawiązania z nim kontaktu spowoduje wszczęcie przeciw niej kroków prawnych. Dał wyraźnie do zrozumienia, że dla niego ta wnuczka po prostu nie istnieje. I nagle teraz ten człowiek wzywa ją do siebie.

Niedoczekanie, pomyślała Andrea.

Ale po dwóch dniach przyszedł następny list, także z londyńskiego biura Coustakis Industries. Jego ton był jeszcze ostrzejszy.

Droga Panno Fraser,

Nie potwierdziła Pani odbioru poprzedniego listu. Proszę to natychmiast uczynić.

Ten list, podobnie jak pierwszy, Andrea zabrała do biura. Nie chciała, by zobaczyła go matka. Już dość wycierpiała od ojca mężczyzny, którego tak mocno pokochała – i szybko utraciła.

Napisała na komputerze jedno jedyne zdanie, utrzymane w podobnym jak tamte, ledwie uprzejmym tonie.

Informuję, że nie będę odpowiadać na żadne dalsze listy.

Wydrukowała to zdanie i się podpisała. Tylko tyle. Zupełnie wystarczy.

Nikos Vassilis z uwagą przyglądał się kieliszkowi z winem, który obracał w palcach.

– Więc kiedy przyjedzie tu moja przyszła żona, Yiorgos? – zagadnął swego gospodarza, z którym jadł właśnie obiad w jego wielkiej, przeładowanej ozdobami rezydencji na przedmieściach Aten.

– Pod koniec tygodnia – odparł sucho Coustakis.

Nie wyglądał dobrze, zauważył Nikos. Twarz miał nienaturalnie zaczerwienioną i ściągnięte usta.

– Widzę, że nie możesz się jej doczekać – zaśmiał się nieprzyjemnie. – Przecież nawet nie wiesz, jak ona wygląda.

– Jej wygląd nie będzie miał wpływu na naszą transakcję – oznajmił Nikos sardonicznie.

– Jeśli będzie trzeba, idź z nią do łóżka po ciemku – poradził Yiorgos. – Tak właśnie robiłem z jej babką.

Na te słowa Nikos wzdrygnął się z niesmakiem. Chyba oszalał, decydując się poślubić kobietę, której nigdy nie widział. No cóż, aranżowane małżeństwa były na porządku dziennym w świecie dziedziców wielkich majątków. Z pewnością wnuczka Coustakisa została na to przygotowana i odpowiednio wychowana. Przywykła przede wszystkim do wydawania fortuny na całe szafy garderoby od wielkich krawców, biżuterię i wszelkie zachcianki.

Z pewnością jako jego żona, gdy Nikos przejmie Coustakis Industries i jego dochody wzrosną dziesięciokrotnie, będzie mogła trwonić pieniądze, na co tylko jej się zamarzy. Będzie miała zajęcie i to ją powinno uszczęśliwić.

On natomiast będzie musiał, niestety, trochę ograniczyć swoje bujne życie prywatne i bardziej dyskretnie utrzymywać kontakty z kochankami, których nie zamierzał bynajmniej porzucić.

Tego wieczoru, gdy tylko będzie wolny, zadzwoni do Xante Palloupis, kochanki uległej i doskonałej, która zawsze witała go z otwartymi ramionami. Nie widział jej już od kilku miesięcy, kiedy to zastąpiła ją Esme Vandersee, ale był pewien, że jak zawsze z radością go przyjmie w swoim luksusowym apartamencie.

Swoją drogą Nikos był ciekawy, jaką kobietą jest ta nieznana nikomu wnuczka Coustakisa. Przejęcie jego imperium było nęcące także dlatego, że Yiorgos nie miał potomków, którzy walczyliby z nim o kontrolę nad firmą. Jedyny jego syn zginął przed laty w wypadku samochodowym. Marina Coustakis przebyła udar, po którym pozostała inwalidką aż do śmierci kilka lat temu. Yiorgos nie mógł się więc w stosownym czasie ponownie ożenić i spłodzić jeszcze jednego potomka. Jeśli jednak, rozmyślał Nikos, jego syn zdążył ożenić się przed wypadkiem i wnuczka była już na świecie, to może nie było to dla Yiorgosa większym problemem. Wdowa po jego synu zapewne wyszła ponownie za mąż i nie stanowiła żadnej przeszkody. Jej rola ograniczała się do wychowania wnuczki Coustakisa na potulną i dobrze ułożoną pannę.

Nikos, udając, że słucha opowieści Yiorgosa o numerze, jaki wyciął kiedyś swoim rywalom, pozostawiając ich bez pieniędzy, zastanawiał się, jak się będzie czuł, gdy zostanie ojcem. Bo przecież o to w tym wszystkim chodziło. Dni Yiorgosa były już policzone, a stary lis chciał mieć pewność, że jego DNA przetrwa. Po to potrzebował dziedzica.

A Nikos? Cóż on sam wiedział o ojcostwie? Jego własny ojciec nawet nie miał pojęcia o istnieniu syna – zapłodnił jego matkę i pomaszerował w siną dal. Kto wie, może gdzieś jeszcze żyje? Jego matka rzadko go wspominała. Pracowała jako barmanka, jeśli w ogóle chciało się jej pracować, a jej instynkt macierzyński nie był nadmiernie rozwinięty. Kiedy Nikos w wieku kilkunastu lat opuścił dom, ledwie to zauważyła. Gdy zaczął wreszcie zarabiać pieniądze, bez oporów je od niego przyjmowała. Nie dożyła czasów, gdy syn zdołał dorobić się majątku. Dwanaście lat temu, kiedy Nikos miał dwadzieścia dwa lata, matkę potrąciła taksówka. Nikos wyprawił jej kosztowny pogrzeb.

Teraz ten majątek będzie nieporównanie większy, Nikos zostanie jednym z najbogatszych ludzi. Jeśli ceną za to ma być zapłodnienie wnuczki Coustakisa, jest na to gotów.

Andrea stała przy drzwiach swego londyńskiego mieszkania i wpatrywała się w zawartość pierwszego listu, który właśnie otworzyła. Nadawcą nie była już firma Coustakis Industries, lecz najelegantszy londyński dom towarowy, który informował ją, że przekazuje jej złotą kartę kredytową na kwotę pięciu tysięcy funtów, ważną od zaraz. Wszystkie rachunki do tej wysokości miały być przesłane do prywatnego biura Yiorgosa Coustakisa. Drugi, krótki list nosił nadruk Coustakis Industries i zalecał, by wykorzystała przesłaną osobno kartę i zaopatrzyła się w odpowiednią garderobę na spotkanie z panem Coustakisem pod koniec przyszłego tygodnia. Proszono ją również, by potwierdziła odbiór tych instrukcji pod londyńskim numerem telefonu.

Czego od niej chce ten stary drań? Przecież nigdy się nią nie interesował. Ale jest bogaty, bardzo bogaty, a ludzie bogaci mają władzę. I są przyzwyczajeni, że inni tańczą tak, jak się im zagra. Andrea o mały włos nie przełamała złotej karty na pół. Czy Yiorgos by zrozumiał, gdyby mu ją odesłała? Pewnie nie...

Kim i Andrea były pogrążone po uszy w długach. Obie harowały niezmordowanie, spłacając je po trochu, ale dopiero za pięć lat mogły mieć nadzieję, że wyjdą na prostą. Za długich pięć lat.

Tymczasem Kim podupadała na zdrowiu. Tyle w życiu przecierpiała. Dane jej było tylko przeżyć kilka cudownych tygodni, kiedy miała dwadzieścia lat, taki krótki błysk szczęścia, a potem wszystko nagle runęło. Bezpowrotnie. I przez następne dwadzieścia cztery lata była najbardziej oddaną, najbardziej troskliwą i kochającą matką, jaką sobie można wyobrazić.

Żeby tylko móc się stąd wydostać – przemknęło przez myśl Andrei, chyba po raz tysięczny. Z tego mieszkania, w którym wszystko się sypało, które wymagało totalnego remontu. A najgorsza była wilgoć w kuchni i łazience, absolutnie zabójcza dla chorej na astmę Kim. Winda była zwykle popsuta, a poza tym służyła za szalet publiczny i schronienie dla narkomanów.

Przez moment Andrea myślała o tym, jak olbrzymi musi być majątek Coustakisa, ale zaraz potem odrzuciła od siebie tę myśl. Nie chce mieć nic wspólnego z tym człowiekiem. Absolutnie nic.

ROZDZIAŁ DRUGI

Nikos zerknął dyskretnie na zegarek. Po co właściwie Coustakis go tu ściągnął? On, który zawsze się gdzieś spieszył, zawsze miał napięty program, czekał tu na tarasie już od dziesięciu minut.

Zniecierpliwiony odwrócił się i wyjrzał na rozciągające się poniżej ogrody. Pełne wspaniałych ozdobnych roślin, obliczone na efekt, ale niekuszące możliwością miłego spaceru, jakieś sztuczne, sztywne, pozbawione uroku. Gdyby miał zostać ojcem, jego ogród musiałby wyglądać zupełnie inaczej. W takim jak ten dzieci nie chciałyby się bawić.

No tak, będzie musiał jakoś przebrnąć przez ten ślub i pierwsze lata małżeństwa. Stary Coustakis nie będzie przecież żył wiecznie. Kiedy umrze za parę lat, Nikos i jego żona będą mogli postarać się o rozwód, tak by każde mogło pójść własną drogą. No dobrze, ale co będzie z naszym synem? Co on sobie pomyśli o naszym rozwodzie? Co będzie czuł?

Gdy tak rozmyślał, usłyszał za sobą kroki. Odwrócił się i osłupiał na widok nieznajomej kobiety, która weszła na taras. Na ramiona spadał jej połyskujący złotem w słońcu obłok kasztanowatych włosów, który jeszcze uwydatniał długą szyję.

Theos, cóż to za piękność! Skórę miała jaśniejszą

niż Greczynki, ale lekko śniadą, nos krótki delikatny, ładnie zarysowane policzki i szerokie, wydatne usta. Ciemne oczy i niewiarygodnie długie rzęsy. Pod dopasowanym żakietem rysowały się wysokie, pełne piersi, talię miała wąską, biodra delikatnie zaokrąglone i bardzo długie nogi. Niestety, skryte pod spodniami. Mając takie nogi, powinna nosić obcisłą krótką spódniczkę.

Kto to może być?

Wyobraźnia podsunęła mu odpowiedź, która omal nie zbiła go z nóg. Taka kobieta jest z pewnością prywatnym gościem starego Coustakisa. W Atenach było tajemnicą poliszynela, że utrzymywał on całą stajenkę kobiet. Słynął jako kobieciarz, zanim jeszcze jego żona została inwalidką. Zawsze otaczał się młodymi kobietami. Najwyraźniej do dziś.

Nikos pomyślał z niesmakiem, że ta kobieta, która nie mogła mieć więcej niż dwadzieścia pięć lat, godzi się być kochanką mężczyzny koło osiemdziesiątki.

Andrea zamrugała, gdy z mrocznego wnętrza domu, gdzie przed chwilą przywieziono ją luksusową limuzyną, wyszła na ostre słońce, w którym skąpany był taras.

Po chwili zorientowała się, że na tarasie ktoś już jest. Ujrzała ciemną sylwetkę mężczyzny, wysokiego, szczupłego, ubranego w wizytowy garnitur. Ale uwagę przykuwała przede wszystkim jego twarz. Cerę miał niewątpliwie śródziemnomorską, największe jednak wrażenie sprawiły na niej jego oczy, ciemnoszare, płonące. Nos miał prosty, wysokie kości policzkowe i wyraziście zarysowane usta. Patrzył na nią z wyraźnym zainteresowaniem. Andrea była przyzwyczajona do takiej reakcji mężczyzn na swój widok.

Po chwili zauważyła jednak zmianę wyrazu twarzy nieznajomego. Wyczytała z niej dezaprobatę. Nawet więcej – pogardę. Czym sobie na to zasłużyła?

Przyjechała tu i stanęła na tym tarasie, odległym o kilka tysięcy kilometrów od jej domu, nie dla siebie, lecz ze względu na matkę, której zawdzięczała dosłownie wszystko. To była najtrudniejsza decyzja jej życia. Nie miała pojęcia, czego może od niej oczekiwać dziadek, który nie uznawał dotąd istnienia ani jej, ani jej matki. Ostatecznie do wyjazdu przekonali ją przyjaciele, Tony i Linda.

– Andy, to jest niesamowicie bogaty facet. Tarza się w luksusie. Pomyśl tylko, za drobną cząstkę jego fortuny mogłabyś wywieźć chorą mamę do Hiszpanii.

I to ją przekonało, chociaż wciąż czuła do siebie niesmak.

A teraz stała na tarasie luksusowej ateńskiej rezydencji i nie mogła oderwać wzroku od nieznajomego.

Kim on jest? Z pewnością musi należeć do otoczenia dziadka. Może to któryś z jego współpracowników? Ale skąd ta pogarda w jego oczach?

No tak, pomyślała. Na nic się zdały zakupy w najbardziej luksusowym magazynie mód w Londynie. Miała nadzieję, że spodnie i żakiet, które tam kupiła za wprost niebotyczną cenę, sprawią cud i nikt się nie domyśli, że ma do czynienia z pospolitą dziewczyną z komunalnej londyńskiej rudery. Przed odlotem do Aten Linda uparła się, żeby zrobić jej makijaż i ułożyć włosy. Przez chwilę Andrei się wydawało, że wygląda naprawdę znakomicie. I wszystko na marne...

Ten mężczyzna o zimnych stalowych oczach musi świetnie wiedzieć, kim ona jest. Wnuczką Yiorgosa Coustakisa, i to z nieprawego łoża, wywodzącą się z dołów społecznych! Andrea na myśl o tym podniosła wyżej głowę i wyzywająco spojrzała mu w oczy.

On zauważył zmianę wyrazu jej twarzy i zrewanżował się, rzucając ostre spojrzenie.

Nie tylko jest niesamowicie przystojny, pomyślała Andrea, ale jest też zapewne potomkiem jakiegoś potentata w świecie biznesu, który spogląda na innych jak na istoty niższego rzędu. Niech mu będzie na zdrowie!

Podeszła do niego, śmiało wyciągając rękę z nienagannym manikiurem.

– Dzień dobry – powiedziała matowym głosem, odrzucając nieco zalotnym ruchem włosy. – Chyba się nie znamy, prawda? Inaczej bym pana zapamiętała! – Aby go jeszcze bardziej zirytować, rzuciła mu pełne zachwytu spojrzenie.

Nie przyjął podanej dłoni. Ogarnął go wstręt na myśl, że mógłby dotknąć ręki, która za pieniądze pieści tego starca, chociaż widok tej kobiety, wyszukany, lecz dyskretny zapach perfum wywoływały w nim dziwne, miłe podniecenie. Po jej akcencie poznał, że jest Angielką.

Andrea postanowiła nie przejmować się tym afrontem i opuściła rękę. Najważniejsze, by jej misja się powiodła, przecież po to tu przyjechała. Znalazła się na terytorium nieprzyjacielskim, musi o tym pamiętać i nabrać pewności siebie.

Pozwoliła sobie na lekko lekceważący uśmieszek, znowu odrzuciła włosy do tyłu i, mijając mężczyznę, podeszła do kamiennej balustrady, aby wyjrzeć na ogród. Oparła na niej ręce, aby odciążyć bolące już trochę nogi. Postanowiła, że kiedy tylko, zgodnie z umową, zadzwoni wieczorem do Tony'ego, musi je dłużej pogimnastykować.

Wszystko z Tonym dokładnie zaplanowali na wypadek, gdyby Andrea doszła do wniosku, że musi salwować się ucieczką. Po pierwsze, podczas całego pobytu w Grecji miała do niego telefonować co wieczór z komórki, którą jej pożyczył. Gdyby tego nie zrobiła do godziny jedenastej wieczorem, Tony zobowiązał się powiadomić brytyjskiego konsula w Atenach, że Andrea jest przetrzymywana wbrew własnej woli. A gdyby i to nie pomogło, miał zadzwonić do popularnej brytyjskiej gazety i opowiedzieć całą historię o tym, jak to wnuczka jednego z najbogatszych ludzi w Europie mieszka w zaniedbanej komunalnej ruderze. Coustakis może niezbyt by się tym przejął, ale akcjonariusze jego imperium nie byliby zapewne zachwyceni takim skandalem.

Na wypadek zaś, gdyby dziadek nadal nie chciał jej wypuścić, Andrea zostawiła w skrytce na lotnisku w Atenach swój paszport i tysiąc euro oraz bilet powrotny, a kluczyk ukryła w kosmetyczce. Prócz tego, jeszcze na lotnisku Heathrow, kupiła drugi otwarty bilet do Londynu, którego jeszcze nie odebrała. Za ten bilet zapłaciła z własnych pieniędzy. Chciała koniecznie mieć pewność, że w każdej chwili będzie mogła bez przeszkód wrócić do domu.

Gdy Andrea i Nikos stali na tarasie, każde pogrążone w swoich myślach, w pewnym momencie posłyszeli za sobą dyskretne chrząknięcie. Do Nikosa podszedł służący i cichym głosem powiadomił, że pan Coustakis gotów jest go teraz przyjąć.

ROZDZIAŁ TRZECI

Godzinę później Andreę wprowadzono do pogrążonego w półmroku pokoju. Gdy stanęła w progu, wzdrygnęła się na dźwięk ostrego, rozkazującego głosu.

– Proszę tu podejść! – usłyszała wydane po angielsku polecenie.

Sądząc po regałach pełnych książek, znajdowała się w bibliotece. W głębi obszernego pomieszczenia ujrzała masywne biurko, za którym siedział jakiś mężczyzna.

Stukając niespiesznie obcasami po parkiecie, Andrea długo przemierzała dzielącą ją od niego przestrzeń. Idąc, rozglądała się na boki, aby nie dać po sobie poznać, że ten mężczyzna w ogóle ją interesuje.

Gdy wreszcie doń podeszła i raczyła zaszczycić go spojrzeniem, natychmiast jej uwagę zwróciły jego oczy. Głęboko osadzone w starej, pobrużdżonej i pomarszczonej twarzy, ciemne, prawie czarne i wciąż pełne blasku, uważnie ją lustrowały.

– Więc to ty – odezwał się Yiorgos Coustakis do wnuczki, której nigdy nie widział – jesteś bękartem tej dziwki. Trudno... Nie ma innego wyjścia.

Nikła nadzieja na to, że dziadkowi zmięknie

trochę serce, natychmiast zgasła. Andrea całą siłą woli poskromiła oburzenie, jakie w niej wzniecił, znieważając w ten sposób jej matkę. Gdyby, słusznie obrażona, z gniewem opuściła jego dom, wróciłaby do domu z pustymi rękami. Stała więc w milczeniu, pozwalając, by się jej dalej przyglądał.

– Obróć się.

Usłuchała tego wydanego ostrym tonem rozkazu.

– Widzę, że poruszasz się bez żadnego trudu.

Andrea w milczeniu przyjęła to krótkie, oskarżające ją zdanie.

– Dlaczego nic nie mówisz? Jesteś niemową?

Jego oczy zdawały się świdrować ją na wylot, nie było w nich ani iskierki uprzejmości, życzliwości a nawet humoru. Ogarnął ją głęboki smutek na myśl o tym, że ten człowiek, którego nauczyła się nienawidzić i nim gardzić od dzieciństwa, rzeczywiście jest potworem, za jakiego go zawsze uważała.

– Dlaczego mnie tu sprowadziłeś? – zapytała, ani myśląc się poddawać. Przyjechała tu przecież po to, aby podjąć z nim walkę.

Jego oczy jeszcze bardziej pociemniały.

– Nie odzywaj się do mnie takim tonem – warknął zamiast odpowiedzi.

Andrea w odpowiedzi podniosła wyżej głowę.

– Przemierzyłam parę tysięcy kilometrów na twoje wezwanie. Mam prawo wiedzieć dlaczego – odparła spokojnym tonem, chociaż serce tłukło się jej w piersi jak szalone.

– Nie wyobrażaj sobie, że masz jakiekolwiek

prawa – zaśmiał się nieprzyjemnie. – Świetnie wiem, dlaczego zdecydowałaś się tu przyjechać, skusiły cię pieniądze, które mogłabyś wydać na ciuchy. Nie miałem wątpliwości, że nie oprzesz się magii tej złotej karty. Ale radzę, żebyś pozbyła się wszelkich złudzeń: jeśli nie będziesz wykonywała moich poleceń, wylądujesz na pokładzie pierwszego samolotu do Londynu. Zrozumiałaś?

– Więc co mam robić? – zapytała, unosząc brew.

– Dowiesz się w stosownym czasie – Coustakis uciszył ją gestem dłoni. – Teraz pójdziesz do swojego pokoju i przebierzesz się na obiad. Będziemy mieli gościa. Z pewnością nie zostałaś odpowiednio wychowana, więc muszę ci przypomnieć, żebyś zmieniła sposób zachowania. W tym kraju kobiety znają swoje miejsce. Radzę ci, żebyś nie przyniosła mi wstydu w moim własnym domu.

Andrea odwróciła się i ruszyła w stronę drzwi, a potem po schodach, do swojego pokoju. Gdy tylko tam weszła, zamknęła natychmiast drzwi i oparła się o nie, aby dać odpocząć tłukącemu się mocno sercu.

A więc to jest jej dziadek, człowiek, który lata temu, po nagłej śmierci syna, wyrzucił z kraju jej matkę, ciężarną i bez pieniędzy, odmawiając jej wszelkich praw, i pozwolił Kim wychowywać jego wnuczkę w biedzie.

Czego on może chcieć? To pytanie wciąż ją nękało, kiedy weszła do łazienki, aby się wykąpać.

Tak luksusowego pokoju kąpielowego nigdy dotąd nie widziała. Wlała do obszernej wanny lawendowy płyn do kąpieli, który wybrała spośród wielu innych zapachów w różnokolorowych butelkach, i wkrótce zanurzyła się w rozkosznej piance, poddając się relaksującemu podwodnemu masażowi.

Kiedy owinięta w mięciutki, pachnący, seledynowy ręcznik kąpielowy weszła do swojej sypialni, zastała w niej pokojówkę, która właśnie wieszała w szafie jej ubrania. Dziewczyna dygnęła i powiedziała, że ma jej pomóc się ubrać.

– Dziękuję, ale to nie będzie potrzebne – odparła Andrea. – Sama sobie poradzę.

Minęła olbrzymie łoże, nakryte ciężką kapą w biało-złoty wzór i podeszła do szafy w ścianie, która była wielkości sporego pokoju. Yiorgos Coustakis może sobie myśleć, co mu się podoba, ale Andrea zamierzała ubrać się teraz w bluzkę i spódniczkę, które kupiła w zwykłym londyńskim domu towarowym. Jednak na widok rzędów wieszaków uginających się pod osłoniętymi cienką folią strojami, zupełnie ją zamurowało.

– Co to takiego?

– *Kyrios* Coustakis kazał to wszystko kupić dla pani. Właśnie to dostarczono. Są też dodatki i bielizna – wyjaśniła pokojówka. – Którą suknię włoży pani na dzisiejszy wieczór?

– Żadną – odparła sucho Andrea, sięgając po swoją bluzkę i spódniczkę.

– Ależ to będzie oficjalna kolacja – bąknęła

dziewczyna. – *Kyrios* Coustakis bardzo by się gniewał, gdyby się pani stosownie nie ubrała...

– A więc dobrze – zgodziła się Andrea, nie chcąc przysparzać jej kłopotów. – Proszę cię, wybierz dla mnie coś odpowiedniego.

Po niedługiej chwili pokojówka przyniosła i starannie ułożyła na łóżku dwie suknie. Obie wyglądały na bardzo kosztowne. Andrea wolałaby krótszą, z niewielkim dekoltem, ale wybrała tę drugą, długą do ziemi. Suknia była szmaragdowozielona, skrojona ze skosu, o miękko udrapowanym staniku i lekko rozkloszowanej spódnicy.

– Jest bardzo piękna, prawda? – zauważyła z podziwem pokojówka, nie mogąc oderwać od niej oczu.

– Tak – przyznała Andrea, rzucając jej spojrzenie. – Nawet nie wiem, jak ci na imię...

– Zoe.

– A ja jestem Andrea. I proszę cię, tak się do mnie zwracaj. Nie dzielę ludzi na państwo i służbę.

Gdy po kwadransie Andrea spojrzała w lustro, oniemiała na swój widok. Wyglądała po prostu fantastycznie! Jej suknia była prawdziwym dziełem sztuki krawieckiej. Wprawdzie dekolt, podtrzymywany przez cieniutkie ramiączka, wydawał się niebezpiecznie głęboki, ale efekt był niesamowity.

Andrea upięła włosy w węzeł na karku, pozwalając, by wijące się kosmyki okalały jej twarz i opadały na szyję, po czym nałożyła makijaż odpowiedni do koloru sukni. Gdy przejrzawszy się jeszcze raz w lustrze, otworzyła drzwi sypialni, na korytarzu czekał już na nią służący. Andrea ruszyła w dół po marmurowych schodach.

Nikos Vassilis przycisnął gaz w ferrari, które z rykiem silnika o mało nie wzbiło się nad szosą. Nie był w dobrym humorze. Już drugi raz tego dnia wzywał go do siebie Yiorgos Coustakis. Nie miał ochoty jeść dziś kolacji w jego towarzystwie, zaplanował już sobie uroczy wieczór z Xante. Żadna kobieta nie zadowoli mężczyzny tak jak Greczynka, pomyślał, wspominając ostatnią spędzoną z nią noc.

Nie miał pojęcia, dlaczego Coustakis tak nalegał na dzisiejsze spotkanie, techniczne szczegóły transakcji mogli z łatwością ustalić dyrektorzy administracyjni ich firm.

Ku swemu zaskoczeniu, oczami wyobraźni Nikos ujrzał znów tę kobietę o płomiennych włosach, kochankę człowieka, który mógłby być nie tylko jej ojcem, ale nawet dziadkiem. Musiał przyznać, że jej uroda wywarła na nim duże wrażenie. Z pewnością potraktowałby ją cieplej, gdyby nie napawała go niesmakiem myśl o tym, kim jest ta piękność.

Lepiej zapomnij o niej i skoncentruj się na twojej przyszłej żonie! – nakazał sobie Nikos, i ta myśl go otrzeźwiła. Pewnie w tej chwili wraz z matką planuje wystawny ślub i wesele. Nie miał nic przeciwko temu, niechaj dziewczyna ma w tym dniu to, czego pragnie. Potem będzie musiała mu być posłuszną żoną, jak na Greczynkę przystało, on zaś będzie się starał być dla niej dobrym mężem, chociaż nie zamierzał poświęcić całej swojej wolności przyzwyczajeń.

Szkoda tylko, że jest podobno taka brzydka!

Zatrzymał samochód przy bramie strzegącej posiadłości Coustakisa, wylegitymował się przed ochroniarzem i z piskiem opon wjechał na podjazd. Marzył tylko, żeby ten wieczór jak najprędzej się skończył.

ROZDZIAŁ CZWARTY

Nikos stał w przeładowanym ozdobami salonie i czekał, aż zostanie poproszony na kolację. Jego gospodarz najwyraźniej się nie spieszył. Raczył swego gościa niekończącą się opowieścią o najnowszej zabawce – pięćdziesięciometrowym jachcie, którego właśnie stał się właścicielem. Była to jednostka pod każdym względem superluksusowo wyposażona i kosztowała majątek.

– A ty, mój przyjacielu, będziesz pierwszym gościem na pokładzie tego cacka! – powiedział Coustakis, z satysfakcją uderzając Nikosa mocno po plecach. – Spędzisz na nim swój miesiąc miodowy! Co ty na to?

Nikos uśmiechnął się tylko w odpowiedzi. Nie miał nic przeciwko temu, żeby świat się dowiedział, gdzie i w jaki sposób spędzi podróż poślubną.

W tym momencie służący otworzył drzwi do salonu. Ukazała się w nich postać kobiety. Weszła do środka. Płomiennowłosa kusicielka!

Co ona tu robi?

Kobieta skierowała ku nim wzrok. Głowę trzymała wysoko, a jej wspaniałe kasztanowate włosy upięte były w węzeł, ukazując regularne rysy zachwycającej twarzy, łabędzią szyję i kremowe ramiona. Jej suknia, znacznie lepiej niż żakiet, który miała na sobie na tarasie, ujawniała wysoko osadzone, kształtne piersi. Piersi, które tak bardzo pragnąłby pieścić...

Przypomniał sobie jednak, kim jest ta kobieta, i znów ogarnął go niesmak. Po co ten starzec sprowadza tu kochankę? Chyba tylko po to, żeby delektować się nieukrywanym podziwem malującym się na twarzy swego gościa! Nikos ze wzgardą odwrócił od niej oczy. Nie z nim takie numery!

Andrea spostrzegła od razu, że stoi przed nią mężczyzna, o którym starała się nie myśleć przez cały wieczór. Znieruchomiała, widząc, jak jego twarz, zrazu zdradzająca podziw na jej widok, w następnym momencie znowu nabrała wyrazu pogardy. Podobnie jak na tarasie, Andrea zareagowała instynktownie. Jeszcze wyżej uniosła głowę, a jej oczy zapłonęły niebezpiecznym blaskiem.

– Więc co o niej myślisz? – zagadnął Nikosa Coustakis.

– Jak zawsze, Yiorgos, masz nienaganny gust – odparł Nikos, nie znajdując lepszej odpowiedzi.

Andrea usłyszała, że rozmawiają po grecku, i starała się odgadnąć, o czym też mogą mówić.

– Można ci tylko pozazdrościć – dodał Nikos z ledwie ukrytą dezaprobatą.

– Daję ci ją – oznajmił Coustakis z uśmiechem i jawną satysfakcją.

Nikos osłupiał. Czy stary chce mu w ten sposób osłodzić niezbyt ponętną perspektywę małżeństwa ze swoją nieładną, pozbawioną wdzięku wnuczką? Jeśli tak, to lepiej, by od razu pozbył się złudzeń.

– Jestem pod wrażeniem twojej wielkoduszności, Yiorgos – wykrztusił z trudem – ale nie mogę jej przyjąć.

– Jak to? – udał zdziwienie Yiorgos, który świetnie się bawił tą zainscenizowaną przez siebie sytuacją. – Przecież tak bardzo pragnąłeś poznać moją wnuczkę! Wprost nie mogłeś się doczekać...

Zaśmiał się złośliwie, widząc, jak prawda powoli dociera do Nikosa.

– To moja wnuczka, Nikos – wyjaśnił. – A co ty sobie wyobrażałeś? – zapytał, świetnie się domyślając, co musiał myśleć Nikos, gdy zobaczył ją po raz pierwszy na tarasie. Po to właśnie wszystko zaaranżował, uwielbiał manipulować ludźmi.

Spojrzał na stojącą w milczeniu dziewczynę i władczym tonem rozkazał jej po angielsku:

– Podejdź tu.

Andrea ruszyła w jego stronę, z trudem opanowując szalone bicie serca. Czuła na sobie spojrzenie stalowoszarych oczu, które zupełnie wytrącało ją z równowagi. Po południu ten mężczyzna prezentował się fantastycznie w garniturze, teraz jednak, gdy przebrał się w smoking, nie sposób było oderwać od niego oczu. Starała się ze wszystkich sił zdusić w sobie to wrażenie. Żaden mężczyzna nie był wart takiego zainteresowania!

– Oto moja wnuczka – rzucił krótko Yiorgos.

Nikos ledwie go usłyszał, stał jak porażony widokiem tej kobiety. Ależ była piękna! Czy możliwe, że to rzeczywiście wnuczka Coustakisa? A więc ten starzec specjalnie go wprowadził w błąd, sugerując, że jest brzydka.

No cóż, udało mu się wyprowadzić go w pole. Ale niech mu tam będzie! Nikos poczuł zrazu ogromną ulgę, a potem wręcz radosne uniesienie. Więc ta fantastyczna kobieta będzie jego żoną!

Ujął jej dłoń, podniósł do ust i, skłoniwszy głowę, delikatnie, bardzo delikatnie musnął jej palce wargami. Andrea poczuła, jak całe jej ciało przenika rozkoszny dreszczyk.

Gdy podniósł głowę, uśmiechnął się do niej i, patrząc jej prosto w oczy, przedstawił się:

– Nikos Vassilis.

– Andrea... – rzekła ledwie dosłyszalnym szeptem.

– Miło mi cię poznać, Andrea – powiedział Nikos i podał jej ramię. – A teraz pozwól, że będę ci towarzyszył.

Poprowadził ją przez rozległy hol do okazałej sali jadalnej.

Nikos z niezwykłą uprzejmością odsunął dla niej krzesło, sam zaś usiadł naprzeciwko. Miejsce prezydialne przy stole zajął Yiorgos.

Nikos czuł się jak w siódmym niebie. Sam nie mógłby sobie wymarzyć piękniejszej żony! Najwidoczniej była Angielką – sądząc po jej kolorycie oraz po tym, że władała tym językiem absolutnie bez obcego akcentu.

– Nie powiedziałeś mi, Yiorgos, że twoja wnuczka jest pół-Angielką – odezwał się po grecku.

– Chciałem ci sprawić małą niespodziankę – odparł Coustakis, rozpierając się w krześle.

– Jeszcze jedną... – skomentował z porozumiewawczym uśmiechem Nikos, po czym zwrócił się do Andrei: – Mieszkasz w Anglii? Z matką Angielką? – zagadnął ją również po grecku.

Andrea spojrzała na niego i chciała coś odpowiedzieć, lecz ubiegł ją dziadek.

– Ona nie mówi po grecku – wyjaśnił szorstko, przechodząc na angielski.

– Jak to możliwe? – zaciekawił się Nikos.

– Powiedzmy, że jej matka tak ją postanowiła wychować – oznajmił Yiorgos.

Andrea już miała na końcu języka ostrą uwagę, ale całą siłą woli zmusiła się do milczenia. Jeśli zacznie się stawiać, Coustakis dotrzyma obietnicy i odeśle ją pierwszym samolotem do Londynu, a pieniądze, które miała zdobyć dla Kim, raz na zawsze przepadną.

Nikos spostrzegł błysk buntu w jej lśniących, brązowych oczach. A więc matka Andrei postanowiła pozbawić spadkobierczynię fortuny Coustakisów jej naturalnego dziedzictwa – języka ojca i dziadka. Cóż to za matka! Pewnie jakaś arogancka Angielka z wyższych sfer, strojąca się w kosztowne fatałaszki, grywająca w polo i prowadząca próżniacze życie. Interesujące, dlaczego wyszła za Andreasa Coustakisa? I dlaczego Yiorgos pozwolił wdowie po swoim synu zabrać dziewczynkę do Anglii? Ma teraz za swoje – wnuczka nawet nie mówi jego językiem!

Ciekawe, czy jest dziewicą? Każdemu Grekowi wiadomo, że Angielki prowadzą się dość swobodnie i bardzo wcześnie zaczynają życie seksualne. Co innego Greczynki...

Początek wyśmienitej kolacji upłynął w milczeniu, jednak po paru minutach Nikos, odstawiwszy swój kieliszek z winem, zagadnął uprzejmie:

– W jakiej części Anglii mieszkasz?

– W Londynie – odparła Andrea, podnosząc na niego oczy.

– To moje ulubione miasto. Pewnie masz mnóstwo różnych zajęć, w Londynie zawsze tyle się dzieje.

– To prawda – kiwnęła głową, myśląc o swoich dwóch posadach, o harówce w weekendy i wieczory, i oszczędzaniu każdego pensa, aby pomóc matce spłacić dług.

Kim też pracowała, na wieczornej zmianie w supermarkecie. Żadna z nich nie miała prawie wcale wolnego czasu.

– Jakie kluby są dziś najmodniejsze? – zapytał Nikos.

– Nie chodzę do klubów – odpowiedziała. – To mnie nie interesuje.

– A co cię interesuje?

– Lubię teatr – odrzekła.

Teatr był jej pasją. Kiedy tylko możliwe, chodziły z Kim do Royal Shakespeare Company czy National Theatre lub innego z wielu londyńskich teatrów. Ale bilety były bardzo drogie, więc rzadko mogły sprawić sobie taką przyjemność.

– Pewnie znasz wszystkie słynne musicale?

– Wolę Shakespeare'a.

Dziadek spojrzał na nią z dezaprobatą.

– Mężczyźni nie gustują w kobietach pozujących na intelektualistki – zauważył szorstko.

– Przecież Shakespeare pisał dla szerokiej publiczności – zaprotestowała łagodnym tonem. – Jego sztuki nie były elitarne, choć oczywiście nadal są przedmiotem akademickich analiz. Ale można je odczytywać na bardzo różnym poziomie i dziś cieszą się w Londynie dużą popularnością.

Yiorgos odłożył nóż i spiorunował ją wzrokiem.

– Przestań gadać bzdury, dziewczyno! – warknął. – Kiedy nie masz nic do powiedzenia, trzymaj język za zębami! Mężczyźni nie lubią kobiet, które się popisują!

Andrea oniemiała, słysząc, że można kogoś krytykować tylko za to, że lubi Shakespeare'a. Szukając ratunku, spojrzała pytająco na Nikosa, w którego oczach z ulgą dostrzegła porozumiewawczy błysk humoru.

– A którą z jego sztuk lubisz najbardziej? – zapytał, przychodząc jej z pomocą po reprymendzie dziadka.

– „Wiele hałasu o nic" – odrzekła bez namysłu. – Beatrycze i Benedykt to moi ulubieni bohaterowie. Uwielbiam ich słowne utarczki i cieszy mnie to, że ona nigdy nie ustępuje mu placu.

Tego już było Nikosowi za wiele, nie tak wyobrażał sobie idealną żonę. Zaczął żałować, że Andrea nie jest jednak pełnej krwi Greczynką.

Andrea spostrzegła dezaprobatę w jego oczach. No cóż, pomyślała. Mimo zewnętrznych pozorów ulepiony jest widać z tej samej gliny, co jej dziadek. W ich mniemaniu kobieta musi być potulna i pozbawiona własnego zdania. Niesłychane! Ale po chwili opuściły ją emocje. Nie będzie dbała o to, co myślą o kobietach dziadek i Nikos Vassilis. Nie zależy jej na ich aprobacie.

Gdy ze stołu sprzątnięto ostatnie potrawy, Yiorgos wstał szybko, spojrzał wymownie na Nikosa i oznajmił:

– Na kawę przejdziemy do salonu. Teraz muszę sprawdzić kursy na rynkach amerykańskich. Spotkamy się za dwadzieścia minut.

Nikos ujął Andreę pod ramię i, otworzywszy drzwi balkonowe, poprowadził na ten sam taras, na którym ujrzała go po raz pierwszy tego popołudnia. Nad nimi rozciągało się rozgwieżdżone niebo, a z ogrodu dobiegała muzyka cykad.

Andrea oparła ręce na balustradzie i z rozkoszą wdychała ciepłe, wonne powietrze. Przypomniała sobie w tej chwili opowieści matki sprzed wielu lat, jak trzymając za rękę mężczyznę, którego pokochała, spacerowała po plaży, bose stopy obmywało im Morze Egejskie, a z oddali słychać było cykady. Och, mamo, dlaczego on musiał zginąć?

– O czym czy o kim tak rozmyślasz? – posłyszała za sobą głos Nikosa i poczuła, jak czubkami palców dotyka jej nagich ramion.

Miała wrażenie, jakby przebiegł przez nią prąd elektryczny.

– Och, o kimś, o kim myślę bardzo często – odparła, starając się, by jej głos zabrzmiał obojętnie.

Chciała się od niego odsunąć, ale jakoś nie potrafiła.

– O jakimś mężczyźnie?

– Tak – odparła tęsknym głosem.

Nikos zdjął rękę z jej ramienia.

– Jak on się nazywa? – zapytał ostro.

Andreę zdziwił jego ton.

– Andreas – odpowiedziała.

– A nazwisko?

– Andreas Coustakis – rzuciła hardo, dumnie podnosząc głowę. – Mój ojciec.

– Twój ojciec? – zdziwił się Nikos. – Bardzo przepraszam, jeśli cię uraziłem... Czy go znałaś?

Potrząsnęła przecząco głową. Nagle przemknęło jej przez myśl, że ojciec z pewnością spacerował po tym tarasie, znał każdy zakamarek w tym domu. Wzburzony wybiegł stąd tej nocy, kiedy zginął...

– Nie, ale moja matka... często go wspomina.

Nikosa bardzo poruszyły jej słowa. On także nie znał swego ojca. Nic o nim nie wiedział...

Matka powiedziała mu tylko, że był marynarzem, spędzającym urlop w Atenach. Jego przodkowie wywodzili się gdzieś z Północy. Nikos wziął po nim wzrost. Może pochodził z któregoś z krajów skandynawskich? Matka nie wiedziała. I mało ją to obchodziło. W odróżnieniu od matki Andrei... Nikos poczuł w sercu lekkie ukłucie zazdrości.

– Co ci o nim opowiadała?

– Jak bardzo go kochała. I jak on szczerze ją kochał. Jak ją nazywał „gołąbeczką" i mówił, że złoży jej u stóp cały świat... – Tu głos się jej załamał. – A potem zginął w wypadku. I tak skończył się piękny sen.

Andrea musiała przerwać. Ściśnięte gardło nie pozwalało jej dalej mówić, a oczy nabrzmiały łzami, przez które nic nie widziała. Miała wrażenie, jakby cała zdrętwiała. Nie poczuła też, kiedy Nikos ją objął, obrócił ku sobie, przytulił do swojej piersi jej głowę, tak by łzy mogły popłynąć swobodnie i szepnął cicho:

– Sza, sza...

Przez dłuższą chwilę pozwoliła, by ten nieznajomy, który okazał jej niespodziewanie tyle dobroci, trzymał ją w objęciach.

– Przepraszam – mruknęła i chciała się oswobodzić, ale przytrzymał ją za łokcie.

– Nie wstydź się swoich łez – powiedział łagodnie. – Nic dziwnego, że go opłakujesz.

Gdy podniosła ku niemu twarz, ujrzał, jak lekko drżą jej wargi. Nie mógł na to nic poradzić, to było silniejsze od niego. Nawet gdyby zatrzęsła się pod nim ziemia. Jego usta dotknęły jej ust. Otoczył ją ramieniem i przyciągnął do siebie.

Andrea czuła, jakby się w nim roztapiała, jakby jej ciało układało się według jego ciała, a usta według jego ust. Przenikały ją ciepłe dreszcze, które tłumiły wszystkie inne doznania i myśli, poza tym rozkosznym uczuciem bliskości. Nagle jednak otrząsnęła się i oderwała od niego, drżąc.

– Nie! – wyrzuciła z siebie zduszonym szeptem.

Co też ona robi? Chyba oszalała! Jak to możliwe, żeby ta krótka chwila pocieszenia ze strony nieznajomego przerodziła się w uczucie tak zmysłowe, że łatwo się w nim było zatracić...

Ręce Nikosa wciąż jednak spoczywały na jej ramionach. Bardzo jej pragnął, każdym nerwem, aż do bólu. Ze zdumieniem zdał sobie sprawę, że żadnej kobiety, ani Esme, ani Xante ani innych, nie pragnął tak mocno.

Czy to dlatego, że ta miała zostać jego żoną? Czy właśnie perspektywa trwałego związku wyzwoliła w nim uczucia, jakich istnienia nawet nie podejrzewał? Aż do dzisiaj?

Na dodatek nie tylko jej tak mocno pragnął, ale także poczuł w sobie jakąś zaborczość wobec niej, nie potrafił sobie wyobrazić, by mogła należeć do kogoś innego. Było to dla niego zupełnie nowe uczucie. I nagle zdał sobie sprawę, że wszystko dzieje się za szybko – zarówno dla niej, jak i dla niego. Gdy na nią spojrzał, domyślił się od razu, że ona przeżywa to samo, co on. Że się lęka.

– Andrea – odezwał się cicho – nie bój się, proszę. Przepraszam, działam zbyt pospiesznie. Nie dotknę cię już więcej wbrew twojej woli. Ale to nie moja wina, taka jesteś piękna...

Mówiąc to, cofnął się o krok.

– Chodź – poprosił chropawym głosem, nad

którym nie umiał zapanować. – Daj mi rękę i pójdźmy trochę się przejść. Mamy tyle spraw do omówienia.

Andrea pozwoliła mu opleść palcami swoją dłoń i poprowadzić wolnym krokiem na odległy koniec tarasu. Nocne powietrze mile chłodziło jej rozpaloną twarz, ale umysł pracował na wysokich obrotach, a serce trzepotało w piersi.

Co ona tu robi, na tym tarasie pod rozgwieżdżonym niebem, z mężczyzną, na widok którego serce o mało nie wyskoczy jej z piersi i który pocałował ją tak, jak nikt inny w całym jej życiu? Przecież ona nawet go nie zna! I o czym on chce z nią rozmawiać?

– Mamy tyle spraw do omówienia? – zdziwiła się głośno.

Nikos uśmiechnął się do niej ciepło i powiedział:

– Moja droga przyszła żono, chyba powinniśmy porozmawiać o naszym ślubie.

Andrea osłupiała z wrażenia.

ROZDZIAŁ PIĄTY

Gdy oprzytomniała, wyrwała rękę z jego dłoni i cofnęła się, mierząc go wzrokiem.

– O czym? – wykrztusiła wreszcie, patrząc na niego tak, jakby był cielęciem o dwóch głowach

– O naszym ślubie – powtórzył chłodniejszym tonem.

– O mój Boże – westchnęła ciężko. – Widocznie mam do czynienia z wariatem... – mruknęła pod nosem i rzuciła się do ucieczki w stronę drzwi balkonowych.

On jednak zdążył chwycić ją mocno za przegub dłoni.

– Jak mnie nazwałaś? – zapytał z oburzeniem, miażdżąc jej palce.

– Puść mnie natychmiast! – zawołała przestraszona.

– Co się tu, u diabła, dzieje? – domagał się odpowiedzi Nikos, jeszcze mocniej zaciskając dłoń. – Powiedziałem tylko, że powinniśmy porozmawiać o szczegółach naszego ślubu. Jestem gotów przystać na wszystkie twoje warunki, ale chciałbym, abyśmy pobrali się tutaj, w Grecji.

– Pobrali? – powtórzyła z niedowierzaniem Andrea. – Ja miałabym wyjść za ciebie? – Powiedziała to takim tonem, jakby to był najbardziej niedorzeczny pomysł na świecie.

Nikos puścił gwałtownie jej rękę i obrzucił ją gniewnym spojrzeniem.

– Musimy porozmawiać – rzucił szorstko. – Dlaczego pozwoliłaś mi się przed chwilą pocałować, jeśli nie wiedziałaś, że mam zamiar się z tobą ożenić?

– Mój Boże, ty naprawdę jesteś obłąkany! – wykrzyknęła zdesperowana Andrea, na próżno starając się od niego uwolnić.

Nikos nie mógł pojąć, skąd u niej ten napad histerii. Czy możliwe, że ona nic nie wiedziała o ich planowanym małżeństwie? Przecież musiała wiedzieć! Wobec tego, może ona nie chce go poślubić?

Ta myśl bardzo go rozgniewała. Jak śmiała zwodzić go w ten sposób przez cały wieczór, pozwalać mu smakować słodycz swoich ust, wzbudzać w nim pożądanie, jeśli nie chce za niego wyjść? I czy poślubienie go jest dla niej czymś aż tak okropnym?

A może to dlatego, że jestem bękartem jakiejś barmanki i nieznanego marynarza?

Nikos nie potrafił się otrząsnąć z tej trującej myśli. Tak czy owak, jeśli z tego powodu nie chciała za niego wyjść, miała dość czasu, żeby poinformować o tym swego dziadka.

Ale czy Yiorgos Coustakis w ogóle zechciałby wysłuchać jej argumentów?

Nikos odrzucił od siebie tę myśl. Nieważne. Teraz musi przede wszystkim zmusić Andreę, żeby przestała histeryzować.

– Dość tego. Nigdzie nie pójdziesz, dopóki się nie uspokoisz – rozkazał jej ostro.

W tej chwili poczuł mocne kopnięcie w kostkę, od którego omal nie stracił równowagi. Andrea wykorzystała to, wyrwała mu się i pobiegła co sił w nogach do drzwi balkonowych.

Mimo bólu w nodze, Nikos zdążył ją dogonić u wejścia do sali jadalnej. Chwycił ją mocno za ramiona i syknął:

– Zachowuj się przyzwoicie! Nie ma powodu, żebyś w ten sposób zareagowała na to, co powiedziałem!

W głębi serca nie mógł się absolutnie pogodzić z tym, że ona – którą z niechęcią zgodził się poślubić parę tygodni temu – że to właśnie ona wpadła w histerię, słysząc, że ma zostać jego żoną. Tak jakby Nikos Vassilis był najbardziej odrażającym mężczyzną pod słońcem!

– To chyba jakiś dowcip? – zawołała wzburzona. – Kiepski, idiotyczny dowcip!

– Jesteś dziedziczką fortuny Coustakisów – oświadczył lodowatym tonem. – A ja przejmę ten koncern, kiedy twój dziadek przejdzie na emeryturę. To chyba oczywiste, że powinniśmy się pobrać?

– Ja dziedziczką fortuny Coustakisów?! – powtórzyła dziwnym głosem, po czym roześmiała się krótko. Wzięła głęboki oddech i powiedziała: – No cóż, przykro mi, że muszę pana rozczarować, panie Vassilis, ale nic z tego nie będzie. Musi pan sobie znaleźć inną dziedziczkę, i z nią się ożenić!

Gdy odwróciła się, chcąc przekroczyć próg

jadalni i wymknąć się do swojego pokoju, Nikos zagrodził jej drogę ramieniem.

– Obrażasz mnie – odezwał się cicho, ale głosem tak groźnym, że ciarki przeszły jej po plecach.

Ten człowiek stał blisko niej. O wiele za blisko.

– Ja pana obrażam? Panie Vassilis, jest pan gościem w domu mego dziadka i pozwolę sobie przypomnieć, by się pan odpowiednio zachowywał – powiedziała, zdobywając się z trudem na lodowatą uprzejmość. – Biorę poprawkę na odmienne obyczaje panujące w Grecji, ale jeśli pan sobie wyobraża, że ma prawo mi się oświadczyć, bo mnie pan pocałował na tarasie, to żyje pan chyba w głębokim średniowieczu! Nie skompromitował mnie pan tym pocałunkiem, więc proszę nie próbować szantażować mojego dziadka, aby obiecał panu moją rękę tylko dlatego, że jak idiotka wypłakałam się w pańskich ramionach!

Andrea była równie wściekła na niego, jak na samą siebie. Zasłużyła sobie na to, gdy temu nieznajomemu przystojniakowi pozwoliła się wyprowadzić na taras pod gwiaździstym niebem. A on natychmiast wpadł na pomysł, że oto nadarza mu się świetna okazja, aby złapać bogatą żonę. I całował ją nie dla niej samej, ale chciał w ten sposób usidlić dziewczynę, którą uważał za dziedziczkę Coustakisów!

Tak ją właśnie nazwał! Andrea omal się histerycznie nie roześmiała. Może warto go utrzymywać w tym obłędnym mniemaniu, żeby w nagrodę ujrzeć reakcję dziadka, gdy ten zażąda, by Nikos się z nią ożenił, aby uratować honor dziecka kobiety, którą w obecności jej córki ośmielił się nazwać dziwką!

– Masz na myśli szantaż? – oburzył się Nikos. – Jak śmiesz insynuować coś podobnego!

– Mój dziadek roześmieje się panu w twarz, panie Vassilis, kiedy się zorientuje, że zabiega pan o małżeństwo ze mną po to, by zdobyć Coustakis Industries!

– Mylisz się – powiedział zimno Nikos. – To był jego pomysł.

Andrea osłupiała, słysząc jego słowa.

– Mój dziadek... o tym wie? I to on chce, żebym za pana wyszła?

Czyżby stary Coustakis nie raczył poinformować wnuczki o swoich planach? To nawet do niego podobne, pomyślał Nikos, głośno zaś powiedział:

– W zamian za przejęcie przeze mnie Coustakis Industries, gdy on przejdzie na emeryturę, co nastąpi wkrótce po naszym ślubie. Wszystko to już uzgodniliśmy – wyjaśnił.

Nie był w nastroju, by dalej oszczędzać uczucia tej kobiety, której reakcja tak bardzo go obraziła. Niech się dowie, że ich małżeństwo jest częścią transakcji finansowej.

– Gratuluję tak znakomitego pomysłu – rzekła Andrea, która wciąż nie mogła uwierzyć własnym uszom. – A teraz proszę pozwolić mi przejść.

Minęła go, wciąż zaszokowana i coraz bardziej wzburzona. Nikos Vassilis nie jest wariatem i musiał mieć solidne podstawy, żeby jej to wszystko powiedzieć. Jego uwodzicielski pocałunek nie miał tu nic do rzeczy.

A więc uroczy, kochany dziadek, który przez całe życie nie chciał jej znać, chce ją teraz wydać za mąż?

Andrea, której oczy przesłoniła czerwona mgła na myśl o tym upokorzeniu, przemaszerowała przez marmurowy hol i pchnęła drzwi wiodące do biblioteki.

Gdy tam weszła, dziadek obrzucił ją gniewnym spojrzeniem znad mahoniowego biurka, obok którego stała konsola z migającymi monitorami komputerowymi.

– Wynoś się! – warknął władczym tonem.

Andrea zignorowała go i podeszła do biurka.

– Ten człowiek – wyrzuciła z siebie, wskazując gniewnie palcem na Nikosa, który stanął właśnie w drzwiach – oznajmił mi, że się ze mną ożeni! Proszę mu natychmiast powiedzieć, że nic z tego nie będzie!

Rysy twarzy Yiorgosa wyostrzyły się groźnie.

– Dobrze usłyszałaś. Nie posyłałbym po ciebie, gdyby to nie było między nami uzgodnione. A teraz wyjdź stąd, przeszkadzasz mi.

– Czy ty zupełnie oszalałeś?! – zawołała Andrea, trzęsąc się ze złości. – Sprowadzasz mnie tutaj, zaskakujesz taką wiadomością i oczekujesz, że się na to zgodzę? Co ty sobie w ogóle wyobrażasz?!

Yiorgos Coustakis wstał zza biurka. Chociaż nie był wyższy od Andrei, jego postać zdawała się dominująca. Andrea jednak nie dała się zastraszyć:

– Wybij to sobie z głowy raz na zawsze! – wykrzyknęła.

– Milcz! – syknął gniewnie Yiorgos, któremu twarz poczerwieniała ze złości. – Marsz do swojego pokoju! Zajmę się tobą jutro rano!

– Co takiego? – zdumiała się. – Jak śmiesz mi rozkazywać? Nie jestem twoim popychadłem!

– Nie, jesteś moją wnuczką i dlatego żądam od ciebie posłuszeństwa.

– Możesz sobie żądać, ile tylko chcesz – odparowała wzgardliwie Andrea. – Słowo „posłuszeństwo" nie figuruje w moim słowniku.

Przyglądający się tej konfrontacji Nikos zdawał sobie sprawę, że jest świadkiem niezwykle rzadkiej sceny – kiedy ktoś, a zwłaszcza kobieta, ośmiela się przeciwstawić despotycznemu i bezwzględnemu szefowi Coustakis Industries.

– Albo natychmiast stąd wyjdziesz, albo każę cię wyprowadzić! Zrozumiałaś?!

Nacisnął guzik na blacie biurka i warknął coś po grecku do mikrofonu, po czym znów spojrzał na Andreę. Grymas złości nie opuszczał jego twarzy.

Ale Andrea była zbyt wściekła, żeby się go bać. Poza tym wiedziała, że jeśli teraz mu ulegnie, wszystko przepadnie. On poczuje się zwycięzcą, a z niej zostanie tylko zastraszona, trzęsąca się galareta. Przed laty dała mu się zastraszyć jej matka, ale z nią tak łatwo mu nie pójdzie!

– Wyjdę wtedy, kiedy zechcę – syknęła. – Na przykład kiedy przyznasz, że ten człowiek, którego tu zaprosiłeś, jest niepoczytalny!

– Milcz, ty źle wychowana smarkulo! – wrzasnął na nią doprowadzony do furii Coustakis. – I nie waż się tak mówić o swoim przyszłym mężu! – dodał, waląc pięścią w biurko.

– To musi być jakiś idiotyczny kawał. Powiedz mi, że to nieprawda.

– Jak śmiesz podnosić na mnie głos? Za kogo ty się masz? Jesteś zaręczona z Nikosem Vassilisem i w przyszłym tygodniu go poślubisz. Cała reszta to nie twoja sprawa. Koniec na tym! Marsz do swego pokoju!

– W życiu nie słyszałam podobnych bzdur! – zaprotestowała Andrea, której serce waliło jak młotem.

Ledwie skończyła, jej dziadek wyszedł zza biurka i stanął przed nią, purpurowy z gniewu.

Gdy ją uderzył, zatoczyła się i omal nie upadła. Wydała stłumiony okrzyk, cofnęła się o krok i zasłoniła twarz ramieniem.

– Jeśli kiedykolwiek jeszcze mnie uderzysz, uprzedzam, że ci oddam. Jesteś podłym, nieczułym draniem. I nie próbuj mnie rozstawiać po kątach, wbij to sobie raz na zawsze do głowy!

– Wynoś się stąd! – ryknął Coustakis i zaczął miotać przekleństwami po grecku.

Andrea wzięła głęboki oddech i oznajmiła:

– Już idę. Ale zanim to zrobię, musisz coś zrozumieć. Nie jestem jakimś pionkiem ani idiotką, którą możesz manipulować w podłych machinacjach! Nie jestem twoją własnością! Możesz się dać wypchać, panie Coustakis!

– Wyprowadźcie ją stąd! – ryknął Coustakis w stronę dwóch ochroniarzy, którzy posłusznie czekali w drzwiach. Twarz miał czerwoną i wykrzywioną ze złości, oddychał z trudem.

– Zostańcie na miejscu – rozkazał im Nikos tonem nieznoszącym sprzeciwu. – To nie będzie konieczne, Yiorgos – dodał, zaciskając palce na ramieniu Andrei.

– Ty draniu! – zdążyła jeszcze wykrzyknąć Andrea, zanim Nikos wyprowadził ją z biblioteki.

Właściwie w tej chwili o niczym innym nie marzyła, tylko by się stąd wydostać. Szła szybko, usiłując się uwolnić z uścisku Nikosa.

– Puść mnie! Nie zostanę tu ani chwili dłużej!

Gdy weszli do holu, minąwszy ochroniarzy, Nikos puścił ją.

– Poślijcie służącego do pana Coustakisa – rzucił do nich przez ramię. – Może potrzebować pomocy.

Faktycznie, stary człowiek wyglądał przed chwilą tak, jakby miał dostać apopleksji.

Andrea przyłożyła dłoń do zaczerwionego od uderzenia policzka.

Theos, pomyślał Nikos, ona odziedziczyła temperament po swoim dziadku. Co za sekutnica! I co ja tu właściwie robię, uwikłany w gwałtowny konflikt między starym Coustakisem a tą tygrysicą, jego wnuczką?

– Wiesz co – zwrócił się do niej – widzę, że oboje potrzebujemy napić się czegoś mocniejszego. – Ujął ją za ramię i poprowadził do salonu.

Andrea opadła na obitą jedwabiem kanapę, a Nikos podszedł do intarsjowanego kredensu, skąd przyniósł dwa kieliszki napełnione po brzegi brandy.

– Wypij – polecił, wręczając Andrei kieliszek. – To cię uspokoi.

Ognisty płyn rzeczywiście podziałał na nią kojąco. Jeszcze raz potarła dłonią zaczerwieniony, bolący policzek.

Muszę się stąd wydostać, pomyślała. Wyjedzie wczesnym rankiem i złapie pierwszy samolot do Londynu. Do domu. Do normalnego życia.

– Czy to prawda? – to pytanie wyrwało jej się z ust niemal bezwiednie.

Nikos ściągnął brwi.

– Czy to prawda, że wpadliście na pomysł, abyśmy się pobrali? Nie mogę w to uwierzyć!

– Tak – odparł sucho Nikos. – Chyba usłyszałaś potwierdzenie? – zapytał sarkastycznie.

– A to drań! – wykrzyknęła Andrea, pieniąc się w środku.

Twarz Nikosa zastygła w grymasie dezaprobaty. Nie darzył Coustakisa sympatią, ani też z pewnością nie uważał, że wolno mu było wymierzyć Andrei policzek, ale ona z kolei winna pamiętać, że jeśli żyje w luksusie, to przecież dzięki pieniądzom dziadka i jest mu winna przynajmniej uprzejmość.

– Uważaj, jak się odzywasz! – rzucił ostro.

– Bo co? – odcięła się. – Może i ty podniesiesz na mnie rękę?

Nikos zaklął pod nosem. Marzył tylko, żeby się

znaleźć jak najdalej od tego domu wariatów, na przykład w kojących, ciepłych ramionach Xante, która otwierała usta tylko wtedy, kiedy on sobie tego życzył.

– Z pewnością musi być jakiś sposób, żebyś przestała się wyrażać jak smarkula, używająca ordynarnego języka!

Andrea wstała, podnosząc wysoko brodę.

– Lepiej będzie, jeśli opuści pan ten dom – oznajmiła zimno. – I radzę następnym razem, kiedy postanowi pan z kimś się ożenić, aby zechciał pan uprzejmie najpierw zapytać tę osobę o zdanie. Mało mnie obchodzi, jak bardzo panu zależy na objęciu Coustakis Industries. Ja na pewno nie zostanę pańską żoną. Nie interesują mnie łowcy posagów, choćby nie wiem jak przystojni!

Gwałtownym ruchem odstawiła na intarsjowany blat swój kieliszek, tak że połowa jego zawartości się wylała. Zakręciła się na pięcie i jak burza wypadła z salonu. Na marmurowych schodach słychać było stukot jej wysokich obcasów, gdy spieszyła szukać schronienia w swoim pokoju.

Nikos, nie posiadając się z wściekłości, wybiegł z domu, wskoczył do swego ferrari i z piskiem opon ruszył z podjazdu, jakby ścigało go sto diabłów.

Andrea drżącymi palcami wystukała numer na komórce, którą pożyczył jej Tony. Po chwilach najwyższego napięcia podczas konfrontacji z dziadkiem teraz poczuła, jak opuszczają ją siły.

– Tony – próbowała zwięźle podsumować sytuację, aby go nie narażać na koszty. – Nic z tego nie wyszło. Wracam do domu. Jutro. Nie martw się o mnie. Nic strasznego się nie stało, ale jednak postanowiłam wrócić. Jeśli nie zadzwonię jutro z lotniska w Atenach, będzie to oznaczało żółty alarm, OK? A gdybym nie przyleciała na Heathrow, albo gorzej, nie zadzwoniła do ciebie jutro wieczorem, odczytaj to jako alarm czerwony. Tak, poznałam mego ukochanego dziadka. Jest dokładnie taki, jak go sobie wyobrażałam.

Miło jej było posłuchać kojącego, spokojnego głosu Tony'ego, a także przypomnieć sobie dzięki rozmowie z nim, że poza tym wyglądającym jak pałac domem wariatów istnieje jeszcze normalny świat. Mimo to wciąż jeszcze trzęsły się jej ręce. W nocy często się budziła i potem długo nie mogła usnąć.

Rano obudziła ją Zoe, delikatnie kładąc jej rękę na ramieniu. Jak się okazało, wzywał ją do siebie dziadek. Natychmiast.

Dziadka znalazła w sypialni, wspartego na poduszkach olbrzymiego łoża z baldachimem, które wyglądałoby całkiem na miejscu w Wersalu. Po raz pierwszy zauważyła, że stary człowiek nie wygląda zdrowo.

Gdy zbliżyła się do łoża, spostrzegła, że jego czarne oczy nie utraciły nic ze swojej świdrującej mocy.

– A więc – odezwał się chropawym głosem – jesteś jeszcze gorsza, niż się obawiałem. Powinienem był odebrać cię tej zdzirze, twojej matce, i sam wychować! Już ja nauczyłbym cię respektu!

W sercu Andrei wszelkie dobre intencje zagłuszył natychmiast gniew. Ale postanowiła nie stracić panowania nad sobą. Stała więc przy łóżku, patrząc w milczeniu na człowieka, który był ojcem jej ojca. Nie mogła wprost uwierzyć, że jest z nim tak blisko spokrewniona.

– Nareszcie milczysz! Szkoda, że wczoraj wieczorem nie potrafiłaś powstrzymać jadowitego języka i tak się skompromitowałaś w obecności przyszłego męża!

– Nikos Vassilis nigdy nim nie będzie – powiedziała Andrea, z trudem zachowując spokój, chociaż krew gotowała się jej w żyłach, gdy posłyszała, jak ten człowiek mówi o jej matce. – I ta rozmowa prowadzi donikąd. Wyjeżdżam do Londynu. Bądź tak uprzejmy polecić, by odwieziono mnie na lotnisko.

Na twarzy Coustakisa wystąpiły wypieki.

– Nigdzie nie pojedziesz! Zostaniesz w swoim pokoju aż do dnia ślubu, jeśli nie zmienisz zachowania wobec mnie. To ja jestem panem w moim własnym domu! – wrzasnął i rąbnął pięścią w kołdrę na kolanach. – Powinnaś dostać dobre lanie, może to nauczyłoby cię moresu!

Andrea pobladła na myśl o dwóch osiłkach, jego ochroniarzach.

– Myślisz może, że bym się zawahał? Twój ojciec często obrywał ode mnie pasem! Szybko się nauczył posłuszeństwa! Aż do czasu kiedy poznał tę dziwkę, która cię urodziła. Wtedy ośmielił mi się przeciwstawić! Wyrzuciłem go z domu!

Nie zamierzałem dać mu ani grosza! A on tak się spieszył do tej ladacznicy, że zginął w wypadku samochodowym!

Andrea miała wrażenie, jakby to wszystko wydarzyło się wczoraj. Myślała o swoim ojcu, terroryzowanym i maltretowanym przez tego niegodziwca, który tak go unieszczęśliwiał... I potem, właśnie w chwili, gdy wreszcie szczęście się do niego uśmiechnęło, wszystko zostało mu gwałtownie odebrane – nawet jego życie...

– Ty podły człowieku... – wyszeptała.

– Wynoś się stąd! – ryknął Coustakis – zanim sam wezmę na ciebie pas! Nie pozwolę ci się stawiać! Ani tobie, ani nikomu!

– Och, nie bój się – rzuciła zimno. – Już się stąd wynoszę. Nawet gdybym miała pieszo dotrzeć na lotnisko.

– Nie wolno ci zrobić ani kroku z tego domu, zanim zabierze cię stąd Nikos Vassilis!

– Mylisz się – oznajmiła Andrea. – Dzisiaj wyjeżdżam.

– Ciekawe, jak się wydostaniesz z zamkniętego na klucz pokoju? – zapytał szyderczo Yiorgos.

Andrea zmierzyła go wzrokiem i oznajmiła beznamiętnie:

– To by było bardzo nierozsądne posunięcie. Bo widzisz, jeśli nie będę co wieczór dzwoniła pod pewien numer, ambasada brytyjska w Atenach zostanie zaalarmowana, że jestem przetrzymywana wbrew własnej woli. Chyba nie chcesz zostać oskarżony o więzienie mnie w swoim domu! Nie wspominam już nawet o tym, jaką uciechę miałaby z tego prasa!

Yiorgos zaklął głośno po grecku.

– A jeśli cię zmuszę do wykonania tego telefonu?

– Och, to też byłoby niemądre – uśmiechnęła się nieprzyjemnie Andrea, chociaż ciarki ją przeszły, gdy to sobie wyobraziła. – Widzisz, w takim wypadku użyłabym w rozmowie pewnego zaszyfrowanego, umówionego słowa, i wtedy... – urwała znacząco.

Twarz Coustakisa przybrała nagle kamienny wyraz pokerzysty, zniknęła z niej cała wściekłość, którą pałał jeszcze chwilę temu.

– Powiedz mi – odezwał się znienacka – dlaczego perspektywa poślubienia Nikosa jest ci aż tak niemiła?

– Pytasz mnie poważnie? – zdziwiła się Andrea.

– Czy nie jest przystojny? Czy ci się nie podoba? Ma wielkie powodzenie u kobiet, i to nie tylko z racji swego majątku!

– Majątku? – prychnęła. – Przecież to łowca posagów. Sam nie zaprzeczył, kiedy mu to powiedziałam.

Yiorgos Coustakis roześmiał się szorstko.

– On chce tylko pomnożyć własny niemały majątek! Wyobrażasz sobie, że powierzyłbym swoje imperium komuś niesprawdzonemu? Nikos Vassilis jest posiadaczem niezłej fortuny, nie zmarnuje mojej z powodu niekompetencji czy nieumiejętnego zarządzania.

Andrea zmarszczyła brwi, starając się oswoić z tym nagłym zwrotem w sytuacji. Coustakis tymczasem ciągnął dalej:

– Firma Vassilis Inc. jest warta ponad pięćset milionów euro! Vassilis od półtora roku zabiega o fuzję z Coustakis Industries. To ambitny facet i postanowiłem teraz umożliwić mu spełnienie jego ambicji. Ale – dodał ostrzejszym głosem – podbiłem cenę. Zanim podpiszę umowę, on musi się z tobą ożenić.

– Nie pojmuję dlaczego? Przecież przez dwadzieścia pięć lat nie chciałeś w ogóle uznać mojego istnienia, dokładnie od chwili, kiedy twoje zbiry porwały moją matkę na lotnisko i wepchnęły do samolotu do Anglii! W taki sposób pozbyłeś się kobiety, która ośmieliła się powiedzieć, że jest w ciąży z twoim niedawno zmarłym synem!

– Dlaczego? – powtórzył za nią Yiorgos. – Dlatego że masz w sobie moją krew. Ty i tylko ty. Nie mam innego wyjścia, jak tylko się tobą posłużyć, bez względu na to, jak by twoja krew była skażona. Kiedy wyjdziesz za Nikosa Vassilisa, on stanie się strażnikiem mojego majątku, a moja krew popłynie w żyłach twojego syna. To on będzie moim dziedzicem. Musiałem odczekać dwa pokolenia, ale wreszcie będę miał dziedzica!

A więc o to chodzi, pomyślała. Ogarnęło ją obrzydzenie. Yiorgos Coustakis zbliżał się do kresu swego niewydarzonego życia i chciał w ten jedyny możliwy sposób zapewnić sobie nieśmiertelność.

Miał wszystko, co tylko można kupić za pieniądze, ale był człowiekiem pozbawionym wartości. Nie miał w sobie ani krzty dobroci, współczucia, delikatności, nie miał uczuć dla nikogo, poza samym sobą. Syna traktował jak własność, jak stworzenie, które biciem można zmusić do uległości, a matkę Andrei z miejsca potępił jako kobietę, która polowała tylko na jego pieniądze!

I teraz, pomyślała, po dwudziestu pięciu latach stoję przed nim i wiem, że jestem jedyną osobą na świecie, która może mu dać to, czego on pragnie. Tę jedyną, ostatnią rzecz.

Zabrzmiał jej w uszach głos Tony'ego: „Jeśli on czegoś od ciebie potrzebuje, to jeśli nie chce, byś mu odmówiła, będzie musiał zrobić coś, na czym tobie zależy".

No i jest coś, na czym jej zależy, po co przemierzyła ponad tysiąc kilometrów. Pieniądze dla matki. Nie tylko po to, aby mogła odzyskać zdrowie w cieplejszym klimacie i w słońcu. Te pieniądze się matce po prostu należą. Tego wymaga zwykła sprawiedliwość.

Dziadek potraktował ją jak narzędzie dla swoich celów. W porządku, ale za narzędzia trzeba płacić. Serce Andrei stwardniało. Jeszcze pięć minut temu nie marzyła o niczym innym, tylko żeby się stąd wydostać. Teraz przypomniała sobie, po co tu przyjechała. Po pieniądze.

Coustakis musiał wyczytać to z jej twarzy, bo opadł wygodniej na poduszki i powiedział:

– Więc powiedz mi, jaka jest twoja cena za to, że wpuścisz do łóżka Nikosa Vassilisa, który włoży ci na palec obrączkę i uczyni z ciebie porządną kobietę?

Andrea postanowiła, że jego obelżywe słowa spłyną po niej jak woda po kaczce.

– Pięćset tysięcy funtów – wypaliła bez wahania. – Funtów brytyjskich. Płatne na konto londyńskiego banku, który sama wybiorę, na moje nazwisko – Andrei Fraser.

Specjalnie podała to nazwisko. Nigdy nie należała do rodziny Coustakisów. I nigdy nie będzie należała.

– Jak na córkę dziwki bez majątku, nieźle się cenisz – zauważył Coustakis z pogardliwym uśmieszkiem.

Andrea zachowała kamienną twarz.

– To ty mnie potrzebujesz. Więc zapłacisz. To wszystko.

W jego oczach pojawił się błysk gniewu.

– Sądzisz, że jako żona Nikosa Vassilisa będziesz klepała biedę? Będziesz żyła w niewyobrażalnym luksusie! Powinnaś być mi wdzięczna, tak, powinnaś mi dziękować na kolanach, że cię wydobyłem z tej londyńskiej rudery i daruję ci tak wspaniałe życie!

– Pięćset tysięcy funtów – powtórzyła Andrea nieustępliwie. Tyle było potrzeba, aby spłacić do końca długi Kim, kupić jej przyzwoite mieszkanie w Hiszpanii, a resztę zainwestować bezpiecznie, tak by matka mogła do końca żyć skromnie, ale godnie. – W przeciwnym razie jeszcze dziś wracam do Londynu.

Coustakis rzucił jej spojrzenie pełne nienawiści. Nie zamierzał tak łatwo się poddać.

– Nie dostaniesz nic przed ślubem.

– Nie będzie żadnego ślubu – oznajmiła sucho – dopóki mi nie zapłacisz.

Tak, nie czuła wyrzutów sumienia ani wstydu. Mężczyzna, który całował ją wczorajszego wieczoru, nie zasługiwał na szacunek większy niż jej dziadek!

Dłuższą chwilę wpatrywała się w oczy dziadka, wytrzymując jego świdrujący wzrok. Ani jej było w głowie ustąpić. Wreszcie, po kilku minutach, które zdawały się wiecznością, Coustakis warknął ze złością:

– Dostaniesz pieniądze rano, w dniu ślubu. A teraz się wynoś!

ROZDZIAŁ SZÓSTY

Nikos, zagłębiony w swoim skórzanym fotelu na prezydialnym miejscu przy stole konferencyjnym, udawał, że słucha informacji dyrektorów o efektach fuzji jego firmy z Coustakis Industries. Myślami błądził zupełnie gdzie indziej, a w jego sercu trwała burza emocji.

Kim, do licha, była ta kobieta, którą zgodził się poślubić? Wściekłą kocicą! Rozpieszczoną smarkulą i księżniczką, której przewróciło się w głowie! Harpią, która przy lada okazji wpada w histerię i urządza sceny! Nieodrodną potomkinią rodu Coustakisów!

Jednocześnie Nikos poczuł lekkie ukłucie zazdrości. Ta dziewczyna nie ulękła się konfrontacji ze starym Coustakisem. Wtargnęła do jego pokoju i wygarnęła mu wszystko!

Uśmiech rozjaśnił mu twarz. Trzeba ją było widzieć, jak staje do walki z tym brutalem i złośnikiem, wokół którego wszyscy tańczyli, od służby po wspólników w interesach. Nawet sam Nikos starał się obchodzić szerokim łukiem tego drapieżnika!

Po chwili jednak uśmiech zmienił się w grymas. Mimo wszystko jej zachowanie było niewybaczalne. Z pewnością nie przystoi tak się zachowywać żonie Nikosa Vassilisa, bez względu na okoliczności!

Czy ta dziewczyna naprawdę nie wiedziała, za kogo dziadek chce ją wydać? To by było nawet do niego podobne, w ogóle jej o tym nie powiadomić. A jeśli rzeczywiście tak było, Andrea miała prawo być zaszokowana.

A Coustakis zachował się jak ostatni brutal. Nieważne, czy jego wnuczka go sprowokowała, krzycząc na niego w obecności mężczyzny, którego jej wybrał na męża. Nie wolno bić kobiety. Nigdy.

Ogarnął go wstręt. Nie przyszłoby mu do głowy uderzyć mężczyzny w wieku Yiorgosa, ale obraz starego, wymierzającego policzek wnuczce, wrył mu się w pamięć i nie dawał spokoju.

Muszę ją stamtąd wydostać!

Nikos ze zdziwieniem uzmysłowił sobie przypływ dwóch różnych uczuć: gniewu na Coustakisa, a zarazem opiekuńczej troski wobec Andrei. Żadna kobieta nie budziła w nim dotąd instynktu opiekuńczego.

Znienacka podniósł rękę, przerywając wywód swego dyrektora do spraw sprzedaży.

– Panowie, wybaczcie mi, ale muszę was opuścić. Proszę, kontynuujcie beze mnie.

Dziesięć minut później siedział już w swoim ferrari i przepychał się przez zatłoczone ulice Aten.

Andrea siedziała na tarasie z widokiem na

ozdobne ogrody otaczające wystawną willę dziadka i przerabiała wciąż w myśli ostatnią z nim rozmowę. Chyba musiała oszaleć, żeby zgodzić się na to, czego od niej żądał? To nie była jakaś banalna umowa w sprawie interesów – tu chodziło o małżeństwo! Wszystko to działo się tak szybko i zdawało się wręcz nierealne. Jeszcze dwa dni temu Andrea żyła w swoim niezbyt ponętnym, ale znajomym świecie. A teraz siedzi na skąpanym w słońcu tarasie nad Morzem Śródziemnym – i ma niebawem wyjść za mąż za obcego faceta!

Strach chwycił ją za gardło.

Przecież to nie będzie prawdziwe małżeństwo. Po prostu ceremonia zaślubin, i tyle. Nazajutrz będę już w samolocie i wrócę do Londynu. Mój „mąż" z pewnością będzie rad, że mnie ma z głowy. A na mnie czekać będzie w banku pięćset milionów funtów! – myślała.

Już za miesiąc będą mogły razem z Kim szukać domu w Hiszpanii!

Andrea wyciągnęła przed siebie nogi, wystawiając je na dobroczynne działanie słońca i ciepła. Jej także dobrze zrobi hiszpański klimat. Znajdzie sobie tam jakąś pracę, by Kim mogła wreszcie odpocząć i cieszyć się życiem po tak wielu ciężkich latach. Wielu Brytyjczyków osiedlało się teraz w Hiszpanii, z pewnością coś się da załatwić, zanim Andrea nauczy się języka.

Zaproszę Tony'ego i Lindę na wakacje! – pomyślała z radością. Okazali jej tyle dobroci, byłoby cudownie móc się im chociaż troszkę zrewanżować.

Zadzwoniła do Tony'ego niedawno, by mu powiedzieć, że jednak zostaje.

Myśl o małżeństwie z Nikosem nie dawała jej wciąż spokoju. Oczywiście, że ten fantastycznie przystojny facet, na którego widok jej serce nie wiedzieć czemu mocniej biło, zostanie jej mężem tylko formalnie, będzie dla niej niczym więcej, jak tylko paszportem do Hiszpanii, dla niej i jej matki.

A ona będzie dla niego jedynie paszportem do pieniędzy dziadka!

Na myśl o tym zmarszczyła czoło. Co z niego za mężczyzna? Jak może mu w ogóle przyjść do głowy, żeby żenić się z kobietą, której nigdy nie widział, po to tylko, aby pomnożyć majątek? Mogłaby to jeszcze zrozumieć, gdyby był biedny, tak jak ona, ale przecież jest już i tak bardzo bogaty, czegóż więc jeszcze chce?

No cóż, to nie jej sprawa. Na pewno będzie szczęśliwy, kiedy transakcja dojdzie do skutku, Vassilis przejmie Coustakis Industries, a ona, żona, której przecież sam sobie nie wybrał, da mu święty spokój. Andrea uśmiechnęła się na myśl o tym, że jedyną osobą, która straci na tym układzie, będzie jej dziadek, bo odda firmę Nikosowi, wraz z pogardzaną przez siebie wnuczką, ale długo mu przyjdzie poczekać na upragnionego spadkobiercę! Niedoczekanie!

Gorzkie rozważania przerwał ryk silnika dużej mocy. Samego samochodu nie widziała, gdyż skrywały go drzewa ogrodu. Silnik limuzyny jej dziadka, który wyjechał z domu pół godziny temu, brzmiał zupełnie inaczej. Nietrudno się było domyślić, kto to nadjeżdża.

Po paru minutach jej przypuszczenia się potwierdziły, gdy na tarasie pojawił się Nikos Vassilis i podszedł do miejsca, gdzie siedziała.

Na jego widok drgnęło jej serce. Wyglądał wprost fantastycznie i elegancko w perłowoszarym garniturze, śnieżnobiałej koszuli i szarym, jedwabnym krawacie. Miał nieprzenikniony wyraz twarzy, tym bardziej, że jego oczy skrywały przeciwsłoneczne okulary.

Usiadł naprzeciwko niej, wyciągnął przed siebie długie nogi, tak że ich stopy omal się nie zetknęły. Gdy Andrea automatycznie cofnęła swoje, przez twarz przebiegł jej grymas bólu.

Nikos zauważył to i zapytał ciepłym, zatroskanym głosem:

– Dobrze się czujesz?

Skinęła tylko głową.

– A jak twój policzek?

Zanim zdążyła powiedzieć słowo i go powstrzymać, Nikos sięgnął przez stolik i dotknął jej twarzy czubkami palców. Mimo że były chłodne, poczuła w całym ciele miły, ciepły dreszczyk.

– W porządku – odrzekła szybko i odsunęła jego dłoń.

Wczorajszego wieczoru obrzuciła go ostrymi słowami i teraz, kiedy mimo to okazał jej troskę, wytrąciło ją to z równowagi i nie była pewna, jak się ma zachować.

Na szczęście w tym niezręcznym momencie bezszelestnie zbliżył się do nich służący z tacą z kawą.

Nikos zdjął ciemne okulary i uważnie przyjrzał się Andrei.

– Wciąż jesteś zdenerwowana – powiedział cicho. – Zeszły wieczór musiał być dla ciebie wyjątkowo przykry. Przepraszam cię, to nie powinno się było odbyć w taki sposób. Widzisz – ciągnął dalej, ostrożnie ważąc słowa – twój dziadek jest... trudnym człowiekiem, jak sama zapewne wiesz, znając go tyle lat. Jest przyzwyczajony do wydawania rozkazów, komenderowania innymi i osiągania swego celu możliwie najkrótszą drogą. Nawet brutalnie. To, że cię uderzył, jest niewybaczalne – stwierdził, ściągając brwi – ale w pewnym sensie zrozumiałe. Nie zamierzam go tłumaczyć... chcę tylko powiedzieć, że on nie umiał znaleźć innego sposobu, kiedy jego wnuczka stawiła mu czoło w mojej obecności. Ludzie jego pokolenia nie stronili od rózeczki...

Andrea wzdrygnęła się na myśl o swoim ojcu, który się tu wychowywał, o tym wrażliwym chłopcu, tyranizowanym przez ojca i zmuszanym siłą do posłuszeństwa...

Jedynym promieniem nadziei w jego życiu była Kim, dziewczyna, którą poznał na plaży i w której się zakochał. Romantyczna miłość zakończona tragicznie... Miłość, której nie aprobował jego ojciec.

Nikos tymczasem mówił dalej:

– Musisz mi uwierzyć, Andrea, ja naprawdę

byłem pewien, że znane ci są plany dziadka i że zgodziłaś się na małżeństwo ze mną.

Andrea wzięła do ręki dzbanek z kawą i nalała aromatyczny płyn do obu filiżanek.

– Ale ja się zgadzam – oznajmiła chłodno. – Rozmawiałam z nim dzisiaj i wszystko zostało ustalone, panie Vassilis. Może pan spokojnie finalizować sprawę tej fuzji – rzekła, podając mu kawę.

– Czy on znów usiłował cię zastraszyć?

– Ależ skąd – odrzekła, nie chcąc wdawać się w szczegóły. – Zawarliśmy znakomitą umowę, z której jestem całkiem zadowolona.

Dolała trochę śmietanki do swojej kawy i upiła łyk.

– Umowę? – zapytał Nikos nieco szorstkim tonem, jakiego dotychczas u niego nie słyszała. – Jaką umowę?

– Nareszcie, panie Vassilis, dostanę własne pieniądze.

– Pieniądze? – zdumiał się.

– Właśnie – odparła z nieco sztucznym uśmieszkiem zadowolenia.

Nareszcie, po dwudziestu pięciu latach, Kim otrzyma swego rodzaju odszkodowanie. A przecież nie prosiła Coustakisa o pieniądze, po śmierci jego syna powiadomiła go o ciąży tylko dlatego, że chciała go pocieszyć, chciała, by wiedział, że może spodziewać się wnuka.

– Może zechcesz mi to wyjaśnić – rozkazał jej Nikos władczym tonem, jaki zapewne przybierał wobec podwładnych.

– Sprawa jest bardzo prosta. Idzie o umowę między mną i moim dziadkiem i obiecuję, że w żaden sposób nie będzie ona miała wpływu na waszą transakcję. Mój dziadek zobowiązał się przekazać mi pewną kwotę w dniu, kiedy pana poślubię – powiedziała Andrea z promiennym uśmiechem, rzucając mu jednocześnie ostre spojrzenie. – W odróżnieniu od pana, wolę gotówkę, nie udziały.

Twarz Nikosa stężała.

– On ma ci zapłacić za to, że mnie poślubisz?

Andrea o mało nie roześmiała mu się w twarz. Ależ był wściekły! Z głośnym stuknięciem odstawiła filiżankę na stolik.

– Tak jak płaci panu – wyjaśniła rzeczowo – za to, że pan się ze mną żeni.

– To jest zupełnie co innego!

Andrea znów upiła łyk kawy i z olimpijskim spokojem rzekła:

– Nie widzę tu żadnej różnicy. Pan z pewnością nie wiązałby się z zupełnie nieznaną kobietą, gdyby nie miał w tym jakiegoś interesu, prawda? Tak się składa, że oprócz sporej liczby udziałów w firmie Coustakisa dostaje pan jeszcze mnie. Taki jest warunek mego dziadka – dodała z miłym uśmiechem, patrząc prosto w oczy mężczyźnie, którego miała poślubić. Za pół miliona funtów. – Panie Vassilis, będę z panem absolutnie szczera. Wczoraj był pan uprzejmy zauważyć – powiedziała nie bez sarkazmu – że nasze małżeństwo jest warunkiem przejęcia przez pana kontroli nad Coustakis Industries. Aby ją uzyskać, musi pan mieć w ręku większość udziałów.

Nawet ja, z moim ptasim móżdżkiem w sprawach finansowych, jestem w stanie to pojąć!

Nikos obrzucił ją lodowatym spojrzeniem.

– Ja kupuję akcje Coustakisa! Nie gotówką, lecz za pomocą papierów wartościowych. Wymieniam je na akcje Coustakisa, płacąc przy tym solidną premię, zapewniam cię! Twój dziadek wiele skorzysta na tej transakcji.

Andrea machnęła ze zniecierpliwieniem ręką.

– Proszę mi oszczędzić szczegółów technicznych! Rzecz sprowadza się do tego, że dziadek nie zgodzi się na przejęcie swojej większej firmy przez pana mniejszą firmę, czy jakkolwiek by to pan nazwał, jeśli się pan ze mną nie ożeni. Tak więc żeni się pan ze mną po to, żeby dostać Coustakis Industries. Gdy już je pan przejmie, stanie się pan o wiele bogatszy niż dzisiaj. Krótko mówiąc: płaci się panu za to, żeby się pan ze mną ożenił. Koniec sprawy.

Nikos stracił dla niej teraz całą sympatię i współczucie jako dla wnuczki Yiorgosa Coustakisa. Przyjechał tu, żeby zawrzeć z nią pokój, pogodzić się, zacząć wszystko od nowa i zdobywać jej względy tak, jak mężczyzna powinien zabiegać o kobietę, z którą ma się ożenić... Ta histeryczna harpia z wczorajszego wieczoru z pewnością już nigdy się nie pojawi...

I kogo teraz znalazł? Kobietę, która o małżeństwie i pieniądzach mówi na jednym oddechu. Kobietę z umysłem przypominającym kasetkę na pieniądze. A przecież kiedy ujrzał ją po raz pierwszy, był przekonany, że małżeństwo z nią nie będzie, wbrew temu na co się zanosiło, związkiem z rozsądku, lecz że przyniesie szczęście im obojgu...

Poczuł w sobie odrazę. Ta kobieta, która wczoraj drżała w jego ramionach, przebywała chyba tysiące kilometrów stąd. A może w ogóle tu jej nie było, może mu się tylko zdawało. Naprzeciwko niego siedzi teraz prawdziwa Andrea Coustakis, nieodrodna wnuczka swego dziadka, która zna cenę wszystkiego, lecz nie zna wartości niczego.

Znała dobrze swoją cenę, to pewne. No cóż, on też ją znał. I będzie ją stosownie do tego traktował.

Wstał i rzucił krótko:

– Skoro oboje znamy sytuację, możemy rozpocząć.

– Rozpocząć? Co takiego? – zdumiała się Andrea.

– Nasze oficjalne zaręczyny. – Mówiąc to, pociągnął ją za rękę, zmuszając, by wstała. – Może wolałabyś przypieczętować to wydarzenie książeczką czekową, ale mnie odpowiada bardziej tradycyjny sposób...

Nie miała czasu pomyśleć, co to może znaczyć. Pocałował ją w usta. Powoli i namiętnie. Zaborczo. Bardzo zaborczo.

Andrea poczuła, jak jej ręka sama owija mu się wokół szyi, a palce przeczesują jego włosy.

Nikos po chwili puścił ją i zdjął z szyi jej rękę, która opadła bezwładnie u boku. Uniósł jej brodę, spojrzał na usta, jeszcze gorące od pocałunku, a potem zajrzał głęboko w oczy, lśniące i ocienione gęstymi, długimi rzęsami.

– Andrea Coustakis – odezwał się niskim, ciepłym głosem, który sprawił, że serce stanęło jej na chwilę – z wielką przyjemnością włączę cię do mego majątku. Nasza personalna fuzja zapowiada się bardzo obiecująco... – Pogłaskał ją po policzku, cofnął się o krok i spojrzał na zegarek. – Zapraszam cię na lunch, mam zamiar pokazać światu, jakie są plany firmy Nikos Vassilis SA wobec Coustakis Industries. – Wziął ją pod rękę i zaprowadził do samochodu.

Andrea bezwolnie podążyła za nim. Po prostu nie mogła mu się oprzeć.

Pełna gości restauracja była urządzona luksusowo i z pewnością nieprzyzwoicie droga. Gdy weszli do środka, Andrea poczuła się niezręcznie, widząc, że wszyscy na nią patrzą. Wszyscy mężczyźni, bo kobiet tu prawie nie było. To właśnie tu – pomyślała – spotykają się na lunch ubrani w kosztowne garnitury ateńscy biznesmeni, którym się najlepiej powiodło, tu zawierają umowy, nawiązują kontakty i robią pieniądze.

Podszedł do nich kierownik restauracji, pełen atencji wobec niewątpliwie dobrze znanego sobie gościa.

– *Kyrios* Vassilis – skłonił się lekko z uśmiechem. – Jakże miło nam gościć tu dziś pana. I, oczywiście, pana uroczą towarzyszkę... – w oczekiwaniu zawiesił głos.

– *Thespiris* Coustakis – powiedział Nikos, zaspokajając jego ciekawość.

Kierownik, słysząc to, natychmiast skłonił się przed Andreą i ściszonym głosem wyznał, jak bardzo czuje się szczęśliwy, że zechciała zaszczycić jego lokal.

– Proszę się nie kłopotać – powiedział Nikos, omiatając wzrokiem zatłoczoną salę. – Przejdziemy do baru na drinka i poczekamy, aż będzie gotowy nasz stolik. Jeśli to możliwe, w jakimś zacisznym miejscu – dodał z porozumiewawczym spojrzeniem.

– Oczywiście. – Kierownik ukłonił się znowu i z błyskiem w oku strzelił palcami, aby wydać odpowiednie rozporządzenia podwładnym.

– Proszę tędy, jeśli pani pozwoli, panno Coustakis – powiedział kierownik restauracji wyraźnie głośniej niż poprzednio, wskazując jej drogę do baru.

Andrea zauważyła, jak kilku mężczyzn, którzy także czekali przy barze na stolik, obrzuciło ją uważnym spojrzeniem, po czym jeden z nich wstał, zbliżył się do któregoś ze stolików i szepnął coś na ucho siedzącemu tam gościowi. Ten natychmiast zwrócił ciekawie oczy w stronę Nikosa Vassilisa i jego towarzyszki.

Zagłębiając się w ogromnym, obitym skórą fotelu, w którym omal cała nie zniknęła, Andrea syknęła przez zaciśnięte zęby:

– Co to za cyrk? Może ja mam dwie głowy albo coś podobnego?

Nikos zaśmiał się krótko, pokazując białe zęby.

– Andrea, *agape mou*, spektakl właśnie się zaczął. Zaczął się na dobre.

Świetnie wiedział, jak bardzo ateńczycy uwielbiają plotkować, i dlatego przyprowadził tu Andreę. Zależało mu na tym, by pokazać się w towarzystwie pięknej kobiety, w świecie wielkiego biznesu, i ten fakt się liczył. Wielu mężczyzn zazdrościło Nikosowi nie tylko sukcesu w interesach, ale także wielkiego powodzenia, jakim cieszył się u kobiet, których względów nie musiał kupować.

Mimo że lunch był wyśmienity i z pewnością kosztował majątek, może nawet tyle, ile wynosiła jej półroczna pensja, Andrei nie sprawił większej przyjemności.

Zaczęli od szampana ze znakomitego rocznika, potem zaserwowano im czarne trufle, kawior i egzotyczne owoce morza, których nie potrafiła nawet rozpoznać, podane w delikatnym sosie i pięknie przystrojone kolorowymi warzywami. Do tego wyborne wino zaakceptowane przez Nikosa; musiało kosztować nie mniej niż szampan.

A jednak Andrea była za bardzo spięta, żeby rozkoszować się tymi wyszukanymi specjałami. Ledwie przechodziły jej przez gardło.

Nie tylko dlatego, że wpatrywali się w nią wszyscy, od najskromniejszego kelnera po najbogatszego gościa na sali. Głównym powodem jej konsternacji było to, że pokazała się w miejscu publicznym z Nikosem Vassilisem, który zadbał o to, by wszyscy się dowiedzieli, komu on dziś towarzyszy.

Dziedziczce fortuny Coustakisa.

Najwyraźniej sprawiało mu to ogromną frajdę!

Zresztą sam jej o tym powiedział. Podczas lunchu nachylił się ku niej i szepnął:

– Andrea *mou*, ci ludzie po prostu umierają z ciekawości! Twoje nazwisko robi wrażenie. Korci ich, żeby dowiedzieć się o tobie czegoś więcej! To dziwne, ale nikt w Atenach się nie domyślał, że Yiorgos Coustakis ma wnuczkę. Stary trzymał cię w ukryciu, a teraz wyciągnął jak asa z rękawa! Wszyscy świetnie wiedzą, co się kryje za tym, że przyszliśmy tu razem!

– Więc jest tajemnicą poliszynela, że zamierzasz przejąć Coustakis Industries?

Nikos z widocznym zadowoleniem wypił łyk wina, przez chwilę się nim rozkoszując, po czym powiedział:

– Trochę na ten temat plotkowano, muszę przyznać. W końcu wiadomo, że Yiorgos się starzeje i że coś musi zrobić ze swoją firmą. Aż do dziś nikt nie miał pojęcia, że Coustakis może mieć dziedzica – nie wspominając o ukrytej gdzieś dziedziczce! Ale teraz z pewnością wyciągną odpowiednie wnioski, nie sądzisz, *agape mou*?

– Nie praw mi czułych słówek! – prychnęła na niego.

Nikos z udanym zdziwieniem podniósł brew.

– Moja droga, przecież mamy się pobrać. Musimy jakoś dać temu publicznie wyraz. À propos, jakie są twoje plany co do naszego ślubu? Szczerze mówiąc, mam tylko nadzieję, że szybko to wszystko załatwimy, całą resztę zostawiam tobie. Domyślam się, że na uroczystość przyleci z Londynu twoja matka?

– Nie – odparła krótko, lecz stanowczo Andrea. Kim nie może się w ogóle dowiedzieć o tym ślubie. Andrea będzie musiała poprosić Tony'ego, aby powiadomił jej matkę, że zostanie tu jeszcze kilka tygodni. Wykluczone, żeby Kim się dowiedziała, co planuje córka.

– Czyżby tak bardzo nie lubiła twego dziadka? – zdziwił się Nikos.

– Nie chcę o tym mówić – ucięła Andrea.

Przez zmrużone oczy Nikos uważnie studiował jej twarz. Zauważył, że coś jest nie tak. Jej oczy błyszczały nienaturalnie, a miękkie wargi, w tej chwili zacięte, lekko drżały. Przypomniał sobie chwilę, kiedy Andrea opowiadała mu o swoim ojcu i o tym, jak wspominała go matka, i nagle zrobiło mu się wstyd, że okazał się tak nieczułym gburem.

– Przepraszam cię – powiedział bez namysłu. – To naturalne, że przykro by jej było odwiedzić miejsce, w którym była taka szczęśliwa z twoim ojcem.

– Właśnie. – Andrea kiwnęła głową, przełykając ślinę.

– Więc może weźmiemy cichy ślub?

– Zdecydowanie tak – zgodziła się skwapliwie. – I niech się to wszystko odbędzie tak szybko, jak tylko możliwe.

Gdy drżącą ręką sięgnęła po kieliszek, by ukoić winem nerwy, poczuła jego dłoń na swojej.

– Tak ci spieszno zostać moją żoną? – zapytał aksamitnym, niskim głosem, który przyprawił ją o dreszczyk i szybsze bicie serca.

– Sądziłam po prostu, że chcesz jak najszybciej doprowadzić do tej fuzji – powiedziała szorstko, cofnęła rękę i upiła spory łyk wina.

Nikos przez moment wahał się między oburzeniem i rozbawieniem, ale wybrał to drugie. Świetnie zdawał sobie sprawę, że ona wychodzi za niego tylko dla pieniędzy, czuł jednak również, że nie jest jej obojętny jako mężczyzna, i już cieszył się na myśl o tym, że w swoim czasie w pełni jej to uświadomi.

Jeszcze chwilę temu było mu jej żal – straciła przecież ojca, miała smutne dzieciństwo, z pewnością nie była interesowna. Ale teraz jej pazerność ujawniła się bez osłonek.

– Ty chcesz jak najszybciej doprowadzić do tej fuzji, a mnie spieszno dostać do ręki pieniądze od dziadka – oznajmiła sucho.

ROZDZIAŁ SIÓDMY

Wydawało się, że ten lunch nigdy się nie skończy. Kiedy wychodzili wreszcie z restauracji, Nikos uśmiechnął się do niej czule. Andrea była pewna, że chodziło mu o to, by wywrzeć odpowiednie wrażenie na gościach w restauracji.

– Pomyślałem, że może zechcesz zrobić jakieś zakupy. Jestem pewien, że marzysz o fantastycznej wyprawie!

– Mam wszystko, czego mi potrzeba – odpowiedziała ostro. Absolutnie nie interesowały jej nowe stroje, szafy w jej sypialni w domu dziadka i tak pękały już w szwach. Tego dnia, kiedy zdecydowała się poślubić Nikosa Vassilisa, ubrała się w jeden z kostiumów, które Zoe przedstawiła jej do wyboru – parę świetnie skrojonych szarobrązowych spodni i dobrany top z aplikacjami.

Nikos roześmiał się z niedowierzaniem.

– Żadna kobieta nie ma nigdy wszystkiego, co jej potrzeba – zauważył sucho.

– Nie interesują mnie stroje – ucięła.

– Jeśli tak, to jesteś absolutnie wyjątkową przedstawicielką swojej płci! Ale bardzo chciałbym wybrać dla ciebie coś ładnego. Proszę cię, pozwól mi, spraw mi tę przyjemność. Może coś specjalnego – dodał po chwili namysłu – na naszą noc poślubną.

– Jeśli tak nalegasz...

– Ależ tak, nalegam – uśmiechnął się Nikos z zadowoleniem.

Zawiózł ją do ekskluzywnego sklepu z damską bielizną w eleganckiej dzielnicy handlowej Kolonaki. W tym butiku, pomyślała Andrea, gdyby ktoś chciał kupić bawełniane majtki czy stanik, z pewnością by go wyproszono... Po minie ekspedientki i jej wyjątkowej wprost uprzejmości zorientowała się, że Nikos Vassilis jest tu niezwykle cenionym klientem. I nietrudno się było domyślić, jakie kobiety robią tu zakupy...

Ekspedientka traktowała ją bardzo uprzejmie, ale dla Andrei było oczywiste, że za prawdziwego klienta uważa Nikosa Vassilisa, a nie ją, którą zapewne uznała za panienkę lekkich obyczajów. Andrea pozwoliła jej wziąć swoje wymiary i zademonstrować najróżniejsze, lekkie jak mgiełka nocne stroje, ale nie zgodziła się ich przymierzyć. I tak przecież niczego takiego nie włoży. Jej noc poślubna będzie bardzo krótka – i z pewnością niezbyt przyjemna.

Nikos, zadowolony z wyboru, jakiego dokonał, planował już dalsze zakupy.

– Chodź – nalegał – mamy tu mnóstwo markowych sklepów, tylko wybieraj!

– Nie, dziękuję – powiedziała Andrea obojętnym głosem. – Wciąż ci powtarzam, że mam dość ciuchów.

– Więc zrób mi chociaż tę jedną przyjemność – poprosił, biorąc ją za ramię. – Pozwól, że kupię ci chociaż jedną spódniczkę, w którą mogłabyś się przebrać. Od dwóch dni nosisz wyłącznie spodnie, a ja wolę, kiedy kobiety ubierają się w spódniczki.

– No to masz pecha – oznajmiła z cierpkim uśmieszkiem. – Bo ja noszę wyłącznie spodnie.

– To niemożliwe – zmarszczył brwi – w ogóle nie nosisz spódnic?

– Właśnie – odparła krótko.

– Ale wczoraj miałaś na sobie suknię wieczorową!!

– To prawda – Andrea pospieszyła z odpowiedzią. – Ale to była długa suknia.

Nikos nie był w stanie tego pojąć.

– Jestem pewien, że masz piękne nogi – upewnił ją. – Długie, eleganckie i zgrabne. Nawet teraz, kiedy masz na sobie spodnie, nie mam co do tego wątpliwości.

– Czyżby? Widocznie masz rentgen w oczach.

– No więc kupmy wreszcie tę spódniczkę, żebyś mogła się pozbyć nieuzasadnionych obaw.

– Naprawdę, mam już dość zakupów – oświadczyła Andrea z nieprzeniknionym wyrazem twarzy. – Nudzi mnie to.

Nikos nie mógł wprost dać temu wiary. Nie znał kobiety, którą nudziłyby zakupy, zwłaszcza za jego pieniądze. Uwielbiała je Esme, chociażby z racji swojej profesji, cieszyła się też nimi Xante, dla której sklepy z biżuterią były prawdziwym rajem.

Niczym sroczka kolekcjonowała błyskotki. Dla niej, pomyślał cynicznie Nikos, biżuteria jest polisą ubezpieczeniową na stare lata, kiedy nie będzie już miała bogatych kochanków.

Może Andrea, przyzwyczajona od urodzenia do życia w luksusie i nieliczącą się z pieniędzmi, ma do tego inny stosunek.

– Skoro tak, to czym mógłbym sprawić ci przyjemność?

– Chciałabym zwiedzić Ateny – odpowiedziała niespodziewanie.

Prawdopodobnie nigdy tu już nie przyjedzie, więc równie dobrze może wykorzystać tę okazję. Poczuła ukłucie w sercu na myśl, że to przecież miasto rodzinne jej ojca. A ona sama, mimo że przecież jest pół-Greczynką, po raz pierwszy postawiła nogę na tej ziemi. I po raz ostatni. Zrobiło jej się bardzo smutno – i gorzko.

– Zwiedzić Ateny? – zdumiał się Nikos. – Przecież musiałaś je widzieć setki razy!

Andrea spojrzała mu prosto w oczy i oznajmiła:

– Nigdy przedtem nie byłam w Atenach... ani nawet w Grecji.

Nikos popatrzył na nią z nieukrywanym zdziwieniem. Tego już za wiele, pomyślał. Mógł zrozumieć, że jej matka nie podzielała poglądów wychowawczych starego Coustakisa, a nawet że sama nie chciała przyjeżdżać do kraju zmarłego męża, ale nie powinna była zabraniać córce odwiedzin w Grecji. Andrea nie tylko nie zna greckiego, ale nawet nigdy tu nie była! Nikos sądził, że chociaż Yiorgos

Coustakis nie chwalił się wnuczką przed światem, to przecież z pewnością zapraszał ją do siebie na wakacje.

– A więc czas najwyższy, żebym ci pokazał Ateny – powiedział stanowczo.

I dotrzymał słowa. Całe popołudnie zachowywali się jak turyści, którzy są po raz pierwszy w Atenach – przede wszystkim wspięli się na Akropol, aby pokłonić się pierwszemu pomnikowi cywilizacji zachodniej, jakim jest Partenon.

Andrea była tak zachwycona, że zapomniała na jakiś czas o żalu na myśl, że wkrótce, już bardzo niedługo, będzie musiała na zawsze rozstać się z Nikosem. Czuła się coraz lepiej w jego towarzystwie, a przecież nie wolno jej było zapomnieć, że ta znajomość będzie tylko epizodem w jej życiu...

Jadali lunch w modnych restauracjach, kolacje w ekskluzywnych nocnych lokalach, zwiedzali Ateny. Nikos był zawsze wobec niej szarmancki, elegancki, troskliwy, nienagannie uprzejmy. Andrea żałowała, że nie potrafi traktować go z większym dystansem, bez emocji. Robiła wszystko, co w jej mocy, by się tego nie domyślił, zachowywała obojętny wyraz twarzy, który, jak to zauważyła, jednocześnie go irytował i bawił.

– Moja angielska lodowa księżniczko – odezwał się do niej pewnego wieczoru, kiedy specjalnie odwróciła od niego twarz, aby jego wargi mogły tylko musnąć jej policzek – nie mogę się doczekać, kiedy stopniejesz w moich ramionach. Tymczasem dziś wieczorem zabieram cię na tańce. Bardzo pragnę się do ciebie przytulić, Andrea *mou*.

Gwałtownie cofnęła się o krok.

– Ja nie tańczę – oznajmiła krótko.

Nikos roześmiał się z niedowierzaniem.

– Nie proponuję, żebyśmy tańczyli do białego rana – upewnił ją. – Ponieważ wiem, że zabawa w nocnych klubach niezbyt ci odpowiada, pomyślałem o czymś bardziej... wyrafinowanym. Myślę, że ci się to spodoba, nawet jestem tego pewien...

Mimo protestów Nikos zawiózł ją nie do zatłoczonej dyskoteki z migającymi światłami i hałaśliwą muzyką, ale do małej, ekskluzywnej, zacisznej restauracji na dachu dużego, starego budynku.

Gdy chciał ją poprowadzić na parkiet, znowu zaprotestowała:

– Przecież już ci mówiłam, że nie tańczę.

– Spróbuj – zachęcił ją głosem ciepłym, ale stanowczym.

Andrea uległa mu, cała zesztywniała ze strachu.

Gdy byli już na parkiecie, położył ręce na jej biodrach. Dotyk jego dłoni palił ją przez jedwab długiej sukni w pawim kolorze, a żyłka na szyi zaczęła mocno pulsować. Podczas gdy wokół nich rozlegały się dźwięki piosenki o miłości, Andrea stała nieruchomo, a nogi bolały ją coraz mocniej.

– Obejmij mnie za szyję.

Zadrżała, czując na sobie jego ciepły oddech. Był za blisko niej. O wiele za blisko. Jego szczupłe ciało przylegało do jej ciała, biodra do bioder, uda do ud.

Nie myśl! Niczego nie czuj! – nakazywała sobie rozpaczliwie. Ostrożnie, bardzo ostrożnie uniosła ręce i położyła mu na ramionach.

Gdy pod materiałem smokingu poczuła twardy splot jego mięśni, jeszcze bardziej zesztywniała.

– Wyluzuj się – mruknął Nikos i delikatnie zaczął ją prowadzić po parkiecie.

Przez chwilę starała się za nim podążać, ale jej nogi pozostały drewniane i ociężałe jak kloce.

– Wyluzuj się – powtórzył.

Andrea poruszyła lewą nogą, a potem prawą, on płynnie, ona z nerwowością, nad którą nie potrafiła zapanować. Po chwili zaczął ją boleć krzyż. Próbowała jeszcze przez moment, z największym wysiłkiem, który pragnęła przed nim ukryć, po czym wydała cichy okrzyk i niezgrabnie się od niego odsunęła.

– Nie mogę! Nie mogę! – zawołała, przeszła szybko przez parkiet i z ulgą opadła na krzesło.

– Kiedy się pobierzemy – burknął Nikos – nauczę cię tańczyć.

– Koniecznie – odparła, pociągając łyk szampana.

Wiedziała, że Nikos Vassilis nigdy nie nauczy jej tańczyć. Ani niczego innego. Ukradkiem, pod stołem, rozmasowała sobie uda. Ból przenikał jej kości i promieniował dalej.

Andrea przycisnęła słuchawkę do ucha.

– Jest pan pewien? Jest pan absolutnie pewien?

– Tak, panno Fraser, zupełnie pewien. Suma pięciuset tysięcy funtów została przekazana na pani rachunek.

– I nikt nie może jej ruszyć bez mojego pozwolenia?

– Oczywiście, że nie! – w głosie urzędnika banku londyńskiego wyczuła zdumienie graniczące z szokiem.

Był ranek, dzień jej ślubu.

Teraz pozostało jej tylko przetrwać następne dwadzieścia cztery godziny, a potem ruszyć w drogę powrotną do domu.

– *Kyria*, muszę teraz panią ubrać – odezwała się od drzwi Zoe. – *Kyrios* Coustakis życzy sobie, aby pani jak najszybciej zeszła na dół.

Mimo że był to cichy ślub, zdawało się jej, że trwa wiecznie. Bez cienia uśmiechu stała obok pana młodego, z gardłem tak ściśniętym, że ledwo zdołała wykrztusić słowa przysięgi, która związała ją z tym wysokim, zgrabnym mężczyzną. Ogarnęły ją mdłości.

Więc naprawdę za niego wychodzę! Za Nikosa Vassilisa. Tu. Teraz. Właśnie w tej chwili. Za sprawą nerwowego napięcia zaczął jej dokuczać ból nóg i kręgosłupa.

A na palcu połyskiwała w słońcu ślubna obrączka.

Przecież to nie ma znaczenia! Jutro o tej porze on mnie wsadzi do samolotu i będzie szczęśliwy, że się mnie pozbył – myślała. Będzie miał to, czego pragnął – koncern mego dziadka. Przecież mnie w ogóle nie pragnie.

I nawet nie ma zamiaru być mi wiernym...

Myśląc to, ściągnęła usta. Wieczorem, przed trzema dniami, dziadek znów ją do siebie wezwał. Nikos odwiózł ją właśnie do domu z koncertu, który ją zachwycił. Grano Dwořàka i Rachmaninowa, wystąpił też światowej sławy wiolonczelista. Gdy wychodzili z sali koncertowej, Andrea, wciąż pod wrażeniem żywiołowego finału symfonii Rachmaninowa, zwróciła się impulsywnie do Nikosa:

– To było cudowne! Dziękuję ci!

Oczy jej świeciły, a twarz promieniała.

– Cieszę się, że mogłem ci sprawić przyjemność – powiedział Nikos szczerze, bez ukrytej złośliwości.

Przez moment ich spojrzenia skrzyżowały się i Andrea poczuła, że przepływa między nimi coś, czego nie potrafi zdefiniować, ale co sprawiło, że zapragnęła, by ta chwila trwała wiecznie. Prawie żałowała, że będzie jego żoną tylko z nazwiska.

Żal szybko minął, gdy wróciła do domu i odbyła dwuminutową rozmowę z dziadkiem.

– Muszę ci wyjaśnić pewne rzeczy – oznajmił ostro Andrei, która stała przed nim, w milczeniu wysłuchując jego kazania. – Od chwili, kiedy zostaniesz żoną Nikosa Vassilisa, będziesz się zachowywała tak, jak przystoi Greczynce. Mąż nauczy cię posłuszeństwa. – Wbijając w nią wzrok bazyliszka, ciągnął dalej: – Nie zyskasz żadnych przywilejów z racji swoich związków ze mną. Nie wyobrażaj też sobie, że je zdobędziesz dlatego, że jesteś dość ładna, by w tej chwili twój przyszły mąż uważał cię za atrakcyjną seksualnie.

Widząc zaskoczenie na jej twarzy, zaśmiał się nieprzyjemnie.

– Powiedziałem „w tej chwili", bo musisz zrozumieć, że w Grecji żonaty mężczyzna nie przestaje być mężczyzną. I jego żona musi znać swoje miejsce. Musi przede wszystkim siedzieć cicho! Nikos Vassilis ma teraz dwie kochanki: amerykańską modelkę, która sypia z każdym, kto się jej nawinie, i pewną kobietę w Atenach, która jest zawodową dziwką. Wiedz, że żadnej z nich dla ciebie nie porzuci. I nie chcę w przyszłości słyszeć od ciebie skarg na ten temat, zrozumiałaś? Bo inaczej gorzko pożałujesz!

Andrea zrozumiała świetnie.

Nagle poczuła, że ma serdecznie dość tego przepychu i luksusu, w jakim dusiła się od dwóch tygodni, i że chce natychmiast wracać do domu, do Kim, do ich ciasnego, wilgotnego, nędznego mieszkanka. Nikos byłby zbulwersowany, gdyby zobaczył mieszkanie, w którym się wychowywała. Sądził, że żeni się z dziedziczką fortuny Coustakisów. Dobry dowcip! Można pęknąć ze śmiechu!

No cóż, dowie się wszystkiego, nim zaświta jutrzejszy ranek.

Ale Andrei nie było do śmiechu.

Siedziała z zamkniętymi oczami na fotelu w stylu

Ludwika XV. Czekała, aż jej świeżo poślubiony mąż wyjdzie z biblioteki, w której dziadek pozwolił mu nareszcie podpisać umowę o fuzji. Przed godziną zjechała tu cała gromada mężczyzn w garniturach, którym towarzyszyli ich pomocnicy z teczkami; wszyscy zniknęli w sanktuarium Yiorgosa Coustakisa, gdzie odbyło się najważniejsze wydarzenie tego dnia.

Andrea delikatnie zaczęła masować sobie bolące nogi przez cienki materiał spodni. Zoe pomogła jej przebrać się z długiej ślubnej sukni w kolorze kości słoniowej, i włożyć kostium, w którym przyleciała do Aten. Mimo że służba zapakowała całą wiszącą w jej szafie garderobę do sześciu waliz, jakie miała zabrać z sobą w podróż poślubną, Andrea uparła się, że weźmie tylko niewielką walizkę, którą sama przywiozła z Londynu. Poprzedniej nocy zapakowała do niej swoje ubrania i kosmetyczkę, do której włożyła kluczyk od skrytki bagażowej na lotnisku, gdzie zostawiła pieniądze i paszport. Zadzwoniła też do Tony'ego i powiadomiła go, że za dwie doby będzie już z powrotem w Anglii i jak zawsze poprosiła go, by ucałował od niej Kim. Nie rozmawiała z matką od czasu swego przyjazdu do Grecji, po prostu nie mogła jej powiedzieć prawdy, a kłamać nie chciała.

Zegar na kominku tykał delikatnie. W pokoju zalegała kompletna cisza. Słychać było tylko bicie jej serca...

Otworzyła oczy, słysząc, jak otwierają się drzwi

prowadzące z biblioteki do marmurowego holu i jak po załatwieniu formalności panowie w garniturach opuszczają dom.

Posłyszała dobiegający z holu głos Nikosa i krótką odpowiedź dziadka, a potem milknące odgłosy jego kroków, gdy wracał do swych własnych spraw. To musiał być dla niego wielki dzień – pomyślała Andrea. Udało mu się jednocześnie sprzedać firmę i wnuczkę z nieprawego łoża. Jej ojciec zginął, zanim się urodziła i zanim rodzice zdążyli się pobrać. To nie powinno się zdarzyć! Ale się zdarzyło, i nic już nie można było poradzić.

– Jesteś gotowa? – zapytał Nikos, w którego głosie wyczuła napięcie.

– Tak – odparła krótko, wstała i ruszyła ku niemu, w stronę drzwi.

Zajęli miejsca z tyłu ogromnej limuzyny jej dziadka, daleko od siebie, każde w swoim kącie. Samochód ruszył płynnie do przodu.

Jechali w milczeniu. Andrea była z tego zadowolona. Nie miała nic do powiedzenia temu mężczyźnie. Po jutrzejszym ranku już nigdy go nie zobaczy. Był dla niej zupełnie obcym człowiekiem, i tyle.

– Jak się czujesz? – zaskoczyło ją jego pytanie.

– Okej – wzruszyła obojętnie ramionami.

Nikos westchnął lekko, niecierpliwie, szybkim ruchem rozluźnił krawat i odpiął kołnierzyk koszuli.

– *Theos*, jakże się cieszę, że już jest po wszystkim – westchnął z ulgą.

Ja też, pomyślała. Ogromnie się cieszę. Odwróciła głowę w stronę okna.

– Nie rób takiej miny, Andrea – odezwał się Nikos. – Wiem, że też dla ciebie była to ciężka próba. Ale mamy to już z głowy, dzięki Bogu. Dostałaś swoje pieniądze? – zapytał po chwili z lekką przyganą w głosie.

Andrea pomyślała o podpisanej pół godziny temu umowie o fuzji, dzięki której Nikos Vassilis stał się jednym z najbogatszych ludzi w Europie. Po co te uszczypliwości? Nie tylko ona skorzystała na tym ślubie.

– Oczywiście – odparła sucho.

– Nie będą ci potrzebne – oznajmił. – Dam ci wszystko, czego tylko zapragniesz.

Andrea zbyła jego słowa milczeniem.

Nikos westchnął i rzekł:

– Słuchaj, czas byśmy poważnie porozmawiali. Jesteśmy małżeństwem. I nie ma powodu zakładać, że sprawy między nami źle się ułożą. Twój dziadek nie będzie ingerował w nasze życie. Teraz od nas samych zależy, jakie będzie to małżeństwo, a moim zdaniem, będzie udane! Jestem gotów dołożyć starań, aby tak było, i proszę cię, byś ty także się starała. Po naszej podróży poślubnej polecimy do Anglii. Poznam twoją matkę i mam nadzieję, że uda się nam nawiązać dobry kontakt, że, chociaż źle myśli o twoim dziadku, na mnie spojrzy łaskawszym okiem.

Nigdy na ciebie nie spojrzy, pomyślała Andrea, nawet nie dowie się o twoim istnieniu.

Nikos jednak ciągnął dalej:

– Musimy teraz pomyśleć, gdzie zamieszkamy. Na razie proponuję ci moje mieszkanie w Atenach, ale przyznam, że wolałbym jakąś bardziej stałą siedzibę. Oczywiście, możemy utrzymywać dom w Londynie, jeśli będziesz chciała się widywać ze swoimi angielskimi krewnymi, myślę też, że dobrze byłoby kupić willę na którejś z wysp, gdzie moglibyśmy spokojnie odpoczywać.

– Dobrze – zgodziła się. Była to kwestia ściśle akademicka, jej odpowiedź nie będzie przecież miała żadnych konsekwencji.

Dziś wieczorem, podczas kolacji, albo w apartamencie hotelowym, kiedy nie będę musiała przejmować się krążącymi po sali kelnerami ani spojrzeniami innych gości, wyznam mu prawdę o sobie. I tak zakończy się cała ta farsa.

Nikos zamilkł wreszcie. Starał się zachowywać elegancko, ale miał już dość. Mimo licznych zajęć związanych z finalizacją fuzji, znajdował czas, by pokazywać jej miasto i wymyślać różne rozrywki, ale wspólne spędzanie czasu niewiele go do niej zbliżyło. Jej uprzejma, chłodna, angielska rezerwa zaczynała go męczyć. Tylko jeden jedyny raz, po koncercie, jej oczy zalśniły jak świeże kasztany, które właśnie spadły na ziemię, a w twarz, pokrytą zwykle maską obojętności, wstąpiło życie. Ale trwało to tylko moment.

Trudno. Tak czy owak, Nikos mógł się wreszcie

wyluzować. Dzisiaj nadszedł dzień jego triumfu. Po latach mozolnej wspinaczki on, ulicznik nieznający ojca, stanął wreszcie na szczycie. A teraz czekały go rozkoszne chwile w łóżku, u boku tej tajemniczej i chłodnej, ale pięknej kobiety...

– Gdzie my właściwie jesteśmy? – zagadnęła ostro Andrea.

– W Pireusie. To ateński port.

– Co takiego?

– Port w Atenach – powtórzył. – Tutaj wsiadamy na jacht.

– Wsiadamy na jacht?

Andrea nie zwracała w ogóle uwagi na to, w jakim jadą kierunku, od czasu gdy opuścili willę jej dziadka starała się wymazać z pamięci, co tego dnia zrobiła, i pogrążyła się w rozmyślaniach o tym, jak niebawem obie z Kim przeniosą się do Hiszpanii. Chociaż niczego nie ustalali, zakładała, że Nikos zawiezie ją do jakiegoś superluksusowego hotelu w centrum Aten, skąd rano bez trudu będzie mogła zamówić taksówkę i pojechać na lotnisko. Ale w tej chwili limuzyna zatrzymała się na nabrzeżu, przy którym czekał olbrzymi, błyszczący jacht.

Szofer otworzył drzwi i stojąc na baczność, czekał, aż Andrea wysiądzie. Uczyniła to z pewnym trudem, pokonując ból nóg i spojrzała przed siebie. Do jachtu, jeszcze większego, niż się jej zdawało przez okno samochodu, prowadził szeroki, wygodny trap.

– Idziemy – powiedział Nikos, biorąc ją pod ramię.

– Nie zamierzam wsiąść na tego stalowego potwora! Co to w ogóle jest?

Czyżby Yiorgos nie raczył nawet powiadomić wnuczki o swoim ostatnim zakupie? – pomyślał ze zdumieniem Nikos.

– To jest najnowsza zabawka twojego dziadka – wyjaśnił. – Pożyczył ją nam na czas naszej podróży poślubnej.

Andrea zrobiła wielkie oczy.

– Sądziłam, że zanocujemy w Atenach, w jakimś dobrym hotelu.

– A to dlaczego? Lepiej, byśmy wyruszyli od razu.

– Nie mam zamiaru wsiąść na tego paskudnego kolosa – zaprotestowała.

Nikos zaśmiał się krótko i porwał ją na ręce.

– Przeniosę cię przez próg, jak nakazuje obyczaj.

Szybko pokonał trap i postawił ją na pokładzie, a następnie przedstawił jej stojącego u wejścia mężczyznę w średnim wieku, z krótko przystrzyżoną brodą i w nieskazitelnie białym mundurze marynarza, ze złotymi epoletami.

– To jest kapitan Petrachos, Andrea *mou*.

– Witam na pokładzie, *kyria Vassilis*. I życzę miłej podróży.

– Dziękuję panu – mruknęła Andrea przez zaciśnięte gardło. Z pewnością nie będzie to miła podróż – pomyślała ze wzburzeniem. A już na pewno będzie krótka!

– Jeśli państwo są gotowi, zaraz odpływamy – powiedział kapitan.

– Znakomicie – rzekł Nikos i wyciągnął rękę do Andrei. – Proponuję, żebyśmy teraz zwiedzili jacht.

Andrea potulnie ruszyła za nim, czując na dłoni mocny uścisk jego palców. No cóż, zamiast w luksusowym hotelu, spędzą noc na tym prywatnym liniowcu! Jej idiotyczne małżeństwo może równie dobrze zakończyć się tutaj, jak gdziekolwiek indziej! Z pewnością jutro rano przycumują w tym samym miejscu.

Chociaż postanowiła zachować absolutną obojętność, wnętrze, po którym oprowadzał ją Nikos, wprawiło ją w osłupienie.

Co za niewiarygodny luksus! Andrea przecierała dosłownie oczy na widok boazerii z rzadkiego drewna, jedwabnych, aksamitnych i skórzanych obić, zamszu, kaszmiru i zwierzęcych skór na ścianach i posadzkach, inkrustacji, złota i srebra. Już samo urządzenie wnętrz musiało kosztować fortunę, nie wspominając o koszcie olbrzymich rozmiarów jachtu. Jak to nazwał Nikos? Najnowsza zabawka jej dziadka...

Gdy wyszli na górny pokład i, wypływając na pełne morze, obserwowali niknący w oddali ląd, Nikos spojrzał na rozwiane wiatrem piękne włosy Andrei, a potem na jej twarz. Jak zwykle malowały się na niej chłód i obojętność. Widocznie wciąż była w złym nastroju.

Nikos zmarszczył gniewnie czoło.

Nie do wiary, jak bardzo rozpieszczona musi być ta kobieta! Płynie jachtem, który jest przejawem wszelkiej ekstrawagancji i luksusu, a nie wygląda na szczęśliwą!

ROZDZIAŁ ÓSMY

W kieliszku Andrei musował delikatnie szampan. Siedzieli właśnie z Nikosem w obszernej sali jadalnej, przy wielkim hebanowym stole, na którym iskrzyły się kryształy i połyskiwało złoto. Powietrze przesiąknięte było duszącym zapachem lilii, porozstawianych w wazonach. Usługiwało im czterech stewardów w uniformach. Tylko stłumiony szum silników wskazywał, że znajdują się na pokładzie statku – okna bowiem przesłaniały obficie pofałdowane zasłony z czarnego aksamitu, ozdobione złotymi frędzlami, dobrane do puszystego dywanu w czarno-złoty wzór.

Andrea dziobała widelcem jedzenie na swoim talerzu. Także i ono musiało kosztować majątek, jak wszystko na tym jachcie.

– Może wolałabyś coś innego? – zapytał Nikos, przerywając przytłaczającą ciszę.

– Nie, dziękuję, po prostu nie jestem głodna – odparła Andrea głosem ostrzejszym, niż zamierzała.

Musisz mu powiedzieć! Skończ wreszcie z tą farsą! Będziesz wtedy mogła położyć się do łóżka – sama! – a jacht zawróci do portu.

Żałowała, że wcześniej z nim nie porozmawiała.

Jestem w szoku, pomyślała, automatycznie podnosząc widelec do ust. Cały czas skupiałam się tylko na tym, żeby zdobyć pieniądze dla Kim, jakoś nie wierzyłam, że to się stanie. Ale się stało. Dziś wyszłam za Nikosa Vassilisa, który siedzi teraz naprzeciwko mnie i wciąż mu jeszcze nie powiedziałam, że nasze małżeństwo będzie najkrótsze w historii!

Gdyby tylko mogła odesłać stąd tych wszystkich stewardów. Ciekawe, co oni sobie myślą, patrząc na parę nowożeńców, którzy jedzą kolację w grobowym milczeniu? Ich twarze pozbawione były wszelkiego wyrazu. Nagle przemknęło Andrei przez myśl, że wyglądają jak androidy, twory rodem z science fiction. Omal nie wybuchnęła histerycznym śmiechem.

Ciekawe też, kto zaprojektował te koszmarne wnętrza? Jak można było wydać tyle pieniędzy, żeby uzyskać równie ohydny efekt? Że też nie ma kary na takich ludzi!

Nikos próbował odgadnąć myśli Andrei, której wzrok błądził pogardliwie po jadalni. Czyżby chciała wypatrzyć jakieś tandetne detale? Zerknął na jej talerz i zobaczył, że w ogóle przestała jeść.

Nagłym ruchem odsunął swój talerz. Nie miał nastroju do jedzenia. Ani też do dalszego siedzenia w tej sali, w której, niczym milczący chór grecki, przygląda się im rząd fagasów, zapewne ciekawych, dlaczego jego świeżo poślubiona żona okazuje mu taką niechęć.

Zacisnął usta, wstał i wyciągnął do Andrei rękę.

– Idziemy – powiedział.

Andrea zawahała się przez moment. Z jednej strony Nikos ją irytował, z drugiej jednak czuła gwałtowną potrzebę opuszczenia tego koszmarnego wnętrza. Poza tym, musiała wreszcie porozmawiać z nim na osobności.

Gdy wyszli na szeroki, wyłożony grubym dywanem korytarz, Nikos otworzył przed nią drzwi.

Weszła do środka.

Znalazła się w ich sypialni, od posadzki po sufit wyłożonej mahoniową boazerią. Pośrodku stało gigantyczne łoże, przykryte złotą jedwabną kapą. Na wszystkich ścianach jarzyły się ozdobne, złote kinkiety. Andrea zamknęła szybko oczy, nie mogąc ścierpieć widoku tego przepychu w najgorszym guście.

– Muszę ci coś powiedzieć – odezwała się nieswoim głosem.

– Czy ja dobrze słyszę? Moja milcząca żona raczy wreszcie do mnie przemówić?

Jego sarkazm dotknął ją do żywego. Uniosła brodę i oznajmiła:

– Czas, żebyś się dowiedział. Jutro wracam do Anglii. Złożę pozew o rozwód.

Nikos, kompletnie osłupiały, patrzył na nią stalowoszarymi, zimnymi oczami. Andrea poczuła, jak dłonie zaciskają się jej w pięści, a nogi, pod wpływem napięcia, przenika ból.

– Mylisz się – rzekł Nikos głosem cichym, lecz lodowatym.

– Nie zamierzam z tobą zostać! – powiedziała, podnosząc głos.

– A czy wolno mi zapytać o powód tego nieoczekiwanego oświadczenia?

– To chyba powinno być dla ciebie oczywiste – rzekła, nie spuszczając z tonu. – Ożeniłeś się ze mną wyłącznie po to, żeby przejąć firmę mego dziadka. Teraz, kiedy już tego dokonałeś, nie musisz być moim mężem ani sekundę dłużej!

– Interesująca analiza, choć, niestety, absolutnie błędna.

– A to dlaczego?

– Dlatego – odrzekł Nikos tym samym, lodowatym głosem – że posiadasz wdzięki wskazujące, że jesteś kimś więcej niż tylko nośnikiem DNA Yiorgosa Coustakisa. Wdzięki – podkreślił – którymi zamierzam w pełni się radować.

Mówiąc to, postąpił krok ku niej. Andrea gwałtownie się cofnęła, widząc determinację w jego oczach.

– Nie podchodź do mnie!

– A ty nie wydawaj mi rozkazów. Przekonasz się, że niezbyt dobrze na nie reaguję!

– Jeśli zależy ci na seksie, zadzwoń po jedną ze swoich kochanek! – wypaliła Andrea.

– Co takiego?

– Słyszałeś! Masz dwie, o których wiedzą wszyscy, a może i inne! Zadzwoń do nich, ale do mnie się nie zbliżaj!

– Skąd o tym wiesz? – zapytał przez zaciśnięte zęby.

– Od dziadka, wszystko mi powiedział!

– Znakomicie. A więc wyjaśnijmy sobie parę

spraw. Po pierwsze, rzeczywiście utrzymywałem stosunki z innymi kobietami. Byłem wolny i miałem do tego prawo. Ale – podniósł do góry dłoń – od dnia, kiedy cię poznałem, nie spojrzałem na żadną inną kobietę.

– Więc je tak po prostu rzuciłeś? Urocze!

– To były związki, które nazwałbym otwartymi – powiedział Nikos. – Xante Palloupis ma jeszcze kilku bogatych kochanków, którzy pomagają jej żyć w stylu, do którego jest przyzwyczajona, i zabezpieczyć się na przyszłość, kiedy zacznie tracić urodę, a Esme Vandersee...

– Esme Vandersee? Ta topmodelka? – zapytała z niedowierzaniem. – To jedna z najpiękniejszych kobiet na świecie!

– I nie ma nic przeciwko temu, żeby hojnie obdarzać tych, którzy ją podziwiają. Jestem pewien, że bez trudu zastąpi mnie kimś innym – uciął Nikos cierpko.

– Wszystko to mało mnie obchodzi – oznajmiła Andrea. – Nie mam zamiaru dyskutować o twoich kochankach. Jutro wracam do domu!.

– Czy zechcesz mi powiedzieć dlaczego?

Patrząc na otaczający ją przepych, pomyślała, że całe mieszkanie Kim zmieściłoby się w jednym tylko salonie tego jachtu!

– Pochodzimy z dwóch zupełnie różnych światów... – zaczęła, lecz urwała na widok błysku, który dostrzegła w jego twarzy i który ją nagle zaniepokoił.

– Mimo to – odezwał się Nikos łagodnym głosem – jesteś teraz moją żoną. I powinnaś wiedzieć, że w Grecji żona nie robi z męża pośmiewiska, opuszczając go tuż po ślubie. I nigdy, ale to przenigdy, przed nocą poślubną...

Podszedł do niej znowu, wbijając w nią stalowoszare oczy. Andrea poczuła, że unieruchomił ją tym wzrokiem. Trudno, nie ma wyjścia. Musi jakoś wytrwać, a jutro będzie już w samolocie do Londynu, pocieszała się. Przybrała znów obojętną minę i stała bez ruchu, jak posąg. Nikos musnął czubkiem palców jej policzek, a potem szyję i zamknął dłoń na jej nagim ramieniu, przeciętym tylko wąskim paskiem ramiączka szmaragdowej, wieczorowej sukni.

Andrea zesztywniała. Nikos opuścił ręce. Skoro stawia mu opór, nie będzie nalegał. Był pewien, że nie wytrwa w nim długo, że wkrótce mu ulegnie, i to całkowicie.

Szybko podszedł do szeregu szaf w ścianie i zaczął je otwierać, jedną po drugiej, aż wreszcie znalazł to, czego szukał. Zdjął z wieszaka delikatny jak mgiełka peniuar i rzucił jej, mówiąc:

– Idź się przebrać!

W łazience Andrei przemknęło przez głowę, że dosłownie za kilka minut stanie się niechcianą żoną tego bogatego człowieka. I ta myśl bardzo ją zabolała, bardziej, niż mogłaby przypuścić. Ale to było nieuniknione. Świetnie pamiętała tę pierwszą chwilę, kiedy go ujrzała na tarasie willi dziadka i pochwyciła jego spojrzenie, w którym dostrzegła wyraźne zainteresowanie sobą jako kobietą.

Najwyższy czas stłumić płomień, który roznieciło w niej to pierwsze spojrzenie. Ugasić go na zawsze.

Nikos tymczasem, biorąc prysznic w drugiej łazience przylegającej do sypialni, nie mógł się doczekać, kiedy wreszcie będzie mógł ujrzeć ją całą, wziąć ją w ramiona i kochać się z nią. Uczynić ją naprawdę swoją żoną.

Andrea. Moja żona...

Gdy wyszedł z łazienki, Andrea już na niego czekała. Nikos wstrzymał oddech na jej widok.

Stała pośrodku sypialni jak płomiennowłosa królowa. Rozpuszczone, wspaniałe loki opadały jej na ramiona, zaś biały, niemal przezroczysty peniuar sugerował zarys jej ciała, pełnych piersi, które, jak się zdawało, pragnęły się uwolnić z osłaniającej je delikatnej materii.

– Jaka jesteś piękna – szepnął Nikos z zachwytem.

Andrea dostrzegła w jego głosie nutę pożądania.

– Naprawdę? Uważasz mnie za piękną?

Teraz nadszedł odpowiedni moment. Wszystko inne dotąd zawiodło. A więc, niechaj patrzy. Niechaj patrzy dowoli. Nareszcie nastąpi koniec tej farsy.

– Tego właśnie pragniesz, Nikos? Pięknej kobiety w swoim łóżku? Czy jestem dla ciebie dość piękna?

Uniosła grzbietem rąk włosy i pozwoliła im znów opaść płomienistą falą. Potem zsunęła z ramion peniuar, obnażając ramiona i muskając dłońmi piersi, nie odrywając oczu od jego oczu.

– Jestem piękna, Nikos? Jestem twoją piękną żoną?

Nikos stał przed nią jak zaczarowany, nie mogąc wydusić słowa.

Andrea zdawała sobie sprawę, że postępuje wobec niego okrutnie, ale nie miała innego wyjścia. Podeszła powoli do łoża, jedną ręką przytrzymując na piersiach peniuar, drugą zaś wygładzając przejrzysty jedwab wzdłuż nóg.

– Więc jak? Jestem dość piękna, żebyś chciał się ze mną kochać? – zapytała z dziwnym uśmieszkiem, ni to figlarnym, ni to szyderczym.

Nikos nie był w stanie się jej oprzeć. Ani sekundy dłużej! Myśli kłębiły mu się w głowie. Kimże jest ta kobieta? W jednej chwili zimną, nadąsaną, lodową księżniczką, gaszącą jego erotyczne pragnienia i żądającą rozwodu tuż po podpisaniu aktu ślubu i gardzącą nim z powodu jego więcej niż skromnego pochodzenia. A oto teraz – leży tu przed nim, ta wieczna Ewa, dumnie ukazując mu swoje piękne, częściowo skryte jeszcze w pajęczynie jedwabiu ciało, kusząc go, wprawiając w stan podniecenia – zapraszając.

– Pokaż mi się cała – powiedział.

Nie zauważył dziwnego blasku w jej oczach ani lekkiego grymasu ust, w złotawym świetle kinkietów widział jedynie miękki zarys jej rąk i nóg, piersi, brzucha...

Andrea uchyliła peniuar i pozwoliła, by opadł na łóżko, odsłaniając jej nogi.

Spojrzała na niego pozbawionymi wyrazu oczami.

Zapadła cisza. Cisza tak głęboka, że Nikos słyszał bicie własnego serca.

Obraz jej nóg, pokrytych węzłami blizn od bioder aż po kostki, oplatających je niczym jakaś straszna sieć biegnąca wzdłuż wyniszczonych mięśni, utrwalił się boleśnie w jego oczach. Andrea spostrzegła przerażenie na jego twarzy i poczuła palący ucisk w gardle. Jednym szybkim ruchem zakryła nogi i wstała z łóżka, naciągnęła na ramiona peniuar i mocno ścisnęła się w talii paskiem. Znowu nałożyła na siebie ochronny pancerz i powiedziała sobie, że pod żadnym pozorem nie wolno jej go zdjąć.

– Koniec komedii – oznajmiła sucho. – Prześpię się w innym pokoju, jest ich tu niemało do wyboru. Bądź tak dobry i wydaj polecenie, abyśmy jutro zawinęli znów do Pireusu. Stamtąd bez trudu dostanę się na lotnisko.

Odwróciła się, chcąc wyjść z pokoju, ale Nikos chwycił ją za ramię.

– Proszę cię, puść mnie – powiedziała. – Nie musisz nic mówić. Bardzo mi przykro, że musiało do tego dojść. Miałam nadzieję, że to nie będzie konieczne. Że nie będę się musiała posuwać tak daleko, abyś zgodził się na rozwiązanie tego idiotycznego małżeństwa. Ale w końcu okazało się, że w ten sposób najszybciej uda mi się ciebie przekonać. A teraz pozwól mi odejść.

On jednak wziął ją za rękę i posadził na łóżku, a sam usiadł obok niej, wciąż nie puszczając jej dłoni.

– Co się stało, Andrea? – zapytał cichym, łagodnym głosem.

Zanim mu odpowiedziała, musiała uspokoić rozkołatane serce.

– To był wypadek samochodowy. Miałam wtedy piętnaście lat. Prowadził starszy brat mojej szkolnej koleżanki. Wracaliśmy z kina. Nagle samochód zarzuciło... Jak się potem okazało, pękła opona, najechaliśmy na stłuczone szkło, i rąbnęliśmy w mur. Ja siedziałam obok kierowcy. Straciłam przytomność. Nie mogłam się wydostać z samochodu. Strażacy musieli ciąć karoserię, żeby mnie wydobyć. Niewiele z tego pamiętam. Miałam zmiażdżone nogi. W szpitalu lekarze chcieli... chcieli... chcieli mi je amputować, powiedzieli, że nie zdołają ich uratować.

Mówiąc to, Andrea nawet nie poczuła, jak dłoń Nikosa zaciska się na jej ręce, ani nie słyszała, jak na chwilę wstrzymał oddech.

– Ale moja mama im na to nie pozwoliła. Zmusiła ich, żeby zrobili wszystko, co tylko możliwe. To trwało bardzo długo. Leżałam w szpitalu wiele miesięcy. Jakoś poskładali to, co pozostało z moich nóg, połączyli gwoździami, tak że wreszcie mogłam poruszać się w fotelu na kółkach. Lekarze mówili, że już nigdy nie będę chodzić. Ale mama znów się uparła. Powiedziała, że muszę chodzić. Więc... przeszłam jeszcze kilka operacji, mniej lub bardziej udanych, a potem specjalną rehabilitację w sanatorium. No i wreszcie, po wielu miesiącach bolesnych i męczących ćwiczeń, zaczęłam chodzić. Mama dopięła swego...

Andrea przerwała na chwilę swoją opowieść, by połknąć łzy, które cisnęły się jej do oczu.

– Ale nie mogę tańczyć, nie jestem w stanie szybko i długo chodzić... nogi wtedy bardzo mnie bolą. I lękam się, że mogłabym je uszkodzić. Chwała Bogu mogę pływać, a nawet powinnam, to jest część mojej rehabilitacji, ale robię to tylko wcześnie rano, kiedy nikt nie może mnie zobaczyć. Naprawdę, miałam wiele szczęścia. Niesamowitego szczęścia. Przekonałam się o tym w szpitalu. Tylu ludzi jest w o wiele gorszym stanie ode mnie. Ja muszę tylko uważać, żeby zachowywać się rozsądnie i za bardzo nie szarżować. No, i wiem, że nie powinnam wychodzić za mąż. Już się z tym właściwie pogodziłam, że żaden mężczyzna mnie nie zechce, kiedy tylko zobaczy... – W tym momencie załamał się jej głos.

Nikos spokojnie uklęknął u jej stóp, dotknął nóg, których nierówną powierzchnię wyczuł przez delikatny materiał, a potem rozsunął poły peniuaru.

Andrea na darmo próbowała go powstrzymać, kiedy niezwykle delikatnie, powoli, przesuwał dłońmi po jej udach, kolanach, łydkach, aż po stopy, a potem równie delikatnie ucałował oba uda i kolana.

Andrea siedziała bez ruchu, zupełnie spokojnie. Poruszało się tylko w niej serce. Nie była w stanie oddychać, ani też myśleć. Nie była w stanie zrozumieć. Jak on może dotykać jej nóg? I nie czuć odrazy? Obrzydzenia?

Widziała tylko jego połyskujące czarne włosy.

– Nikos... – szepnęła i ujęła w dłonie jego głowę. – Nikos, proszę cię, nie...

On jednak podniósł ku niej twarz i powiedział szeptem:

– Cicho, *agape mou*, cicho...

Delikatnie ułożył jej nogi na łóżku, a potem sam wyciągnął się obok i pochylił się nad nią.

– Nikos – odezwała się ledwie słyszalnym głosem Andrea.

On jednak położył palec na jej ustach i powiedział:

– Nie czas teraz na rozmowy.

I powoli, ostrożnie, przytulił ją do siebie, a potem leciutko pocałował. Jego wargi zrazu musnęły jej usta niczym łabędzi puch, po chwili zaś pocałunki stały się gorętsze, bardziej namiętne.

Andrea zamknęła oczy.

Nikos całował teraz jej szyję, dekolt, aż wreszcie, gdy rozchylił peniuar, jej piersi.

Poczuł wtedy, jak ręce Andrei dotykają jego ramion, wsuwają się pod przykrywający je materiał i obnażają jego tors. Nikos rozwiązał pasek i zsunął z siebie szlafrok. Przysunął się do niej jeszcze bliżej i zaczął pieścić i całować całe jej ciało, odsłaniając po kolei jego tajemnice...

Andrei zdawało się, że otaczający ją świat przestał istnieć, że dociera do niej tylko gorąca bliskość Nikosa, jego pospieszny oddech na jej twarzy, rozkosz dotyku jego dłoni. Nawet nie próbowała już myśleć racjonalnie, trwać przy swoich postanowieniach. Pancerz, jaki przywdziała, po prostu rozpłynął się w nicość. Nigdy w życiu Andrea nie czuła czegoś podobnego, nawet nie podejrzewała, że można tak się czuć.

A potem z wolna wszystko zaczęło się uspokajać, wzburzone fale opadły, pozostało radosne uczucie spełnienia. Andrea powoli wracała do rzeczywistości. Leżąc bez ruchu w jego ramionach, uzmysłowiła sobie, co się właściwie wydarzyło.

Nikos miał poczucie, że dobrze zrobił, zabierając ją w tę podróż, która była jej potrzebna, pomogła wyzwolić się z lęków i kompleksów, zaleczyć wciąż jeszcze otwarte rany.

– Andrea *mou*... – Sam nie był pewien, czy głośno wypowiedział te słowa, ale czuł w sobie ich brzmienie.

Gdy leżeli tak w ciszy, bez ruchu, przytuleni, powoli zaczął ich morzyć dobroczynny sen, unosząc oboje na spokojne wody.

ROZDZIAŁ DZIEWIĄTY

Pokój był zalany słońcem, wpadającym przez okna, których zasłony zostały rozsunięte. Andrea nie miała ochoty się obudzić, ale ktoś nie pozwalał jej dalej spać, potrząsając ją delikatnie za ramię.

– Andrea *mou*, szkoda tak cudownego dnia! Wstawaj, śniadanie już czeka.

Choćby nie wiem jak chciała, nie potrafiła od niego uciec. I, szczerze mówiąc, już wcale tego nie pragnęła. Wiedziała, że połączyło ich coś ważnego, może nawet bardzo ważnego, wykraczającego poza zwykłe pożądanie. I że jej okaleczone nogi nie stanowią przeszkody. Nikos dowiódł tego swoją niezwykle delikatną i czułą reakcją na ich widok.

– W Anglii pewnie przywykłaś do filiżanki dobrej herbaty na dzień dobry, prawda? Szef kuchni właśnie ją dla ciebie zaparzył – powiedział, podając jej na srebrnej tacce śliczną chińską filiżankę z cienkiej, ręcznie malowanej porcelany. – Wypij spokojnie, a za piętnaście minut przyjdź na pokład, będę tam na ciebie czekał. – Pochylił się nad nią i musnął palcami jej policzek. – Wszystko będzie w porządku, Andrea, proszę cię, zaufaj mi – uśmiechnął się do niej, po czym wyszedł, zamykając za sobą drzwi.

Andrea wzięła błyskawiczny prysznic i ubrała się, nakazując sobie przy tym: Zapomnij o tym, co się stało!

Ale gdy tylko wyszła na skąpany w słońcu pokład, gdzie czekał na nią Nikos przy nakrytym do śniadania stoliku, wszystkie wspomnienia, z najdrobniejszymi szczegółami, stanęły jej w oczach.

Nikos na jej widok wstał, podszedł, ujął ją za ręce i poprowadził do bufetu, na którym przygotowano najrozmaitsze smakołyki, pięknie podane.

– Na co masz ochotę? – zapytał z uśmiechem.

Na jej prośbę nałożył jej jajecznicę, grzanki i podał miseczkę z wonnym, świeżo obranym i pokrojonym ananasem. Andrea ze zdumieniem poczuła, że jest naprawdę głodna. To prawda, że poprzedniego wieczoru niewiele jadła...

Siedzieli sami na pokładzie, twarzą do rufy. Wszędzie wokół rozciągało się intensywnie błękitne morze. Już sam ten widok podniósł ją na duchu. Delikatna bryza muskała jej policzki i rozwiewała kosmyki włosów. Zaczynał się zupełnie nowy, słoneczny, świeży dzień.

Andreę przepełniło zaskakująco dobre samopoczucie. Wydawało się jej zupełnie nielogiczne, a jednak ogarnęło ją całą, i uczyniło lekką jak nigdy przedtem. Czy w taki poranek można czuć się inaczej?

Z apetytem pałaszowała śniadanie, jajecznica na grzance była po prostu pyszna. Nikos także ostro zabrał się do jedzenia, cały czas czuwając, czy Andrea nie potrzebuję jeszcze masła, drugiej filiżanki herbaty lub dokładki ananasa. Gdy ośmieliła się wreszcie na niego spojrzeć, zobaczyła, że jest absolutnie wyluzowany i bez reszty pochłonięty delektowaniem się obfitym śniadaniem pod lazurowym niebem.

Może to jej wrażenie potęgował jeszcze fakt, że po raz pierwszy widziała go nie jak zwykle w garniturze i pod krawatem lub w smokingu, ale w beżowej sportowej koszuli i drelichowych spodniach. Wyglądał fantastycznie, ale jednocześnie było widać, że jest na urlopie, zrelaksowany, a nawet beztroski.

Gdy, dopiwszy ostatni łyk kawy, uniósł głowę znad gazety, której tytuły zdążył pobieżnie przejrzeć, zobaczył, że Andrea skończyła już śniadanie i rozkoszuje się słońcem, spoglądając spod zmrużonych powiek na powiewającą na rufie flagę. Dopiero po chwili zdała sobie sprawę, że jacht stoi w miejscu.

– Gdzie my jesteśmy? – zapytała. – Dlaczego się zatrzymaliśmy?

– Jesteśmy niedaleko Iraklionu. Jeśli masz ochotę, moglibyśmy zejść na ląd.

– Iraklion? – zdziwiła się. – Czy to jest na Krecie?

– Zgadza się. To jak, masz ochotę na małą wycieczkę?

– Dobrze – odparła.

Nikos podprowadził ją na dziób, tak że mogła ujrzeć masyw największej wyspy Grecji, rozciągającej się na południe od nich. W głębi wyspy wznosiły się góry, a naprzeciwko jachtu, u jej wybrzeża, rozciągał się Iraklion.

– Zaledwie kilka kilometrów w głąb wyspy jest Knossos. Czy chciałabyś odwiedzić Minotaura?

Andreę bardzo kusiła te perspektywa, ale nagle przypominała sobie, że przecież powinna poprosić, aby wrócili do Pireusu. Musi koniecznie złapać dziś samolot do Londynu.

Jakby czytając w jej myślach, Nikos delikatnie dotknął jej ręki i powiedział cicho:

– Zostań jeszcze trochę, Andrea *mou*. Chyba nie ma w tym nic złego? Moglibyśmy dzisiaj zabawić się w turystów, nie sądzisz? Ostatnie tygodnie były męczące i pełne napięcia, chyba należy się nam trochę wypoczynku?

Andrea chciała zaprotestować, ale pokusa była zbyt wielka. Nigdy nie widziała Knossos i prawdopodobnie do końca życia nie będzie miała takiej okazji. Podobnie jak chciała zwiedzić Ateny, gdy się już tam znalazła, zapragnęła teraz zobaczyć to słynne miejsce, gdzie powstała pierwsza cywilizacja, którą może się poszczycić Europa, cywilizacja minojska, i zwiedzić pałac legendarnego króla Minosa, ogromny labirynt, w porównaniu z którym Partenon wydawał się nieomal nowoczesną budowlą.

Andrea i Nikos przyłączyli się do tłumu turystów oblegających potężne ruiny ujawnione w trakcie wykopalisk i częściowo zrekonstruowane. Dech w piersiach zapierał im sam ogrom tego wspaniałego pałacu wzniesionego ponad cztery tysiące lat temu i zniszczonego wskutek kataklizmu. Cudowne malowidła ścienne, również po części zrekonstruowane, ukazywały świat, w którym zdawały się nie istnieć wojownicze zapędy i zbrojenia, świat, w którym od wojen i podbojów bardziej ceniono naturę i płodność.

– Nie potrzebowali siły militarnej, żadnego z pałaców minojskich nie broniły szańce – wyjaśnił Nikos. – Było to królestwo, którego mieszkańcy uprawiali handel morski, łącząc Egipt, Lewant, Azję Mniejszą i Grecję. Legenda, według której każdego roku składano ofiarę z siedmiu młodzieńców i siedmiu dziewcząt na pożarcie Minotaurowi, którego zgładził wreszcie rycerski Tezeusz, prawdopodobnie odnosi się bardziej do mieszkańców Myken, ponieważ musieli składać daniny mieszkańcom Krety. To raczej rywalizacja na polu handlu, nie zaś śmierć potwora, spowodowała upadek królestwa minojskiego.

– No i trzęsienia ziemi i fale tsunami – dodała Andrea. – To musiało być straszne! – Niedawno oglądała w telewizji odtworzony dzięki symulacji komputerowej, przerażający wybuch na wyspie Thira, dzisiejszej Santorini, który spowił atmosferę mrocznym, duszącym i trującym pyłem i spowodował powstanie olbrzymich fal, zalewających niskie, bezbronne wybrzeże Krety.

Niegdyś mieszkali tu i pracowali ludzie, mieli tu domy, ogrody – i nagle wszystkich i wszystko pochłonął kataklizm.

Nikos, widząc smutek w jej oczach, powiedział:
– No cóż, tak niestety w życiu bywa, dlatego powinniśmy się cieszyć każdą jego chwilą. Na pewno jesteś już głodna. Chodźmy coś zjeść.

Na prośbę Andrei wybrali małą, skromną, lecz uroczą knajpkę w pobliżu pałacu, z tarasem porośniętym winoroślą, cichą i bezpretensjonalną. Oboje zjedli typową, lubianą przez turystów sałatkę z fetą i pomidorami skropionymi oliwą z oliwek, a potem souvlaki. Nikos pomyślał, że zapewne po latach chodzenia wyłącznie do najdroższych restauracji bawi ją lunch w takim skromnym miejscu, gdzie jedzenie jest proste i siedzą zwykli ludzie, których dziadkowie nie są multimilionerami.

Andrea wyglądała bardzo naturalnie w tym miejscu. Włosy zaplotła z tyłu w warkocz i można było pomyśleć, że swoją całkiem zwyczajną, białą bawełnianą koszulkę i dżinsy kupiła w tanim domu towarowym. Pewnie zapłaciła fortunę za te markowe ciuchy właśnie po to, by wyglądały tak skromnie.

Nie przeszkadzał jej także mało wyrafinowany smak miejscowego wina stołowego, które im podano. Sam Nikos już dawno odzwyczaił się od takich napojów i pijał tylko najlepsze wina z najlepszych roczników. A przecież to wino, które czerwieniło się teraz w jego kieliszku, przywodziło mu na myśl dawne czasy ubóstwa, ale też i prostoty. Jaką daleką odbył tymczasem drogę...

– Co chciałabyś robić po południu? Może pojedziemy na plażę i trochę poleżymy na słońcu?

Omal nie ugryzł się w język, kiedy wypowiedział te słowa. Jak mógł zapomnieć, że Andrea pływa tylko wczesnym rankiem, kiedy nikt nie może zobaczyć jej nóg?

– A może wolałabyś zwiedzić Iraklion? – zapytał pospiesznie. – Albo moglibyśmy pojechać jeszcze bardziej w głąb wyspy? Warto zobaczyć górę Ida, gdzie matka Zeusa, Rea, ukryła go w jaskini tuż po urodzeniu.

– Bardzo bym chciała – odpowiedziała Andrea – ale... ale nie jestem pewna, czy dam radę jeszcze długo chodzić. Czuję w nogach nasz spacer po Knossos. Nie zrozum mnie źle... za nic w świecie bym z tego nie zrezygnowała...

– Zadzwonię po samochód – powiedział Nikos i z komórki skontaktował się z szoferem wygodnej limuzyny, która przywiozła ich tu z jachtu i czekała teraz na parkingu przy pałacu.

– Posłuchaj, Nikos – odezwała się Andrea niepewnym głosem, kładąc mu rękę na dłoni. – Czy zgodziłbyś się... jeśli nie dziś, to może jutro... jeżeli oczywiście jeszcze tu będziemy, byśmy jeździli takim zwykłym samochodem? – Wskazała otwarte z boku terenówki, jakimi poruszała się na Krecie większość turystów. – To musi być frajda, jeździć takim czymś!

Nikos natychmiast porozumiał się z szoferem luksusowej limuzyny i zamienił ją na podskakującego na wybojach dżipa, którego sam prowadził. Andrea była zachwycona, mimo że musiała mocno się trzymać, zwłaszcza kiedy zaczęli się wspinać na wzgórza w centralnej części wyspy. Zakręty były coraz ostrzejsze, a widoki coraz bardziej oszałamiające. Powietrze, łagodne na nizinie, stało się nieco ostrzejsze i bardziej świeże, z przyjemnością wciągało się je w płuca.

– To jest po prostu cudowne, dziękuję ci! – zawołała.

Zatrzymali się właśnie na poboczu, w miejscu widokowym, i spoglądali z góry na wyspę i na bezmiar błękitnego morza. Zalesione, zielone zbocza dopełniały naturalnego piękna, które roztaczało się u ich stóp.

– Cieszę się, że mogę ci sprawić przyjemność, *agape mou*.

Andrea uśmiechnęła się w odpowiedzi i zauważyła:

– Jak na grecką wyspę, Kreta jest bardzo zielona.

– Nie zawsze tak było – wyjaśnił. – Pod panowaniem Wenecjan, a potem Turków, wycięto wiele lasów, drzewa posłużyły jako budulec okrętów. Prócz tego, wrogiem publicznym numer jeden były dla drzew dzikie kozy, które obgryzały młode drzewka, zanim zdążyły podrosnąć. Wreszcie miejscowi władcy wydali dekret, mocą którego każdy, kto przyniósł z gór martwą kozę, dostawał nagrodę. Ale wiesz – powiedział, odwracając wzrok od cudownego widoku, który już dłuższą chwilę podziwiali – proponuję, byśmy znów ruszyli w drogę i znaleźli jakąś kafejkę. Założę się, że podobnie jak ja marzysz o filiżance mocnej kawy...

Zatrzymali się przy małej kawiarence usadowionej malowniczo, lecz trochę niebezpiecznie na stromym zboczu góry. Widok z jej niewielkiego tarasu zapierał dech w piersiach. Andrea i Nikos siedzieli w milczeniu, chłonąc otaczający ich spokój, poczucie lekkości i beztroskiego zadowolenia. Jednak milczenie to w niczym nie przypominało wczorajszego, przy kolacji, przykrego i pełnego napięcia. Teraz, pomyślała Andrea, było to milczenie przyjacielskie, życzliwe. Aż trudno uwierzyć... W tym momencie jej to wystarczało, było jej po prostu dobrze i pragnęła cieszyć się każdą chwilą.

Wczesnym wieczorem dotarli na wybrzeże, ale nie do Iraklionu, lecz nieco bardziej na zachód, do Rethimnonu.

– Mamy akurat czas się przejść. Normalnie, po pracy a przed kolacją, Grecy lubią przejść się po mieście, żeby przyjrzeć się innym i by im się pokazać – wyjaśnił Nikos.

Spacer okazał się bardzo przyjemny, jak się przekonała Andrea. W zachodzącym słońcu morze lśniło turkusowo, a domy okalające ładny, wenecki port przybrały złocistą barwę. W pewnym momencie Nikos objął ją ramieniem, aby ją ochronić przed grupą ożywionych turystów, nadchodzącą z naprzeciwka, ale gdy już przeszli, nie cofnął ręki. Andrea z pewnym zdziwieniem uświadomiła sobie, że nie tylko jej to nie przeszkadza, ale wręcz przeciwnie, ciepło, które ją otoczyło, było jej miłe. I kiedy usiedli przy stoliku na nabrzeżu, poczuła, że brak jej dotyku tej ręki.

Popijając świeżo wyciśnięty sok pomarańczowy, rozmawiali o Krecie, o jej długiej walce o niepodległość, o ciężkich przejściach podczas okupacji hitlerowskiej i obecnym odrodzeniu wyspy chętnie odwiedzanej przez turystów.

– Dobrze znasz Kretę? – zagadnęła.

– Niestety, nie. – Potrząsnął głową. – Byłem tu parę razy w interesach, ale na krótko. Dziś zobaczyłem znacznie więcej niż dotychczas. – Przerwał na chwilę, po czym zapytał, udając obojętność: – Może zostaniemy tu jeszcze parę dni?

– Ja...

– Nie musisz jeszcze niczego postanawiać. Możemy sobie pożyć trochę na luzie, bez planów.

– A nie powinniśmy wracać do Iraklionu? Czy nie będą się tam o nas niepokoić?

– Kapitan Petrachos popłynął wzdłuż brzegu, zarzucił kotwicę i czeka tu na nas. W każdej chwili, kiedy tylko zechcemy, popłyniemy do jachtu motorówką. Nie ma pośpiechu. Jeśli masz ochotę, możemy zjeść tu kolację.

– Świetny pomysł! – ucieszyła się.

To miejsce było pełne życia, ruchu, turystów, którym udało się wyrwać na jakiś czas z ich monotonnych, codziennych obowiązków i którzy cieszyli się morzem, słońcem, wolnością. Z okolicznych restauracji na otwartym powietrzu i barów dobiegał gwar głosów, śmiechy i dźwięki muzyki.

Andrei nie uśmiechał się powrót na jacht urządzony z tak wielkim przepychem, a zarazem w tak złym guście, na samą myśl o jego przytłaczających, koszmarnych wnętrzach dostawała gęsiej skórki.

Poza tym Nikos był dla niej taki miły...

Popijając sok i pogryzając soczyste oliwki, próbowała zebrać myśli i spojrzeć prawdzie w oczy.

A więc to się stało. Z niewinnej dziewicy stała się kobietą, dała się porwać zmysłom, odkryła ich tajemniczą moc, przekreślającą rozsądne, logiczne myślenie, do którego przywykła.

Mogła była go powstrzymać – powinna była go powstrzymać, ale tego nie uczyniła, nie znalazła w sobie dość siły. Musiała teraz uczciwie sobie powiedzieć, że Nikos kochał się z nią... z litości. Taka była prawda. Wzburzone emocje kłębiły się jej w głowie, emocje silne i niebezpieczne.

Nikos Vassilis, który poślubił wspaniałą dziedziczkę rodu Coustakisów, a nie prostą, biedną Andreę Fraser, nie pozwoliłby sobie na takie emocje. I ona też musi je uciszyć.

Dopiero późnym wieczorem wrócili na jacht. Gdy Nikos pomagał jej wejść na pokład po trapie, natychmiast się zorientował, że Andrea jest znów zdenerwowana i onieśmielona.

Nie spiesz się, daj jej czas, powiedział sobie.

– Zostańmy jeszcze na pokładzie – zaproponował – jest taka cudowna noc.

Poprowadził ją na rufę, skąd mogli podziwiać prawdziwie piękny widok rozgwieżdżonego nieba i mrugających światełek wzdłuż wybrzeża wyspy.

Oparci o balustradę, stali obok siebie z zadartymi głowami, próbując rozpoznać gwiezdne konstelacje.

– Ja wiem tylko, gdzie jest Wielki Wóz i Orion zimową porą – przyznała Andrea. – Londyn nie jest dobrym miejscem do obserwacji gwiazd. A Kreta była naprawdę cudowna. Bardzo Ci dziękuję, że mnie na nią dziś zabrałeś.

– Możemy tu zostać tak długo, jak tylko zechcesz, Andrea *mou* – powiedział cicho Nikos, muskając palcami jej policzek.

– Nikos – odezwała się pospiesznie – muszę ci coś powiedzieć.

– Co takiego? – zapytał bez większego zainteresowania, głaszcząc jej szyję i ramiona ciepłą, silną dłonią.

Andrea poczuła, jak jej ciało przenika miły, lecz niebezpieczny dreszcz. To się robi niebezpieczne! Pora się skoncentrować.

– O tym... o tym, co się wydarzyło.

– Kiedy?

– Ostatniej nocy.

– Ach, o tym... – mruknął Nikos, kładąc jej najpierw palec na wargach, a potem całując w szyję, tuż za uchem. Wreszcie objął ją mocno i zaczął długo, namiętnie, całować w usta.

Andrea, niezdolna mu się oprzeć, oplotła bezwiednie jego szyję rękami i jeszcze mocniej przyciągała do siebie jego głowę. Tak bardzo go pragnęła, potrzebowała jego pieszczot, jego bliskości. Roztopienia się w jego ramionach aż do końca...

Po chwili jednak opamiętała się, odsunęła nagle od niego, przestraszona, bez tchu.

– Nikos, nie!

– Nie? – zdziwił się Nikos, siląc się na lekko ironiczny ton.

– Nie – odrzekła bardziej stanowczo, starając się opanować łomotanie serca. Odnaleźć rozsądek, logiczny, racjonalny sposób myślenia. – Widzisz, naprawdę nie musisz tak się starać. Wiem, dlaczego... dlaczego wczoraj mnie pieściłeś. Było ci mnie żal, widziałeś we mnie kogoś, kto potrzebuje litości. Ale wszystko jest w porządku – powiedziała, unosząc rękę. – Ja naprawdę ciebie rozumiem. Nie musisz tego powtarzać.

Słuchając jej, Nikos oparł się łokciami o balustradę.

– Cieszę się, że rozumiesz – rzekł lekkim tonem. – Muszę ci powiedzieć, że to była najgorsza noc w moim życiu.

Andrea wyglądała przez moment tak, jakby dostała po twarzy, ale Nikos nie bacząc na to, ciągnął dalej.

Czy on musi być aż tak brutalny, pomyślała, wstrząśnięta do głębi, zaciskając dłonie w pięści i wbijając sobie paznokcie w skórę. Czy musi jej teraz wygarniać, jakim obrzydzeniem napawał go jej widok?

– To było okropne – ciągnął dalej. – Nie wyobrażam sobie, żebym mógł jeszcze raz przeżyć coś podobnego. Andrea, nie masz pojęcia, jaka to była dla mnie męka: patrzeć na ciebie, na twoje cudowne, pragnące mnie ciało, pieścić cię, ale nie móc być z tobą tak zupełnie do końca. Rozumiałem jednak, że potrzebujesz czasu, że nie wolno mi cię przynaglać. Wczorajsza noc była twoja, Andrea *mou*, ale dzisiejsza będzie nasza – powiedział zduszonym głosem, przyciągnął ją do siebie, porwał na ręce i zaniósł do sypialni.

Burza namiętności ogarnęła i porwała ich oboje, rozkołysane fale zmysłów unosiły ich coraz wyżej i wyżej, aż wreszcie sięgnęli szczytu rozkoszy i stopili się w jedno.

Czas i otaczający ich świat przestały istnieć, pozostało powoli wyciszające się uczucie radosnego spełnienia i intymnej bliskości.

Potem oboje długo leżeli przytuleni do siebie, bez ruchu i bez słowa, zaspokojeni, ukojeni, jakby w stanie nieważkości.

Wreszcie Andrea poruszyła się, otworzyła oczy, westchnęła cicho i odezwała się:

– Nikos, ja...

On jednak uciszył ją, potrząsnąwszy głową.

– Nie. Nic nie mów. Nie spieszmy się. Mamy mnóstwo czasu. Teraz zostawię cię na chwilę, Andrea *mou*, odpocznij sobie, zrelaksuj się, weź kąpiel.

Andrea napełniła wannę ciepłą wodą z wonnym, różanym płynem do kąpieli i z rozkoszą zanurzyła się w leciutkiej piance. Poczuła, jak woda wyciąga z niej zmęczenie, koi i odświeża.

Po kwadransie błogiej ciszy usłyszała delikatne pukanie. W drzwiach stanął Nikos, który pomógł jej wyjść z wanny i otulił olbrzymim, puszystym, białym ręcznikiem. Zauważył, że Andrei kleją się oczy i że pewnie na resztę nocy zapadnie w głęboki, spokojny, odradzający sen. Zrozumiał, że musi ją zostawić w spokoju, chociaż bardzo jej pragnął. Że musi jej dać czas, aby we własnym rytmie przeszła w życie dojrzałej, spełnionej kobiety.

Wziął więc ją na ręce jak dziecko, delikatnie ułożył w gładkiej, seledynowej, satynowej pościeli, uwalniając przedtem z ręcznika.

– Nikos – odezwała się ledwie dosłyszalnym szeptem, próbując podnieść głowę.

– Sza – powiedział Nikos łagodnie – nic nie mów. Śpij słodko.

ROZDZIAŁ DZIESIĄTY

Andrea poruszyła się dopiero rankiem, gdy przez gęste zasłony do sypialni przeniknął stłumiony blask słońca. Poczuła, że wielkie łoże delikatnie się kołysze, a więc znajdowali się na pełnym morzu. Andreas także się przebudził, mocno pocałował ją w usta i wyskoczył z łóżka, aby rozsunąć zasłony.

– Proponuję dziś śniadanie w łóżku, a potem dalsze zwiedzanie.

– Propozycja przyjęta – uśmiechnęła się Andrea, rozkosznie się przeciągając.

Czekał ich znowu cudowny dzień, słoneczny, lecz świeży, niezbyt upalny jak na początek lata. Gdy dobili do brzegu i wsiedli do otwartej terenówki, zmieszali się z tłumem turystów, zmierzających w tym samym kierunku, do Samarii, słynnego wąwozu. Andrea przeczytała o nim w przewodniku, który kupił jej Nikos, zanim opuścili Rethimnon.

– Wiem, że nie dam rady tam wejść, ale przynajmniej popatrzę.

Nikos podwiózł najbliżej, jak to tylko możliwe, wjeżdżając głęboko w samo serce Lefka Ori (Białych Gór) w zachodniej Krecie. Pili kawę na tarasie małej kafejki w pobliżu Xiloskalo, skąd prowadziły drewniane schody w głąb wąwozu. Nad nimi wznosił się nagi szczyt Gingalos, u którego stóp rozciągało się rumowisko głazów.

– Jutro podpłyniemy do ujścia wąwozu, Agia Roumeli, i dalej wzdłuż południowego wybrzeża – powiedział Nikos, spoglądając na zegarek. – W tej chwili mamy jeszcze trochę czasu, żeby pojechać do Sougii, jeśli masz ochotę.

Andrea skinęła głową, gotowa pojechać z nim na koniec świata.

– Co znaczy słowo *agia*? – zapytała. – W wielu miejscach je zauważyłam.

– To znaczy „święta". Święci mężczyźni to *agaios* – wyjaśnił i spojrzał na nią z ukosa. – Musisz się nauczyć języka swoich przodków, Andrea *mou*, skoro masz tu zamieszkać.

Andrea milczała przez chwilę, nie chcąc rozpoczynać rozmowy na ten temat, chociaż serce waliło jej jak młotem.

– A co znaczy *mou*? – zapytała wreszcie. – Często tak do mnie mówisz: Andrea *mou*.

– Moja – odrzekł cicho Nikos, patrząc na nią szarymi oczami. – Moja Andrea. Chyba jesteś już moja, Andrea *mou*?

Andrea odwróciła wzrok i spłonęła rumieńcem.

– Gdzie teraz jedziemy? – zapytała wesołym tonem. – Zaczynam być głodna!

On też poczuł głód, lecz całkiem innej natury... Jednak chętnie odgrywał rolę jej przewodnika. Miał wrażenie, że na Krecie Andrea jest inną osobą. Ta pełna rezerwy, panująca zawsze nad sobą Angielka, którą trudno było zadowolić, gdy pokazywał jej Ateny, teraz przeobraziła się w tryskającą energią, otwartą, naturalną, uroczą towarzyszkę. Czy to dlatego, że minęło wreszcie ogromne napięcie, towarzyszące wydarzeniom ubiegłego tygodnia? A może dlatego, że wreszcie uczynił ją swoją żoną?

Bo miał poczucie, że tak się stało. Żaden inny mężczyzna nie śmie jej odtąd dotknąć, ani tym bardziej zranić. Nikos już dziś czcił ją i szanował. Nie uważał jej za swoją własność, ale gdy tylko na nią patrzył, wzbierało w nim uczucie tkliwej opiekuńczości. Przyszłość rysowała się różowo, lepiej, niż mógł sobie wyobrazić.

To, co mu zapowiedziała w noc poślubną, że opuści go następnego ranka, a co było efektem jej lęków, zupełnie się ulotniło. Nikos wypędził z niej te dręczące lęki niczym siły nieczyste i odtąd na ich drodze nie było już żadnych cierni. To pospiesznie zaaranżowane małżeństwo z rozsądku w gruncie rzeczy okazało się dla nich obojga dobroczynne, teraz był tego zupełnie pewien. Odtąd już zawsze razem będą szli przez życie. Poczuł się szczęśliwy i pełen nadziei na przyszłość.

Gdy tak zdążali krętą drogą przez uroczy wąwóz na południowe wybrzeże, Andrea nie mogła się powstrzymać, by nie zerkać na Nikosa. I za każdym razem jego widok zapierał jej dech w piersiach. Tak bardzo wszystko jej się w nim podobało! Satynowy połysk jego ciemnych włosów, doskonały kształt słonecznych okularów, świetnie dobranych do twarzy, zmysłowa linia jędrnych ust, rozpięty kołnierzyk, silne, umięśnione ręce perfekcyjnie panujące nad kierownicą – Andrea wprost nie mogła się na niego napatrzeć.

Jednocześnie poruszyły ją i zaniepokoiły jego słowa w kafejce, kiedy powiedział, że powinna się nauczyć greckiego.

Miałaby zamieszkać tutaj, w Grecji? I naprawdę pozostać żoną Nikosa?

Nie, to nie do pomyślenia!

– A jednak, a jednak...

Za wiele kipi w niej emocji.

Nie mogę o tym myśleć! Po prostu nie mogę!

Wiedziała jednak, że wreszcie będzie musiała. Przyszłość jawiła się jej jak czarna, olbrzymia ściana nie do pokonania. Ale w tej chwili spróbuje o niej nie myśleć. Da sobie jeszcze kilka dni czasu.

Poprzedniego wieczoru, zanim wyruszyli do Knossos, wykonała błyskawiczny telefon do Tony'ego by mu tylko zakomunikować, że niespodziewanie zmieniła plany. Wyczuła, że jest tym trochę zaniepokojony, ale go upewniła, że wkrótce wróci do domu i że nic złego się nie dzieje.

– Nie jestem teraz w domu dziadka – wyjaśniła pospiesznie. – Jestem... gdzie indziej... z kimś innym.

– To znaczy gdzie? – zapytał trochę zaniepokojony Tony.

– Na jachcie mego dziadka – przyznała Andrea. – Ale jego tu nie ma. Naprawdę, wszystko jest w porządku. Muszę teraz kończyć, ktoś idzie! Proszę, uściskaj ode mnie mamę. Niedługo wrócę do domu, obiecuję.

Ale czy rzeczywiście niedługo wróci? Wyjrzała przez okno, na wciąż jeszcze mało znany krajobraz Krety.

Co ja najlepszego robię? Co ja robię? Nie umiała sobie na to pytanie odpowiedzieć. Porwała ją fala nowego, nieznanego dotąd oceanu.

Nikos, wyczuwając jej nastrój, położył jej rękę na dłoni i rzekł uspokajająco:

– Wszystko będzie dobrze, obiecuję Andrea *mou*. Zaufaj mi.

W tej chwili nie pozostawało jej nic innego.

Lunch zjedli w małym miasteczku Sougia, w tawernie z widokiem na kamienistą plażę.

– Właśnie się dowiedziałem – odezwał się Nikos – że można stąd dotrzeć pieszo do starożytnego Lissos, było to niegdyś osiedle rzymskie, niewielkie, ale podobno bardzo malownicze. Niestety, to jest ponad godzinny spacer i może być wyboisty, dojazdu drogą nie ma, ale spróbujemy tam dotrzeć od strony morza.

– Tak mi przykro, że jestem dla ciebie ciężarem – powiedziała cicho Andrea.

– Wcale nie jesteś – upewnił ją, gładząc po policzku. – Uważam, że wspaniale sobie radzisz, zważywszy na okoliczności. Nie mogę sobie nawet wyobrazić, jakie męki przeszłaś i dotąd przechodzisz. Bardzo cię podziwiam.

Pod wpływem jego dobrych, współczujących słów łzy zakręciły się w oczach Andrei.

– Nie płacz, Andrea. Jak sama mówiłaś, wielu innych cierpi jeszcze bardziej. I pomyśl tylko, o ile gorzej by było, gdyby dziadek nie wspierał cię swoim majątkiem. Wiem, że za pieniądze nie zawsze da się kupić zdrowie, ale można za nie zapewnić sobie większy komfort i uniknąć stresów finansowych, nawet nie masz pewnie pojęcia, jak wielkich. Twoja matka mogła sobie pozwolić na najlepsze leczenie dla ciebie, najlepszych lekarzy i najlepszą opiekę – więc masz być za co wdzięczna, prawda?

Andreą wstrząsnął dreszcz na wspomnienie tego, co przeszła jej matka. Wsparcie dziadka! Świetnie pamiętała długo wyczekiwaną odpowiedź Yiorgosa Coustakisa na błagalny list matki, w którym załączyła świadectwa lekarzy, wyszczególniające wszystkie obrażenia, jakie odniosła Andrea, i zalecające operacje i zabiegi fizjoterapeutyczne tak liczne i kosztowne, że można by je było przeprowadzić tylko w prywatnych klinikach, na przestrzeni wielu lat. Coustakis odesłał Kim całą dokumentację wraz z krótkim listem, że wszystko to jest z pewnością grubą przesadą i w gruncie rzeczy niczym innym, jak tylko sprytną sztuczką mającą za cel wyłudzenie pieniędzy od człowieka, do którego jej matka w ogóle nie mogła mieć żadnych roszczeń.

Jeszcze przykrzejszy był ostatni list, już nie od jej dziadka, lecz od jego adwokatów, informujący Kim, że wszelkie następne próby zakłócania jego spokoju znajdą finał na sali sądowej.

Nikos zauważył cień, która przemknął przez twarz Andrei. Nie chciał jej sprawić przykrości, ale powiedział przecież tylko prawdę. Podobnie jak wiele osób bogato urodzonych, Andrea uważała luksus, w jakim żyła, za coś oczywistego. To prawda, że odnosiła się zawsze uprzejmie do służby, kelnerów i tak dalej, ale wydawało się, że w ogóle nie docenia, jak bardzo jest uprzywilejowana. Zabawne, pomyślał Nikos, że bardziej ją bawi jedzenie bardzo prostych potraw w taniej tawernie niż wyszukanych specjałów w pięciogwiazdkowej restauracji. Gdyby, tak jak on, musiała zarabiać na życie, zapewne bardziej by ceniła luksus...

A czy ty sam bardziej cenisz teraz inne rzeczy niż materialne? A może tylko luksus cię zadowala?

Nie, odpowiedział sobie. Ciężko zapracował na swój sukces. I na nagrodę, jaką jest teraz dla niego Coustakis Industries. I dziedziczka fortuny Coustakisów. Życie naprawdę świetnie mu się ułożyło.

Przez resztę dnia Andrea stale czuła na sobie wzrok Nikosa i była świadoma tego, że on dosłownie pożera ją oczami – kiedy wracali samochodem na północ wyspy, podczas obiadu, który zjedli tym razem w Chani i gdy przeprawiali się przez przesmyk półwyspu Akrotiri, jadąc w kierunku głębiny w zatoce Souda, gdzie cumował jacht.

Po nocy, jeszcze cudowniejszej niż poprzednia, postanowili rankiem nie schodzić na brzeg i odpuścić sobie zwiedzanie na kilka godzin. Opalali się na pokładzie, trochę rozmawiali, poznawali się bliżej. Jeszcze tyle o sobie nie wiedzieli! Jacht tymczasem płynął powoli wzdłuż górzystego wybrzeża Krety, której zmieniające się widoki mogli dowoli podziwiać.

Po lunchu spuszczono na wodę motorówkę, którą Nikos, zgodnie z obietnicą, zabrał Andreę do maleńkiej zatoczki przy starożytnym Lissos, gdzie mogli podziwiać ruiny Asklepionu – starożytnego sanatorium przyrodoleczniczego – a potem popłynęli dalej, minęli ładną wioskę Loutro o ścianach bielonych wapnem i wybrzeże piratów, Skafios, aż wreszcie przybili do brzegu na plaży zaznaczonej na mapie jako Sweetwater Beach.

– Co za dziwna nazwa – zauważyła Andrea.

Tajemnica wkrótce się wyjaśniła: spod kamyków na plaży wydostawały się perełki wody. Andrea nabrała trochę w dłoń i spróbowała.

– To naprawdę słodka woda! – wykrzyknęła ze zdumieniem.

Popołudnie było tak piękne, a plaża – niedostępna z drogi – prawie pusta, że postanowili zatrzymać się tu na dłuższą chwilę. Kiedy Andrea z rozkoszą przysiadła i rozprostowała nogi, Nikos wyciągnął z plażowej torby ręczniki i damski kostium kąpielowy.

– Nikt nie będzie się tu przyglądał twoim nogom, Andreo – uspokoił ją. – Wszyscy będą podziwiali twoją fantastyczną figurę – dodał i czule ją pocałował. – Jesteś taka piękna! Twoje nogi nie zakłócają tego piękna. Na pewno nie w moich oczach! Powinnaś już o tym wiedzieć! A więc zrób to dla mnie – zachęcał ją przymilnie – moja piękna, młoda żono.

Jak mogłabym mu odmówić? – zapytała siebie Andrea. – Czy w ogóle potrafiłabym czegokolwiek mu odmówić?

Nikos osłonił ją olbrzymim ręcznikiem i pomógł przebrać się w jednoczęściowy czarny kostium, który dla niej kupił. Andrea wpierw czuła się w nim skrępowana, ale po chwili musiała przyznać mu rację. Nikt z garstki plażowiczów nie spojrzał nawet w jej stronę.

Nikos błyskawicznie zrzucił z siebie ubranie, pozostając tylko w kąpielówkach, które miał pod spodniami, wziął Andreę za rękę i poprowadził do wody. O tej porze roku była jeszcze dość chłodna, ale Nikos, chcąc jej dać dobry przykład, puścił jej rękę i dał nura w turkusowe morze, po czym wypłynął na powierzchnię, strząsając z głowy lśniące w słońcu perełki wody.

– Śmiało! Zobaczysz, będziesz mi jeszcze wdzięczna!

Andrea posłuchała. Kiedy po dobrym kwadransie wynurzyła się wreszcie z morza, czuła się fantastycznie, jak nowo narodzona. Nikos otulił ją ręcznikiem kąpielowym i posadził na piasku, a sam usiadł tuż przy niej.

Uśmiechnął się do niej, a ona odwzajemniła uśmiech. Nie mogła oderwać oczu od jego twarzy, wilgotnych jeszcze rzęs i włosów, od ciemnoszarych oczu, w których wyczytała ciepło i tkliwość i coś więcej niż samo zainteresowanie nią jako kobietą.

Przyjemność zakłócała jej tylko perspektywa powrotu na pokład jachtu, który działał na nią coraz bardziej przygnębiająco. Nie tylko ze względu na swój wystrój, ostentacyjnie luksusowy, lecz w wyjątkowo złym guście, ale także dlatego, że przypominał jej, dlaczego w ogóle zdecydowała się na przyjazd do Grecji. A o tym nie chciała teraz myśleć.

– Nikos – zagadnęła, patrząc na niego pytająco. – Czy musimy mieszkać na tym jachcie?

– A nie chcesz? – zdziwił się Nikos. Nie mógł sobie wyobrazić, żeby jakakolwiek ze znanych mu kobiet nie była zachwycona pobytem w tym pełnym przepychu i wszelkich wygód pływającym pałacu!

Ale, jak to sobie zaczął już uświadamiać, Andrea nie przypomina żadnej ze znanych mu kobiet...

Potrząsnęła przecząco głową i zapytała:

– Nie możemy zostać tu, na Krecie?

– Oczywiście, że możemy – uśmiechnął się do niej pobłażliwie. – Zadzwonię na jacht, żeby ich uprzedzić i zamówię odpowiedni hotel. A może wolałabyś prywatną willę?

– A nie moglibyśmy po prostu zdać się na przypadek? Trochę powędrować po wyspie i zatrzymać się tam, gdzie się nam będzie podobało? Wszędzie wokół są pokoje do wynajęcia, a jeżdżąc dżipem, mijaliśmy wiele małych hotelików.

– I właśnie na coś takiego miałabyś ochotę? – Nikos spojrzał na nią z niedowierzaniem.

– Och tak! Wyglądają tak uroczo, zapraszająco! Nigdy w takim hoteliku nie mieszkałam!

No tak, pomyślał Nikos. Dla kobiety wychowanej w luksusie, miejsca tak proste i zwyczajne wydają się pociągająco egzotyczne...

– Twoje życzenie, moja piękna żono, jest moim rozkazem!

Przez pięć cudownych, niezapomnianych dni Andrea zwiedzała z Nikosem wyspę. Przez pięć romantycznych i namiętnych nocy leżała w jego ramionach. Wszystkie troski pozostawiła za sobą. To był czas szczególny, wyjątkowy, myślała – jedyny, jaki był jej dany. Musi ten dar wykorzystać jak najlepiej. Zanim straci Nikosa na zawsze. Ta myśl niczym sztylet raniła jej serce.

Ten czas musi jej wystarczyć na całe życie.

Ale ja bym chciała, aby on trwał wiecznie!

Wiedziała, że to niemożliwe. Dana jest tylko króciutka chwila, pełna niezwykłego, radosnego blasku, ale ulotna.

Z ciężkim sercem zdała sobie sprawę, że będzie musiała powrócić do rzeczywistości. Wiedziała od matki, że nawet krótkotrwałe szczęście może pozostać w sercu na całe życie. Kim mówiła, że mimo tragicznego końca, nigdy by nie zrezygnowała z przeżycia tych cudownych dni z mężczyzną, którego kochała, chociaż późniejsze lata życia bez niego pozostały puste.

Gdy w ostatni wieczór pobytu na Krecie zbliżali się do zatoki Souda, a zachodzące słońce wyzłociło wody morza, na widok jachtu Andrei zrobiło się ciężko na sercu. Jej szczęście dobiegało końca i już nigdy nie powróci.

Spojrzała na Nikosa, aby na zawsze wyryć sobie w pamięci rysy jego twarzy.

Ja go kocham, pomyślała. Kocham go. Wiem, że to prawda, której nigdy nie zaprzeczę i która pozostanie ze mną na zawsze.

I nigdy nie będę mogła jej wyznać.

Andrea przechadzała się po pokładzie jachtu, który nocną porą, pod rozgwieżdżonym niebem, płynął konsekwentnie i nieubłaganie w stronę Pireusu. Na wschodzie niebo zaczynało lekko się rozjaśniać. Świt musi być już blisko, pomyślała. Nikos tymczasem, po namiętnej nocy, spał twardo snem zasłużonych.

Po naszej ostatniej, wspólnej nocy, pomyślała z żalem Andrea.

Bezszelestnie wymknęła się z sypialni. Potrzebowała chwili samotności, aby przemyśleć wiele spraw.

Przecież tak nie miało być! Nigdy tego nie planowałam! Ani mi było w głowie się w nim zakochać! Przyjechałam tu tylko po to, żeby uwolnić wreszcie Kim od kolosalnego długu, jaki zaciągnęła po lichwiarskich cenach na moje leczenie. Po to, by zdjąć z ramion matki ten ciężar przekraczający jej siły. Aby Kim mogła wreszcie odetchnąć i znaleźć w życiu chociaż trochę szczęścia, komfortu, ulgi od zmartwień.

I od tego nic ani nikt jej nie powstrzyma. Pieniądze, które jej dziadek wypłacił za to, że zgodziła się wyjść za Nikosa Vassilisa, czekały już na jej koncie bankowym. Teraz mogła spokojnie wrócić do domu i zacząć je wydawać.

Zostawić za sobą Nikosa Vassilisa.

Nigdy więcej go nie zobaczyć! Nie trzymać go w ramionach!

Pod cieniutkim, jedwabnym negliżem, wstrząsnął nią zimny dreszcz.

No i co z tego? Co z tego, nawet jeśli zakochałaś się w Nikosie Vassilisie? Przecież on cię nie kocha. Ożenił się z tobą tylko po to, żeby dostać firmę Coustakisa. A jeśli nawet cię uwiódł, kochał się z tobą i uczynił cię swoją prawdziwą żoną, nie tylko w oczach prawa, to przecież każdy grecki mąż tak by się zachował wobec swojej świeżo poślubionej żony – nawet z okaleczonymi nogami! To prawda, musisz przyznać, że był dla ciebie dobry. Uwolnił cię od twoich lęków i uczynił prawdziwą kobietą. Ale on ciebie nie kocha – i nie pragnie twojej miłości.

Miłość z pewnością nie mieściła się w jego planach.

Wyobraź sobie tylko jego reakcję, kiedy odkryje prawdę. A w końcu przecież musi się dowiedzieć, że nigdy nie byłaś dziedziczką wielkiej fortuny. Że jesteś tylko odrzuconą, wzgardzoną, niechcianą wnuczką Yiorgosa Coustakisa, i to z nieprawego łoża, wnuczką człowieka, który posłużył się tobą dlatego, że nie miał innego potomstwa, i chciał sobie w ten sposób zapewnić przetrwanie? Czy wyobrażasz sobie, że człowiek tak bogaty jak Nikos Vassilis chciałby pojąć za żonę skromną lokatorkę komunalnej czynszówki?

Nawet nie musiała sobie odpowiadać na to pytanie.

Ogarnął ją żal, uczucie chłodu i pustki.

Przy śniadaniu, które tym razem spożyli w jadalni, zbliżając się powoli do Pireusu, także Nikos nie był w najlepszym humorze. Przez ten tydzień spędzony z dala od Aten zdążył zapomnieć o pilnych sprawach, jakie na niego czekały po powrocie. Jeszcze przed śniadaniem dzwonił z pokładu jachtu do swego sekretarza, aby mu wydać polecenia w sprawie licznych czynności, jakie należało wykonać w związku z finalizacją fuzji firm. Ale po raz pierwszy w życiu praca nie za bardzo go pociągała.

Robi to tylko dla Andrei...

Będzie jej musiał teraz wytłumaczyć, że przynajmniej do czasu zakończenia wszystkich formalności nie będą mogli spędzać ze sobą tyle czasu co dotychczas.

A może ona sama zdawała sobie z tego sprawę? Nie wyglądała na szczęśliwą, pomyślał, spoglądając na nią przez stół. Prawdę mówiąc, w ogóle sprawiała zupełnie inne wrażenie, gdzieś ulotniły się jej spokój i beztroska z minionego tygodnia. Spięta i sztywna, obojętnie grzebała widelcem w talerzu.

– Żałuję, że nie możemy zostać dłużej – powiedział. – Ale dopięcie na ostatni guzik wszystkich formalności związanych z fuzją to jeszcze masę roboty.

Andrea spojrzała na niego. Znowu był ubrany w wyjściowy garnitur, w którym wyglądał oficjalnie. Gdzieś zniknął mężczyzna, z którym spędziła najbardziej rozkoszny tydzień życia. Jego miejsce zajął facet, który się z nią ożenił po to, żeby przejąć Coustakis Industries. Tylko po to. Nie wolno jej o tym zapomnieć.

– Z pewnością masz rację – rzekła obojętnie. Przecież nie prosił jej, żeby się w nim zakochała. Prosił tylko, aby była mu miłą i namiętną towarzyszką przez tydzień ich podróży poślubnej – owo sympatyczne, wypoczynkowe interludium przed powrotem do normalnego życia. Życia, które stało pod znakiem robienia pieniędzy.

No cóż, ja też nieźle na tym zarobiłam, pomyślała Andrea triumfalnie. I teraz wracam do domu, żeby dobrze je wydać. Po to tu przyjechałam i z tą zdobyczą wracam.

Zakochanie się w Nikosie to była po prostu pomyłka. Wrócę do domu i szybko o nim zapomnę – obiecała sobie.

Do pokoju wszedł steward, podszedł do Nikosa i powiedział parę słów po grecku. Nikos skinął głową i podniósł się z fotela. Ma piękny wzrost, pomyślała Andrea. I jest zabójczo przystojny. Wyglądał dokładnie tak, jak wtedy na tarasie, kiedy po raz pierwszy go ujrzała. Wydawało się jej, że od tego czasu minęły całe wieki, a to było raptem parę krótkich tygodni. Tygodni, które na zawsze odmieniły jej życie.

– Wybacz mi, ale muszę szybko zatelefonować – przeprosił ją Nikos. Wydawał się jakby nieobecny i czymś zatroskany.

– Oczywiście – powiedziała i poczuła dławienie w gardle.

Krótko potem obserwowali z pokładu, jak jacht wpływa do portu w Pireusie, i zaraz potem wsiedli do limuzyny, która miała ich zawieźć do Aten. Mieli jeszcze trzeciego pasażera, młodego człowieka, jak się okazało, asystenta Nikosa do spraw public relations. Gdy tylko zamknęły się za nimi drzwi samochodu, wyjął z teczki jakieś dokumenty i obaj z Nikosem się w nich zagłębili.

Andrea, wyłączona z rozmowy, zaczęła wyglądać przez okno.

Poczuła się opuszczona, niepotrzebna, zrobiło się jej trochę słabo i zimno.

Samochód wjechał do dzielnicy biur i banków i kiedy wreszcie się zatrzymał przed budynkiem Vassilis Incorporated, Andrea poczuła się jeszcze gorzej.

Nikos zwrócił się do niej pospiesznie i powiedział:

– Yannis zawiezie cię teraz do mojego mieszkania. Proszę cię, czuj się tam jak u siebie w domu, rozgość się i odpocznij. Przykro mi, że nie mogę ci teraz towarzyszyć, ale wydarzyło się coś pilnego i stąd ten komitet powitalny w osobie Demetriosa.

Żałuję, ale nie udało się tego uniknąć. Postaram się wyjść z biura tak szybko, jak tylko możliwe i będziemy mogli wspólnie spędzić wieczór. A więc, na razie, Andrea *mou*.

Ciekawe, co człowiek czuje, kiedy pęka mu serce, pomyślała Andrea, gdy Nikos wysiadał z limuzyny ze swym PR-owcem. Bo moje właśnie pękło, dokładnie w tej chwili.

Zamknęła oczy i wygodniej zagłębiła się w fotelu. Samochód ruszył łagodnie.

Łzy zalały jej oczy.

Dopiero po pewnym czasie zorientowała się, że powinna dać kierowcy nowe instrukcje. Wyglądał na zdziwionego, kiedy poprosiła, by ją odwiózł na lotnisko, ale bez szemrania wypełnił polecenie.

W drodze napisała do Nikosa krótki liścik. Każde słowo utaczało jej z serca kroplę krwi.

Drogi Nikosie,

Wracam do Anglii. Oboje wydobyliśmy z tego małżeństwa to, na czym nam zależało. Ty dostałeś Coustakis Industries, ja – pieniądze. Dziękuję Ci za ten czas spędzony wspólnie na Krecie – byłeś dla mnie cudownym pierwszym kochankiem. Jestem pewna, że kierując Coustakis Industries odniesiesz wielki sukces. Proszę Cię, poleć swym prawnikom, aby możliwie jak najszybciej przeprowadzili nasz rozwód. Dziękuję Ci.

Andrea

Tylko na tyle mogła się zdobyć. I tak ten list kosztował ją bardzo wiele. Przekazała go szoferowi z prośbą, by go doręczył Nikosowi.

ROZDZIAŁ JEDENASTY

– Więc jak sądzisz, mamo? Bliżej wybrzeża, czy nieco wyżej, na wzgórzach? Gdzie chciałabyś zamieszkać?

Od swego powrotu z Grecji przed dwoma tygodniami Andrea mówiła wesołym, pełnym energii głosem. Nie posiadała się ze szczęścia, mogąc podzielić się z matką tą cudowną wiadomością, że dziadek dał im dość pieniędzy, aby mogły spłacić ostatnie długi i przeprowadzić się do Hiszpanii.

Jednak mimo swego znakomitego nastroju nie mogła nie zauważyć, że matka się o nią niepokoi. Och, naturalnie, że wpadła w zachwyt na fantastyczną wieść o pieniądzach i możliwości pozbycia się wszystkich długów, cieszyło ją też, że jej córka tak świetnie wygląda, jest pięknie opalona, porusza się o wiele szybciej i pewniej niż dotąd, ale Andrea wyczuwała, że Kim coś dręczy.

A tak bardzo pragnęła, żeby matka przestała się wreszcie o cokolwiek martwić, a już najmniej o nią samą. Przygotowując kolację, paplała wesoło o Hiszpanii i o tym, że wreszcie zamieszkają tam na stałe. Pragnęła, by mogły się tam przenieść jak najszybciej. Może w Hiszpanii, gdzie zacznie nowe życie, uda się jej zapomnieć o Nikosie...

Nikos...

Serce ścisnęło się jej z bólu. Nie, nie wolno rozpamiętywać, wspominać. To się już skończyło, na zawsze. Teraz musi rozpocząć nowy rozdział swego życia – i tylko o tym warto myśleć. No i o tym, żeby Kim była wreszcie szczęśliwa. Nie wolno dopuścić, żeby matka zaczęła się czegoś domyślać...

Uśmiechnęła się do Kim i powiedziała z przekonaniem:

– Odtąd nasze życie będzie cudowne, mamo! Po prostu cudowne!

Kim z uśmiechem ujęła jej rękę,

– Jesteś najlepszą córką na świecie, zawsze o tym pamiętaj, moje najukochańsze dziecko – powiedziała cicho, wpatrując się w twarz Andrei.

– Tak bardzo cię kocham, mamo – szepnęła zdławionym głosem Andrea, szczęśliwa, że może teraz choć w jakiejś części odwdzięczyć się matce za długie lata jej poświęceń i wyrzeczeń. Cóż przy tym znaczy jej złamane serce?

Obie wzdrygnęły się, słysząc mocne pukanie do drzwi.

– Nie otwieraj – powiedziała Andrea. – Niech spróbują gdzie indziej.

Ostatnio coraz bardziej rozwydrzone i agresywne wyrostki wczesnym wieczorem nachodziły lokatorów w nadziei, że uda im się wyłudzić kilka pensów.

Za czterdzieści osiem godzin będą już w Maladze i zaczną się rozglądać za odpowiednim mieszkaniem. Andrea nie mogła się wprost tego doczekać.

Będzie mogła zająć myśli czymś innym, przestanie wspominać, rozpamiętywać, cierpieć...

Ale stukanie powtórzyło się, jeszcze bardziej naglące.

– No dobrze. Mam już tego dosyć – stwierdziła Andrea i pomaszerowała do drzwi, gotowa wygarnąć małolatom, co o nich myśli.

Ale kiedy otworzyła drzwi, zamiast grupki wyrostków ujrzała wysoką, męską postać. Spojrzała w stalowoszare oczy, serce stanęło jej w gardle.

Nikos Vassilis przekroczył próg mieszkania, zmuszając ją do cofnięcia się o krok.

– Już nigdy – odezwał się głosem, od którego ciarki przebiegły jej po plecach – nie próbuj ode mnie odejść.

– Jak... jak...? – wybełkotała, łapiąc się za głowę.

– Jak cię tu odnalazłem? Zapewniam cię, że nie poszło mi łatwo. – Obrzucił wzrokiem mizerny hol, wąski i przesycony zapachem wilgoci. – I wcale się nie dziwię, że detektywi mieli twardy orzech do zgryzienia, skoro znaleźli cię w takiej norze. Co to za dziura? – zapytał lekceważąco.

– Ta dziura – dobiegł go cichy głos z kuchni – jest moim mieszkaniem, panie...?

Andrea zdrętwiała, Kim zaś stanęła w drzwiach od kuchni, zaskoczona niespodziewanym najściem obcego mężczyzny.

– Nazywam się Vassilis – odparł szorstko Nikos. – Nikos Vassilis. Przyjechałem po Andreę.

– Nigdzie z tobą nie pojadę! – wykrzyknęła Andrea.

Nie wierzyła własnym oczom. Nikos, ze swoją aparycją bardzo zamożnego człowieka, w tym lichym komunalnym mieszkanku wyglądał zupełnie nie na miejscu, jak przybysz z innej planety.

– Co się tu dzieje? – zaniepokoiła się Kim, postępując krok do przodu.

– Nic! Nic takiego! – odrzekła natychmiast Andrea. – Pan Vassilis się pomylił – wycedziła przez zęby. – Zaraz stąd odejdzie. Beze mnie!

– Błędna ocena sytuacji – oświadczył Nikos ze śmiertelną powagą, mrużąc oczy. – Zabierz swoje rzeczy i dopilnuj, żeby znalazł się w nich twój paszport!

– Nigdzie nie pojadę!

– Owszem, pojedziesz. Wrócisz do Aten. Pozwolę sobie zauważyć, że nieco się pospieszyłaś z tym wyjazdem. Otrzymałaś od dziadka pieniądze, których od niego zażądałaś, bo na tym ci głównie zależało, prawda? – rzucił zjadliwie – ale po twoim pospiesznym wyjeździe Coustakis poczuł się w pewnym sensie... oszukany. Zażądał, żebyś powróciła do Aten i wypełniła swoje... zobowiązania. W przeciwnym razie, nie zgodzi się na ostateczną finalizację fuzji.

Tym razem Andrea przybrała ostry i ironiczny wyraz twarzy.

– A to heca! – zawołała. – Przecież musi dojść do tej wspaniałej fuzji! Bo tobie właśnie na tym najbardziej zależy!

– Andrea *mou*, pozwolę sobie zauważyć, że ja także czuję się oszukany twoim pospiesznym i niespodziewanym wyjazdem!

Andrea dosłyszała w jego głosie nie tylko gniew, ale także coś innego, jakby żal czy ból.

Nikos przeniósł teraz wzrok na Kim, która stała wciąż na progu z zaskoczoną miną.

– Muszę teraz porozmawiać z Andreą w cztery oczy, jeśli pani pozwoli...

– Nie mam ci nic do powiedzenia! – wypaliła Andrea.

– Ale ja – powiedział miękkim głosem, zwracając teraz na nią swoje stalowoszare oczy – mam ci bardzo dużo do powiedzenia, Andrea *mou*.

Kim tymczasem zbliżyła się do Andrei i objęła ją opiekuńczo ramieniem.

– Panie Vassilis, jeżeli moja córka nie chce z panem rozmawiać...

Przerwał jej dziwny dźwięk, który wydobył się z gardła Nikosa, zupełnie zaskoczonego tą sytuacją.

– Ta kobieta jest twoją matką? – zapytał z niedowierzaniem.

– Tak, jestem matką Andrei – odparła Kim. – A może teraz, panie Vassilis, zechce pan wyjaśnić, co się tu właściwie dzieje?

Nikos przez chwilę przenosił oczy z matki na córkę i z powrotem. Trudno mu się było dziwić, z wyglądu były do siebie zupełnie niepodobne. Po matce Andrea odziedziczyła tylko delikatną budowę ciała i jasną skórę, rude włosy po babce Kim, a brązowe oczy po ojcu.

Mimo to uwierzył.

– Pani Coustakis – zaczął głosem lekko drżącym, alc zdccydowanym.

Kim jednak potrząsnęła przecząco głową.

– Nazywam się Kim Fraser, panie Vassilis. Andreas i ja nigdy się nie pobraliśmy.

Powiedziała to spokojnie, bez cienia wstydu. Nie miała żadnego powodu do wstydu.

Nikos znowu wyglądał na wstrząśniętego. Widząc wyraz jego twarzy, Andrea poczuła gorycz i ukłucie w sercu.

– Sam widzisz, że nie jestem tą kobietą, za jaką mnie brałeś! Rozejrzyj się tylko! Czy wyglądam na dziedziczkę fortuny? Ja, która tutaj mieszkam?

– To niemożliwe – oświadczył beznamiętnie Nikos.

Andrea roześmiała się lekceważąco. Zawsze wiedziała, że Nikos przeżyje szok, gdy się dowie o jej nader skromnym pochodzeniu, kiedy odkryje, że nie pochodzi ze świata pięknych i bogatych.

Nikos nagle podszedł do drzwi prowadzących do saloniku, popchnął je i wszedł do środka. Pokój był czysty i porządnie utrzymany, ale dywan na podłodze taniutki, a tapicerka na fotelach i sofie, która służyła Andrei za łóżko, wytarta i postrzępiona.

– I ty tu mieszkasz?!

– Tak. Całe życie.

– Dlaczego?

– Doskonałe pytanie – roześmiała się Andrea. – Bo mama nie mogła sobie pozwolić na nic lepszego, ot co! Żyła z zasiłków do czasu, kiedy mogłam już pójść do szkoły i urząd dzielnicowy tutaj przydzielił nam mieszkanie. Mama miała dużo szczęścia, że dostała samodzielne mieszkanie, była wówczas samotną matką, i to niepełnoletnią. Gdy poszłam do szkoły, musiała znaleźć sobie pracę na pół etatu, ale kiedy samotnie wychowuje się dziecko, naprawdę trudno jest zarobić na własne mieszkanie.

– Jak to: samotnie? Przecież twoim dziadkiem jest Yiorgos Coustakis!

– Yiorgos Coustakis – powtórzyła Andrea z pogardą w głosie i niebezpiecznym błyskiem w oczach – oświadczył mojej matce, że nie wolno jej wysuwać żadnych roszczeń do spadku, jaki odziedziczyłby mój ojciec. Więc wychowywała mnie całkowicie samodzielnie, bez niczyjej pomocy.

Nikos na chwilę oniemiał. Jeszcze raz potoczył wzrokiem po pokoju, uważnie rejestrując każdy szczegół.

– Chcesz powiedzieć, że twój dziadek nie łoży na twoje utrzymanie?

– Właśnie – odrzekła spokojnie Andrea. – Ja w ogóle nie należę do rodziny Coustakisów.

Przerwał jej głos Kim, wyraźnie zaniepokojonej.

– Andrea, więc jak to było z tymi pieniędzmi? Powiedziałaś mi, że Yiorgos dał ci je z własnej woli bez nacisku z twojej strony. Jeśli było inaczej, musisz je oddać! Po prostu musisz!

– Nie! – wykrzyknęła Andrea z niepokojem. – Te pieniądze są twoje! Wyłącznie twoje, kupisz za nie mieszkanie w Hiszpanii, albo dom, spłacisz wszystkie długi...

– Długi? – zainteresował się Nikos, który wciąż zachowywał kamienną twarz.

– Tak – zwróciła się do niego Kim. – Obawiam się, panie Vassilis, że jestem wciąż poważnie zadłużona. Widzi pan, kilka lat temu Andrea miała bardzo poważny wypadek drogowy. Tylko dzięki leczeniu w prywatnej klinice mogła powoli znowu zacząć chodzić, więc musiałam wziąć dużą pożyczkę. Nadal ją spłacamy, Andrea pomaga mi, jak tylko może. Ma dwa etaty i każdy zaoszczędzony funt oddaje mi na spłatę długu.

– I nigdy nie poprosiła pani Coustakisa o pomoc?

– O tak, mama błagała go na kolanach – wtrąciła się Andrea. – Przesyłała mu wszystkie moje świadectwa lekarskie, prosiła, by jej pomógł przez pamięć o swoim synu, i obiecywała, że spłaci wszystko, kiedy tylko będzie mogła.

– No i?

– Odmówił. Oskarżył mamę, że próbuje go oszukać i wyłudzić pieniądze, zagroził nawet, że poda ją do sądu, jeśli nie przestanie go niepokoić. I dlatego nie oddam mu tych pieniędzy, mamo! Długi już pospłacałam, a teraz zamierzam kupić mamie mieszkanie w Hiszpanii. Z tych pięciuset tysięcy funtów pozostanie jeszcze dość, abym je mogła bezpiecznie dla niej zainwestować, tak aby miała z nich stały dochód, a potem przyzwoitą emeryturę, która pozwoli jej żyć skromnie, ale godnie.

– Tylko pół miliona funtów! – wykrzyknął ze zdumieniem Nikos. – Andrea, to jest drobiazg w porównaniu z majątkiem Coustakisa. Czy ty w ogóle masz pojęcie, jaki on ma majątek?

– Mało mnie to obchodzi. Potraktował moją matkę jak żebraczkę i nigdy mu tego nie wybaczę. Nie chciałam jego brudnych pieniędzy, zależało mi tylko, żeby wywieźć stąd mamę do jakiegoś bezpiecznego, ciepłego kraju, gdzie mogłaby żyć, nie martwiąc się już o to, co będzie jutro. Kim cierpi na astmę, i to zimne i wilgotne mieszkanie bardzo szkodzi jej zdrowiu...

Ciszę, która na chwilę zapadła, przerwała Kim.

– Panie Vassilis, widzę, że przeżył pan niemiły szok i bardzo mi z tego powodu przykro. Ale – zawahała się na moment – byłabym wdzięczna, gdyby mi pan jednak wyjaśnił cel pańskiej wizyty...

– Cel? Mój cel, pani... Fraser – wymówił jej panieńskie nazwisko z wyraźnym bólem – właśnie się zmienił.

Andrea spojrzała na jego twarz, pozbawioną wyrazu i chłodną, i na stalowoszare oczy, które spoglądały obojętnie. A przecież była to twarz mężczyzny, którego pokochała. Całym sercem, do ostatka, do bólu...

Nigdy nie myślałam, że znowu go zobaczę, sądziłam, że przeżyję całe życie bez niego. Ale teraz on tu jest... No tak, ale zaraz stąd odejdzie i to na zawsze. Powinnaś mu była od razu powiedzieć prawdę. Oszukałaś go, a teraz się dziwisz, że jest na ciebie zły! Ogarnęło ją poczucie wstydu i winy.

Nabrała głęboko powietrza i odezwała się urywanym głosem:

– Nikos, tak mi przykro. Naprawdę. Nie przyszło mi do głowy, że mój powrót do Londynu może zagrozić ostatecznemu powstaniu tej fuzji.

Nikos ściągnął brwi.

– Nie będzie żadnej fuzji – powiedział. – Nigdy.

Co on mówi? – zdziwiła się Andrea. No tak, był pewien, że żeni się z dziedziczką fortuny Coustakisów, panną z najwyższych sfer ateńskiej finansjery, a teraz okazuje się, że jest ona wprawdzie wnuczką Coustakisa, ale z nieprawego łoża, i że od lat mieszka z matką w tej nędznej londyńskiej norze.

– Powinnam ci była wyznać prawdę – westchnęła ciężko. – Jeszcze raz przepraszam.

Jego wzrok dosłownie wbił się w jej twarz.

– Tak, zdecydowanie powinnaś mi była powiedzieć, Andrea.

Spojrzał przelotnie na nią, potem na jej matkę, a następnie wyjrzał przez okno na rozpościerające się poniżej bliźniaczo podobne bloki osiedla.

Pomyślał o podróży, którą sam odbył – o tej długiej, trudnej drodze z ateńskich ulic i zaułków – z myślą o jednym tylko celu. O zgromadzeniu fortuny. Chciał ją stale powiększać. Przejęcie Coustakis Industries miało być ukoronowaniem jego wysiłków.

Wciąż jeszcze był młodym człowiekiem. Kto wie, jakie królestwa będzie mógł kupić i sprzedać, zanim zakończy życie? Kto wie, jakie dusze będzie mógł kupić i sprzedać za swe wszystkie bogactwa?

Nagle zamajaczyła przed nim jakaś twarz. Twarz starego człowieka, którego oczy dobrze znały cenę ludzkiej duszy.

A ile jest warta moja dusza? – spytał samego siebie. Odpowiedź przyszła natychmiast, klarowna i wyrazista jak dźwięk dzwoneczka.

Więcej, niż Coustakis mógłby za nią zapłacić.

Odszedł od okna i popatrzył na te dwie kobiety stojące w głębi ubożuchnego pokoju. Królestwa całego świata rozpłynęły się przed jego oczami.

Wyjął z kieszeni komórkę, wystukał numer i oznajmił szorstko:

– Mówi Nikos Vassilis. Mam wiadomość dla Yiorgosa Coustakisa. Proszę mu przekazać, że jestem teraz z Kim Fraser i jej córką w ich londyńskim mieszkaniu i że wycofuję się z fuzji.

Powiedziawszy to, rozłączył się i wsunął telefon do kieszeni.

– On mi za to zapłaci – oznajmił Nikos cicho. – Zmuszę go, by zapłacił. Wiedziałem, że ten człowiek jest bezwzględny, wszyscy to wiedzieli. Ale żeby upaść tak nisko... *Christos*, ten człowiek zachował się jak potwór!

Andrea stała przed nim, nie mogąc wydobyć z siebie słowa.

– Jak on mógł pozwolić wam żyć w takich warunkach, przez tyle lat borykać się samotnie z losem, odwrócić się zupełnie od własnej wnuczki! Nawet wtedy, gdy się dowiedział, że Andrea może spędzić resztę życia na wózku inwalidzkim. Cóż to za łajdak!

Gdy otworzył oczy, błysnęła w nich stal. Znów sięgnął po telefon.

– No cóż, świat szybko się o tym dowie.

Andrea usłyszała, jak rozmawia z kimś po angielsku.

– Demetrios? Przygotuj zawiadomienie do prasy. Fuzja z Coustakisem zostaje odwołana. Tak, dobrze usłyszałeś. I zamierzam bardzo szczegółowo wyjaśnić powody wycofania się z niej. Zapewniam, że będzie skandal! Za godzinę znowu zadzwonię, a tymczasem skontaktuj się z radą nadzorczą.

– Ale ta fuzja tyle dla ciebie znaczyła... – zaprotestowała cicho Andrea.

– Nie! – oznajmił twardo. – Dla mnie tylko jedno ma znaczenie, Andrea. – Głos jego złagodniał. – Tylko jedno.

Postąpił krok w jej stronę, a ona chciała się cofnąć, ale nogi odmówiły jej posłuszeństwa.

– Czyżbyś nie wiedziała, co to takiego, Andrea *mou*? Chyba powinnaś wiedzieć – dodał, delikatnie muskając palcami płomienną aureolę jej włosów. – Gdy na nią spojrzał, dostrzegła w jego szarych oczach złote iskierki. – Kiedy mnie opuściłaś, poczułem się tak, jakbyś mnie ugodziła nożem w samo serce. Ono bardzo krwawiło, Andrea *mou*.

Dotknął ręką jej policzka i poprosił łagodnie:

– Wróć do mnie, *pethi mou*, proszę cię, wróć do mnie...

– Po co? – odpowiedziała przez zaciśnięte gardło. – Skoro nie będzie fuzji, nie będę ci już potrzebna.

Nikos uśmiechnął się do niej, a jej serce wywróciło koziołka.

– Nie będziesz mi już potrzebna? Och, Andrea, ja cię potrzebuję, żeby móc oddychać. Nie mogę żyć bez ciebie. Czyżbyś o tym nie wiedziała?

Ujął jej twarz w dłonie.

– Potrzebuję cię, byś mi oświetlała drogę, byś była przy mnie przez całe moje życie. Potrzebuję twojej obecności ciągle, w dzień i w nocy.

Pochylił nad nią głowę, pocałował ją lekko w usta i szepnął:

– Przecież my się kochamy, Andrea *mou*.

– Kochamy? – szepnęła niemal bezgłośnie.

– O tak, jestem tego pewien. Dlaczego poczułem taki ból, kiedy mnie opuściłaś? Inaczej – powiódł koniuszkiem palca po jej wilgotnych rzęsach – skąd by się tu wzięły te brylanty?

– Ale przecież ty mnie nie kochasz. Ożeniłeś się ze mną tylko z powodu tej fuzji...

– Nasze małżeństwo, ukochana moja, jest jedynym pozytywnym skutkiem tej przeklętej fuzji! Zamierzałem być dla ciebie dobrym mężem, mimo że miało to być tylko małżeństwo z rozsądku, wzajemnie korzystne. I zupełnie by mi to wystarczało. Ale na Krecie nasz związek stał się czymś zupełnie innym! A kiedy mnie opuściłaś, mój ból był wprost niewyobrażalny. Wtedy zrozumiałem, że przydarzyło mi się coś, o czym nigdy nawet nie marzyłem. Zakochałem się w tobie. – Spojrzał na nią czule, z miłością.

– Ale jak ty możesz mnie kochać...? – Andrea

bezradnie zawiesiła głos. – Pochodzimy z tak różnych światów. Spójrz tylko – i smutnym gestem wskazała pokój.

– Andrea *mou*, kiedy tylko wrócimy do Aten, pokażę ci, gdzie ja się urodziłem i gdzie mieszkałem do czasu, kiedy jako młody człowiek wyczołgałem się z rynsztoka. Nigdy nie znałem mego ojca, a mojej matki nic nie obchodziło, czy on żyje czy umarł. I wtedy poprzysiągłem sobie, że muszę coś zrobić ze swoim życiem, że nie mogę go zmarnować. Postanowiłem zdobyć uznanie i sukces, na których mi tak bardzo zależało!

Gdy westchnął głęboko i przerwał na chwilę, Andrea ze zdumieniem ujrzała w nim tego mężczyznę, jakim naprawdę był – nie złotego młodzieniaszka wychowanego w luksusie i próżniactwie, lecz biednego chłopaka, który z odwagą i determinacją pracował nad tym, aby z zupełnych nizin wspiąć się na wyżyny.

– Ale nauczyłem się – zauważył miękko i nie bez pewnego zdziwienia – że prawdziwe bogactwa nie są zaklęte w złocie ani srebrze. Prawdziwe bogactwa są tutaj, w nas samych. Nie masz pojęcia, Andrea, jak bardzo ci zazdroszczę – powiedział łamiącym się głosem – że możesz się cieszyć miłością matki, a ona twoją. Więc proszę cię, błagam – ciągnął dalej z trudem, przez zaciśnięte gardło – abyś przyjęła moją miłość i ofiarowała mi swoją.

Spojrzał na nią i przycisnąwszy ręce do serca, wyszeptał:

– Wróć do mnie, Andrea, i zechciej być moją

żoną nie z rozsądku, ale z serca i uwierz mi, że kocham cię nad życie.

– Dobrze – powiedziała cicho, a łzy potoczyły się po jej policzkach.

Nikos scałował te łzy, a potem delikatnie przycisnął usta do jej ust, jakby chciał potwierdzić i przypieczętować ich wspólną przyszłość.

Kiedy wreszcie wypuścił ją z objęć i zwrócił się do Kim, Andrea zauważyła łzy w oczach matki.

– Czy zechce nam pani pobłogosławić? – zapytał cicho Nikos.

Przez chwilę matka Andrei nie mogła wydobyć słowa. Wkrótce jednak powiedziała łamiącym się głosem:

– O tak! Tak!

Nie trzeba było więcej słów.